KB165220

로맨스로 스타 작가

On Writing Romance by Leigh Michaels

: Speculative Genre Exercises from Today's Best Writers and Teachers by Laurie Lamson

Copyright ⓒ 2007 by Leigh Michaels, Writer's Digest, an imprint of F+W Media, 10151 Carver Road, Suite 200 Blue Ash, Ohio, 45242, USA

Korean translation copyright ⓒ 2021 by Darun Publishing All rights reserved.

Korean translation rights are arranged with Writer's Digest, an imprint of F+W Media, Inc.

이 책의 한국어판 저작권은 AMO 에이전시를 통해 저작권자와 독점 계약한 다른에 있습니다.

신저작권법에 의해 한국 내에서 보호를 받는 저작물이므로 무단 전재와 무단 복제를 금합니다

On
Writing
Romance

로맨스로 ✕ 스타 작가

리 마이클스 지음
김보은 옮김

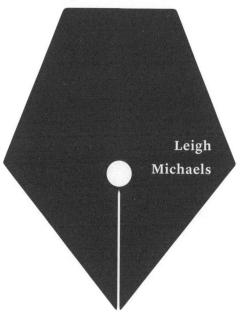

Leigh
Michaels

다른

작가의 말

고등학교 1학년 때 첫 로맨스 소설을 썼다. 전혀 새롭지도, 세련되지도 않은 이야기였다. 수십 년이 흐른 지금도 그 이야기를 떠올리면 얼굴이 화끈거린다. 다행히 당시 분별력이 있어 친구들에게 읽어보라고 하진 않았다. 이후 10여 년간 로맨스 소설을 다섯 편 더 완성했고 모두 불태워 버렸다. 25만 개가 넘는 단어들이 연기 속으로 사라졌다. 원고들을 태운 것은 후회하지 않는다. 오히려 옷장에 숨겨놨다가 나중에 창피를 당하지 않아 다행이라고 생각한다. 하지만 편집자가 비웃지 않고 읽을 만한 이야기를 쓸 수 있게 되기까지 그렇게 오랜 시간 동안 수많은 시도를 했다는 점은 후회가 된다. 처음 글을 쓰기 시작했을 때 당신이 지금 들고 있는 이런 책을 볼 수 있었다면 어떤 대가라도 치렀을 것이다. 그때는 이 책과 같은 단계별 지침서가 없었다.

《로맨스 작가로 해피엔드》는 내가 80여 편의 로맨스 소설 성공작(그리고 여러 권의 실패작)을 쓰면서 얻은 지혜를 모은 책이다. 수백 명의 학생에게 로맨스 소설 쓰는 법을 가르쳤고 그중에는 상업적인 출판에 성공한 학생도 많다. 이 책은 기본적으로 로맨스 소설을 쓰려는 작가를 위한 것이지만 자신의 이야기에 로맨스적인 요소를 넣고 싶은 모든 이에게 유용하다. 아무쪼록 이 책이 당신에게 도움이 되길 바란다.

리 마이클스Leigh Michaels

2장 작품을 쓰기 위한 기본

3장 베스트셀러를 만드는 기술

4장 출판계약을 위한 노하우

1장 작가가 되기 위한 준비

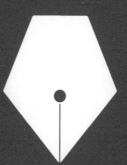

로맨스 소설 이해하기

'사랑'은 인간이 처음으로 이야기를 기록하기 시작했을 때부터 중요한 문학적 주제였다. 운명적이거나 치명적인, 또는 행복한 로맨스는 전 세계적으로 수많은 세대의 관심을 받아왔다.

그렇지만 '로맨스 소설'이란 개념은 현대에 와서 생겨났다. 로맨스 소설은 단순히 두 사람이 사랑에 빠지는 이야기가 아니라 소설의 특정한 장르다. 이야기에 말과 목장이 등장한다고 해서 무조건 서부극이라 할 수 없고 살인이 나온다고 모두 미스터리라 할 수 없듯이, 책에 사랑 이야기가 있다고 모두 로맨스 소설로 분류하지는 않는다.

사랑 이야기를 포함한 소설과 로맨스 소설은 구분하기가 쉽지 않다. 둘 다 특정한 사건을 배경으로 두 사람이 사랑에 빠지는 이야기이기 때문이다. 차이는 이야기의 어느 부분을 강조하느냐에 있다.

로맨스 소설에서 핵심적인 이야기는 점차 발전해가는 두 사람 사이의 관계다. 줄거리의 다른 사건들이 아무리 중요하다 해도 주인공들의 연애만큼 중요하지는 않다. 로맨스 소설에서 러브스토리를 빼면 나머지 이야기는 소설이라 할 수 없을 정도로 의미를 잃고 독자의 관심도 받기 힘들다.

반면, 사랑이나 연애와 관련한 요소가 있지만 로맨스물은 아닌 소설에서는 러브스토리가 주된 초점이 아니다. 이야기의 핵심이 다른 사건에 있으므로 러브스토리를 빼더라도 책은 여전히 의미를 지닌다. 흥미는 덜할지 모르지만 전체적인 이야기는 그대로다.

악당들에게 쫓기는 한 여자가 자신을 지켜주는 경호원과 사랑에 빠지는 이야기를 생각해보자. 이 이야기는 로맨스 소설인가? 일반 소설인가?

답은 이야기에서 어떤 요소를 강조하는지에 달려 있다. 악당들이 어떤 일을 저지르는지, 그들이 왜 주인공을 뒤쫓고 있는지와 같이 추격에 초점을 둔다면 이 이야기는 일반 소설이다. 하지만 연인이 도망 다니다 사랑에 빠지는 것에 초점을 맞춘다면 로맨스 소설이다.

+ 20세기 이후의 로맨스 소설

사랑과 연애 이야기는 오래전부터 문학의 일부였지만 오늘날과 같은 로맨스 소설은 20세기 초 영국에서 시작했다. 1908년에 설립한 출판사 밀스 앤 분Mills & Boon이 애거서 크리스티, 잭 런던 등의 작품을 펴내며 로맨스 소설도 출간하기 시작했다. 얼마 지나지 않아 출판사는 양장본 로맨스 소설이 도서관으로 많이 팔려나가고 웬만한 일반 책보다 수요가 더 많다는 사실을 깨달았다. 몇 년이 지나자 로맨스 소설은 판매에서 다른 책들을 더욱 크게 앞질렀고 결국 밀스 앤 분은 다른 책들을 출간하지 않고 로맨스물에만 집중하게 되었다.

1950년대 후반, 밀스 앤 분의 로맨스물이 거둔 성공에 주목한 캐나다 출판사 할리퀸Harlequin이 '할리퀸 로맨스'라는 이름으로 밀스 앤 분의 책들을 북미 대륙에서 출간하기 시작했다. 1970년대 초에 밀스 앤 분이 할리퀸의 지사가 되면서 두 출판사는 합병했다. 이후로 할리퀸은 전 세계에 독립 출판사를 세우기 시작했고, 본격적으로 로맨스물을 번역해 출간하는 일에 착수했다. 할리퀸은 1981년에 캐나다 미디어그룹 토스타 샤Torstar Corporation에 인수되었고, 다시 2014년에 미국의 미디어그룹 뉴스코프News Corp가 인수해 자회사인 하퍼콜린스HarperCollins에 편입되었다.

한편 밀스 앤 분은 수년간 독립적인 기획 편집부를 유지하며 주로 영국 작가들이 쓴 책을 사들였다. 1970년대부터 미국 작가인 재닛 데일리Janet Dailey의 책을 출간하며 미국 작가들에게도 조금씩 문을 열기 시작했지만 완전히 개방한 것은 1980년대 초에 들어서였다.

1980년대, 할리퀸은 주요 경쟁사인 사이먼 앤 슈스터Simon & Schuster가 만든 로맨스 장르 전문 임프린트 실루엣Silhouette을 인수했다. 이후로 할리퀸과 실루엣은 토스타의 지붕 아래서 비교적 독립적으로 일해왔지만 최근에 와서는 구분이 모호해졌다. 로맨스물을 펴내는 그 밖의 주요 출판사로는 켄싱턴Kensington, 에이번Avon, 밴텀/델Bantam/Dell, 버클리/조브Berkley/Jove, 도체스터Dorchester, 뉴아메리칸 라이브러리New American Library, 포켓 북스Pocket Books, 세인트 마틴St. Martin's, 워너Warner 등이 있다.

수년간 로맨스 소설은 영국에서는 밀스 앤 분, 북미에서는 할리퀸으로 알려진 한 가지 브랜드만 존재했다. 그럼에도 이들 출판사에서 펴내는 이야기는 굉장히 다양했다. 현대 로맨스, 의학 로맨스, 역사 로맨스 등이 모두 할리퀸 로맨스나 밀스 앤 분 로맨스라는 이름으로 출간되었다.

하지만 정통 로맨스물을 모두 섭렵한 독자들은 더욱 다양한 이야기를 원했고 작가들도 다른 종류의 이야기로 실력을 펼치길 바랐다. 짧고 달콤한 이야기가 주를 이루던 로맨스물 시장에 기존의 틀에 맞지 않는, 길고 자극적이고 관능적이며 심각한 갈등이 있는 이야기에 대한 수요가 생겨났다.

그리하여 예전부터 있던 로맨스의 뿌리에서 다양한 유형의 로맨스가 갈라져 나오기 시작했다. 뉴욕과 토론토의 할리퀸 사무실에서는 새로운 작가들이 쓴 새로운 종류의 이야기를 사들였다. 그리고 서로 구별되는 브랜드 이름과 완전히 다른 표지 디자인을 사용해 독자들이 다양한 유형의 로맨스를 쉽게 구분할 수 있도록 했다.

이러한 변화는 다른 출판사들이 할리퀸과 밀스 앤 분의 성공에 주목해 독자적으로 로맨스 소설을 출간하기 시작하는 흐름을 의식했기 때문이다. 그러나 독자적인 로맨스 소설을 출간한 다른 출판사들은 오래지 않아 '잘생긴 남자가 귀여운 여자를 만난다'는 공식만으로는 상업적으로 성공하기 힘들다는 것을 깨달았다. 성공하지 못한 카테고리와 하위 장르는 시장에서 금세 사라졌다. 이후로 로맨스 시장은 계속 변화해왔고, 지금도 실패한 카테고리와 하위 장르가 사라지고 새로운 카테고리가 생겨나는 일이 반복되고 있다.

어느 시대든 로맨스 소설에서 '라인'이나 '시리즈', '카테고리'라고 하는 것이 적어도 스무 개 이상 존재한다. 라인, 시리즈, 카테고리는 대체로 동일한 용어지만 이중 시리즈는 종종 밀접한 연관이 있는 일련의 책들을 가리키기도 한다. (예컨대 한 가족의 구성원들이 돌아가며 주인공으로 등장하는 세 권의 책은 3부작 시리즈라고 한다.) 이 책에서는 '카테고리 로맨스'라는 용어를 사용할 것이다.

카테고리 로맨스란 특정한 요소가 공통으로 등장하는 책들을 하나의 그룹으로 묶은 것이다. 로맨스 소설 중에서도 미스터리와 연관된 로맨스물이 따로 있고 로맨틱 코미디가 따로 있다. 카테고리 로맨스의 경우 매달 미리 정해진 수의 책이 출간된다. 같은 카테고리 안에 있는 책들은 각각 등장인물과 줄거리는 다르지만 모두 비슷한 표지를 하고 하나로 묶여 판매된다. 이런 책들은 일반적으로 서점에 한 달이나 그보다 짧게 진열되며 다음 카테고리의 책이 나오면 교체된다.

그렇지만 매달 서점에는 카테고리 로맨스 외에 싱글 타이틀 로맨스도 쏟아져 나온다. 싱글 타이틀은 독자적인 책이다. 디자인이나 마케팅이 개별적으로 이루어지며 서점 매대에 진열되는 기간이 정해져 있지 않다.

카테고리 로맨스나 싱글 타이틀 로맨스, 로맨틱 서스펜스, 로맨틱 코미디, 에로틱 로맨스, 스위트 로맨스 등 모든 로맨스 소설의 공통점은 배경에서 어떤 사건이 벌어지건 주된 초점이 남녀 주인공과 그들이 키워가는 사랑에 있다는 점이다.

이 공통점만 있다면 어떤 이야기든 로맨스 소설이 될 수 있다. 로맨스 소설의 종류는 독자의 유형만큼이나 다양하다. 에로틱 판타지에서부터 종교적인 이야기, 역사물과 현대물, 어두운 서스펜스와 가벼운 코미디, 이상적인 남자를 찾는 평범한 소녀와 지금 적당한 남자를 찾는 20대 도시 여자의 이야기까지 다양한 로맨스 소설이 있다.

하지만 어떤 종류의 이야기든 로맨스 소설에서 가장 중요한 부분은 미스터리나 러브신, 사회적인 이슈가 아니라 러브스토리라는 점을 잊지 말자.

+ 로맨스 소설에 대한 편견

로맨스물을 전혀 읽지 않는 사람들이 주로 로맨스 소설을 깎아내리며 로맨스물은 이야기가 지나치게 단순하고 유치한 데다 거창함이라고는 없고, 플롯이 부실하다고 말한다. 그리고 정사신을 위해 중간중간 쓸데없는 이야기를 끼워 넣는다고 비판한다. 흔히들 로맨스 소설은 모든 이야기가 똑같다고 생각한다. 작가가 등장인물의 이름과 머리색만 바꿔 또 다른 책을 낸다는 것이다.

로맨스 소설을 비판하는 사람들은 여성을 무능하게 표현한다는 이유로 로맨스물을 비난하고 더 나아가 작가까지 비난한다. 비판자들은 로맨스 소설이 어린 독자에게 백마 탄 왕자님이 구하러 온다는 환상을 심어주고, 의지할 남자를 찾는 것만이 중요한 목표라고 생각하도록 부추긴다고 주장한다. 또 낭만적인 연애를 이상화함으로써 여성들이 할리퀸의 남주인공같이 근사한 남자를 기다리느라 현실의 남성과 사귀지 못하게 막는다고 비판한다.

그러나 실제로 로맨스 소설은 시대에 뒤처지기는커녕 앞서 나갔다. 이혼이 흔해지기 훨씬 이전에도 결혼을 지속하기보다 이혼이 나은 상황을 묘사하곤 했다. 밀스 앤 분의 역사를 연구한 제이 딕슨Jay Dixon에 따르면 로맨스 소설은 "언제나 무과실 이혼을 찬성했다. 이는 일부 페미니스트의 주장과 일치하며 지배적인 이데올로기에 반하는 것이다."

초기의 로맨스 소설에서도 일하는 여성이 종종 등장했고 여성의 경제적 독립을 중요하게 여겼다. 로맨스물의 여주인공 중에는 어리고 미숙하며 도움을 필요로 하는 여성도 있지만 보통은 완벽하게 유능한 여성이 등장한다. 그들에게 이상적인 남자를 만나는 일은 필수가 아니라 덤이다.

현대의 로맨스 소설은 젊은 여성들에게 여성이 혼자서도 가치있고 유능하며 성공할 수 있다고 시사한다. 또한 그녀를 존중하고 그녀에게 잘해줄 남자가 존재하며, 그런 남자는 기다릴 가치가 있다고 말한다.

로맨스 소설이 그리는 여성은 나약하고 무력하지 않으며 오히려 최고의 능력을 지닌다. 여주인공은 남주인공을 길들이고 교화해 그가 자신의 부드럽고 연약한 면까지 감싸 안을 수 있도록 돕는다. 로맨스 작가인 제인 A. 크렌츠Jayne A. Krentz는《위험한 남자와 모험심 강한 여자Dangerous Men and Adventurous Women》에서 "여성이 항상 이긴다. 여성은 용기와 지성, 온화함으로 지구상에서 가장 위험한 생물인 인간 남성을 무릎 꿇린다."고 말했다.

서점에 가보면 로맨스를 읽지 않는 사람들이 '로맨스 소설이 다 거기서 거기'라고 생각하는 이유를 쉽게 알 수 있다. 할리퀸 프레즌트Harlequin Presents나 실루엣 인티메이트 모멘트Silhouette Intimate Moments와 같이 특정한 카테고리 아래서 출간되는 책들은 표지 디자인이 비슷하고 쪽수까지 정확히 똑같다. 이러니 비판자들이 말하듯, 어떻게 이야기가 서로 다르리라고 생각할 수 있겠는가?

하지만 수프 제조사는 모든 수프 캔 라벨에 같은 색상과 디자인을 사용해 고객의 눈길을 사로잡고, 고객이 콩 수프나 옥수수 수프, 토마토 크림수프 중 어느 것을 사든 브랜드를 보고 살 수 있도록 한다. 마찬가지로 로맨스물의 표지 디자인에 같은 테마를 사용하면, 독자는 표지만 보고도 그 책이 지난달에 재미있게 읽었던 이야기와 같은 종류인지 알 수 있다.

또한 같은 카테고리 안에 있는 모든 책의 쪽수가 똑같으면 인쇄와 포장, 배송에 드는 경비가 절약된다. 출판사는 새로운 책이 나올 때마다 인쇄를 조정하거나 책 크기에 맞는 배송용 상자를 새로 구입할 필요가 없어 비용을 절약할 수 있고, 그만큼 싼 가격에 책을 팔아 소비자에게 이익을 돌려줄 수 있다. 책의 쪽수가 똑같더라도 여백이나 글자 크기, 줄 간격 등을 조절할 수 있으므로 반드시 원고 분량까지 동일할 필요는 없다.

+ 로맨스 소설의 공식

많은 사람이 로맨스 소설은 다 비슷비슷할 뿐만 아니라 판에 박히고 단순하다고 생각한다. 로맨스 소설은 다른 장르의 소설에 비해 짧아서 대체로 책의 크기가 작다. 또한 현대 사회의 폐해 같은 것이 아니라 해피엔드를 맞이하는 즐거운 이야기에 초점을 맞추므로 가볍다. (현실을 무시하지는 않지만 폭력을 자세히 묘사하지도 않는다.) 그리고 이야기가 이해하기 쉽게 전개되므로 읽기 편하다.

이렇듯 작고 가볍고 읽기 편하기 때문에 일부 비판자를 비롯해 심지어 로맨스물의 독자까지도 로맨스 소설이 쓰기 쉽다고 생각한다. 독자 대부분은 한번쯤 '나도 이 정도는 쓸 수 있겠다'고 말한다. 로맨스 작가라면 흥행에 성공하는 책을 쓰는 간단하고 마법 같은 공식을 알려달라는 요청을 거의 다 받아봤을 것이다.

모든 로맨스 소설에 공통된 요소가 있는 것은 사실이다. 모든 미스터리 소설에도 범죄와 범인, 수사관, 그리고 범죄가 논리적으로 확실하게 해결되는 결말 등 공통된 요소가 있지만 미스터리 소설이 다 똑같지는 않다. 로맨스 소설도 마찬가지다.

로맨스 소설에서 공통된 요소는 남녀 주인공이 그들을 갈라놓는 위협적인 문제를 함께 해결하다가 서로 사랑을 느끼고, 그것이 평생 단 한 번 찾아오는 사랑임을 깨닫고는 결국 영원을 약속하고 해피엔드를 맞이하는 이야기라는 점이다.

이것이 전부다. 이것이 공식이다.

여기에 물론 예외도 있다. 동성애를 다룬 로맨스나 영원한 약속 없이 끝나는 로맨스도 있다. 오늘날의 로맨스 작가는 어느 때보다 다양한 유형의 이야기를 쓸 수 있다. 가장 대중적인 로맨스 장르와 그 기준에 대해서는 부록에서 상세하게 다루었다.

+ 로맨스 소설 둘러보기

로맨스의 다양한 하위 장르를 이해하는 일만큼 로맨스물을 다양하게 읽는 것도 중요하다. 로맨스 작가를 지망한다면 자신이 쓰는 것과 같은 장르뿐만 아니라 비슷한 카테고리나 장르의 이야기까지 읽어야 한다. 그래야 편집자가 어떤 유형과 장르의 이야기를 선택하는지 잘 알 수 있다.

카테고리 로맨스를 쓰고 싶다면 카테고리마다 정체성이 아주 명확하다는 점을 알아야 한다. 비슷해 보이는 카테고리들을 구분하고 이해하는 가장 좋은 방법은 책을 직접 읽어보는 것이다. 비슷한 카테고리 간의 차이를 이해하지 못한다면 결국 어느 카테고리에도 적합하지 않은 원고를 쓰게 된다.

싱글 타이틀을 쓰더라도 시장과 경쟁자를 잘 알아야 한다. 싱글 타이틀은 말 그대로 독립적인 책이지만 싱글 타이틀의 성공 요인을 파악하는 데는 현재 나와 있는 다양한 책을 읽어보는 것이 도움이 된다.

우선 서점에 가서 로맨스 코너를 그냥 둘러보자. 한발 물러서서 서가를 바라보면 얼마나 다양한 로맨스물이 있는지, 한 카테고리의 책을 다른 카테고리와 구별되도록 하기 위해 어떻게 포장했는지 알 수 있다.

어떤 책들의 주제와 표지가 비슷해 보이는가? 서가를 봤을 때 어떤 것에 눈길이 가는가? 밝은 색상이나 글자체, 그림이 눈에 띄는가? 이제 서가에 가까이 가보자. 책의 앞표지를 자세히 보며 색상, 디자인, 제목 등을 살펴보자. 표지 디자인은 어떻게 되어 있는가? 사진이나 그림, 만화, 그래픽을 사용했는가? 책의 뒤표지에 나와 있는 글도 읽어보자. 앞·뒤표지를 보고 책에 대해 무엇을 알 수 있는가? 표지에 이야기의 성적인 수위와 극적인 사건, 재미에 대한 암시가 있는가?

이제 책을 펼쳐서 지면을 훑어보며 활자 크기와 여백, 판면 구성을 살펴보자. 책에 서술이 많은가, 대화가 많은가? 지면은 읽고 싶게 보이는가?

로맨스 소설은 하위 장르와 카테고리가 굉장히 다양하지만 그럼에도 모든 로맨스 소설에 대해 독자가 갖는 일정한 기대가 있다. 그런 기대에 부응하지 않는 작가는 출간에 성공할 수 없다. 로맨스 안에 얼마나 다양한 하위 장르가 있는지 알았으니 이제 공통점이 무엇인지도 알아보자. 일단 작가와 카테고리, 출판사가 다른 책을 골라 적어도 열 권 이상 읽어보자. 책을 고를 때 저작권면을 보고 지난 1~2년 사이에 처음 출간된 책인지, 10년 넘은 책이 재판된 것은 아닌지 확인하는 것도 잊지 말자.

실전연습

책을 읽으면서 다음 질문을 통해 이야기의 구조에 대해 생각해보자.

- 책의 모든 여주인공은 어떤 면에서 비슷한가? 어떤 면에서 다른가? 여주인공이 하면 안 되는 것은 무엇인가?
- 책의 모든 남주인공은 어떤 면에서 비슷한가? 어떤 면에서 다른가? 남주인공이 하면 안 되는 것은 무엇인가?
- 책의 분량은 어느 정도인가? 장은 어떻게 나뉘는가?
- 장의 시작과 끝은 어떠한가? 장은 몇 개나 있는가?
- 어떤 시점을 사용하는가? 어떤 인물의 생각을 알 수 있는가?
- 등장인물은 몇 명인가? 책마다 등장하는 조연의 유형이 있는가?
- 갈등, 긴장감, 러브신 등 플롯이 전개되는 방식에 유사점이 있는가?
- 이야기의 첫 부분에서 작가는 독자를 어떻게 끌어들이는가?
- 인물은 처음에 어떻게 등장하는가? 남녀 주인공은 언제 등장하는가?
- 작가는 어떻게 독자로 하여금 주인공에게 관심을 갖도록 하는가?

- 이야기의 결말은 어떤가? 모두 해피엔드인가?

책을 읽은 다음에는 각자 발견한 규칙을 목록으로 작성한다. 각각의 이야기가 어떤 하위 장르 속하는지도 기록한다. 특별히 관심이 가는 하위 장르나 유형이 있는가? 선택한 책 중에 어떤 이야기가 가장 재미있는가? 그 이야기의 하위 장르는 무엇인가? 참고할 만한 몇 가지 예는 다음과 같다.

- 모든 로맨스는 해피엔드로 끝난다. 일반적으로 남녀 주인공이 평생을 약속하면서 막을 내린다.
- 여주인공에게는 비밀을 털어놓는 절친한 친구가 있는 경우가 많다. 작가는 그런 인물을 통해 여주인공의 배경과 약점, 생각에 대해 말해줄 수 있다.
- 주인공은 이혼을 하거나 진지한 연애를 한 적이 있을 수도 있지만 일반적으로 관계가 끝나고 회복되는 기간이 지난 다음에야 새로운 사랑에 빠진다.
- 인스퍼레이셔널 로맨스에서는 교리보다 신앙이 더 중요하므로 구체적인 종교와 종파는 거의 언급되지 않는다.

로맨스 소설에 공통된 규칙을 찾다 보면 목록이 수백 개에 이를 수도 있다. 하지만 어떤 규칙이든 존재하는 이유는 단 두 가지로 나뉜다. 첫 번째는 독자가 호감가고 공감할 수 있는 인물을 기대한다는 점이다. 두 번째는 독자가 기분 좋아지고 몰입할 수 있는 이야기를 기대한다는 점이다. 각각 목록을 살펴보면 대부분이 두 규칙 중 하나에 해당함을 알 수 있을 것이다. 다시 말해 로맨스 소설의 규칙은 대부분 호감 가는 인물을 만들거나 독자의 관심을 사로잡는 이야기를 쓰는 데 도움이 된다. 때로는 둘 다인 경우도 있다. 여주인공에게 절친한 친구가 있는 이유는 그것이 여주인공을 호감 가는 인물로 표현할 수 있는 좋은 방법이기 때문이다. 또한 두 친구의 대화를 통해 이야기를 전달하면 여주인공의 생각을 단순히 서술하는 것보다 더 흥미롭게 이야기를 전개할 수 있기 때문이기도 하다.

규칙은 그 나름의 이유가 있어서 존재하지만 그렇다고 규칙을 신성시할 필요는 없다. 여주인공에게 반드시 절친한 친구가 있어야 하는 것은 아니다. 남주인공이 전과가 있는 경우는 흔치 않지만 전과가 있어도 얼마든지 호감 가고 공감할 수 있는 주인공이 될 수 있다. 로맨스 소설은 대부분 3인칭 시점을 사용하지만 1인칭 시점을 사용하는 이야기도 간혹 있다. 주인공이 기혼인 상태에서 사랑에 빠지는 일은 좀처럼 없지만 불가능하지는 않다.

규칙이 존재하는 이유를 안다면 규칙을 성공적으로 깰 수도 있다. 남주인공이 은행을 터는 이야기를 쓰고 싶은가? 그가 단순한 용의자가 아니라 실제로 범인이길 바라는가? 그렇다면 그가 범죄를 저지름에도 좋은 사람으로 비칠 수 있는 방법을 알아내면 된다.

로맨스 소설 집필 전 체크리스트

지금까지 로맨스 장르와 함께 로맨스의 다양한 하위 장르와 유형에 대해(부록 참조) 살펴봤으니 이제 각자의 소설을 쓰기 위해 여러 가지 선택을 할 차례다. 어떤 장르를 쓰고 싶은가? 역사물인가, 현대물인가? 단편인가, 장편인가? 카테고리 로맨스인가, 싱글 타이틀인가? 파라노말이나 퓨처리스틱, 이성애 로맨스인가? 에로틱인가, 스위트 트래디셔널인가?

대답하기 힘든가? 글쓰기에서 우선하는 기본 진리는 자신이 쓰고 싶은 이야기를 쓰라는 것이다. 다시 말해 자신이 가장 읽고 싶은 종류의 이야기를 써야 한다는 뜻이다. 대다수 사람은 글을 쓰는 행위를 재미없어 한다. 기껏해야 가끔 재미를 느낄 뿐이다. 독자가 읽고 싶어 할 만한 이야기를 쓰는 일은 힘들다. 글을 쓸 때 아무리

인물이 마음에 들고 플롯이 재미있으며 성적인 수위가 적당하고 시대적 배경이 흥미롭더라도 읽을 만한 이야기를 쓰기란 어렵다.

그런데 사람들은 종종 자신이 좋아하지 않는 장르의 로맨스가 잘 팔린다는 이유로 그런 이야기를 쓰려고 한다. 그러면 이야기를 완성하더라도 부족한 열의가 드러날 테고 편집자가 처음이자 마지막 독자가 될 가능성이 높아진다.

그렇지만 자신이 좋아하는 이야기를 쓰면 비록 이야기가 규칙에서 벗어나거나 명확한 장르에 해당하지 않더라도, 개인적인 만족도가 높고 출간에 성공할 가능성이 훨씬 커진다.

수많은 책이 독자가 관심을 갖는 이야기가 아니라는 이유만으로 팔리지 않을 것이라 치부되곤 한다. 하지만 선입견을 넘어 출판사가 위험을 감수한다면 그런 이야기를 읽어주는 독자도 분명히 (때로는 엄청나게 많이) 있다. (진 M. 아우얼Jean M. Auel이 선사 시대를 배경으로 쓴 《사냥하는 여자 에일라The Clan of the Cave Bear》가 좋은 예다.) 물론 모든 책이 베스트셀러가 되지는 않는다. 그러나 애정을 갖고 쓴 책은 독자에게 읽힐 가능성이 훨씬 높다.

+ 하위 장르를 무엇으로 할 것인가?

내 로맨스 소설이 어떤 하위 장르나 유형에 맞는지 결정하기 어려울 수 있다. 로맨스 소설의 종류는 다양하고 요구하는 특성이 저마다 다르다. 어떤 로맨스는 완전히 환상적이고 어떤 로맨스는 화려함과 섹시함에 초점을 맞추며 어떤 로맨스는 아주 현실적이다.

내 소설이 어디에 적합할지 알아보는 가장 좋은 방법은 요즘 출간되는 책을 읽어보는 것이다.

특히 갓 데뷔한 신인 작가의 책을 살펴보면 편집자가 신인 작가에게 어떤 이야기를 기대하는지 알 수 있다. (작가 소개에서 이전에 낸 책이 있는지 확인하면 신인 작가를 찾을 수 있다.) 자신의 이야기가 어떤 시장에 적합할지 선택할 때는 다음 질문을 고려하자.

내 소설의 분량은 어느 정도인가?

책의 주제가 심각하고 주인공이 전반적으로 암울한 일을 겪을수록 문제를 해결하고 현실적인 해피엔드를 맞이하는 데 이르기까지 이야기가 길어질 수밖에 없다. 주인공이 살인을 저지르거나 강간을 당한다면 이야기가 전개되며 주인공이 성장하고 치유되어 감정적인 짐을 벗기까지 상당히 많은 지면이 필요하다.

이야기가 가볍고 웃길수록 책은 얇아지는 경향이 있다. 글 전체에서 익살스러운 어조를 유지하기가 쉽지 않은 데다가 이야기가 길어질수록 그게 더 힘들어지기 때문이다.

이야기에 보편적인 호소력이 있는가?

세계 경제가 성장함에 따라 외국 시장의 독자도 관심을 보일 만한 이야기인지가 더욱 중요해졌다. 기존의 국내 시장이 포화 상태가 되면서 출판사도 앞으로는 해외 시장이 성장할 가능성이 높다는 점을 인식하고 있다.

다시 말해 출판사는 해외 독자도 이해할 만한 이야기를 찾고 있다. 정치나 스포츠 같은 주제는 다른 나라에서 이해하기 힘들지만, 돈, 자식, 재산, 명예 등은 어디서나 접할 수 있는 보편적인 주제다. 국내에서만 일어날 법한 이야기를 쓴다면 어떻게 해외 독자에게 호소해 출판사의 관심을 받을 수 있겠는가?

이야기를 요즘 시장에 맞게 바꿀 수 있는가?

복잡한 이야기를 쓰고 싶지만 출판사에서 요구하는 분량이 적다면 서브플롯을 일부 자르거나 등장인물의 수를 제한할 수 있겠는가? 이야기가 짧아 출판사에서 요구하는 분량에 못 미친다면 세부 사항을 덧붙이거나 인물을 더 집어넣는 대신 복잡한 문제를 더해 갈등과 이야기를 강화하는 편이 좋다.

이야기에서 독자를 사로잡는 특징적 요소는 무엇인가?

독자의 관심을 사로잡는 특징적 요소가 있어야 서점 진열대의 수많은 책 사이에서 돋보일 수 있다. 특징적 요소는 이야기 유형(정략결혼을 하는 신데렐라 이야기), 무대(1년 내내 크리스마스인 마을), 주인공이 남들과 다른 이유에 대한 암시(전과자가 된 특수 요원) 등이 될 수 있다. 이런 내용은 주로 뒤표지의 광고문에 언급되고 때로는 '신부와 신랑의 들러리', '재벌에게 사로잡히다', '물 건너간 완벽한 이혼' 등 선전 문구로 사용된다.

한 달에도 수백 권씩 쏟아지는 새 책들 중에 독자가 내 이야기를 선택하도록 사로잡을 수 있는 특징적 요소는 무엇인가?

+ 개요는 어느 정도 잡을 것인가?

내가 쓰고 싶은 이야기를 쓸 때 어떤 점이 힘들지 알아보고 어떻게 써야 할지 잠정적으로나마 결정했다면 이제 글쓰기에 한발 더 다가가 계획을 세워보자.

그런데 계획은 얼마나 세워야 할까?

어떤 작가는 이야기 전체를 머릿속에 그린 후에 글을 쓰기 시작한다. 어떤 작가는 주인공에 대해서만 미리 생각하고 이야기는 글을 쓰면서 흘러가는 대로 둔다. 어떤 작가는 이야기의 갈등과 플롯에 대해서만 미리 생각하고 등장인물은 글을 쓰면서 만들어간다. 어떤 작가는 결말만 미리 생각하고 나머지 이야기는 글을 쓰기 전에 생각하지 않는다.

어떤 작가는 모든 장과 장면의 개요부터 작성한다. 어떤 작가는 이야기의 개요를 상세하게 쓰고 주요 사건까지 모두 묘사해둔다. 어떤 작가는 주요 장면이나 장을 모두 공책에 정리해두고 글을 쓰면서 다음 부분에 어떤 내용이 들어가야 하는지 기억하기 위해 메모를 덧붙인다. 어떤 작가는 엑셀 표에다 모든 장면을 정리한다. 어떤 작가는 플롯의 주요 전환점을 목록으로 만든 뒤 글을 쓰면서 세부 사항을 추가하거나 방향을 바꿀 때마다 목록을 수정한다. 어떤 작가는 낱장의 종이에다 아이디어나 사건, 대화 한 토막 등을 쓴 뒤 종이를 논리적인 순서대로 배열하고 이따금 순서를 바꿔가며 이야기를 전개한다. 어떤 작가는 초고를 아주 간략하게 쓴 다음 등장인물과 사건에 살을 붙여가며 책 전체를 다시 쓴다. 어떤 작가는 특정한 순서 없이 장면과 장을 떠오르는 대로 쓴다. 어떤 작가는 이야기를 첫 쪽부터 순서대로 쭉 쓴 뒤 크게 고치지 않고 완성한다.

어떤 방식이 옳은가? 위에서 언급한 모든 방식이 옳을 수도 있고 전혀 다른 방식이 옳을 수도 있다. 각자 자신에게 잘 맞는 방식이 옳은 방식이다. 하지만 여러 가지를 시도해봐야 자신에게 가장 효율적이고 도움이 되는 방식을 발견할 수 있다.

자신이 쓸 이야기를 한 번에 모두 떠올리지 못하더라도 놀랄 필요는 없다. 누구든 글쓰기를 시작도 하기 전에 책의 전체 내용을 상상하지는 못한다. 사전에 완벽히 계획해서 쓴 책은 거의 찾아볼 수 없다. 원고의 수정본이 그래서 존재하는 것이다. 초고에서 거친 부분을 다듬고 필요한 복선과 세부 사항을 추가하고 해결되지 않은 부분을 결말짓는 과정이 필요하다.

많은 사람이 책을 쓰기 전에 개요를 상세히 작성하는 것을 힘들어한다. 대다수 작가는 등장인물이 예상치 못한 방식으로 행동하고 발전할 여지를 남겨두는 편을 좋아한다. 또한 너무 많은 것을 미리 계획하면 이야기를 만들어가는 즐거움이 사라지고 글쓰기가 기계적인 과정이 된다고 생각한다. 반면 일부 작가는 글을 쓰기 전에 이야기의 개요를 완벽하게 짜서 각 장의 내용을 정확히 알고 시작해야 안심한다.

각자의 방식이 어떠하든 간에, 이야기가 온통 조잡하고 해결되지 않은 부분으로 가득해지지 않으려면 어느 정도는 반드시 계획을 해야 한다. 어디로 가는지 모른 채 글을 쓰면 이야기는 두서없이 흘러가다가 결국 휴지통에 들어가고 만다.

책을 한 권 쓰는 일은 엄청난 작업이다. 해변 장면에서 해리가 존에게 무슨 말을 할지 몇 달 동안 정확하게 기억하기란 거의 불가능하다. 문제는 좋은 생각이 떠올랐더라도 적어두지 않으면 그 장면을 쓸 차례가 되었을 때 전혀 기억나지 않는다는 것이다.

그러므로 자세한 시놉시스, 메모, 간략한 개요, 연대표, 엑셀, 공책, 칠판 등 무엇이든 생각을 정리해둘 방법을 찾아야 한다. 그러지 않으면 앞 장을 뒤적이거나 컴퓨터 파일을 검색해서 필요한 세부 사항을 찾고 영감이 떠오르길 기다리고 많은 부분을 수정하느라 시간을 허비하게 된다.

+ 언제부터 쓰기 시작할 것인가?

이야기를 미리 계획하면 헛수고가 줄어들고 글 쓰는 속도가 빨라지며 초고를 다듬는 과정이 수월해진다. 하지만 지나치게 계획만 세우는 경우도 있다. 어리석게도 초보 작가는 머릿속에서 이야기를 완성하고 필요한 조사를 마치고 글을 쓰는 시간을 확보하고 글을 쓸 기분이 생기거나 영감이 떠오른 다음에야 글을 쓰기 시작하려고 한다.

그러나 이야기는 완벽하게 계획할 수 없다. 모든 것을 제대로 준비한 다음에야 글을 쓰려 한다면 금방 벽에 부딪혀 더 이상 나아갈 수 없을 것이다.

이야기를 쓰기 전에는 어느 정도 조사를 하는 것이 꼭 필요하며 현명한 일이다. 조사를 해야 불가능하거나 잘못된 가정을 바탕으로 플롯을 짜는 일을 피할 수 있다. 하지만 그 이상으로는 어떤 정보가 필요할지 미리 알기 힘들기 때문에 일단 글쓰기를 시작하고 필요할 때마다 정보를 찾아보는 게 좋다.

시간이 날 때를 기다렸다가 휴가 기간에 며칠 동안 몰아서 글을 쓰려는 생각은 마치 1년 중 50주 동안은 자전거를 멀리하다가 남은 2주 동안 자전거를 타고 전국 일주를 하려는 것과 비슷하다. 그렇게 하면 근육통과 타박상에 시달리게 되고 행복하지도 않을 것이다. 어쩌면 자전거가 꼴도 보기 싫어질지 모른다.

갑자기 영감이 떠오르는 한밤중이나 예측할 수 없는 시간에 글이 가장 잘 쓰인다고 생각하는 사람이 많다. 그렇지만 사실 글쓰기는 기술이고 영감은 적절한 장소에 앉아서 기다리는 이에게 찾아온다. 이야기에서 영감에 사로잡혀 줄줄 써내려간 부분과 한 문장씩 힘들게 쥐어짠 부분을 독자는 구분하지 못한다. 작가도 책을 다 쓴 다음에는 어떤 부분을 쉽게 쓰고 어떤 부분을 머리를 쥐어뜯으며 썼는지 기억하지 못할 것이다.

단 몇 분씩이라도 규칙적으로 글을 쓰면 기량을 유지하고 이야기를 생생하게 기억해서 시간이 많이 날 때 곧바로 글을 쓸 준비를 할 수 있다.

글을 하루에 한 쪽씩 쓴다면 1년 뒤에는 소설 한 편 길이의 원고가 쌓인다. 미리 계획을 해야 빤한 문제를 피할 수 있지만 그렇다고 글쓰기의 시작을 미루지는 말자. 계획은 글을 쓰지 않을 좋은 핑계다.

+ 자료 조사를 어떻게 할 것인가?

'아는 것을 쓰라.'는 말은 좋은 충고다. 익숙하지 않은 이야기를 쓰다 보면 오류를 범하기 쉽다. 심지어 어디서 틀렸는지 알아차릴 만한 배경지식이 없기 때문에 자신이 오류를 범했는지도 모를 때가 대부분이다. 따라서 글을 쓰기 전에 이야기의 배경, 문화, 직업, 윤리 등에 대해 구체적으로 잘 아는 것이 중요하다. 늘 아는 것만 쓸 수 없으니 쓰는 것에 대해 알아야 한다.

하지만 SF의 경우는 어떤가? 시간 여행은? 존재하지 않는 세계와 생명체, 이론상으로만 가능한 개념에 대해서는 어떻게 알 수 있는가?

또 역사물은 어떤가? 옛 서부 시대로 돌아가 무슨 일이 있었는지 볼 수는 없지만 당시 사람들이 직접 기록한 글을 읽을 수는 있다. 하지만 기록이 남아 있지 않은 더 먼 과거에는 사람들이 어떻게 살았는지, 무슨 생각을 했는지, 무엇을 먹고 입었는지 어떻게 알 수 있는가? 여주인공이 가상 국가의 공주라면 어떻게 할 것인가? 공주여야지만 그런 이야기를 쓸 수 있는가?

독자가 로맨스물을 선택하는 1차적인 목적은 러브스토리를 읽는 것이지만 책을 읽는 동안 이야기에 등장하는 장소나 직업, 시대적 배경에 관해서도 뭔가 알게 되길 바란다. 그리고 그 내용이 정확할 것이라 생각한다.

또한 독자는 자신의 지식과 경험으로 이야기에 접근한다. 작가가 이야기에서 독자가 알고 있는 사실과 다르게 말한다면 신용을 잃고 독자도 함께 잃을 것이다. 독자는 작가가 오류를 범했다는 사실을 깨달으면 작가가 이야기하는 다른 것들까지 잘 믿지 못하게 된다.

작가가 실수를 하거나 명백한 사실을 놓치는 경우도 마찬가지다. (예를 들어 '매그니피선트 마일'이라고 부르는 시카고의 한 거리를 실수로 '골든 마일'이라 할 수 있다. 또한 고가 철도 바로 아래에 있는 주인공의 집이 철도와 얼마나 가까운지 강조하고도, 한 번도 주위로 기차가 덜컹거리며 지나가지 않고 창문이 흔들리지 않을 수 있다.) 이야기의 주인공이 소방관이라면 일산화탄소와 이산화탄소의 차이를 알 텐데 이것을 틀리면 독자는 작가가 사실을 정확히 쓰려는 노력을 하지 않았다고 여길 것이다. 리젠시 로맨스를 쓰는데 공작과 남작의 차이도 모른다면 독자는 작가가 멍청하거나 나쁘게는 독자를 바보 취급한다고 생각할 수 있다. 목장을 소유한 백만장자가 암소와 미경산우(새끼를 낳은 적 없는 암소), 수소와 거세우, 거세마와 종마 같은 단어를 헷갈리면 독자는 작가가 목장에 관해 무슨 이야기를 해도 믿지 않을 것이다.

그러니까 조사를 하라는 소리다.

하지만 어디에서 무엇을 조사해야 하는가? 소설을 쓸 때는 보통

두 종류의 정보가 필요하다. 계획 단계에서는 등장인물과 사건을 구성할 때 활용할 수 있는 일반적인 사실이 필요하고, 글쓰기 단계에서는 이야기의 신뢰성을 보장하는 구체적인 정보가 필요하다. 이제 각 단계에서 필요한 정보를 어떻게 조사하는지 자세히 알아보자.

일반적인 사실 조사하기

이야기를 계획할 때는 우선 장소나 직업에 관한 일반적인 지식을 광범위하게 모아야 한다. 이런 기본적인 정보는 주인공의 직업이 무엇인지, 이야기에서 어떤 사건이 일어날지 정할 때 도움이 된다. 마찬가지로 주인공이 어떤 종류의 직업을 가지면 안 되는지, 어떤 사건이 일어날 수 없는지 판단할 때도 도움이 된다.

일반적인 정보를 얻는 출처는 다양하다. 몇 가지 예를 들자면 다음과 같다.

- **개인적인 경험 :**

  최고의 조사는 직접 경험하는 것이다. (물론 관찰을 잘 해야겠지만) 그 자리에 있는 것보다 더 나은 조사 방법은 없다. 하지만 미국 남북전쟁을 배경으로 하는 소설을 쓰면서 그 당시로 돌아가 볼 수는 없다. 그러나 남북전쟁 당시 격전지였던 게티즈버그에 가서 전투가 벌어졌던 곳을 걸으며 거리와 방위에 대한 감을 잡고 지형을 살펴볼 수는 있다.

개인적인 경험을 활용할 때는 반드시 정확하고 이해할 만한지 확인해야 한다. 1980년대에 밀스 앤 분의 편집국장을 지낸 재키 비앙키Jacqui Bianchi가 한 미국 작가에 대해 얘기한 적이 있다. 그 작가는 런던에 관광하러 갔다가 그곳이 너무 좋아서 런던을 배경으로 책까지 썼다. 이야기에서 남녀 주인공은 여주인공이 소화전에 걸려 남주인공의 품으로 넘어지는 바람에 만나게 된다. 하지만 런던의 소화전은 지하에 매립되어 있고 뚜껑과 인도의 높이가 같다. 작가는 고작 일주일간 런던에 머물렀고 그 사실을 알지 못했다. 여주인공이 꼭 넘어져야 한다면 소화전 말고도 걸려 넘어질 만한 다른 것은 많으니, 그나마 이 예는 간단히 고칠 수 있는 편이지만 어떤 오류는 책을 다 쓰고 나면 고치기가 무척 힘들다.

개인적으로 경험한 사건을 이야기에 활용하는 경우에는 어느 선까지만 동일하게 묘사하는 편이 안전하다. (이는 1차 자료나 사례 연구, 인터뷰에서 실제 사건을 가져오는 경우에도 마찬가지다.) 가끔은 현실이 소설보다 더 소설 같을 때도 있다. 실제 사건은 논리적일 필요가 없지만 소설 속의 사건은 앞뒤가 맞아야 한다.

· **다른 사람의 경험 :**

자기 자신의 경험 다음으로 좋은 자료는 다른 사람의 경험이다. 주변 사람들이 무엇을 잘하는지, 어디에 사는지, 어떤 경험을 했는지 알아보자. 그들의 직업은 무엇인가? 그들이 여행해본 곳은 어디인가?

변호사나 의사, 경찰, 소방관 등 정보원이 될 만한 사람을 알아두면 좋다. 그러면 그런 직업에 대해 조사해야 할 때 전화해서 물어볼 수 있다. 사람들이 칵테일파티나 회사 정수기 근처에서 나누는 얘기에 귀를 기울이자. 1년 동안 평화봉사단으로 활동한 회사 동료의 추억담이 당장은 쓸모없을지라도, 언젠가 그와 관련된 구체적인 정보가 필요할 때 누구에게 물어봐야 할지 알 수 있다. (이미 아는 사이라면 질문을 하기가 편하다. 코카인이 일반적인 성인용 관에 얼마나 들어가는지, 그 정도 양이면 시가가 얼마인지 조사하기 위해 마약 수사관에게 무턱대고 전화를 걸어 물어보긴 어렵다.)

정보를 요청하면 대다수 사람은 으쓱해져서 잘 도와준다. 특히 그들의 직업이나 경험에 대해 제대로 묘사하고 싶어서 그런다고 하면 더욱 적극적으로 도와줄 것이다.

정보원에게 질문을 할 때 생각하고 있는 기본적인 줄거리도 함께 알려주면 어떤 것이 가능하고 불가능한지, 어떻게 수정해야 말이 되는지 최선을 다해 알려줄 수 있으므로 무엇보다 도움이 되는 정보를 얻을 수 있다.

• **1차 자료 :**

어떤 일에 대해 조사할 때 아는 사람 중에 정보원을 찾을 수 없다면 1차 자료를 찾아보자. 1차 자료는 어떤 일을 실제로 경험한 사람이 그 일에 관해 작성한 자료다. 사건이 일어난 지 수년 뒤에 기억이 희미해진 상태에서 작성한 회고록보다는 사건이 일어나고 얼마 지나지 않았을 때 경험을 한 본인이 직접 작성한 것이 좋다.

1차 자료는 역사물뿐 아니라 현대물을 쓸 때도 유용하다. 예컨대 자서전을 보면 오늘날의 직업에 관해 알 수 있다. 자서전에는 성공담 외에 지금의 일을 하기까지 겪었던 어려움과 실수에 대해서도 나온다. 가장 힘들었던 수업, 동료의 농간 같은 구체적인 이야기는 작가에게 풍성한 자산이 된다.

1차 자료를 참고할 때는 외부인의 의견이나 사후의 평가, 자기중심적인 회고록이 아니라 개인적인 경험을 직접 서술한 자료를 찾아야 한다.

- **사례 연구 및 인터뷰 자료 :**

사례 연구와 인터뷰 자료는 1차 자료와 마찬가지로 실제 사건과 사람에 관한 기록이다. 하지만 대체로 사건을 경험한 사람이 직접 기록하지 않고 권위자나 전문가의 해석이 들어간다. 인터뷰는 대개 기자나 인터뷰어가 인터뷰이에게 경험한 것 중 가장 흥미로운 부분만 말하도록 유도한 것이다.

특히 사례 연구는 의학 정보가 필요할 때 유용하다. 주인공이 병에 걸리는 내용을 쓰고 싶다면 간호학교나 의학 도서관에 가보자. 실제 환자의 증상이 어땠는지, 어떤 진단을 받았는지, 어떻게 치료했는지, 합병증은 없었는지, 결과가 어땠는지 자세히 기록된 책을 볼 수 있다.

- **교과서, 여행 안내서, 실용서, 사용 설명서 :**

교과서는 한 분야에 대한 방대한 지식을 단시간에 살펴보고 어떤 방향으로 조사를 더 해야 할지 파악하는 데 도움이 된다. 교과서를 훑어보면 그 분야를 전공한 인물이 무엇을 잘하고 못할지 알 수 있다.

여행 안내서는 지리적인 장소에 대한 정보를 상세히 알려준다. 어느 지역에서 10월에 비가 올 확률은 얼마인지, 택시는 잡기 쉬운지, 지역 신문의 정치적 입장은 무엇인지, 박물관에서는 어떤 신기한 물건들을 볼 수 있는지 알 수 있다.

실용서는 등장인물의 행동을 묘사할 때 크게 도움이 된다. 남주 인공이 수도꼭지를 수리하며 여주인공에게 말을 거는 장면을 쓸 때 실용서에 나와 있는 구체적인 정보를 참고하면 장면을 사실적으로 묘사할 수 있다.

사용 설명서의 경우, 제품에 관한 정보는 유용할 수도 있고 그렇지 않을 수도 있다. 하지만 고장 수리에 관한 부분은 등장인물에게 골치 아픈 문제를 안겨줄 여러 가지 방법을 알려준다.

대다수 로맨스 작가에게 특히 유용한 자료는 옛날 예절책이다. 1920년대 이전의 예절책에는 큰살림을 꾸리는 법, 잔치를 여는 법, 구혼 절차에 따르는 법, 하인 교육법 등에 대한 정보가 상세히 나와 있다. 이런 정보는 역사물을 쓰는 작가뿐만 아니라 부유하고 화려한 세계가 등장하는 현대물을 쓰는 작가에게도 유용하다.

- **아동용 논픽션 :**

  어떤 주제에 관해 단시간에 알아보려면 도서관에서 어린이나 청소년 코너에 가보자. 어린이를 대상으로 한 논픽션은 세부적인 내용이 너무 많지 않고 요점만 전달하면서도 구체적이고 사실적이며 보기 쉽게 구성되어 있다. 독립전쟁을 배경으로 책을 쓰고 싶은데 전쟁이 언제 어디서 일어났는지 정확히 모른다면 도서관 어린이 코너에 가서 개략적인 내용을 알아보는 것이 좋다. 아동용 책에서는 필요한 정보를 깊이 있게 파악하기는 어렵지만 짧은 시간 안에 기본적인 내용을 알 수 있다. 일단 어느 방향으로 가야 할지 알면 구체적인 자료를 찾기가 더 쉬워진다.

- **소설 :**

  어떤 작가는 책의 주제나 역사적 배경에 관해 논문을 쓸 수 있을 정도로 세부 사항에 꼼꼼하게 신경 쓰는 반면 어떤 작가는 그리 신뢰할 수 없다. 소설을 읽다가 어떤 정보를 알게 될 때 작가의 말이 옳겠거니 하고 믿어서는 안 된다. 모든 것은 직접 확인해야 한다.

- **그 밖의 매체 :**

  오디오나 영상 자료에서 구체적인 내용을 가져오면 생생한 현장감을 줄 수 있으므로 이야기의 정서적인 영향력이 커진다. 하지만 비디오와 영화는 편집된 자료라는 사실을 기억해야 한다. 가능하면 제작자가 사실을 정확히 전달했는지, 전체 이야기를 담았는지 확인하자.

오디오나 영상 자료를 활용할 때 편집 장비가 없으면 특정 순간
이나 장면, 대사를 찾기가 책의 색인을 찾는 것보다 훨씬 힘들고
오래 걸린다.

- **인터넷 :**

  인터넷은 놀라운 자료의 보고지만 조사하는 사람을 압도하기 쉽
  다. 조사 범위를 엄격히 제한하지 않으면 자료에 파묻히기 십상
  이다. 자료의 대부분이 유용하지 않아서 계속 서핑만 하고 일은 하
  지 못하게 된다. 하지만 정확한 내용을 검색하기만 한다면 난해하
  고 구체적인 정보를 찾을 수 있는 최적의 장소다. 그러나 계획 단계
  에 필요한 일반적인 사실을 탐색할 때는 그리 유용하지 않다.

  영상 자료와 마찬가지로 인터넷에 있는 자료도 출처를 확인해야
  한다. 인터넷 자료는 무조건 믿기 전에 반드시 사실 확인을 하자.
  전문적으로 보이지만 정확하지 않은 웹 사이트도 많다.

  또한 인터넷은 개인적인 경험을 참고할 수 있는 좋은 통로다. 인
  터넷 게시판에 직업이나 취미, 장소에 관한 질문을 올리면 바로
  답변을 받을 수도 있다. 다시 말하지만 정보의 출처가 정통하고
  믿을 수 있는지 반드시 확인해야 한다.

구체적인 정보 조사하기

조사에 너무 빠져들어서 어떤 주제에 대해 모두 알려고 들면 결코 이

야기를 쓸 수 없다. 그러므로 구체적인 조사는 일반적인 조사를 마치고 글을 쓰기 시작한 다음으로 미뤄두는 편이 좋다. 여기서는 이야기를 한창 쓸 때에야 필요하다는 것을 알게 되는 구체적인 정보를 조사하는 법에 대해 알아볼 것이다. 어떤 경우에 더 깊은 조사가 필요할지 다음을 살펴보자.

- **법적인 문제 :**

  로맨스 소설에서는 소유권, 양육권, 상속, 고소 등 법적인 문제를 다루는 경우가 많다. 그러므로 신인 작가일 때 법률에 관한 기초 지식을 알아두면 나중에 불가능한 플롯에 시간과 노력을 낭비하지 않을 수 있다.

  이혼 전문 변호사가 등장하는 이야기를 쓸 때는 변호사가 의뢰인과 데이트를 하면 자격을 상실할 수도 있다는 사실을 미리 알아야 한다. 그러지 않으면 잘못된 이야기를 쓰게 된다.

  리젠시 로맨스에서 공작이 토지와 작위를 망나니인 큰아들 대신 작은 아들에게 물려준다면 당시의 법에 어긋난다. 독자가 그 법에 대해 알고 있다면 흥미를 잃을 것이다.

  이런 커다란 문제는 글을 쓰기 전에 알고 있어야 하므로 전반적인 독서에 시간을 투자하는 편이 좋다. 하지만 더 세부적인 문제는 나중에 조사하는 편이 안전하다. 이혼하려는 부부는 어떤 문제로 싸우는지, 작은 아들은 어떤 것을 상속받을 수 있는지 등은 정확히 어떤 이야기를 쓰고 싶은지 확실해지면 알아본다.

이야기에서 법적인 내용이 차지하는 비중이 클수록 조사를 더 많이 해야 한다. 주인공 중 한 명이 변호사라면 실제 변호사의 배경과 사고방식을 잘 알아두기 위해 변호사의 전기나 자서전을 한번 읽어보자.

일반인을 대상으로 한 좋은 법률 서적도 많다. 이런 책에는 기본적인 지식과 함께 구체적인 정보도 수록되어 있다. 온라인 서점에서 '일반인을 위한 법률'이나 '법적 권리' 같은 단어를 검색하면 법률 가이드를 비롯해 부동산이나 자녀 양육권 등 구체적인 분야를 다룬 책을 많이 찾을 수 있다.

최신 자료를 빨리 찾아보려면 인터넷이 제일 좋다. 구글에서 '미국 주'와 '결혼할 때 필요한 것'을 검색하면 미국 50개 주의 최신 혼인법에 대해 상세히 알려주는 수많은 사이트가 뜬다.

가능하면 변호사를 한두 명 사귀어두자. 많은 변호사가 복잡한 문제 풀기를 좋아하므로 가상의 법적인 문제에 대해 기꺼이 양쪽 처지를 모두 설명해줄 것이다.

• **의학 :**

등장인물의 건강 문제를 사실적으로 묘사하기 위해 의학적인 내용을 조사하려면 관련 인터넷 홈페이지를 검색하거나 의학 도서관에서 며칠 동안 연구 사례를 읽어보는 것이 좋다. (증상 및 질병이 색인으로 나와 있는) 가정용 의학 백과와 간호학 교과서도 기본적인 참고 도서로 보기 좋다. 내외과 간호학 교과서에는 흔하고 모호한 질병과 치료법이 자세히 나와 있다.

- **최신 기술 :**

의료, 테크놀로지, 컴퓨터 공학 같은 일부 전문 분야는 다른 분야
보다 빠르게 변화한다. 컴퓨터가 핵심적인 역할을 하는 플롯을
출판사에서 환영하지 않는 이유도 바로 그 때문이다. 그렇다고
빠르게 변화하는 분야에 대한 이야기를 전혀 쓰지 말라는 얘기는
아니다. 하지만 그런 분야를 다루기로 했다면 세부 사항을 신중
하게 선택하고 너무 구체적으로 묘사하지 않아야 한물간 이야기
가 되지 않는다.

- **직업윤리 :**

대부분의 직업에는 서면으로든 암묵적으로든 직업윤리가 있다.
이런 윤리는 해당 직업에 종사하는 등장인물의 행동에 영향을 미
친다. 예를 들어 의사의 직업윤리에는 환자와 환자의 가족을 어
떻게 대해야 하는지도 포함된다. 만약 의사가 환자와 사귄다면
그 환자의 치료에서 손을 떼야 할 수도 있다. 의사가 자신의 가족
을 치료할 수 있는 경우와 그렇지 않은 경우를 결정할 때도 직업
윤리를 고려해야 한다.

중요한 것은 이야기 속 의사가 직업윤리를 따르지 않더라도 알고
는 있어야 한다는 점이다. 의사가 직업윤리를 깨트리고 환자와
연애를 한다면 (어떤 성격의 사람인지에 따라) 죄책감이나 은밀함,

뿌듯함 등을 느껴야지 그에 대해 아무런 생각이 없으면 안 된다. 작가가 의사의 직업윤리에 대해 모르면 의사인 등장인물이 하는 행동이 윤리를 아는 독자의 눈에 그럴듯하게 비치지 않는다.

어떤 직업의 윤리에 대해 정확히 잘 모른다면 그 직업에 종사하는 사람에게 무엇이 허용되고 무엇이 금지되는지 물어보자. 그런 사람이 주위에 없을 때는 인터넷에서 그 직업에 관련된 단체나 조합을 찾아 담당자에게 연락하면 된다. 사람들은 자신의 직업이 정확하고 현실적으로 묘사되길 바라므로 가능하면 언제든 도와줄 것이다.

- **시대 배경 :**

역사 로맨스를 쓰려는 사람들 중에는 시대적 배경에 대해 잘 알지 못하거나 그 시대를 딱히 더 좋아하지 않는 경우가 종종 있다. 한편으로는 조사를 너무 많이 해서 로맨스 말고 역사 교재나 사회학 논문, 언어 교본을 써야 할 정도인 경우도 있다.

배경이 어느 시대든 사실적으로 묘사하려면 충분히 아는 것이 중요하다. 대개 가장 조사하기 힘든 내용은 사소하고 일상적인 문제다. 연구 논문도 일상적인 집안일까지는 상세히 파고들지 않으므로 여주인공이 드레스를 어떻게 수선할지, 드레스 아래에는 무엇을 입을지 알아내려는 것은 시간 낭비일 수 있다. 하지만 이야기에 그런 세부적인 내용이 들어가면 독자가 장면을 머릿속에 떠올리고 이야기에 빠져드는 데 도움이 된다.

전 세계적으로 복식 박물관이 많이 있으므로 그런 곳의 웹 사이트에 가보면 도움이 될 만한 자료를 찾을 수 있다. 영국 배스에 있는 의상 박물관www.museumofcostume.co.uk과 뉴욕에 있는 메트로폴리탄 미술관www.metmuseum.org의 홈페이지에도 몇 세기 전 의상이 올라와 있다. 가까운 도서관에 세계 복식 백과사전이 있을 수도 있다.

지난 시대의 사소한 문제들에 대해 구체적으로 알려주는 좋은 참고 도서가 점점 많아지고 있다. 라이터스 다이제스트Writer's Digest에서 나온 시리즈에는 리젠시, 빅토리아 시대, 엘리자베스 1세 시대 등 다양한 시대의 일상생활을 전문적으로 다룬 책들이 있다. 대니얼 풀 Daniel Pool의 《제인 오스틴은 무엇을 먹고 찰스 디킨스는 무엇을 알았을까What Jane Austen Ate and Charles Dickens Knew》 같은 책에는 그 시대의 상속법, 형법, 사회적 규칙 등이 자세히 나와 있다.

역사물을 쓰기 위해 조사를 할 때는 1차 자료가 특히 중요하다. 편지와 일기는 특정 시대에 살았던 실재 인물에 대해 역사책보다 더 많은 정보를 알려준다. 또한 신문은 당시에 어떤 일이 벌어졌는지뿐만 아니라 어떤 사건을 상대적으로 중요하게 여겼는지도 알려준다. 편지, 일기, 신문은 당시의 어휘에 익숙해지는 데에도 유용하다. 예전 신문은 도서관에서 마이크로필름 형태로 이용할 수 있고, 역사적인 날짜의 신문은 1면만 묶어서 책으로 발간하거나 개별적으로 다시 팔기도 한다.

또한 역사물의 등장인물에게는 반드시 시대에 어울리는 이름을 붙여야 한다. (아기 이름 짓기 책을 보면 유명한 사람들의 이름과 그 이름의 기원, 유행하던 시기를 알 수 있다.) 이야기의 배경이 되는 시대에 아직 발명되지 않은 물건이나 존재하지 않던 장소가 등장하지 않도록 주의하자. 현대식 어휘나 표현, 행동, 태도에도 주의해야 한다. 리젠시 로맨스에서 남주인공이 서류 가방을 들거나 호텔 바에서 한잔한다면 작가가 조사를 하지 않고 상상력만 발휘한 탓이다. 역사물에서 남주인공이 여주인공에게 인생을 즐기라고 말하는 것은 그럴듯하지 않다. 자존감은 21세기의 개념이므로 중세 시대의 여주인공이 자존감에 대해 고민하는 것도 시대착오적이다.

어떤 표현이 시대적 배경에 적절한지 의문이 들 때는 대사전을 참고하면 단어나 표현이 처음 사용된 때를 알 수 있다. 속어 사전도 시대에 맞는 대화를 쓰는 데 유용하다.

역사물을 쓸 때 유용한 또 다른 자료는 예전 백과사전이다. 브리태니커 백과사전 웹 사이트www.britannica.com에는 예전 판에 실렸던 글을 볼 수 있는 고전 부문이 따로 있다. 브리태니커는 예전 백과사전 중 일부를 다시 출간하기도 한다. 예컨대 세 권짜리 1771년판 백과사전을 보면 지금 보기에는 소름 끼치는 당시의 의술과 출산 같은 주제에 관해 상세히 알 수 있다.

역사적 사실이 현대의 정서와 충돌할 때도 있으므로 현명한 작가는 가끔 현대 독자의 생각에 맞게 사실을 왜곡하기도 한다. 현대적 가치와 역사적 사실이 심하게 부딪치는 분야는 여성인권, 결혼연령, 개인위생 등이다. 역사 로맨스의 남녀 주인공은 수백 년 전의 신랑 신부에 비해 관점과 행동이 현대적이며 연령대가 높고 깨끗하다.

- **장소 배경:**

주위 환경을 이야기의 배경으로 쓰면 상당히 유용하다. 배경이 될 장소에 대해 이미 잘 알고 있기 때문에 자세한 묘사에 필요한 세부 사항을 조사하지 않아도 된다. 조사해야 할 것이 줄어들면 이야기를 쓰다가 집중이 흐트러질 일도 줄어든다.

하지만 여기에는 큰 단점도 있다. 이미 잘 아는 장소이기 때문에 객관적으로 보기 힘들어 중요한 것을 놓치고 독자가 알고 싶어 하는 부분을 말해주지 못할 수도 있다.

작은 마을에 산다면 주위 환경을 그대로 쓰지 말고 각색하는 편이 좋다. 작은 마을을 이야기의 배경으로 삼고 싶다면 상상으로 만들어내자. 그러면 작은 마을에서 살아온 경험을 활용해도 실제로 존재하는 특정 마을의 모습에 구애받지 않을 수 있다.

대도시에 산다면 주위 환경을 각색할 필요가 없다. 사람들은 그곳의 주요 거리와 건물, 회사, 동네를 일일이 다 알지 못한다. (구체적으로 말하자면 인구가 10만 명 이하인 도시는 각색을 해야 한다.)

하지만 대도시를 배경으로 활용하더라도 세부 사항을 파악하기 힘들고 거리나 건물과 같이 틀릴 경우 쉽게 들통나는 요소는 각색하는 편이 합리적이다. 유명한 고층 건물을 배경으로 하면 내

부를 사실적으로 묘사하기 힘들 수 있고, 거짓으로 묘사하는 경우에는 실제 모습을 희미하게라도 기억하는 사람들이 알아챈다. 고층 건물을 상상으로 만들어내면 실제 건물을 참고하더라도 내부 공간은 원하는 대로 꾸밀 수 있다.

가상 국가처럼 완전히 허구적인 장소를 배경으로 삼을 때는 세부 사항이 일관적이고 진짜 같아야 한다. 세부 사항이 일관적이지 않거나 빈곳이 있으면 이야기가 어긋난다. 가상의 국가는 실제 국가를 바탕으로 (또는 여러 국가의 특징을 섞어서) 만들어내면 아무것도 없는 데서 지어내는 것보다 훨씬 그럴듯하다. 작가는 자신이 창조한 가상 국가의 정부가 어떻게 운영되는지, 지금의 왕가가 600년 전에 어떻게 왕권을 잡았는지 알고 있지만 독자에게 알려주지 않을 수도 있다. 하지만 책에 쓰지 않더라도 그런 내용을 알고 있으면 일관성을 지키고 이야기를 실감나게 하는 데 도움이 된다.

- **파라노말 :**

다른 세상이나 외계인, 미래 사회, 시간 여행, 초능력자 등을 다룰 때 가장 중요한 것은 논리와 일관성, 그럴듯함이다. 상상력만으로는 부족하다. 현실에 기초하지 않고 만들어낸 우주는 설득력이 없다. 기초과학을 자유롭게 적용하려면 시간을 투자해 강의를 듣거나 그만큼의 공부를 하는 것 외에는 방법이 없다.

좋은 SF 소설을 쓰려면 현실의 화학과 물리를 잘 알아야 한다. 그래야 알려진 과학 지식을 출발점으로 삼아 기존의 과학 법칙을 변형해 현실 세계와는 다르지만 똑같이 논리적이고 그럴듯한 세계를 창조할 수 있다. 미래 사회를 그럴듯하게 묘사하려면 과거와 현재의 사회학, 심리학, 정치학을 공부해야 과거와 현재의 흐름이 어디로 이어질지 논리적으로 예상할 수 있다.

이야기에서 시간 여행을 하는 원리가 과학 법칙에 근거를 둔다면 이야기가 훨씬 그럴듯해진다. 그리고 시간 여행을 어떻게 하든 반드시 논리적이고 일관성이 있어야 독자를 설득할 수 있다. 그냥 엘리베이터가 타임머신이 될 수 있다고 말해서는 안 된다. 엘리베이터를 통해 1820년으로 간 주인공이 현재로 다시 돌아올 때 어떻게 엘리베이터를 탈 수 있는지 독자에게 설명해야 한다.

초자연적인 능력을 가진 인물이 등장하는 이야기를 쓴다면 전설과 민담에 관심을 가져야 한다. 기존의 문학 작품들을 읽어보자. 이야기에 등장하는 늑대 인간이 반드시 전설과 똑같을 필요는 없지만 다르다면 왜 다른지 설명해야 한다. 사람들이 일반적으로 지닌 믿음을 무시하면 독자는 작가가 이 분야를 잘 모른다고 생각하고 책을 더 이상 읽지 않을 수 있다.

가상 세계가 현실과 동떨어질수록 그곳에서 일어나는 모든 일에 논리적인 설명이 필요하다. 독자는 작가가 만들어낸 세계의 법칙을 파악하기 위해 평소보다 더 집중하기 때문에, 작가가 스스로 정한 논리나 법칙을 잘못 사용하고 깨뜨리면 쉽게 알아차린다.

작가는 자신이 창조한 세계의 규칙을 일단 정하면 물리 법칙처럼 거기서 벗어날 수 없다. 규칙을 플롯에 유리한 대로 적용했다가 안 했다가 하면 안 된다. 타임머신이 작동하는 조건을 정했다면, 플롯상 여주인공이 시간 여행에 실패해야 한다는 이유만으로 조건이 충족되는데도 타임머신이 작동을 멈췄다고 하면 안 된다. 뱀파이어가 혈액형이 같은 사람의 피만 빨 수 있다는 규칙을 세웠으면 나중에 규칙을 깨고 아무나 물게 해서는 안 된다. 아니면 더 이상 규칙을 지키지 않아도 되는 이유를 독자가 납득할 수 있게 설명해야 한다.

실전연습

지금까지 읽은 로맨스 소설들을 떠올리며 아래 질문에 답을 해 보자.

- 이야기의 어떤 부분을 쓸 때 조사가 필요했을까?
- 책을 쓰는 데 활용한 정보를 어디서 찾았을까?
- 내가 소설을 쓰기 전에 필요한 일반적인 사실은 무엇일까?
- 내가 소설을 쓰는 도중에 필요한 구체적인 정보는 무엇일까?

작가가 자신이 조사한 내용이 사실임을 알고 분명히 작가가 옳다 해도 독자는 아니라고 알고 있는 경우가 있다. 예를 들어 작가는 16세기 스코틀랜드에 소몰이가 있었다는 사실을 확인하고 글을 썼는데 독자는 작가가 텍사스와 착각했다고 확신할 수 있다. 또 대도시의 아동 병원을 배경으로 신생아 전문의들이 교대로 근무하며 미숙아가 있는 인큐베이터에서 30초 거리에 대기하고 있다고 쓰면, 침상이 열 개인 작은 병원 하나에 소아과 의사는 다른 주에 가야 만날 수 있는 작은 마을에 사는 독자는 작가가 말도 안 되는 이야기를 한다고 생각할지 모른다. 작가가 엉터리라고 확신하는 바람에 독자가 책을 던져버린다면 사실을 말한다고 다가 아니다.

이런 경우에 사실을 증명할 책임은 작가에게 있다. 소몰이나 신생아 전문의에 대해 보여주기만 하지 말고 사실을 알고 이야기한다는 것을 독자에게 이해시켜야 한다. 그러려면 믿지 않을 수 없도록 장면을 아주 분명하게 묘사하든지, 스스로 질문을 던져 설명할 계기를 만든다(신생아실에 온 방문객이 의사가 얼마 만에 달려오는지 물어볼 수 있도록 한다).

그래도 여전히 독자는 작가가 내용을 지어냈다고 생각할 수 있지만 적어도 작가가 모르고 썼다고는 생각하지 않을 것이다.

로맨스 소설 필수 요소 4가지

계획 없이 글을 쓰는 편이라 해도 첫 번째 장을 쓰기 전에 이야기에 대해 최소한 몇 가지는 정하고 시작해야 한다. 많은 작가가 이야기를 시작은 하지만 끝을 내지 못하는 이유는 모든 로맨스 소설에 있는 기본적인 필수 요소를 잘 알지 못해서다.

사전에 세부적인 내용까지 모두 계획하기란 불가능하지만, 이야기의 뼈대조차 세우지 않는다면 이야기가 진전되지 않아 절망감에 허우적대거나 첫 번째 장만 계속 고쳐 쓰다가 넌더리가 나게 된다.

그렇다면 미리 알아야 할 기본적인 요소는 무엇일까?

우선 앞에서 정리했던 로맨스 소설의 정의를 다시 한 번 살펴보자. 로맨스 소설이란 남녀 주인공이 그들을 갈라놓는 위협적인 문제를 함께 해결하다 서로 사랑을 느끼고, 그것이 평생에 단 한 번 찾아오는 사랑임을 깨달아 결국 영원을 약속하고 해피엔드를 맞이하는 이야기다.

요약하자면 로맨스 소설을 구성하는 기본적인 필수 요소 네 가지는 다음과 같다.

1. 사랑에 빠지는 남녀 주인공
2. 남녀 주인공 사이의 갈등
3. 평생 단 하나뿐인 사랑
4. 마지막은 해피엔드

이 요소들이 전체 이야기를 지탱하는 대들보다. 각각의 요소는 고층 건물의 철골구조처럼 서로를 지지한다. 하나가 약하거나 잘못되면 전체 구조가 무너지고 만다.

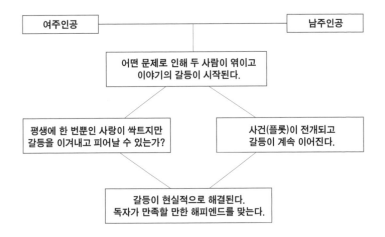

+ 사랑에 빠지는 남녀 주인공

사랑에 빠지는 두 사람이 없으면 이야기도 없다. 작가는 독자에게 주인공과 함께 몇 시간을 보내달라고 부탁하는 셈이므로 독자가 알고 싶어 할 만한 인물을 창조해야 한다. 주인공은 독자가 인간적으로 이해할 수 있도록 현실적이어야 하고 독자가 책 읽는 시간을 아까워하지 않도록 공감을 불러일으켜야 한다.

독자가 책을 읽는 몇 시간 동안 함께하는 인물은 대부분 여주인공이다. 그러므로 독자가 여주인공을 이해하고 좋아하고 존중할 수 있어야 한다. 여주인공은 함께 어울리고 싶은 인물이어야 하고 실제로 존재하는 사람처럼 느껴져야 한다.

남주인공은 독자가 반할 만한 인물이어야 한다. 그러나 단순히 반하기만 하는 것이 아니라 사랑을 계속해서 유지하고 싶어 해야 한다. 그와 함께라면 여주인공이 영원히 행복하리라고 믿을 수 있어야 한다.

따라서 작가는 주인공에 대해 아주 잘 알고 있어야 한다. 주인공을 내 자신만큼 알지 못하면 남녀 주인공이 문제에 직면하거나 서로를 만났을 때 어떻게 반응할지 어찌 알겠는가? 가끔 어떤 작가는 이렇게 말하기도 한다. "나는 여주인공에게 수작을 거는 나쁜 남자를 등장시키려고 했지만 여주인공이 눈을 부라리며 '그러면 화낼 거야'라고 하는 바람에 여주인공이 남주인공에게 도움을 청할 수밖에 없는 다른 방법을 찾아야 했죠."

지금 작가가 무슨 헛것을 보느냐고 반문할 수도 있다. 주인공은 어쨌든 작가가 창조한 인물인데 어떻게 작가에게 협조하지 않겠다고 할 수 있는가? 사실 작가가 하고자 하는 말은 여주인공이 너무 실재하는 것 같아서 주어진 상황에서 어떻게 행동하고 반응할지 알 수 있다는 것이다. 그래서 작가가 인물의 가치관이나 성격에 부합하지 않는 상황을 쓰려고 할 때는 인물이 계획에 따라주지 않는다.

로맨스 소설의 첫 번째 필수 요소인 주인공을 현실적이고 공감할 수 있으며 그럴듯한 인물로 만드는 법에 대해서는 2장에서 자세히 살펴보자.

+ 남녀 주인공 사이의 갈등

남녀 주인공 사이의 '관계'가 로맨스 소설의 핵심이지만 그것이 전부는 아니다. 어떤 이야기의 갈등이 남녀 주인공이 서로에 대한 사랑을 인정할지, 언제 인정할지뿐이라면 만족스럽지 않을 것이다. 로맨스물을 읽는 독자는 처음부터 주인공들이 사랑에 빠질 것을 알고 있다. 두 사람이 데이트를 하며 서로를 알아가고 천천히 서로의 매력을 탐구하는 모습을 지켜보기란 그다지 재미있는 일이 아니다.

독자의 관심을 유지하는 것은 남녀 주인공이 사랑에 빠지는 순간에 그들을 둘러싸며 해피엔드를 맞이하지 못하게 위협하는 어려움이다. 이런 어려움이 주인공들에게 어떤 영향을 미치는지, 주인공들을 어떻게 압박해 그들의 장단점을 끄집어 내는지가 이야기를 흥미롭게 만든다.

여기에서 로맨스 소설과 현실이 크게 달라진다. 대부분 현실에서는 남녀가 서로를 알아가는 동안 잔잔하고 평화롭기를 바란다. 하지만 잔잔하고 평화로운 이야기는 독자를 사로잡지 못한다. 주인공들이 직면한 문제가 그들 사이에서 긴장을 유발할 때 이야기는 흥미로워지고 기억에 남게 된다.

바로 이 주인공들 사이에 흐르는 긴장이 두 번째 필수 요소인 '갈등'이다. 신나게 인물을 창조하고 이야기를 전개하다 보면 플롯과 갈등을 혼동하기 쉽다. 플롯은 남녀 주인공이 사랑에 빠져 있는 동안 일어나는 일련의 사건들이다. 갈등은 남녀 주인공이 함께하지 못하게 위협하는 둘 사이의 어려움으로 그들이 직면하고 있는 문제로 인해 발생한다.

로맨스 소설에는 대부분 두 가지 유형의 갈등이 있다. 첫 번째는 외적 갈등이라고도 하는 단기적인 문제로, 두 주인공이 처음으로 엮이게 되는 상황을 둘러싼 문제다. 남녀 주인공은 단기적인 문제 때문에 어쩔 수 없이 계속 함께 있으면서 서로를 알아가게 된다. 두 번째는 내적 갈등이라고도 하는 장기적인 문제다. 주인공 각자의 내면 깊숙이 자리하고 있는 어려움으로 두 주인공이 함께 행복할 수 없도록 위협한다.

초보 작가의 이야기에는 남녀 주인공에게 여러 가지 문제가 있는 경우가 많다. 남주인공은 사업이 잘되지 않으며 양육권 소송 중이고 여주인공은 아버지와 사이가 좋지 않고 빚을 지고 있다. 하지만 이런 문제들이 남녀 주인공 사이에 긴장을 유발하지 않는다면 이야기에 갈등은 없다.

남녀 주인공이 항상 다툴 필요는 없다. 사실 사사건건 부딪치지 않으면 더 좋다. 하지만 남녀 주인공이 모든 면에서 의견이 일치하고 연애가 잔잔하고 평화롭다면 무엇이 그들이 사랑에 빠졌다는 사실을 알아채고 방해하는가?

반대로 사이가 좋지 않다면 왜 어느 한쪽이 떠나버리지 않는가? 왜 서로를 피할 수 없는가?

갈등에 대해서는 2장에서 자세히 살펴보며 무엇이 갈등이고 무엇이 아닌지, 현실적이고 그럴듯한 갈등은 어떻게 만드는지 알아볼 것이다.

+ 평생 단 하나뿐인 사랑

로맨스 소설에 로맨스가 필요하다는 사실은 명백하다. 어쨌든 로맨스 소설은 러브스토리이므로 남녀 주인공이 반드시 사랑에 빠져야 한다. 하지만 잠깐만 생각을 해보면 이것이 보기보다 까다롭다는 점을 알게 된다.

시놉시스에 '두 사람이 서로 알아가면서 사랑에 빠진다'라고 쓰기는 쉽다. 하지만 커가는 사랑을 보여주는 일은 전혀 다른 문제다. 사랑이 너무 빨리 커버리면 독자는 지루해한다. 또 사랑이 너무 천천히 커지면 독자는 해피엔드를 믿지 않는다.

남녀 주인공은 각각의 사건을 겪으면서 서로를 다르게 바라보고 상대의 특징을 새롭게 발견하며 더 깊이 알아간다.

소중한 관계가 한 단계씩 천천히 피어나는 것을 묘사하기란 사건에 집중하거나 악당의 계획을 상세히 설명하는 것보다 훨씬 어렵다. 이야기의 뼈대를 세울 때는 서로에 대한 남녀 주인공의 반응이 중요하다는 점을 명심해야 한다. 각자에게 상대의 새로운 면을 가장 잘 보여주는 사건은 무엇인가? 서로를 사랑에 빠지게 만든 각자의 특징은 무엇인가? 이들의 이야기가 독자에게 영원히 기억될 만큼 그들이 (처음에는 그렇게 보이지 않더라도) 서로에게 완벽한 짝인 이유는 무엇인가?

성공적인 로맨스의 세 번째 필수 요소인 '영원한 사랑'에 대해서는 2장에서 좀 더 상세히 살펴볼 것이다.

+ 마지막은 해피엔드

당신이 쓰는 이야기는 어떻게 끝나는가? 이야기를 쓰기 전부터 주인공이 어떻게 문제를 해결하고 행복한 결말을 맞이할지에 관해 모든 내용을 알고 있어야 한다는 뜻은 아니지만 좋은 생각이 있으면 언제나 도움이 된다. 목적지를 염두에 두고 있으면 여정이 더 쉬워진다.

지금 로맨스 소설을 쓰고 있다면 이야기는 반드시 '해피엔드'로 끝나야 한다. 해피엔드에서는 대부분의 경우에 남녀 주인공이 영원을 약속한다.

이야기의 뼈대를 세울 때 주인공들이 나중에 어디서 살고 아이를 몇 명이나 낳을지까지 생각할 필요는 없다. 하지만 이야기에서 다루는 큰 사안들에 대해서는 생각해야 한다. 주인공들 사이의 갈등이 생활 방식에 관한 것이라면 (예컨대 남자는 시골을 좋아하는데 여자는 화려한 도시를 원한다면) 그들은 타협하는가, 아니면 한 명이 포기하는가? 남주인공이 여주인공의 직업을 싫어한다면 둘 다 만족할 수 있는 해결책은 무엇인가? 여주인공이 남주인공을 믿지 못한다면 그는 어떻게 자신을 증명하는가? 또는 어떻게 해서 여주인공이 그를 믿을 수 있다고 생각하게 되는가?

결말에서는 주인공들을 갈라놓았던 문제들을 독자가 보기에 만족스럽고 논리적인 방식으로 해결하는 일이 가장 중요하다. 피하지 말고 모든 문제를 다루어야 한다. 해결책이 상황과 인물에 맞고 그럴듯해야 문제가 완전히 해결되었고 나중에 주인공들이 불만을 갖지 않으리란 것을 독자가 믿을 수 있다. 결말은 주인공의 행동에서 나온 결과여야지, 다른 이의 개입이 있어서는 안 된다.

결말에 대해서는 2장에서 자세히 살펴볼 것이다. 갈등의 해결책을 계획하는 법과 주인공들 사이에 문제가 되는 사안을 어떻게 결론지을지 결정하는 법을 알아본다.

실전연습

남녀 주인공과 갈등, 평생의 사랑, 해피엔드에 관한 생각을 아직 종이에 옮길 준비가 안 되었을 수도 있다. 그래도 이제 이러한 요소가 이야기에서 왜 중요한지는 알았을 것이다. 이런 요소들에 대해 개별적으로뿐 아니라 이야기가 전개됨에 따라 서로 어떻게 연관될지도 반드시 생각해야 한다.

글을 쓸 때 다음 질문들을 명심하면 좋다. 이야기를 계획하다가 막힌다고 느껴지면 이 질문들을 다시 생각해보자. 글을 쓰는 초반에 조용히 생각할 시간을 가지면 수정할 때 시간을 많이 아낄 수 있다.

- 이제껏 읽은 로맨스 소설들을 돌이켜보며 각 이야기의 남녀 주인공, 갈등과 문제, 러브스토리, 결말에 대해 말해보자.
- 각 이야기의 남녀 주인공은 어떤 면에서 주인공다운가? 현실적인가? 공감이 가는가?
- 남녀 주인공 사이에 긴장을 유발하고 해피엔드에 도달하지 못하게 위협하는 문제는 무엇인가?
- 그 문제는 남녀 주인공에게 어떤 영향을 미치는가? 그들이 서로를 떠날 수 없는 이유는 무엇인가?
- 두 주인공의 사랑이 특별한 이유는 무엇인가? 이 사랑이 그들에게 완벽하고 그 과정이 최고의 러브스토리인 이유는 무엇인가?
- 주인공들 사이에 문제가 되었던 큰 사안들은 어떻게 해결되는가? 결말은 만족스러운가?

2장 작품을 쓰기 위한 기본

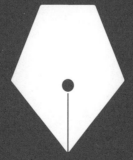

필수 요소 구성하기 1: 주인공

로맨스 소설의 주인공은 항상 두 명이지만 대부분의 책에서 초점은 여주인공에게 있다. 로맨스 소설은 주로 여주인공이 이야기를 이끌어간다. 남주인공의 시점과 생각도 등장하긴 하지만 대체로 여주인공의 시점과 생각이 큰 비중을 차지한다.

여주인공이 그럴듯하고 공감 가는 인물이 되려면 모든 사람이 그렇듯 좋은 점과 나쁜 점을 고루 갖춰야 한다. 회사 휴게실이나 슈퍼에서 일상적으로 만나는 사람들과 비슷해야 한다.

신인 작가들은 여주인공을 완벽한 인물로 만드는 경우가 많다. 여주인공은 바비 인형처럼 생겼을 뿐 아니라 똑똑하고 재치 있으며 부엌 식탁에 앉아서 수십억 원 규모의 사업을 운영한다. 또한 모델을 해도 될 만큼 매력적이고, 흰색 반바지를 입고 피크닉에 가도 옷을 더럽히지 않는다.

반대로 여주인공을 불운하고 속수무책인 인물로 만드는 경우도 있다. 이런 여주인공은 계속 불행한 연애를 하면서도 왜 그러는지 자문하지 않는다. 바보 같은 얘기를 출처도 의심하지 않고 믿으며, 사람과 사건에 대한 반응에 일관성이 없다. 스스로 자신을 존중하지 않으므로 독자를 비롯한 다른 사람들에게도 존중받지 못한다.

여주인공이 너무 한심하게 계속 불행에 빠지고 누군가에게 구조되거나, 모든 얘기를 최악의 상황으로 해석해 난처하고 힘든 상황을 끊임없이 자초한다면 독자는 금세 짜증을 낼 것이다.

눈에 뻔히 보이는 함정으로 걸어 들어가는 여주인공도 독자의 공감을 얻지 못하고 혐오의 대상이 되고 만다. 독자가 보기에 명백하게 거짓말인 이야기를 믿는 여주인공도 짜증만 일으킨다. 스스로 문제를 일으키는 여주인공은 외부적인 요인으로 어려움을 겪는 여주인공보다 독자의 동정을 받지 못한다.

+ 공감 가는 여주인공의 특징

매력적이다

로맨스물의 여주인공이 현실과 다른 점 중 하나는 매력적인 외모다. (로맨스물의 여주인공은 절망적으로 우울할 때 밥을 못 먹고 살이 빠진다. 하지만 솔직히 현실에 그런 여성이 얼마나 있는가?) 덩치가 큰 여주인공이 등장하는 이야기도 있지만 일반적인 이야기에 비해 시장성이 낮다. 이야기가 훌륭하면 여주인공의 옷 치수가 어떻든 성공하겠지만 그렇고 그런 이야기는 몸집이 큰 여주인공이 등장한다는 이유만으로 팔리지 않을 수 있다.

옷 크기보다 중요한 것은 자존감이다. 여주인공이 모델처럼 몸매가 좋을 필요는 없지만, 자신의 몸을 챙기고 외모에 최대한 신경을 쓰면 독자는 더 좋아할 것이다.

하지만 여주인공에게는 예쁜 외모 말고도 또 다른 매력적인 측면이 있어야 한다. 여주인공은 반드시 남주인공이 끌릴 만한 인물이어야 한다. 그것이 아름다운 머릿결이나 큰 눈, 균형 잡힌 몸매보다 중요하다.

여주인공의 어떤 점 때문에 남주인공이 남은 평생을 그녀와 함께 보내고 싶어 하는가? 사악하면 아무리 외모가 아름다워도 매력적이지 않다. 그런 여성이 여주인공이면 독자는 부적절하고 불만족스럽다고 느끼며, 남주인공은 예쁜 얼굴만 보고 불쾌한 성격은 보지 못하는 바보가 된다.

과거가 있다

공감할 수 있는 여주인공에게는 과거가 있다. 반드시 어둡고 심각한 비밀이 있어야 한다는 뜻은 아니다(진짜 있을 수도 있겠지만). 여주인공이 스트리퍼였거나 범죄 혐의로 도주 중일 필요는 없다.

과거가 있다는 말은 여느 사람들과 마찬가지로 과거의 경험을 바탕으로 지금의 모습이 형성되었다는 뜻이다. 지금까지 어떤 태도로 살아왔는지에 따라 남들과 구별되는 개인이 된다.

고아원에서 자랐나? 엄하고 비판적인 아버지 밑에서 자랐나? 남자 형제가 다섯 명 있는 집에서 응석받이 외동딸로 자랐나? 이 세 가지 경우에 여주인공이 가족에 대해 느끼는 감정은 전혀 다를 것이다.

여주인공의 과거 경험은 그녀가 하는 모든 행동과 결정에 영향을 미친다. 그러나 독자가 모든 과거를 즉시 다 알 필요는 없다. 사실 대부분의 신인 작가가 저지르는 큰 실수 가운데 하나가 첫 번째 장에서 여주인공의 과거를 모두 털어놓는 것이다. 그런 정보는 독자가 여주인공의 과거를 알아야만 그녀를 이해할 수 있는 지점까지 기다린 다음에 알려주는 편이 좋다.

독립적이다

현대를 배경으로 한 로맨스 소설의 여주인공은 성숙하고 경제적으로나 정신적으로 독립적이다. 대체로 이들은 보모나 식당 종업원부터 큰 회사의 사장까지 어떤 것이든 직업을 갖고 있다. 경제적으로 낮은 위치에 있다면 그 자리에 머물지 않고 성공하기 위한 계획을 갖고 있다.

이들은 문제가 있고 스스로 문제를 만들기도 하지만 자신의 삶을 알아서 다룰 능력이 있다. 불행한 연애나 결혼을 경험하기도 하지만 이를 통해 성장하기 때문에 독자는 이들이 실수를 되풀이하지 않으리라고 확신할 수 있다.

칙릿의 여주인공은 아직 미성숙하고 무능력하며 대체로 사회 초년생이고, 인생을 망치고 문제를 자초하는 경향이 있다. 그렇더라도 보통은 독립적이라서 그녀를 구하거나 실수를 만회해주는 타인에게 기대지 않는다.

현대물의 여주인공은 애정 상대를 찾지만 반드시 필요로 하진 않는다. 혼자서도 살아갈 수 있으므로 적당한 짝을 만나는 일은 덤이다. 마리 페라렐라Marie Ferrarella가 쓴 현대 로맨스《아버지가 되다Dad by Choice》의 여주인공 애비 메이틀랜드는 훌륭한 의사이자 좋은 딸로서 능력 있고 전문적이며 바쁘다.

애비 메이틀랜드는 초조함을 들키지 않으려고 최선을 다했다.

메이틀랜드 산부인과의 복도 저편 대기실에는 컨디션이 좋지 않은 여성들이 최대한 안락하게 쉴 수 있도록 마련해둔 고상한 푸른색 쿠션 의자에 앉아 기다리는 환자들이 있었다. 애비의 진료 예약은 단 10분도 숨 돌릴 틈 없이 꽉 차 있었다. 오늘 아침에 조금 늦게 병원으로 달려오면서 그녀는 당장 분만해야 할 산모가 없기를 기도했다.

그런데 그때 그녀의 어머니가 애비를 불러 세웠다.

애비는 어머니에게 안 된다고 말하기가 언제나 힘들었다. 의무감이 아니라 순수한 애정 때문이었다. 평생 자녀를 보살피며 자녀가 행복하길 애썼던 여인에게 안 된다고 말하기란 쉽지 않은 일이다.

오늘도 다르지 않았다.

작가는 두 가지 역할을 감당하는 애비를 보여줌으로써 독자가 단박에 좋아할 만한 여주인공을 제시한다. 애비는 바쁘게 살고 똑똑하고 사려 깊으며 다정하지만 완벽하지는 않다. 병원에 늦어서 뛰어가고 자제력을 발휘하는 데 약간 애를 먹는다.

한계를 극복한다

오늘날의 역사 로맨스 소설에 등장하는 여주인공은 현대물의 여주인공과 크게 다르지 않다. 다만 과거에는 여성에게 주어지는 기회가 적고 행동 규칙이 엄격하며 독립적으로 의사 결정을 하기도 힘들었기 때문에 역사물의 여주인공은 더 많은 제약에 부딪힌다. 하지만 그런 한계를 극복하려고 나서며 대체로 성공한다.

여성이 직업을 가질 수 없었던 시대가 배경이라도 역사물의 여주인공은 의미 있는 일을 할 방법을 찾는다. 이들은 부친의 토지를 관리하거나 식물을 키우고 연구하거나 하인들에게 글을 가르친다. 그저 의자에만 앉아 있지 않고 뭔가 가치 있는 일을 한다. 먹고살 돈을 벌 기회는 적지만 가능한 한 자립하려고 한다. 현대물의 여주인공보다는 평균적으로 어릴지 모르지만 나이에 비해서는 성숙하다. 눈앞에 있는 목표 너머를 보며 다른 이들에게 무엇이 최선일지 생각한다.

만약 여주인공의 결혼 생활이 불행하다면 결국 사별하게 된다. 역사물의 여주인공은 현대물의 여주인공처럼 독립적으로 살려고 하지만 사회의 현실이 사랑 없는 결혼을 강요할 때도 있다. 그래서 사랑이 아닌 다른 것을 위해 결혼을 하게 되더라도 결혼을 자신에게 유리하게 바꿀 방법을 찾는다.

엘리자베스 보일Elizabeth Boyle의 역사 로맨스 《에멀라인에겐 특별한 것이 있다Something About Emmaline》에 등장하는 여주인공은 원한다면 스스로 침입자도 물리칠 수 있는 여성이다.

에멀라인 세지윅 부인은 하노버 광장에 있는 집에서 매우 분주한 오후를 보내고 일찍 잠자리에 들었다. (……) 갑자기 침실 문이 벌컥 열렸다. 문은 경첩이 덜걱거릴 정도로 벽에 쾅 하고 세게 부딪혔다.

에멀라인은 벌떡 일어나 앉아 낯선 이를 바라봤다. 망토를 둘러 쓴 그는 당연하다는 듯 그녀의 안식처로 저벅저벅 들어왔다.

에멀라인은 명예를 위협당한 여인처럼 베개 아래에 놓아둔 작은 권총을 꺼내 들고 침입자를 겨냥했다. (……)

"이봐, 거기 서. 아니면 이게 당신의 마지막이 될 거야."

하지만 그는 그녀의 경고를 무시하고 가까이 다가왔다. 그가 높이 치켜든 촛불이 그들 주위를 둥글게 비췄다. 그의 시선이 에멀라인의 얼굴에 닿았다가 그녀의 손에 들린 권총을 향했다. 그가 한쪽 눈썹을 추어올리며 말했다. "저리 치워!"

"싫어." 에멀라인이 손을 떨며 말했다. (……) 그녀는 그가 지독하게 잘생기고 옷도 잘 입었다는 사실을 알 수 있었다. (……) 그녀는 비현실적으로 잘생긴 남자에게 늘 약했다. 특히 머리색이 짙은 경우엔 더욱 그랬다. (……) 그녀는 앞에 서 있는 근사한 남자를 마지막으로 한 번 더 안타깝게 바라봤다.

바로 그 순간 에멀라인 덴포드 세즈윅 부인은 자신이 남편을 쏠 뻔했다는 사실을 깨달았다. 그 사실에 깜짝 놀란 에멀라인이 권총을 떨어뜨렸고 망할 권

총이 발사되었다.

에멀라인은 그녀가 살고 있는 1801년에 어울리는 전형적인 여인은 아니지만 역사물의 여주인공으로서는 전형적이다. 자기 자신을 지킬 능력과 의지가 있으며 잘생긴 남자를 보는 것을 부끄러워하지 않는다.

✛ 매력적인 남주인공의 특징

로맨스 소설에서 남주인공은 대부분 두 번째로 중요한 인물이지만 이야기의 중심축이기도 하다. 그러므로 독자가 더 알고 싶어 하고 사랑에 빠질 수 있는 매력적인 인물이어야 한다.

요즘의 로맨스물에 등장하는 남주인공은 10~20년 전보다 다정하고 말이 많으며 상처도 잘 받는다. 여전히 과묵하고 강한 남성도 있지만 현대의 남성은 결점을 내보이고 정서적인 지지를 원하며 유머 감각이 있다.

하지만 남주인공을 너무 예민하고 연약하며 상처 입은 인물로 만들면 겁쟁이로 비칠 수도 있다. 여성 작가의 경우에는 남주인공을 자신이 좋아할 만한 사람으로 묘사하다가 흔히 여자답다고 하는 습관과 성격을 부여해 결국 남자가 아니라 여자인 친구처럼 행동하게 만든다. 독자가 남주인공을 남자로 보지 못하면 이유를 꼬집어 말하긴 어려워도 막연히 애정 상대로 적합하지 않다고 느낀다.

반대로 지나치게 내키는 대로 여성을 함부로 대하는 인물로 만들어서도 안 된다. 키스나 그 밖의 애정행위를 강제로 하는 것은 강압적인 행동일 뿐이고 전혀 낭만적이지 않다.

또한 남주인공은 자칫하면 쉽게 바보처럼 보이기도 한다. 남주인공의 전 부인이 정말 끔찍한 여자라면 애초에 남주인공이 바보같이 왜 그녀와 결혼했는지 의문이 생길 것이다.

알파형 남주인공 VS 베타형 남주인공

남주인공은 여주인공과 독자에게 모두 매력적으로 비쳐야 한다. 나쁜 남자 유형이라도 괜찮지만 나쁜 성향을 상쇄하는 긍정적인 측면을 보여줘야 한다. 이상적인 남주인공은 재미있고 섹시하며 꽤 위험하지만 든든하기도 해서 여주인공이 믿고 의지할 수 있어야 한다.

남주인공이 잘생기면 좋지만 여주인공의 시간이 아깝지 않으려면 돈 많고 잘생긴 것 이상의 뭔가가 있어야 한다. 놀랄 만큼 잘생긴 얼굴보다는 주위 사람들을 대하는 태도가 중요하다. 남주인공이 고함을 지르며 벽을 치고 물건을 던지는데도 여주인공이 그의 그리스 신 같은 외모와 빨래판 같은 복근만 보고 좋아하면 어리석어 보인다.

남주인공의 어떤 점 때문에 여주인공이 사랑에 빠지고 평생 함께하고 싶어 하는가? 그는 어떤 면에서 좋은 남편감인가?

알파형 남주인공은 힘과 의욕이 넘치고 자기주장이 강하고 거만하고 지배적이고 능력 있고 성공했으며 잘생겼다. 베타형 남주인공은 쾌활하고 여유가 있고 타인을 보살피고 배려하지만 크게 성공하거나 미남은 아니다.

알파형은 회사를 경영하며 더 많은 것을 얻기 위해 노력하는 경우가 많다. 만약 베타형이 회사의 소유주라면 경영은 다른 사람에게 맡기고 자신은 어린이 축구팀에서 코치를 할 것이다.

오늘날의 로맨스 소설에는 알파형이나 베타형 모두 적합하지만 카테고리에 따라 어느 한쪽이 더 잘 어울릴 때도 있다. 단편 현대 로맨스 카테고리인 할리퀸 프레즌트에서 출간하는 책의 남주인공은 거의 다 알파형이다. 예를 들어 루시 먼로Lucy Monroe가 쓴 《애증의 그리스 The Greek's Innocent Virgin》에 등장하는 남주인공은 부유하고 힘 있는 거만한 재벌이다.

서배스천은 부엌문 너머로 사라지는 레이철을 바라보며 좌절감으로 가슴이 옥죄였다.

이보다 더 최악일 수 있을까?

그는 레이철이 자신의 침대로 오는 게 성적인 욕구를 해소하기 위한 의미 없는 관계인 것처럼 말했다. 하지만 아니었다. 그는 그녀를 사랑하지 않고 결혼할 수도 없었지만 그녀를 원했고 다른 여자에게선 한 번도 느껴보지 못한 복잡하고 강렬한 감정을 느꼈다. (……)

그가 슬쩍 손을 뻗어 그녀를 붙잡았다. "넌 내 옆에 붙어 있어야지, 안 그래? 오늘 저녁은 네가 나를 위해 준비한 특별한 밤이잖아." 그는 그녀를 소파로 데려와 옆에 앉히곤 리모컨으로 오디오 볼륨을 높였다. 오래된 영화 음악이 방 안을 채웠고 그는 그녀를 끌어당겨 옆자리에 기대게 했다.

서배스천은 완벽한 알파형 남주인공이다. 그는 자신에게 특별한 여자가 다른 것을 바라더라도 자신이 원하는 대로 하고 그녀가 마음을 바꾸도록 할 수 있다.

대조적으로, 또 다른 단편 현대 로맨스 카테고리인 할리퀸 아메리칸 로맨스Harlequin American Romance에는 타인을 돌보거나 보호해주는 베타형 남주인공이 자주 등장한다. 소방관이나 경찰관, 또는 크리스틴 하디Kristin Hardy의 《겨우살이 아래서Under the Mistletoe》에 등장하는 게이브리얼 같은 호텔 매니저가 그들이다.

"농담하는 거죠?"

게이브리얼 트래스크가 객실관리부장 모나 랜드리를 빤히 쳐다봤다.

"세탁실 전체에 물이 안 나온다고요?" (……)

그는 속으로 재빠르게 욕을 내뱉긴 했지만 어쨌든 자신이 해결해야 할 문제였다. (……)

"모나, 지금 시트가 얼마나 있죠?"

"오늘은 충분하지만 내일은 아마 객실의 절반밖에 쓰지 못할 거예요. 그 이후엔……." 그녀는 어깨를 으쓱했다. "시트가 더 많이 있어야 한다고 내가 계속 말했잖아요."

새 시트가 필요했다. 배관도 바꿔야 했고 서쪽 현관의 낡은 기둥과 연회장의 카펫도 교체해야 했다.

오래된 저가 호텔이라서 그랬다. 그의 칠흑같이 검은 머리가 하얗게 세면 모두 다 호텔 탓이다. 게이브리얼은 한숨이 나오는 것을 참았다.

"알았어요. 몬트필리어에 있는 세탁소로 갑시다."

베타형 남주인공인 게이브리얼은 호텔을 관리하고 문제를 해결하지만 앞에서 봤던 알파형 남주인공과는 완전히 다른 인물이다. 그는 배관, 침대 시트, 트럭을 운전할 사람 등 전혀 다른 것들을 걱정한다. 여성이 원하지 않는데도 키스를 하는 그의 모습은 상상하기 힘들다. 그래도 알파형과 마찬가지로 여성의 마음을 바꾸게 할 능력은 있다. 가장 매력적인 남주인공은 대개 알파형과 베타형의 특징을 섞어놓은 인물이다. 오전 9시부터 오후 5시까지는 세상을 변화시키기 위해 나가서 열심히 일하고, 집에 돌아와서는 아이들과 놀아주고 숙제를 도와주고 잠자리에서 책을 읽어준다.

타당한 동기가 있다

이야기의 갈등 상황에서 여주인공과 대립할 때 알파형이든 베타형이든 남주인공의 행동에 반드시 이유가 있어야 한다. 단지 못되게 굴기 위해 여주인공이 원하거나 해야 하는 것을 방해해서는 안 된다. 남주인공이 여주인공을 좌절시키려 할 때는 반드시 타당한 이유가 있어야 한다. 적절하고 그럴듯한 이유 없이 여주인공의 인생에 간섭하는 남주인공은 주인공답지 않다. 그런 남주인공은 통제광control freak이나 잠재적인 스토커처럼 보이고 소유욕이 강하고 악의적이기까지 한 인물로 비친다.

남주인공의 동기는 책의 어딘가에서 반드시 설명되어야 한다. 하지만 대개는 거의 끝에 가서야 밝혀진다. 남주인공이 왜 그런 행동을 하는지 말하지 않더라도 그 동기는 이야기 내내 그의 모든 행동에 영향을 미쳐야 한다.

과거가 있다

남성은 여성에 비해 과거의 경험을 되새기며 교훈을 얻는 편이 아니다. 그러나 남성도 과거의 경험에 따라 현재의 상황에 대한 반응이 달라진다. 남주인공이 과거에 겪었던 일들이 현재 그의 모습을 만들고 모든 행동에 영향을 미친다.

남성이 여성에 비해 과거를 곱씹지 않는다는 사실은 로맨스 소설에서 유용하게 활용할 수 있다. 예컨대 자신이 진지한 관계를 맺지 않는 이유가 과거에 아버지가 여자로 인해 자살했다고 믿기 때문인 줄 모를 수 있다. 그는 다른 남자들도 자신만큼 한 여자에게 정착하길 망설인다고 생각한다. 그리고 꿈에 그리던 여자(여주인공)를 잃고 난 뒤에야 그 원인에 대해 생각해보고 태도를 바꾸려 한다.

자신의 일에 몰두한다

수십 년 전에는 일반적으로 남주인공이 대단히 부유한 상류층이었다. 이런 환상은 오늘날에도, 특히 알파형 남주인공이 나오는 이야기에서 여전히 찾아볼 수 있다. 그러나 전체 로맨스 소설을 보면 부유함은 예전만큼 중요한 요소가 아니다. 그렇다고 가난이 더 낭만적인 것은 아니다. 독자도 남녀 주인공이 만족스러운 생활을 누리고 기본적인 의식주에 부족함이 없기를 바란다. 하지만 부유함보다 훨씬 더 중요한 것은 인물의 생활 방식과 처지에 대한 만족도다.

남주인공의 매력 가운데 하나는 직업이 무엇이든 자신의 일에 몰두하는 모습이다. 독자는 하찮은 일에 만족하는 인물보다 자신의 분야에서 성공하고자 노력하는 인물에 더 매력을 느낀다.

남주인공은 대부분 직장에서 높은 위치에 있다. 대개 회사를 소유하고 있지만 그렇지 않더라도 공동 소유주거나 상사의 지시를 거의 받지 않는 부서의 책임자다. 남주인공이 은행에서 일한다면 대출 상담이나 창구 담당 직원이 아니라 보통 은행장이다. 아니면 직원보다는 조직 안에서도 독립적으로 일할 수 있는 컨설턴트인 경우가 많다. 남주인공이 낮은 자리에 있을 때엔 이유가 있다. 그 자리 말고는 일할 곳이 없어서가 아니다.

로맨스물의 남주인공은 대부분 재벌이나 대기업을 경영하는 사업가지만 변호사, 의사, 건축가 등 전문직 종사자도 많다. 또한 소방관, 경찰관, 군인 등 위험한 직업을 가진 남주인공도 늘어나고 있다. 직업이나 취미로 집을 짓거나 배관을 고치고 목수 일을 하는 경우도 가끔 있다. 훨씬 적긴 하지만 화가, 작가, 음악가, 무용가 같은 예술가인 경우도 있다.

남주인공이 회계사나 상점 직원인 경우가 별로 없는 이유는 따분하거나 너무 힘없어 보이기 때문이다. 그렇지만 로맨스물의 남주인공이 절대 하지 못할 일은 거의 없다. 장의사나 항문외과 의사 정도만 피하면 된다.

생각이 열려 있다

역사 로맨스의 남주인공은 로맨스 소설에 등장하는 인물 가운데 가장 실제와 다를 것이다. 어느 시대든 여성을 동등하게 대하는 남성은 있었지만 예외적인 경우일 뿐이다. 역사적으로 사회 규범상 남성은 자신을 지배자, 집안의 가장, 모든 문제의 최종 결정권자로 여겼다. 부인을 두고 다른 여자를 만나는 일이 흔했고 때로는 장려되기까지 했다.

남주인공이 처음에는 남성 우월주의를 지니고 있지만 여주인공의 영향으로 점차 변화하는 경우도 있다. 이런 경우라도 그가 그 시대의 실제 남성들에 비해 생각이 열려 있기 때문에 그렇게 변화할 수 있는 것이다. 역사물의 남주인공은 (적어도 이야기의 끝에 가서는) 사랑하는 여자를 소유물이 아니라 동등한 짝으로 대한다. 남주인공이 여주인공을 만났을 때 다른 여자가 있었다면 그녀와 헤어지고 다시는 바람을 피우지 않는다.

역사물의 남주인공은 직업을 갖고 일을 하는 경우가 거의 없다. 서구 사회에서는 지난 세기까지만 해도 부동산을 축적하고 관리하는 일을 가장 높게 평가했다. 지주가 의사, 변호사보다 존경을 받았고 상인과는 비교할 수 없을 만큼 명망이 높았다. 역사물의 남주인공이 대개 엄청나게 부유한 이유는 토지를 소유하고 있기 때문이다. 유산을 물려받지 않고 직접 돈을 벌었다면 그것을 자랑하지 않는다.

역사물의 남주인공은 현대물의 남주인공과 무척 다르게 시간을 보낸다. 특히 도박은 돈에 여유가 있는 신사가 합법적으로 즐길 수 있는 오락이었다. 제인 페더Jane Feather의 역사 로맨스 《신부가 될 뻔한 여인Almost a Bride》을 보자.

브룩의 도박장에 마련된 내실은 조용했다. 녹색 천이 깔린 테이블 위로 카드가 좌르륵 펼쳐지고 플레이어들이 동전을 잘그락거리며 베팅을 하고 딜러들이 나지막한 목소리로 결과를 말하는 소리밖에 들리지 않았다. 여섯 명이 둘러앉은 페로 게임 테이블에서는 다섯 명의 플레이어가 한 명의 뱅커를 상대하고 있었다. (……) 방 안에 모인 구경꾼들이 보기에 잭 포르테스쿠 세인트 쥘 공작은 이기고 지는 것에 전혀 연연해하지 않는 듯했다. (……)

세인트 쥘 공작은 언제나 도박을 크게 했다. 그는 풋내기 시절에 도박판에서 재산을 크게 잃은 뒤 해외로 모습을 감췄다가 몇 년 전에 다시 더 많은 재산을 가지고 돌아왔다. 그리고 이번에는 돈을 잃지 않고 안정되고 능숙한 플레이로 돈을 땄다. (……) 설사 돈을 잃더라도 끝까지 남아서 잃은 돈을 만회한 뒤에야 자리에서 일어나곤 했다.

현대물의 남주인공은 나쁜 남자 유형이라 해도 세인트 쥘 공작처럼 도박에서 인생의 목표를 찾거나 도박을 직업으로 삼지는 못할 것이다.

+ 서로간의 균형 맞추기

남녀 주인공이 외모, 상황에 대한 영향력, 솔직한 정도가 비슷하면 로맨스의 구조상 좋은 균형을 이룬다. 그들이 똑같이 행동하거나 모든 면에서 완전히 일치해야 한다는 뜻이 아니다. 두 사람 모두 각자가 강한 영역이나 시기가 있어야 한다는 말이다.

남주인공이 여주인공을 꼼짝 못하게 하는데 여주인공은 무기력하게 당하기만 하면 남주인공이 가학적으로 보인다. 여주인공이 조용한 성격의 남주인공 앞에서 소리를 지르면 여주인공이 언어폭력을 행사하는 것처럼 보인다. 거만하게 말하는 남주인공 앞에서 여주인공이 입을 꾹 다물고 있으면 짜증 나지만, 여주인공이 똑같이 받아친다면 균형이 맞을 것이다. (이 경우에는 두 사람 다 짜증이 나겠지만 적어도 독자는 둘 다 똑같이 짜증 난다고 생각할 것이다.)

주인공 중 어느 한쪽이 상대에 비해 훨씬 많은 것을 지니고 있으면 균형을 맞출 방법을 찾아야 한다. 남녀 주인공은 시소처럼 때로는 여주인공이, 때로는 남주인공이 우위에 있어야 하고 누가 주도권을 잡을지 독자가 예측하지 못할 때 훨씬 더 만족스러운 이야기가 된다.

내가 쓴 스위트 트래디셔널 로맨스 《90일간의 결혼 일기Maybe Married》에서 남주인공은 전 부인인 여주인공에게 이혼하지 않은 척 세 달 동안 결혼 생활을 유지하면 사업 거래를 성사시켜주겠다고 한다.

그가 커피 잔을 집어 들었다. "자, 당신이 인생에서 세 달을 내주는 대가로 원하는 걸 말해봐."

데이나는 무릎을 세우고 팔로 감쌌다. 그리고 그와 눈을 맞추지 않은 채 길

건너를 바라보며 말했다. "콘퍼런스센터."

제크는 마시던 커피를 보도에 뿜었다. "뭘 원한다고? 그걸 지으려면 몇 백만 달러가 들 거야. 적어도 500만 달러는 들걸."

"사실 1,000만 달러면 훨씬 근사하게 지을 수 있어."

"데이나, 달링. 어젯밤에 내가 대가를 주겠다고 말한 건 알지만 그건 너무 거액이잖아."

"알아." 데이나가 차분하게 말했다. "당신이라면 그 정도는 줄 수 있잖아. 적어도 나중엔 줄 수 있겠지. (……) 당신 회사 가치만 해도 수억 달러니까."

이 장면의 초고에서는 제크가 자신의 요구를 말하고 데이나는 마음에 들지 않음에도 순순히 받아들였다. 그리고 그가 그녀의 집에 들어와 위장 결혼 생활을 이어갔다. 하지만 남주인공은 이기적이고 여주인공은 소심해 보였다. 그래서 원고를 수정하며 데이나가 좀 더 자신의 성격에 맞게 행동하게 해 균형을 맞췄다. 그러자 두 사람 모두 이 거래에서 얻는 것과 잃는 것이 있어 전체적으로 더 매력적인 이야기가 되었다.

성장 가능한 결점을 만들자

완벽한 인물은 현실적이지 않다. 주인공에게 아무런 문제가 없다면 아무도 그들의 이야기를 읽고 싶어 하지 않을 것이다. 그들은 분명히 스스로 문제를 일으킬 때도 있다. 하지만 그것이 어리석거나 근시안적이기 때문이라면 독자가 공감하기 힘들다. 주인공에게 문제가 있다면 대개 타당한 (때로는 고귀하기까지 한) 이유가 있다. 예를 들어 여주인공의 신용카드가 한도 초과가 된 이유는 그녀가 자신의 옷과 신발을 잔뜩 샀기 때문이 아니라 노숙자 쉼터에 있는 사람들을 위해 옷과 신발을 구입했기 때문이다. 남주인공이 파산 위기에 처한 이유는 요트와 다이아몬드를 샀기 때문이 아니라 직원들에게 월급을 계속 주기 위해 어려운 회사에 돈을 쏟아부었기 때문이다.

주인공이 직면한 문제는 인생을 바꿀 정도로 그들에게 중요하지만 또한 독자에게도 중요해야 한다. 수지가 조에게 식탁 예절을 가르칠 수 있을지가 문제라면 독자는 전혀 흥미를 느끼지 못할 것이다.

주인공은 이야기가 진행되는 동안 성장하고 변화해야 한다. 인생을 바꿔놓을 만한 문제와 상황에 직면하므로 그런 어려움을 겪으면서 삶에 대한 견해와 관점, 태도가 바뀌는 것이 당연하다. 너무 완벽한 인물은 문제를 해결하면서 성장하고 성숙할 여지가 없다. 주인공이 완벽하지 않더라도 호감 가고 감탄할 만한 인물이라면 이야기는 가치가 있다.

진실을 숨길 때는 이유가 필요하다

주인공은 거짓말을 하지 않지만 진실을 말하지 않을 수는 있다. 특히 남주인공은 여주인공을 보호하기 위해 사실을 숨겨 스스로 오해를 사기도 한다.

여주인공도 남주인공만큼 진실을 숨길 때가 있다. 가끔은 사실이긴 해도 속뜻이 다른 말을 하기도 한다. 미란다 재럿Miranda Jarrett의 역사 로맨스 《가장 귀한 선물A Gift Most Rare》의 여주인공 세라를 보자.

"정말 아프면 나한테 말해요, 알았죠?" 포다이스 부인이 다정하게 말했다.
(……) "내가 치료해줄 수 있는 거면 나에게 말할 거죠?"

세라는 당연히 포다이스 부인에게 말해야 한다고 씁쓸하게 생각했다.

젊은 숙녀를 가르치는 가정교사는 깨끗하고 순결해야 했다. 세라는 자신이
대부분의 생애를 인도에서 보냈고 불명예를 안고 급히 그곳을 떠나야 했다
는 사실을 포다이스 가족에게 절대 말할 수 없었다. 레벨 클레어몬트 경과의
불행한 인연도 당연히 말할 수 없었다. 그녀의 안타까운 사정을 조금이라도
말했다가는 일자리를 잃을 수도 있는데 어떻게 말할 수 있겠는가?

특히 포다이스 부인 같은 친절한 안주인과 지낼 수 있는 이런 자리는 절대
잃을 수 없었다.

"부인이 치료할 수 있는 병이 있으면 언제든 얘기할게요." 세라가 조심스럽
게 진실을 말했다.

세라는 거짓말을 하지 않았다. 다만 자신에게 아무 문제가 없다고 믿
게 했을 뿐이다.

한 사람에게만 집중해야 한다

주인공은 불륜을 저지르지 않는다. 이혼을 하더라도 법적으로나 도
덕적으로 완전히 정리된 다음에야 새로운 연애를 시작한다. 이런 제
약은 주로 상식의 문제다. 주인공이 배우자를 존중하지 않고 다른 사

람과 육체적이든 감정적이든 관계를 가진다면 새로운 사랑을 한다고 해서 신의를 지키리라고 믿기 힘들다.

정도는 덜하지만 감정적인 면에도 동일한 규칙이 적용된다. 약혼한 남주인공은 자신이 새로운 사람에게 끌린다는 사실을 깨달으면 즉시 약혼을 깨야 한다.

이혼이나 파혼을 했든, 상대가 죽거나 떠났든 상관없이 모든 새로운 관계는 이전 관계에서 받은 상처가 치유될 시간이 지난 뒤에 시작해야 한다. 상처를 달래려고 하는 연애는 현실에서도 오래 지속되지 않고 소설에서도 설득력이 없다.

회복하는 데 필요한 시간은 관계의 성격에 따라 다르다. 변심한 애인에게 차인 아픔보다는 사랑하는 배우자의 죽음을 극복하는 시간이 훨씬 더 길 것이다.

+ 현실적인 동기 부여

성공적인 로맨스 소설에 등장하는 다양한 남녀 주인공에 대해 알아봤으니 이제 각자가 쓸 이야기의 주인공을 발전시키고 생생하게 전달하는 법을 살펴보자.

책을 다 읽고 난 뒤에도 오랫동안 기억에 남는 인물의 특징은 무엇인가? 인물은 현실적일수록 더 그럴듯하고 기억에 남는다. 그러므로 주인공에게는 현실적인 속성과, 더 중요하게는 현실적인 동기를 부여해야 한다.

주인공이 위험을 무릅쓰면서까지 몹시 원하거나 필요로 하는 것은 무엇인가? 그들을 움직이게 하는 것은 무엇인가? 동기는 무엇인가?

사람들은 이유 없이 행동하지 않는다. 단지 못되게 굴려고 못된 행동을 하지는 않는다. 드물게 예외는 있지만, 잘못된 행동을 하는 사람도 그 상황에서는 그것이 옳고 최선이라고 믿기 때문에 그런 행동을 한다.

그러므로 모든 등장인물의 행동에도 타당한 이유가 있어야 한다. 작가가 등장인물을 만들 때 해야 할 가장 중요한 질문은 '왜?'다. 그러나 그 질문부터 시작하면 분명히 틀에 박히고 뻔한 답만 하게 될 것이다.

인물을 만들 때는 기본적인 사항부터 시작한다.('왜?'라는 질문은 계속 던진다.) 이름의 유래같이 아주 사소한 것까지 질문을 던져보자. 여주인공의 이름은 누구의 이름을 따랐는가? 아니면 그녀의 별난 어머니가 지어줬는가? 이름은 그녀의 인생에 어떤 영향을 미치는가? 그녀가 사는 곳은 어디인가? 집은 아파트인가, 이동 주택인가? 혼자 사는가? 그런 생활 방식과 지역을 택한 이유는 무엇인가? (또는 역사물의 여주인공처럼 누군가가 정해준 것인가?)

인물의 교육과 직업에 대해서 질문해보자. 여주인공은 직업의 어떤 면에 끌렸는가? 자신의 직업에 대해 어떻게 생각하는가? (역사물의 여주인공처럼 직업이 없는 경우라도 일종의 직업처럼 하는 일은 있을 것이다.) 앞으로 20년 동안 하고 싶어 하는 일은 무엇인가?

다른 사람들과의 관계에 대해서도 생각해보자. 여주인공은 이성에 대해 어떻게 생각하는가? 왜 그렇게 생각하는가? 어떤 경험 때문에 그렇게 생각하게 되었는가? 여주인공이 절대 결혼하지 않겠다고 다짐했다면 왜 그런 결정을 했는가? 대가족을 원하거나 전혀 원하지 않는 경우라면 각각 어떤 요인 때문인가?

여주인공의 가장 친한 친구는 누구고, 그 이유는 무엇인가? 그녀의 가장 큰 적은 누구고, 그 이유는 무엇인가? (제발 자기 자신이 가장 큰 적이라는 말은 하지 말자. 우리 모두가 다 그렇긴 하지만 그런 얘기는 이야기 구성에 도움이 되지 않는다.) 여주인공이 자신의 생활에서 가장 좋아하는 부분은 무엇이며, 그 이유는 무엇인가? 가장 싫어하는 부분은 무엇이며, 그 이유는 무엇인가?

인물의 사고방식과 과거를 파헤칠 수 있는 중요한 질문으로 넘어가 보자. 여주인공이 비밀로 간직하고 싶어 하는 것은 무엇인가? 목숨을 걸고 지키려 하는 것은 무엇인가?

마지막으로 가장 중요한 질문을 던져보자. 여주인공의 현재 모습에 가장 결정적인 영향을 미친 사건은 무엇인가? 인생의 전환점이 된 기회나 성공, 상실, 트라우마는 어떤 것인가?

이 모든 것이 다 '왜?'라는 질문이다. 각각의 질문을 통해 인물이 어떤 사람인지 새롭게 발견할 수 있다. 나중에 한 질문 때문에 앞서 했던 질문의 답을 바꾸거나 부연할 수도 있다.

여주인공을 모두 알아봤으면 남주인공에 대해서도 똑같이 질문하는 과정을 반복한다. 많은 작가가 엑셀 표 같은 곳에다 자신만의 질문 목록을 만들어놓고 이야기를 쓸 때마다 출력해 주요 등장인물에 대한 답을 채워 넣는다.

남녀 주인공에 대해 명확하게 알았으면 이제 두 사람이 서로의 완벽한 짝인 이유에 대해 질문해보자. 상대가 채워줄 수 있는 각자의 빈틈이나 약점은 무엇인가? 두 사람은 어떤 점에서 최악의 조합으로 보일 수도 있는가? 남주인공이 여주인공을 화나게 하거나 반대로 여주인공이 남주인공을 화나게 하는 점은 무엇인가?

정말 이렇게까지 길게 질문을 해야 하나 의문이 들 수도 있다. 모든 질문의 답이 중요한 정보는 아니며 어떤 질문이 다른 질문보다 중요할 수도 있다. 하지만 중요한 질문이 무엇인지는 미리 알기 힘들다. 이렇게 질문을 하는 과정 자체가 인물의 숨겨진 면을 알 수 있는 기회가 된다.

이런 질문들을 묻고 답하면 작가가 등장인물을 더욱 실재하는 것처럼 느낄 수 있다. 질문을 통해 얻은 정보가 책에 등장하지 않더라도 작가의 그런 느낌이 독자에게 자연스럽게 전해진다. 이렇게 주인공을 완전히 파악하면 주인공의 특징과 문제, 갈등 등을 설정하고 만족스러운 결과물을 만들어내는 데 도움이 된다.

실전연습

주인공에 대한 다음 질문에 답해보자.

• 이름은 무엇인가?

- 왜 그 이름을 갖게 되었나?

- 나이는?

- 생일은?

- 별자리는 무엇인가? 그것이 주인공에게 중요한가?

- 어디서 사는가? 도시? 작은 마을? 농촌?

- 그곳에서 사는 이유는 무엇인가? 그 지역은 직접 선택했나, 다른 사람의 의견

  인가?

- 주거 형태는 무엇인가? 아파트에 사는가, 주택에 사는가? 레지던스에 산다면

  그 이유는 무엇인가?

- 혼자 사는가? 다른 사람과 함께 사는가?

- 어떤 차를 모는가?

- 중요하게 여기는 소유물은 무엇인가?

- 외모를 간략하게 묘사해보자.

- 취미는 무엇인가?

- 어떤 종류의 음악을 좋아하는가?

- 애완동물이 있는가? 없다면 왜 없는가? 애완동물을 키우고 싶어 하는가?

- 좋아하는 음식과 술은 무엇인가?

- 뜻밖에 반나절 동안 시간이 나면 무엇을 하는가?

- 친구들은 주인공을 어떻게 묘사하는가?

- 어떤 교육을 받았나?

- 직업은 무엇인가? (역사물의 주인공이라면 가족이나 사회 안에서 어떤 위치에

  있는지 묘사해보자. 그들은 무엇을 하며 시간을 보내는가?)

2장 작품을 쓰기 위한 기본

- 단순한 직업인가, 장기적으로 계속하려는 일인가?

- 그 직업을 택한 이유는 무엇인가?

- 자신의 일에 대해 어떻게 생각하는가?

- 이성에 대해 어떻게 생각하는가?

- 왜 그렇게 생각하는가?

- 결혼했는가? 미혼인가? 이혼했는가?

- 아이가 있는가?

- 이전에 사랑하던 사람이 있는가?

- 이전 애인은 주인공을 어떻게 묘사하는가?

- 부모는 어떤 사람인가?

- 형제자매가 있는가?

- 어디서 태어나고 자랐는가?

- 가족 관계는 주인공에게 얼마나 중요한가?

- 가장 친한 친구는 누구인가? 이유는 무엇인가?

- 가장 큰 적은 누구인가? 이유는 무엇인가?

- 현재 모습에 가장 결정적인 영향을 미친 사건은 무엇인가?

- 인생의 전환점이 상대 주인공과 어떻게 연결되는가?

- 자기 자신에 대해 어떻게 생각하는가?

- 자신의 특징 중에 감추고 싶어 하는 부분은 무엇인가?

- 생활에서 가장 좋아하는 부분은 무엇인가?

- 생활에서 가장 싫어하는 부분은 무엇인가?

- 세상에서 바꾸고 싶어 하는 한 가지는 무엇인가?

- 목숨을 걸고 지키는 것은 무엇인가?

- 성격 중에 가장 호감 가는 면은 무엇인가?

- 성격 중에 가장 비호감이거나 문제를 일으키는 결함은 무엇인가?

- 이야기가 시작될 때 지니고 있는 문제는 무엇인가?

- 어떤 행동으로 문제를 더 악화시키는가?

- 사랑하는 사람은 누구인가?

- 상대 주인공의 어떤 면에 가장 매력을 느끼는가?

- 주인공에게 이상적인 해피엔드는 무엇인가?

- 독자가 이 인물에게 어떻게 반응하길 바라는가?

- 독자가 왜 이 인물에게 관심을 가져야 하는가?

주인공에 대한 질문이 상세할수록 보다 생생한 주인공을 만들 수 있다. 또한 작가는 이렇게 알게 된 모든 정보를 이야기에 집어넣고 싶을 수 있다. 하지만 인물에 대해 작가가 알고 있는 모든 것을 독자도 알아야 할 필요는 없다. 여주인공이 예기치 않은 자유 시간에 무엇을 하는지는 플롯과 상관이 있을 수도 있지만 대개는 그렇지 않다. 인물을 가장 잘 나타내고 이야기에 영향을 미치는 정보들만 취사선택해 독자에게 알려주고 나머지는 버려야 한다.

필수 요소 구성하기 2: 갈등

로맨스 소설의 독자는 책을 집어 드는 순간부터 마지막에 남녀 주인공이 함께하리란 것을 안다. 그러므로 남녀 주인공이 그저 서로를 알게 되고 사랑에 빠지는 내용으로는 독자로 하여금 흥미를 가지고 계속 책을 읽어가게 할 수 없다. 독자가 계속 책장을 넘기도록 하는 것은 남녀 주인공이 직면한 어려움이다. 주인공들 사이의 갈등이 해피엔드에 도달하지 못하게 위협할 때 독자의 관심은 지속된다.

+ 갈등과 갈등 아닌 것 구분하기

갈등은 주인공에게 문제를 던져준다고 해서 자동으로 생기지 않는다. 문제가 두 주인공 모두에게 관련되어 있고 둘 사이에 긴장을 유발할 때에만 갈등이 된다.

남녀 주인공이 해결해야 할 문제가 함께 맡은 프로젝트인 경우를 생각해보자. 두 사람이 아주 잘 맞아서 업무를 균등하게 나누고 서로의 성과를 칭찬한다면 재미가 없을 것이다. 큰 프로젝트를 끝내야 한다는 문제가 그들에게 던져진 것은 맞지만 그것이 갈등은 아니다.

두 사람이 서로 자기 방법이 옳다고 주장하거나 힘든 일을 서로에게 떠넘긴다고 생각하고 공을 차지한 한 사람만 승진하게 된다면, 긴장이 유발되는 상황이 생기고 독자는 뒷이야기가 궁금해 계속 책장을 넘길 것이다.

이혼한 부부가 계속 좋은 친구로 남아 있다면 그들의 자녀가 결혼을 하더라도 그리 흥미롭지 않다. 하지만 두 사람이 이혼 판결 뒤로 서로 한마디도 하지 않았고 어느 한쪽이 새 애인을 데리고 결혼식에 나타나거나 한 사람은 결혼을 찬성하고 한 사람은 반대한다면 결혼식을 둘러싸고 격렬한 감정이 오갈 것이다.

갈등은 남녀 주인공이 함께하지 못하도록 위협하는 둘 사이의 문제다. 두 주인공이 서로 다투는 원인은 무엇인가? 그들이 편하게 있지 못하게 막는 것은 무엇인가? 그들은 어떤 문제로 의견이 갈리는가? 그들에게 중요한 것은 무엇인가? 그 문제가 주인공 각자에게 중요한 이유는 무엇인가? 그 문제가 독자에게는 왜 중요한가?

다음은 갈등이 아닌 경우다.

- **두 사람이 싸우거나 말다툼한다.**

  갈등은 때로 격렬한 논쟁이나 고성이 오가는 다툼으로 표현되기도 하지만, 언성을 높이지 않아도 갈등이 있을 수 있고 끊임없이 말다툼을 해도 중요한 문제는 건드리지 않을 수 있다.

- **이야기가 지연된다.**

  어떤 일을 하려는 주인공을 잠시 지연시키는 사건은 그냥 사건일 뿐이다. 다른 인물이 등장해서 관련 없는 문제로 여주인공과 얘기하는 바람에 여주인공이 남주인공을 만나지 못하더라도 갈등이라고는 볼 수 없다.

- **의사소통에 실패한다.**

  서로를 오해하거나 잘못 판단하고 잘못된 추측을 하거나 넘겨짚는 것은 모두 갈등이 아니라 주인공들이 의사 전달을 제대로 하지 못했다는 반증이다.

- **다른 인물이 개입해서 문제를 일으킨다.**

  이런 경우에는 주인공이 자기 인생을 책임지지 못하고 남에게 좌우되는 수동적인 인물로 보인다.

- **상대에게 끌린다는 사실을 인정하지 않는다.**

  이 자체는 갈등이 아니다. 갈등은 상대와 사랑에 빠지는 것이 부적절하거나 현명하지 않다고 생각하는 근본적인 이유에 있다.

+ 단기적 문제와 장기적 문제

주인공이 어떤 문제를 직면할지는 다양한 요인에 따라 결정된다. 그중에서도 주인공이 어떤 인물인지가 중요하다. 모든 사람이 동일한 사건이나 문제에 똑같이 화를 내지는 않는다. 어떤 사람은 가볍게 넘기는 문제가 다른 사람에게는 눈앞이 깜깜해지는 문제일 수 있다. 주인공이 직면한 문제가 특히 주인공에게 중요한 이유는 그의 과거 경험이나 성격 때문이다.

문제의 심각성과 강도는 쓰고 있는 책의 두께에 따라 달라진다. 이야기가 길고 채워야 할 쪽수가 많을수록 주인공이 직면해야 할 문제가 커진다. 연쇄 살인범을 뒤쫓는 이야기엔 동네 학교를 훼손한 범인을 찾는 이야기보다 더 많은 지면과 시간이 소요될 것이다.

문제가 무엇이든 그것은 독자에게도 중요하게 느껴져야 한다. 독자가 눈을 부라리며 "그깟 문제는 이겨내야지."라고 말하면 감정적으로 설득력 있는 이야기가 될 수 없다.

주인공이 직면한 주요 문제는 이야기가 진행될수록 복잡해지고 심각해져야 한다. 이야기 내내 첫 번째 장에서 나왔던 문제에 관해 말하고 마지막에 가서 그 문제가 처음부터 뻔히 보였던 대로 해결된다면 만족스럽지 않을 것이다. 또한 갈등이 주인공들의 오해에서 비롯되고 마지막 장에 가서야 진짜 문제가 아니었음을 알게 될 때도 이야기는 수렁에 빠진다.

더욱 설득력 있는 갈등을 만들기 위해서는 한 가지가 아니라 두 가지 문제가 필요하다. 우선 남녀 주인공이 계속 엮이면서 서로를 알아갈 수 있는 최초의 상황이 있어야 한다. 이것이 바로 외적 갈등이라고도 하는 단기적인 문제다. 이 문제는 직장이나 가족 등 해결해야 하는 상황이 외부에 있다.

또한 주인공 각자가 지닌 더욱 심각한 문제도 있어야 한다. 이것이 내적 갈등이라고도 하는 장기적인 문제다. 이 문제는 과거의 경험이나 성격적인 결함 등 내부적 문제로 주인공들이 함께 행복할 수 없을 것처럼 보이게 한다.

단기적 문제

남녀 주인공은 단기적인 문제로 인해 만나게 되고 처음으로 의견 충돌도 일으킨다. 이런 문제가 외적 갈등이라고 불리는 이유는 주인공이 통제할 수 없는 외부적인 인물이나 사건이 원인이기 때문이다.

남녀 주인공이 등장하고 갈등이 시작되어야 본격적으로 이야기가 진행되므로 단기적인 문제는 대개 처음 몇 쪽 안에 등장한다. 늦어도 첫 번째 장 말미에서는 단기적인 문제의 윤곽이 대략 드러난다.

단기적인 문제가 되는 사건은 책 뒤표지의 광고문에 종종 실린다. 그리고 대개 독자가 책을 선택하도록 관심을 끄는 특징적 요소와 연관된다.

또한 주인공은 단기적인 문제를 겪으며 이야기의 대상으로서 흥미로워진다. 주인공의 인생을 위협하고 삶의 방식을 완전히 바꿔놓는 사건은 무엇인가? 그가 직면한 도전은 무엇인가? 이야기가 시작되면 주인공은 변화나 도전, 위협에 부딪힌다. 이런 어려움들이 주인공의 단기적인 문제다.

단순히 남주인공이 여주인공의 삶에 등장하는 것은 여주인공의 단기적인 문제가 아니다. 여주인공이 단기적인 문제 때문에 남주인공과 만날 수는 있지만 그 만남 자체가 문제는 아니다.

단기적인 문제는 주인공 각자에게 일어날 수도 있지만 하나의 문제가 남녀 주인공 모두에게 영향을 미칠 때도 있다. 예를 들면 다음과 같다.

- 남녀 주인공이 함께 일해야 할 프로젝트를 맡는다.
- 이혼한 부부인데 자녀가 자신의 결혼식에 두 사람이 함께 앉아야 한다고 주장한다.
- 남주인공이 여주인공 집안에 대대로 내려오는 부동산을 구입한다.
- 아파트는 하나뿐인데 두 사람 다 집이 필요하다.

두 사람이 모두 연관된 문제가 아니라면 각자의 문제가 서로에게 밀접하게 연관된다. 예컨대 각자의 어려움을 해결하는 데 서로 도움을 준다.

- 남주인공은 집이 필요하고 여주인공은 돈이 필요한 부동산 중개

인이다.

- 여주인공은 새로운 사업을 시작했고 남주인공은 그 사업에서 제공하는 특별한 서비스가 필요하다.
- 여주인공은 사업을 물려받았지만 직접 경영할 능력이 없고 남주인공은 회사를 경영할 능력은 있지만 회사를 인수할 돈이 없다.
- 남주인공은 사업 거래를 성사시키기 위해 약혼자가 필요하고 여주인공은 학교를 마칠 등록금이 필요하다.

단기적인 문제가 탄탄하고 현실적일수록 플롯을 구성하기 쉽다. 한 번에 여러 가지 문제를 겪을 수도 있지만, 인물당 명확한 한 가지 문제만 겪도록 제한하는 편이 이야기 전개에 도움이 된다. 단기적인 문제는 두 사람이 모두 관련된 한 가지나 서로 연관된 두 가지가 적당하다.

신인 작가는 단기적인 문제를 확실하지 않게 만들 때도 있다. 예를 들면 다음과 같다.

- 남녀 주인공이 더 이상 남을 믿으려 하지 않는다.
- 여주인공이 직면하고 싶지 않은 진실을 받아들이도록 남주인공이 강요한다.
- 과거에 속았던 기억 때문에 거짓말을 절대 용납하지 않는다.

이런 설정들은 흥미로운 문제로 발전될 수도 있지만 이해하고 설명하고 글을 쓰기가 힘들다.

또한 이와 같은 성격적인 결함이나 아픈 과거는 사실 단기적인 문제라기보다는 장기적인 문제다. 주인공이 남을 믿지 못하거나 한 사람에게 헌신하지 않거나 과거의 나쁜 기억을 가지고 있다는 설정은 인물의 궁극적인 발전과 성장에 큰 역할을 한다. 하지만 이런 것들이 단기적인 문제로 이야기의 처음부터 등장하면 내용을 이해하기 힘들다.

처음부터 두 주인공의 문제가 모두 남을 믿지 못하는 것이라면 그들이 이야기 내내 무슨 대화를 하겠는가? 남을 믿는 데 어려움을 겪는다는 얘기를 나눈다면 문제는 반 이상 해결되겠지만 그들은 서로를 믿지 않으므로 그런 얘기를 하지 않을 것이다. 게다가 신뢰가 부족한 상태에서는 다른 얘기도 그다지 하지 않을 것이다. 대화할 거리가 없는 주인공들의 이야기를 쓰기란 무척 힘든 일이다.

하지만 두 주인공이 아이의 양육권, 상속받은 사업, 이득이 사라진 정략결혼 등의 문제로 다툰다면 서로 얘기할 거리가 무척 많아진다. 그러면 상대가 신뢰할 수 있는 사람인지 시험하고 알아볼 기회도 늘어난다.

단기적인 문제는 하나의 사건이 아니므로 한 번에 결론이 날 수 없다. '줄리가 암벽을 등반하던 중 절벽에서 떨어진다.'는 단기적인 문제가 아니다. 그녀는 구조되거나 죽을 테고 어느 경우든 이야기는 거기서 끝난다.

단기적인 문제는 줄리가 애초에 절벽으로 간 이유가 되는 사건이다.

자신을 쫓는 악당으로부터 귀중한 서류를 지키려 했나? 사랑하는 사람이 자신의 취미를 공유하지 않으면 결혼하지 않겠다고 해서 암벽 등반을 배우던 중이었나? 어느 경우든 그녀가 구조된 다음에도 절벽으로 가야 했던 이유는 사라지지 않는다. 게다가 그녀는 부러진 다리와 멍든 눈, 그녀를 구해주고 주변을 맴도는 남주인공 때문에 더욱 복잡해진다.

복잡한 단기적인 문제의 예는 다음과 같다.

- 남주인공이 다른 도시의 일자리를 제안받았는데 여주인공은 자신의 일을 그만두고 그를 따라갈 생각이 없다.
- 여주인공은 아기를 원하는데 남주인공은 자신이 형편없는 아버지가 될 것이라 생각한다.
- 남녀 주인공이 과거의 아픈 기억에도 불구하고 함께 일해야 한다.

이런 모든 문제는 두 주인공 사이에 갈등과 긴장을 형성하고, 앞으로 더욱 복잡하고 심각해질 거라는 가능성을 내포하고 있다.

단기적인 문제가 점점 복잡해지지 않으면 작가가 주인공에게 더 많은 시련을 주려고 상관없는 장애물들을 추가할 위험이 있다. 예를 들어 주인공이 처음 세 장 동안 나무에서 떨어지고 차에 치이고 방울뱀을 만난다. 하지만 장애물을 추가하는 것은 갈등을 발전시키는 것과는 다르다. 장애물은 임의로 발생하는 사건일 뿐, 한 사건이 다음 사건으로 이어지지 않는다. 각각의 사건을 통해 이야기가 전개되고 사건들이 의미 있게 연결되지 않으면 이야기가 억지스럽다.

또한 두 주인공의 의견 대립이나 목표 충돌이 독자가 계속 관심을 가질 만한 것이 아닌 경우도 단기적인 문제가 약한 예다. 몇 분간의 솔직한 대화로 해결될 수 있는 오해 역시 단기적인 문제가 되기에는 부족하다.

베스 코넬리슨Beth Cornelison의 장편 현대 로맨스《아기를 보호하라 In Protective Custody》에서 남주인공 맥스는 부상당한 여동생으로부터 그녀의 어린 아들을 조부모가 납치하지 못하도록 지켜달라는 부탁을 받는다. 이것이 그가 직면한 단기적인 문제다.

그녀는 가쁜 숨을 몰아쉬며 한 번에 중요한 단어만 하나씩 힘겹게 내뱉었다. 아이가 퇴원할 때 리알토 집안에서 데려간다면 그들은 아이를 해외로 빼돌리고 그녀와 양육권을 두고 싸울 것이라고 했다. 자신의 목숨이 왔다 갔다 하는 상황에서도 아이를 위해 간절하게 부탁하는 그녀의 모습에 맥스는 가슴이 미어지는 듯했다.

"오빠밖에…… 믿을 사람이…… 없어. 아이한테…… 눈을…… 떼지 말아 줘……." 맥스는 자유로운 한 손으로 그녀의 입을 막았다. "쉿, 아무 말 말고 쉬어…… 내가 조의 가족이 아이 근처에도 가지 못하게 할게. 약속해."

이 단기적인 문제는 중요하고 감정적이며, 여기엔 아주 큰 이해관계가 얽혀 있다. 게다가 맥스가 아기에 대해 아무것도 모르기 때문에 마침 어린이집에서 일하며 학대나 방치당할 위험에 처한 아이를 보면 참지 못하는 여주인공이 고정적인 역할을 할 수 있게 된다.

장기적 문제

장기적인 문제는 주인공들이 함께 해피엔드를 맞이할 수 없을 것처럼 보이게 하는 그들 각자의 성격이나 과거의 특정한 부분이다. 주인공이 한 사람과 평생을 약속하기 어려워하는 이유는 과거의 특정한 경험이나 성격적인 결함 때문이다. 이처럼 장기적인 문제는 인물의 내면에 있기 때문에 내적 갈등이라고도 부른다.

남을 믿지 못하거나 불편한 진실을 마주하길 망설이는 경우도 바로 여기에 속한다. 장기적인 문제도 단기적인 문제와 마찬가지로 구체적일수록 이야기를 쓰기가 쉽다. 단순히 남을 믿지 못한다고만 하지 말고 왜 믿지 못하는지 구체적인 이유를 찾자.

애인에게 차인 남자는 쉽게 남을 믿지 못한다. 어릴 때 부모에게 버림받은 사람도 그렇다. 그러나 두 상황이 미친 영향은 다를 것이고 따라서 두 사람의 행동과 태도도 다를 것이다.

주인공이 사랑에 빠지길 주저하는 경우 장기적인 문제가 될 수 있는 예는 다음과 같다.

- 여주인공은 전 약혼자가 다른 여자와 침대에 있는 것을 봤다.
- 남주인공은 부모가 쓰라린 이혼을 경험했기 때문에 자신도 그런 일을 겪을까 봐 관계를 피하고 싶어 한다.
- 여주인공은 사랑했던 모든 사람이 죽었기 때문에 다시 사랑하길

두려워한다.

또는 특정 상대와의 사랑을 망설이는 경우는 다음과 같다.

- 여주인공은 고소공포증이 있는데 남주인공이 산악 등반 강사다.
- 여주인공은 도박 중독인 아버지 때문에 가난하게 자랐는데 남주
  인공이 카지노를 운영한다.
- 남주인공이 여주인공을 한 번 거절한 적이 있어서 그녀는 그가 다
  시 그럴까 봐 두려워한다.

장기적인 문제는 이야기가 상당히 진전된 다음에야 독자에게 알려진
다. 주인공도 자신의 성격적인 결함을 깨닫지 못하다가 현재의 괴로
운 상황을 겪으면서 과거에 했던 선택과 그 선택이 지금의 삶에 미치
는 영향에 대해 다시 생각해보기 때문이다.
독자는 여주인공이 사별한 뒤 계속 혼자라는 사실을 당장 알 수 있
다. 그러나 그녀가 죽은 남편을 아직도 사랑해서가 아니라 남편이 바
람을 피웠기 때문에 사랑에 주저한다는 사실은 마지막 장에 가서야
알게 될 수도 있다.
하지만 장기적인 문제는 독자가 그 내용을 알지 못하는 동안에도 인
물의 모든 행동에 영향을 미친다. 남주인공이 부모의 비극적인 결혼
생활에 대해 이야기하지 않더라도 그 사실은 그가 여주인공을 대하
는 태도에 영향을 미친다.

장기적인 문제를 만들 때는 다음과 같은 질문을 던져보는 것이 도움이 된다. 이들이 서로에게 적합한 상대가 아닌 이유는 무엇인가? 남주인공이 여주인공에게 최악의 상대인 이유는 무엇인가? 여주인공이 남주인공에게 절대 맞지 않는 상대인 이유는 무엇인가?

여주인공의 전 남편이 부패한 경찰이었다면 그녀가 사랑할 수 있는 최악의 상대는 또 다른 경찰일 것이다. 또 남주인공의 부모가 그의 인생을 좌지우지하려 했다면 그가 사랑할 수 있는 최악의 상대는 서로의 일을 항상 간섭하는 가족이 있는 여자일 것이다.

물론 나중에는 이들이 사실 서로에게 나쁜 상대가 아님이 밝혀진다. 앞의 예에서 여주인공이 새로 만난 경찰은 정직하며, 여자의 가족은 남주인공의 인생을 좌지우지하지 않을 수 있다. 그렇지만 당연히 처음에는 이들의 조합이 아주 나쁘게 보이며 주인공들이 이번에는 다르다는 사실을 알게 되는 데도 시간이 걸린다.

베스 코넬리슨의 《아기를 보호하라》에서 맥스와 여주인공 로라는 맥스의 조카를 보호하기 위해 함께 도주한다. 하지만 그들은 소꿉놀이하듯 가족인 척하다가 사랑에 빠지면 안 된다고 생각하고, 거기에는 각자의 내적인 이유가 있다. 맥스는 자신의 불임 때문에 결혼 생활에 실패했고 아직 회복 중이다.

그는 3년째 여자와 잠자리를 하지 않았다. 즐거움과 만족을 위해 잠자리를 한 것은 거의 6년 전이 마지막이었다.

결혼 생활의 마지막 몇 년 동안 그에게 섹스란 배란과 임신, 그리고 최대한 많은 기회를 만드는 일에 관련된 것일 뿐이었다. (……) 그는 자신이 불임이라는 사실을 알게 되었고 남성성에 큰 타격을 입었다.

한편 로라는 여러 위탁 가정을 전전하며 자랐기 때문에 자신만의 가족을 꾸리고 싶어 한다.

그녀는 아이를 간절히 원했다. 수년간 억눌러왔던 바람이 마음속에 피어났다가 영혼에 공허한 아픔을 남겼다. 남자와의 관계를 죽을 만큼 두려워하면서 어떻게 아이를 가질 수 있겠는가? (……) 그녀는 배신당하고 버림받을지도 모르는 위험을 감수할 수 없었다. 위탁 가정을 전전하던 힘든 시절에 받은 상처로 충분하지 않은가?

가족을 원하는 여자에게 불임인 남자만큼 최악의 상대가 어디 있겠는가? 남성성이 흔들린 남자에게 남자를 신뢰하지 못하는 여자만큼 최악의 상대가 어디 있겠는가?

+ 복합적 문제

한 인물의 단기적인 문제와 장기적인 문제는 밀접하게 연관되어야 한다. 단기적인 문제가 장기적인 문제를 드러내는 역할을 하기 때문이다.

인물은 인생이 바뀔 만한 당장의 위협이나 도전(단기적인 문제)에 직면해서야 성격적인 결함이나 과거의 경험(장기적인 문제)을 인정하고 대면한다.

장기적인 문제는 인물이 특정한 단기적인 문제에 취약한 이유가 된다. 《아기를 보호하라》에서 작가는 아버지가 될 수 없는 남주인공과 어머니가 되고 싶은 여주인공이 함께 아기를 돌보게 함으로써 그들의 장기적인 문제에 확대경을 들이댄 셈이다. 다른 종류의 단기적인 문제였다면 감정적인 호소력이 덜했을 것이다.

남녀 주인공이 직면한 당장의 어려움(단기적인 문제)이 그들이 어떤 사람인지(장기적인 문제인 성격적 결함이나 과거의 경험)로 인해 복잡해지면 이야기는 독자가 잊지 못할 만큼 감정을 자극할 수 있다.

예를 들어 남주인공의 집 앞에 그의 아이라는 메모와 함께 아기가 버려진 경우를 생각해보자. 이런 상황에서는 어떤 여주인공이든 기분이 나쁠 것이다. 하지만 여주인공이 고아원에서 자랐고 자신이 버림받았다는 사실 때문에 괴로워했다면 이런 상황이 더 힘들다. 어떻게 자신의 아이에 대해 모를 수가 있고 어떻게 자신의 아이를 외면할 수 있는지 질문을 던질 것이다.

언제나 원하는 것은 무엇이든 사던 인물(장기적인 문제)이 갑자기 모든 재산을 잃는다면(단기적인 문제) 그는 처음부터 돈이 별로 없던 사람보다 이 상황을 더 견디기 힘들 것이다.

사별한 젊은 여주인공이 남편의 죽음을 받아들이고 자신의 인생을 살아가길 거부하다가(장기적인 문제) 남편과 함께 살던 집에서 갑자기 이사를 가야 하는 경우(단기적인 문제)를 생각해보자. 집이 없어지는데 좋아할 사람은 아무도 없겠지만 그녀는 집이 죽은 남편이 함께하는 곳이라고 생각하기 때문에 다른 사람에 비해 타격이 훨씬 더 클 것이다.

로맨스 소설에서 모든 장기적인 문제의 본질은 남녀 주인공이 함께하는 것을 가로막는 각자의 성향이나 결함이라 할 수 있다. 하지만 구체적인 문제는 이야기마다 다르다.

메리는 가난했던 가정으로 인한 트라우마를 극복하고 실제로는 존이 아버지와 같은 도박꾼이 아니라는 사실을 받아들일 수 있는가?

이것은 장기적인 문제다. 아버지의 도박 때문에 가난하게 살았던 것은 메리의 현재 삶에 영향을 미치는 과거의 경험이다. 만약 존이 메리의 아버지가 도박을 하는 카지노를 운영하고 메리가 이야기에서 처음 부딪히는 단기적인 문제가 카지노를 문 닫게 할 방법을 찾거나 아픈 어머니의 치료비 마련을 위해 존을 설득해 아버지가 잃은 돈을 돌려받으려고 하는 것이라면, 긴장을 만들어내는 단기적인 문제와 장기적인 문제가 서로 밀접하게 연관되고 메리에게 더욱 힘든 문제가 된다.

한편 존에게도 그만의 장기적인 문제가 있을 것이다. 그것은 메리의 문제만큼 클 수도 있고(어린 시절의 경험으로 인해 도박에 빠져들었다) 작을 수도 있다(카지노를 상속받고 문을 닫고 싶었지만 수백 명이 일자리를 잃게 할 수 없었고 양심상 다른 운영자에게 넘길 수도 없었다).

대개 한 인물의 장기적인 문제가 크면 다른 인물의 문제는 해결할 만하다. 어쨌든 둘 다 현재에 영향을 미치는 과거의 경험이나 성격적 결함인 장기적인 문제를 지니고 있다. 성공적인 이야기에서는 두 주인공의 장기적인 문제가 단기적인 문제를 더욱 복잡하게 만들고 두 사람을 서로 대립하게 한다.

+ 관계를 유지시키는 강제 요소

단기적인 문제와 장기적인 문제를 발전시킬 때는 두 주인공이 서로 대립하고 멀어질 이유가 많은 만큼 그들이 함께 있어야 할 정말 확실한 이유도 있어야 한다. 일반적으로 사람은 누군가에게 실망하면 그냥 피하고 말지, 사랑에 빠질 정도로 오래 함께 있지 않는다. 사실 가족이나 직장 동료가 아니라면 그렇게 짜증 나는 사람은 절대로 다시 보지 않을 것이다.

현실적인 등장인물도 마찬가지다. 억지로 함께 있어야 하는 게 아니라면 그냥 떠난다. 어떻게 해야 남녀 주인공이 서로의 차이에도 불구하고 상대가 완벽한 짝이라는 사실을 깨달을 때까지 함께 있을 수 있을까?

로맨스 소설에는 남녀 주인공이 서로를 피하지 못하는 어쩔 수 없는 상황이 있다. 바로 강제 요소다.

강제 요소는 때로 단기적인 문제 안에 포함되어 있다. 예컨대 여주인공의 목숨이 위험해서 남주인공이 그녀를 보호할 임무를 맡는다면 두 사람은 함께 있을 수밖에 없다. 하지만 그 밖의 경우는 좀 더 깊이 생각해야 한다. 남녀 주인공이 성공을 위해 협조해야 하는가? 그들이 함께 프로젝트를 맡았다면 프로젝트의 성공 여부에 그들의 일자리가 달려 있어야 한다. 서로의 도움이 절실하게 필요한가? 여주인공이 위험에 처했다면 남주인공이 그녀를 보호할 유일한 사람이어야 한다. 두 사람이 가까이 붙어 있을 수밖에 없는 상황인가? 그렇다면 그들은 사고로 함께 발이 묶여야 한다.

로맨스가 성공적이려면 강제 요소가 다음의 세 가지 시나리오 중 하나를 따라야 한다.

- **남녀 주인공은 서로의 도움이 필요해 멀어질 수 없다.**

  여주인공은 아이를 갖기 위해 의사인 남주인공의 도움이 필요하고, 남주인공은 아내를 얻지 못하면 직장을 잃게 된다.

- **어느 한쪽이 논리적이고 타당한 이유로 상대를 상황 속에 몰아넣는다.**

  남주인공은 여주인공이 사기를 쳤다고 생각하고, 여주인공에게 그가 틀렸음을 증명하지 않으면 그녀의 사업을 망치겠다고 한다.

- **남녀 주인공이 외부적인 상황 때문에 가까이 있게 된다.**

  남주인공이 땅을 물려받았고 반드시 거기서 해야 할 일이 있는데 여주인공은 어떻게든 그 땅을 손에 넣어야 한다. 또는 남녀 주인공이 눈보라로 외딴 오두막에 함께 갇힌다.

강제 요소가 얼마나 강력해야 하는지는 갈등의 강도에 따라 다르다. 사람은 상황이 괴로울수록 더 벗어나고 싶어 한다. 그러므로 갈등이 아주 심각하고 개인적이라면 그만큼 강제 요소도 강력해야 인물이 상황에서 벗어나지 못한다. 갈등이 덜 위협적이라면 강제 요소도 약해져야 한다.

소설 속 주인공들이 서로 멀어지지 않도록 어떻게 강제할 수 있는가? 다이애나 해밀턴Diana Hamilton이 쓴 단편 현대 로맨스《열정 속에서The Italian's Price》의 남주인공은 여주인공에게 협력하지 않으면 감옥에 갈 수밖에 없다고 못 박는다.

모두 현실이었다.

그가 돌아서서 문을 향해 걸어갔다. 걸음걸이는 유연하고 확신에 차 있었고, 곧게 편 어깨는 우아했다. 그가 문을 열자 습한 공기가 밀려들었다.

"내일 오전 6시에 데리러 오지. 준비하고 있도록. 또다시 사라진다 해도 내가 반드시 당신을 찾아낼 거야. 명심해."

그가 다시 돌아섰다. 기막히게 멋진 눈동자가 딱딱하고 차가웠다.

"내 요구에 순순히 따르지 않는다면 당장 법원으로 끌고 가 당신이 감옥에 갇히는 꼴을 보고 말 거야. 할머니께서 믿고 의지하고 사랑했던 친구가 교활한 도둑이라는 사실을 아시면 상심하시겠지. 봐주는 데도 한계가 있다고."

작가는 강제 요소의 세 가지 시나리오 중 두 번째를 택했다. 여기서 남주인공은 여주인공이 도둑이라고 믿고 자신의 요구대로 하라고 강요한다.

실전연습

주인공들 사이의 갈등을 만들어 보자.

- 여주인공의 단기적인 문제는 무엇인가?

- 남주인공의 단기적인 문제는 무엇인가?

- 두 가지 문제는 어떻게 연결되는가?

- 이러한 문제는 어떻게 독자의 관심을 끄는가?

- 여주인공의 단기적인 문제는 어떻게 더 심각해지는가?

- 남주인공의 단기적인 문제는 어떻게 더 심각해지는가?

- 여주인공의 장기적인 문제는 무엇인가?

- 남주인공의 장기적인 문제는 무엇인가?

- 두 가지 문제는 어떻게 연결되는가?

- 각자의 장기적인 문제는 단기적인 문제와 어떻게 연결되는가?

주인공의 문제가 마지막에는 반드시 해결되어야 결말이 만족스럽다. 너무 당연한 소리 같겠지만, 가끔씩 미숙한 작가는 문제를 지나치게 현실적이고 복잡하게 만들어 해피엔드가 불가능해 보이게 할 때가 있다. 주인공들의 타협이나 동의가 그럴듯해야 진정한 해피엔드가 이루어진다.

주인공들이 이야기 내내 대립하는 문제는 무엇인가? 그 문제에 대해 둘 다 (그리

고 독자도) 만족할 만한 해결책이나 타협점을 찾을 수 있는가? 해피엔드로 이어

질 수 있는 해결책은 무엇인가? 주인공들이 생각이 모자른 바보처럼 보일 만큼

너무 뻔한 해결책은 아닌가?

필수 요소 구성하기 3: 관계와 결말

    로맨스 소설의 핵심은 성장해가는 사랑이다. 여기서 중요한 단어는 '성장'이다. 독자가 로맨스물을 선택하는 이유는 사랑에 빠진 남녀 주인공을 지켜보고 싶기 때문이다. 그러나 남녀 주인공이 상대를 함부로 대하다가 마지막에 가서야 서로 사랑한다고 말하는 낡은 수법은 바라지 않는다. 독자가 원하는 것은 두 사람이 만나서 서로에 대한 따뜻한 감정을 키워가다가 마침내 사랑에 빠졌음을 깨닫는 과정이다.

    러브스토리는 플롯과 나란히 전개되지만 동일하지는 않다. 그러나 서로 연관이 있다. 플롯의 사건을 통해 주인공들은 상대를 다른 시각에서 보고 새로운 면을 발견하게 된다.

+ 단 하나뿐인 사랑

남녀 주인공의 사랑은 평생에 한 번뿐인 사랑이어야 한다. 다시 말해 독자가 남녀 주인공이 서로의 완벽한 짝이기 때문에 더할 나위 없이 잘 어울린다고 생각할 수 있어야 한다. 그러므로 남녀 주인공이 단순히 사랑에 빠지는 이야기, 특히 그들을 대신해 다른 인물이 등장해도 상관없는 이야기로는 충분하지 않다. 남녀 주인공은 어떤 면에서 서로에게 대체 불가능하도록 완벽한 상대인가?

많은 초보 작가가 남주인공이 죽은 아내를 아직도 깊이 사랑하는 것으로 갈등을 설정한다. 그러나 그러면 남주인공의 상처가 너무 깊어서 여주인공이 전 부인의 자리를 대신하는 것으로밖에 보이지 않을 수 있다. 이러한 줄거리는 남녀 주인공이 완벽한 짝이 되길 바라는 독자가 보기에 만족스럽지 않다.

그렇다고 죽은 전 부인을 아주 나쁜 인물로 그려야 한다는 말이 아니다. 새로운 로맨스가 이전 결혼 생활이나 그 어떤 관계보다 더 깊고 지속적인 행복을 줄 수 있는 관계로 비쳐야 한다는 뜻이다.

내 소설의 남녀 주인공이 더할 나위 없이 잘 어울리는 조합이 될 방법은 무엇인가?

리사 캐스Lisa Cach의 칙릿《수취인 불명Return to Sender》에서 남주인공은 자신이 원하는 관계에 관해 정확히 말한다.

이언의 짙고 푸른 눈동자가 내 눈에 고정되었다. 그의 표정은 진지했다. "나는 여자가 바로 나, 이언 매클로플린을 원했으면 좋겠어. 내가 그저 나이나 수입이 적당하고 어머니에게도 잘하니까 좋다는 건 싫어. 나는 그녀의 세상이 나로 인해 완벽해지는 그런 관계가 좋아. 내가 그녀에게 주는 것은 이 세상에서 오로지 나만 해줄 수 있는 것이었으면 해. 그녀가 나와 있으면 춥고 쓸쓸한 겨울날 오랜 여행을 마치고 집에 돌아왔을 때와 같은 감정을 느끼고, 다른 사람에게선 절대 똑같은 감정을 느낄 수 없으면 좋겠어."

나는 대답을 하지 않았다. 할 수가 없었다. (……) 이런 식으로 자신을 원해 주길 바라는 남자가 있을 줄은 몰랐다.

이언이 평생의 사랑을 꿈꾸고 그렇지 않은 관계에 만족하지 않는다는 사실은 그를 매력적인 남주인공으로 보이게 한다.

+ 끌리는 이유

로맨스 소설이 성공하려면 남녀 주인공이 서로 끌리는 이유가 단순한 육체적인 욕망을 넘어서야 한다. 그들의 러브스토리를 믿게 하려면 서로 화내거나 실망할 때와 마찬가지로 좋아할 때에도 논리적이고 그럴듯한 이유가 있어야 한다.

인물이 상대에게 극단적인 분노와 욕망만 느끼거나 성적인 면에서만 매력을 느낀다면 그럴듯한 러브스토리가 될 수 없다. 주인공들은 서로의 신체적 매력 외에 어떤 점에 끌리는가? 서로를 좋아하는 이유는 무엇인가? 서로를 신뢰하는 이유는 무엇인가?

영원한 사랑의 중요한 구성 요소는 다정함, 배려, 존중, 유머 감각 등이다. 이러한 것들은 신체적인 반응만큼이나 중요하다. 물론 신뢰와 보살핌, 다정함, 유머 등을 지나치게 강조하면 해피엔드를 맞이할 때까지 이야기 내내 남녀 주인공은 다정한 오누이 같을 것이다.

그래서 현실적이고 그럴듯하며 정당한 갈등이 중요하다. 두 사람이 오해하거나 겉으로만 심술을 부리거나 서로 이끌림을 인정하지 않거나 둘 사이에 다른 사람이 개입하면 안 된다. 주인공들 사이에는 긴장을 조성하는 진짜 문제가 있어야 한다. 그리고 그 문제를 배경으로 주인공들이 운명을 부정하려 애쓰지만 결국 서로의 차이에도 불구하고 상대가 세상에서 가장 소중한 존재임을 깨닫는 모습을 보여줘야 한다.

이야기의 뼈대를 세울 때는 남녀 주인공이 서로에게 어떻게 반응하는지가 중요하다. 남녀 주인공이 첫눈에 싫어하거나 첫눈에 끌리는 것은 실패한 로맨스 소설의 두 가지 특징이다.

첫눈에 싫어하다

많은 로맨스 소설에서 남녀 주인공은 처음 만나자마자 서로를 싫어한다. 그리고 대개는 그렇게 강한 반응을 보일 만한 이유가 없다. 여기서 말하는 것은 서로 그냥 마음에 안 들거나 첫인상이 나쁜 경우가 아니다. 서로 과거에 안 좋았던 기억이 있는 경우도 아니다. 그렇다면 다시 만나지 않기 위해 조심하는 편이 말이 된다.

많은 남녀 주인공이 서로를 처음 보자마자 아무런 근거도 없이 성급하게 판단을 내리고 계속 그 생각을 고수한다. 그들이 오해를 푸는

데 오래 걸릴수록 독자의 눈에는 좋게 보이지 않는다. 그러나 이러한 오해를 주요 갈등으로 삼았다면 빠르고 쉽게 해결할 수도 없다. 갈등이 해결되면 더 이상 할 이야기가 남지 않기 때문이다.

첫눈에 싫어하게 되는 시나리오의 가장 큰 문제는 주인공들 사이의 오해가 아니다. 오해는 어쨌든 조만간 해결된다. 문제는 주인공의 됨됨이다. 그들이 잘 알지도 못하는 사람에 대해 그렇게 성급하게 판단을 내리고 다시 생각할 기회조차 주지 않는 인물이라면 그들이 결혼한다 해도 넓은 마음으로 결혼 생활을 유지할 수 있겠는가?

첫눈에 끌리다

실패한 로맨스 소설의 주인공들은 서로 눈이 마주치자마자 사랑에 빠지는 경우가 많다. 그들은 한눈에 반하고 홀딱 빠진다. 평생 동안 이상형을 찾던 남주인공이 여주인공을 보자마자 그녀를 알아보고 결혼하자고 한다. 또는 남주인공에게 반한 여주인공이 한동안 마음을 키워가던 어느 날 갑자기 그가 그녀를 알아채고 사랑에 빠진다.

갑작스럽고 압도적인 끌림은 설득력 있는 러브스토리로 이어지지 않는다. 두 사람이 자신들의 감정을 그렇게 잘 아는데 무엇이 그들을 함께하지 못하게 막겠는가? 갈등이 아주 강력하지 않으면 그들이 왜 어려움을 금방 해결하고 서로만 바라보는 해피엔드를 맞이하지 못하는지 그럴듯하게 이야기하기 힘들다.

여주인공의 장기적인 문제가 결혼을 믿지 않는 것이고 단기적인 문제가 남주인공이 그녀와 결혼하고 싶어 하는 것이라면 로맨스물이니까 당연히 여주인공이 마음을 바꿀 것이다. 하지만 그녀가 그렇게 쉽게 마음을 바꿀 것이었다면 왜 두 번째 장이 아니라 끝에 가서야 마음을 바꾸는가? 두 사람이 문제를 해결하는 데 시간이 필요한 이유를 설득력 있게 설명해줄 다른 사건, 즉 강력한 갈등이 있어야 한다.

육체적인 끌림은 사랑이 아니다. 끌림이 로맨스와 판타지의 중요한 요소이긴 하지만 그것만으로는 진지한 관계를 유지하기에 부족하다. 남주인공의 건장한 몸만 생각하는 여주인공이나 여주인공의 섹시한 몸매를 보면서 흥분하기만 하는 남주인공은 영원한 사랑을 하기에 적당한 인물이 아니다. 남녀 주인공이 이름만 아는 상대에게 침을 흘리고 있다면 사랑이 아니라 호르몬의 작용일 뿐이다. 육체적인 끌림이 사랑으로 이어질 수도 있겠지만 두 가지는 분명 서로 다르다.

한편 상대를 의식하는 것은 로맨스에서 필수적인 부분이다. 남녀 주인공은 처음부터 서로의 존재를 의식해야 한다. 그들은 상대가 관련된 문제에 감각을 곤두세운다. 다른 사람들에게 둘러싸여 있어도 서로에게 더욱 귀를 기울인다. 상대가 무슨 말을 하고 무슨 행동을 하는지 주목한다. 그들은 이러한 의식을 육체적인 끌림으로 치부하거나, 거기에 육체적인 욕망이 어느 정도 내재해 있음을 깨닫지 못하기도 한다. 또는 상대가 싫어서 그렇게 의식하는 것이라고 생각하기도 한다.

리앤 새인Raeanne Thayne의 장편 현대 로맨스 《돌턴의 몰락Dalton's Undoing》에서는 여주인공의 10대 아들이 남주인공의 클래식 자동차를 훔치고 사고를 낸다. 하지만 남주인공인 세스 돌턴은 아이에게 형사소송을 면하게 해주는 대신 일해서 빚을 갚으라고 제안하고 여주인공 제니는 매우 혼란스러운 반응을 보인다.

그녀는 직감적으로 그러지 말라고 말하고 싶었다. 아들을 파인 계곡에서 가장 바쁜 바람둥이와 엮이게 하고 싶지 않았다.

아들에게는 이미 형편없는 남성 롤모델들이 충분히 있었다. 여자를 대하는 잘못된 방법이나 가르칠 세스 같은 바람둥이는 필요 없었다. (······)

그녀는 그가 화를 잘 내고 심술궂을 거라 생각했었다.

그런데 그는 이성적이고 차분하며 협조적이었다.

그리고 엄청나게 매력적이었다.

그녀는 긴장한 채로 천천히 숨을 내뱉었다. 남자의 합리적인 제안에 직관적으로 반대할 이유가 있나? 그가 두껍고 검은 머리칼, 가슴 뛰게 아름다운 파란 눈, 조각처럼 빚은 그을린 몸을 가졌고 마치 서부 영화의 주인공처럼 과하게 멋있으니까?

그녀는 저 남자 때문에 초초하고 불편했다. 그것만으로도 더 이상 그와 엮이면 안 될 충분한 이유가 되었다. 그녀가 이곳 파인 계곡에 온 이유는 가족이 평화를 되찾고 회복되길 바라서였다. 기막히게 파란 눈과 섹스어필하는 미소를 지닌, 매력적이고 무책임한 카우보이에 대해 위험할지도 모를 쓸데없는 공상에 잠기려고 온 것이 아니었다.

제니가 세스에게 끌리는 데는 정당한 이유가 있다. 그는 잘생겼을 뿐만 아니라 섹시하고 그녀의 아들이 형사소송을 당하지 않게 해주려고 한다. 그러나 그러면 아들이 좋지 않은 영향을 받을 테니 그녀가 끌리지 않으려는 데도 정당한 이유가 있다.

+ 전개 과정에서 주의할 점

잘 쓴 러브스토리의 전개는 흐르는 강과 같다. 때로는 천천히, 때로는 빠르게 흘러가고, 느릿하고 태평할 때도 있으며, 위협적이고 무서울 때도 있다. 평탄하고 잔잔하게 흐르는 구간도 있고 급류가 넘쳐흐르는 구간도 있다. 강물이 일단 흐르기 시작하면 흘러가는 길에 있는 모든 것을 침식한다. 마찬가지로 두 주인공 사이의 사랑도 흐르기 시작하면 그 길에 있는 모든 반대와 문제, 차이를 침식한다.

이 개념은 추상적으로는 이해하기 쉽지만 이야기에 적용하기는 어렵다. 그렇다면 잘못 적용하는 사례를 살펴보고 피하도록 해보자. 다음과 같은 경우에는 로맨스가 약해지고 관심에서 벗어나며 러브스토리가 진행되지 않는다.

- **플롯과 배경이 너무 복잡하다.**

  주인공들의 의견 대립을 짧은 문장으로 설명할 수 없다면 갈등이 너무 복잡한 것이다. 그러면 세부 사항을 설명하는 데 오래 걸려 이야기를 전개하지 못한다. 직업도 마찬가지다. 여주인공이 하는 일에 대해 구구절절 설명해야 한다면 차라리 다른 단순한 직업을 택하는 편이 더 낫다.

- **전문적인 세부 사항이 너무 많이 등장한다.**

  프로골프 선수인 남주인공이 골프를 배워야 하는 영업부장인 여주인공을 가르치는 이야기에서 모든 골프 용어와 샷, 자세, 클럽, 장비에 관해 세세히 설명한다면 독자는 비명을 지를 것이다. 골프를 치는 독자라면 지루하고, 치지 않는 독자라면 관심 없을 것이다.

- **남녀 주인공이 떨어져 있다.**

  남주인공은 국유림에서 밀렵꾼을 단속하는 일을 하고 여주인공은 집에서 그의 아이를 돌보는 보모라면 두 사람이 함께 보낼 시간은 언제인가? 사랑에 빠지기는커녕 서로에 대해 알아갈 기회라도 가질 수 있겠는가?

- **남녀 주인공이 서로에게가 아니라 다른 사람에게 서로에 대해 얘기한다.**

  첫 번째 장에서 남녀 주인공의 만남이 단 세 문장으로 끝나고 나머지는 남주인공이 대가족과 저녁 식사를 하면서 그들에게 여주인공이 얼마나 멋진지, 그녀가 그에게 무슨 말을 했는지, 그는 그녀에게 무슨 말을 했는지, 그녀의 말투가 어땠는지 얘기한다면 독자는 두 번째 장까지 넘어가지 않고 책을 내려놓을 것이다.

- **등장인물이 많다.**

많은 등장인물에 대해 모든 것을 말하다 보면 그들이 이야기보다 더 중요해진다. 한 장 전체에서 주인공의 가족 모두를 소개하고 각자의 역사까지 얘기한다면 독자는 책을 떨어뜨리고 말 것이다.

- **모든 인물이 생각을 많이 한다.**

  인물의 생각을 통해 상대가 무슨 말을 하고 어떤 행동을 했으며 무슨 생각을 했을지 얘기하면 훨씬 편하지만 그러면 실제 대화를 통해 진짜 문제와 의견 대립을 보여줄 수 없다.

앞서 살펴본 문제를 방지하는 데 도움이 될 몇 가지 방법이 있다. 모든 방법이 공통적으로 말하는 바는 이야기의 다른 요소에 눈을 돌리지 말고 남녀 주인공에게 초점을 맞추라는 것이다. 다음은 남녀 주인공의 관계를 성공적으로 발전시킬 수 있는 몇 가지 방법이다.

- **열 쪽 규칙을 따른다.**

  남녀 주인공이 물리적으로 떨어져 있는 기간이 한 번에 열 쪽 이상 넘어가지 않아야 한다. 때로는 다섯 쪽이나 세 쪽이 규칙이 되기도 한다. 몇 쪽 규칙이든 요지는 남녀 주인공이 같은 장소에 있어야 (적어도 전화나 이메일로 연락할 수 있어야) 상호작용할 수 있다는 점이다. 한 장면에서 주인공이 혼자, 또는 조연과 함께 등장한다면 다음 장면에서는 두 주인공이 모두 등장해야 한다.

- **남녀 주인공이 함께 있을 수 있도록 플롯을 바꾼다.**

  한 주인공이 연관된 상황에 나머지 주인공도 연관될 수 있는 방법이 있는가? 남주인공이 밀렵꾼을 잡는 산림 관리원이라면 여주인공에게 집에 얌전히 있지 않고 남주인공이 있는 국유림으로 갈 이유를 만들어준다. 여주인공이 달력용 야생 풍경화를 그린다고 하면 어떨까? 식물학 수업을 위해 꽃을 관찰해야 한다면? 게다가 그녀가 마감에 쫓긴다면 위험 지역에 들어오지 말라는 남주인공의 명령을 어길뿐더러 그의 아이까지 데려가는 이유가 될 수 있다. (그러면 갈등이 일어날 가능성도 생긴다.)

- **남녀 주인공을 가능하면 단둘만 있게 한다.**

  남녀 주인공과 그들의 관계에 초점을 맞춰야 한다. 예컨대 여주인공이 아이를 돌봐야 한다면 친구가 대신 봐주거나 아이는 밖에 나가 놀게 한다. 남녀 주인공이 사람 많은 방에 있다면 그들을 조용한 구석으로 보내자. 그러면 대화를 더 쉽게 쓸 수 있고 주인공들의 관계에 계속 초점을 맞추는 데도 도움이 된다.

- **남녀 주인공이 다양한 무대와 분위기를 경험하게 한다.**

  로맨스 소설의 주인공들이 항상 서로 싸우기만 해서는 안 된다. 현실의 사람들이 언제나 화만 내지 않는 것처럼 등장인물도 그래야 한다.

- **남녀 주인공의 대화를 이용한다.**

  플롯에서는 중요하지만 로맨스와는 크게 관련 없는 사건이나
  정보를 집어넣어야 할 때는 남녀 주인공의 대화를 이용한다.
  여주인공과 친구가 플롯에서 중요한 어떤 사실을 알게 되는 경
  우에 두 사람이 그 사실을 알게 되는 순간을 보여줄 수도 있다.
  하지만 그보다 여주인공이 그 사실을 남주인공에게 말하게 하
  면 이야기가 더 나아질 것이다.

- **남녀 주인공을 피할 수 없는 상황에 놓는다.**

  주인공들이 아무리 벗어나고 싶어도 서로를 마주해야만 하는
  상황을 만든다.

+ 해피엔드의 조건

주인공들이 주요 쟁점으로 생각하는 사안을 어떻게 해결할 것인
가? 주인공들이 겪는 어려움과 의견 대립에 대한 해결책은 어떻게
찾을 것인가?

남녀 주인공의 가치관이 확연히 다른 경우에는 그들이 어떻게
타협할지 이야기를 쓰기 전에 미리 생각해두는 편이 좋다.

밍크 목장을 하는 남주인공과 동물 보호 운동가인 여주인공이
이야기 내내 상대방의 생각을 바꾸기 위해 설득한다면 어떻게 해
야 그럴듯하게 해결되겠는가? 이런 경우에는 타협할 만한 중간 지
점이 없다. 한쪽이 포기하면 해피엔드를 맞이할 수 있는가? 어느

한쪽이 마음을 바꾼다면 그가 원래 갖고 있던 신념의 강도에 대해 독자가 어떻게 생각하겠는가? 쉽게 마음을 바꿀 정도로 신념에 대한 확신이 없다면 주인공다운 인물이라 할 수 있겠는가? 원래부터 여주인공이 동물 보호 운동을 포기할 생각이 있었거나 남주인공이 좋아서 밍크 목장을 하는 것이 아니었다면 마지막 장에 가서야 양보하는 이유는 무엇인가? 이 문제가 결국 그렇게 중요한 것이 아니었다면 그들은 왜 좀 더 일찍 합의하지 않았는가?

이런 상황에서는 주인공 중 어느 한쪽이나 모두가 처음부터 다른 문제에 열정을 쏟는 편이 더 낫다. 그리고 이러한 점을 미리 알면 괜한 수고와 좌절을 하지 않아도 될 것이다.

남녀 주인공이 사랑을 위해 둘 다 뭔가 포기해야 할 때가 가장 만족스러운 결말이 된다. 그래야 그들의 관계가 기본적으로 평등해지고 갈등이 더욱 그럴듯하게 해결된다. 한 사람이 포기해서 어려움이 해결된다면 왜 그리 오래 걸렸겠는가?

또한 해결책은 다른 사람이 아니라 주인공이 직접 찾아낼 때 가장 만족스럽다. 남녀 주인공이 조연의 도움 없이는 만나지 못하고 문제를 해결하지 못한다면 독자는 이들이 앞으로 어떻게 어려움을 헤쳐나갈지 의문이 들 것이다. 반드시 남녀 주인공이 자신들의 문제를 함께 해결하도록 해야 한다.

주인공들이 처음 만나는 장면을 써 보자.

- 서로에 대한 첫인상은 어떠했는가?
- 두 주인공들의 가치관에서 공통점은?
- 두 주인공들의 가치관에서 차이점은?
- 상대방에 대한 감정이 변화하는 계기는 무엇인가?
- 여주인공이 남주인공에게 끌리는 이유는 무엇인가?
- 남주인공이 여주인공에게 끌리는 이유는 무엇인가?

3장 베스트셀러를 만드는 기술

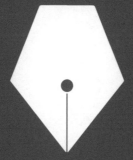

이야기 시작하기

이야기를 어디서부터 시작할지 결정하는 것은 작가 앞에 놓인 큰 과제 중 하나다. 남녀 주인공이 함께 등장하는가, 둘 중 한 명의 이야기로 시작하는가? 여주인공은 처음 등장할 때 직장에 있는가, 집에 있는가? 남주인공은 등장할 때 가족과 함께 있는가, 일하고 있는가? 그들은 대화나 행동, 생각 중 무엇을 하며 등장하는가? 주인공의 첫 모습은 평소 모습인가, 인생을 바꿀 만한 위협이나 문제에 직면한 모습인가?

독자의 관심을 사로잡을 수 있는 시간과 공간은 제한되어 있다. 기껏해야 몇 쪽 정도다. 이야기를 너무 천천히 시작하고 인물의 과거에 대해 너무 많이 얘기하면 독자는 흥미로운 부분이 나올 때까지 기다리다 지칠 수 있다. 반면 이야기를 너무 빨리 시작하고 사건이 너무 많으면 혼란스러울 수 있다. 어느 쪽이든 독자는 책을 내려놓고 다시는 집어 들지 않을 것이다.

+ 이야기를 시작할 때 주의할 점

너무 이른 시작

이야기의 첫머리에서 독자의 관심을 사로잡지 못하면 독자는 책을 내려놓을 것이다. 독자가 도중에 흥미를 잃거나 처음부터 흥미를 갖지 못한다면 이야기를 너무 앞에서부터 시작했을 가능성이 높다.

너무 앞에서부터 시작했다는 말은 첫머리에서 본격적인 이야기가 아니라 그 이전에 있었던 배경 얘기부터 꺼냈다는 뜻이다. 여주인공이 심장마비를 일으킨 아버지 때문에 몇 년 만에 고향으로 돌아가는 이야기를 생각해보자. 첫 문단이 여주인공이 아버지가 아프다는 전화를 받는 장면이라면 너무 앞에서 시작하는 것이다. 짐을 싸서 공항으로 달려가는 장면이나 비행기에서 초조해하는 장면도 이르긴 마찬가지다. 본격적인 이야기는 일단 그녀가 고향에 도착하고 남주인공을 만난 뒤 벌어지는 일들이다.

초보 작가의 경우에는 원고의 첫 번째 장을 몽땅 들어내야 할 때도 많다. 첫 번째 장에서는 과거에 있었던 일들을 늘어놓고 이야기 자체는 두 번째 장부터 시작하기 때문이다. 초보 작가는 주인공의 인생을 바꿀 만한 문제를 얘기하기 전에 그의 과거부터 전부 털어놓기도 한다. 또는 처음부터 인물을 너무 많이 등장시켜 누가 누구인지 독자를 헷갈리게 하기도 한다.

작가가 너무 앞에서부터 이야기를 시작하는 데는 두 가지 이유가 있다. 첫 번째는 무의식적으로 이야기의 배경을 앞에 배치하는 것이다. 일이 어떻게 돌아가는지 이해하려면 독자도 어쨌든 배경을 알아야 할 것 아닌가.

맞는 말이다. 그러나 나중에 알아야 한다.

독자가 인물에게 관심을 쏟기 전에 인물의 배경을 모두 알려주는 건 소용이 없을 뿐 아니라 독자를 잃을 수도 있다. 하지만 일단 독자가 인물과 감정적인 유대를 형성하고 나면 어떠한 설명이나 배경 이야기라도 들어줄 것이다.

작가가 이야기를 너무 앞에서부터 시작하는 두 번째 이유는 이야기에서 가장 잘 아는 부분이 배경이기 때문이다. 작가는 주인공과 문제를 발전시키는 과정에서 이야기의 배경에 대해 잘 알게 되므로 어려운 부분을 쓰기 전에 먼저 배경부터 쓰고 싶은 생각이 든다.

그렇다면 어떻게 해야 하는가? 그냥 생각한 대로 하면 된다. 주인공이 지금의 상황에 처하게 된 배경부터 아주 자세히 쓴다. 그리고 그 것을 인쇄해 컴퓨터 옆에 두고 진짜 첫 번째 장을 쓰기 시작한다.

너무 늦은 시작

이야기를 너무 뒤에서부터 시작하면 사건이 느닷없이 진행되므로 독자는 길을 잃고 이야기를 따라잡을 수 없을 듯한 기분을 느끼게 된다.

이런 일이 벌어지는 이유는 작가가 자신은 조사하고 계획하는 과정에서 등장인물에 관해 이미 많은 것을 알게 되었지만 독자는 그런 정보를 모른다는 사실을 잊기 때문이다. 독자는 작가가 말해주는 내용만 안다. 그러므로 작가가 주인공들이 사랑스러운 인물이고 서로 잘 어울린다는 것을 안다 해도 첫머리부터 남녀 주인공이 소리를 지르며 싸우면 독자는 그들이 얼마나 사랑스러운지 알만큼 충분히 기다리지 못할 수 있다.

사건으로 이야기를 시작해도 괜찮지만 아주 복잡한 사건이 처음부터 등장하면 독자는 길을 잃을 것이다. 또 누가 주인공인지 모르는 상태에서 처음부터 인물이 많이 등장하면 독자는 누구에게도 감정이입을 하지 못한다. 핵심적인 문제를 알려주지 않고 처음부터 복잡한 논쟁을 진행하면 독자는 헷갈리기만 한다.

이런 경우에는 조금만 뒷받침해주면 이야기가 훨씬 나아진다. 즉, 주인공을 먼저 소개한 뒤에 인생의 전환점이 될 상황을 전개하면 된다.

독자에게 주인공을 소개할 때는 길거나 복잡할 필요가 없다. 몇 단락이면 충분히 인물을 등장시키고 긍정적인 인상을 심어주고 상황을 소개할 수 있다.

이야기를 너무 뒤에서부터 시작하는 문제는 특히 현실과 다른 세계나 사회가 등장하는 파라노말 로맨스물에서 흔히 볼 수 있다. 설정과 배경, 인물의 유형이 특이할수록 독자는 이야기를 이해하는 데 많은 도움이 필요하다. 다시 한 번 말하지만 긴 설명은 필요 없다. 다만 본격적인 사건이 일어나기 전에 독자가 이야기 속의 세계를 살펴볼 수 있도록 조금 천천히 시작하는 편이 좋다.

이런 문제는 서스펜스나 미스터리 로맨스에서도 흔히 발생한다. 특히 독자가 주인공이 어떻게 될지 관심을 갖기도 전에 주인공이 위험에 처하는 경우가 많다.

+ 이야기를 시작하는 검증된 몇 가지 방법

모든 이야기에는 첫머리가 될 만한 지점이 여러 군데 있다. 하지만 실제 책에서 첫 번째 장이 시작하고 주인공과 상황을 처음 소개하는 순간은 오직 하나뿐이다. 작가는 어떤 지점에서 이야기를 시작해야 독자를 끌어들이기에 가장 좋을지 찾아야 한다. 어느 순간에 막을 올려야 독자가 관심을 갖고 보기 시작하겠는가?

각자 다음 질문에 설득력 있게 대답해보자. 이야기의 여러 순간 중에 왜 하필 그 순간이 내 소설의 첫 쪽을 장식하는가?

어떤 지점에서 이야기를 시작해야 독자의 관심을 가장 효과적으로 이끌어낼 수 있는가? 독자가 지루해할 배경 이야기도 아니고 독자가 이해하지 못해 혼란스러울 사건도 아닌 지점은 어디인가?

처음 몇 쪽이나 단락에서는 주인공이 인생을 크게 바꿔놓을 위협이나 변화, 도전에 직면하고 압박을 받는 모습을 보여주는 것이 가장 좋다.

좋은 시작의 예

이야기의 첫머리를 쓰는 방법에 엄격한 규칙은 없지만 지난 세월

동안 입증된 몇 가지 장치는 있다. 이야기를 언제 어디서 시작할지 결정할 때 다음의 예를 참고하자.

하나, 두 주인공 중 한 명의 이야기로 시작한다.

독자는 이야기에서 만나는 첫 번째 인물이 주인공 중 한 명(대부분 여주인공)일 것이라 예상하고 그 인물에게 즉시 관심을 쏟을 준비가 되어 있다. 그런데 여주인공의 친구나 남주인공의 이발사가 먼저 등장하면 혼란에 빠질 것이다. 니컬라 코닉Nicola Cornick이 쓴 역사 로맨스《방탕아의 구혼The Rake's Bride》의 첫 단락을 보자. 작가는 남주인공을 소개할 뿐 아니라 그의 과거도 짧게 보여준다.

4월의 햇빛은 화약 불꽃처럼 눈이 부셨고, 침대 커튼이 부딪히는 소리는 마치 멀리서 들려오는 포격 소리 같았다. 잭 멀린 후작은 자신이 지옥으로 떨어져 전쟁이 벌어지는 이베리아 반도로 다시 돌아가 있는 것이 아닐까 잠시 생각했다.

이 짧은 두 문장에서 독자는 남주인공이 어떤 신분인지, 그의 과거가 어땠는지, 배경이 어느 시대인지 알 수 있다. 그리고 무엇보다 누가 이야기의 주인공인지 정확히 알고, 퇴역 군인인 남주인공이 지옥 같았던 지난 시간에 대한 보상으로 사랑을 찾길 응원하게 된다.

앤 그레이시Anne Gracie가 쓴 역사 로맨스《고결한 과부The Virtuous

Widow》의 첫 단락에서는 여주인공과 그녀가 직면한 기본적인 상황이 소개된다.

"엄마, 내 소원 촛불은 계속 켜져 있죠?"

엘리는 그녀의 어린 딸에게 다정하게 키스했다. "그래, 아가. 꺼지지 않았으니 이제 걱정 그만하고 자렴. 초는 네가 놓아둔 대로 아래층 창가에 잘 있단다."

"어둠 속에서도 촛불을 보면 우리가 어디 있는지 아빠가 아실 거예요."

엘리는 잠깐 말을 잇지 못했다. 다시 대답하는 그녀의 목소리는 약간 잠겨 있었다. "그렇구나, 아가. 아빠는 우리가 안전하고 따뜻하게 여기 있다는 것을 알 거야."

에이미는 색이 바랜 누비이불과 낡은 담요 아래로 파고들었다. "그리고 아침이면 아빠가 우리와 함께 아침 먹으러 와 계실 거예요."

엘리는 목이 턱 막혔다. "아니란다. 아빠는 없을 거야. 너도 알잖니."

비록 첫 번째 줄은 조연의 대사지만 처음 등장하는 이름은 여주인공의 이름이다. 독자는 이름을 보고 그녀에게 관심을 집중하게 된다. 작가는 딸을 달래는 여주인공의 감정을 짧게 보여준 다음 다섯 번째 단락이 되어서야 조연의 이름을 알려준다.

남주인공이나 여주인공의 이야기로 시작하지 않는 단 하나의 예외는 본격적인 이야기 전에 짧은 프롤로그가 있는 경우다. 프롤로그는 본 이야기가 아니라 예고편 역할을 하기 때문에 악역 같은 중요한 조연의 이야기에 초점을 맞춰도 된다. 그런 경우라도 여전히 첫 번째 장은 주인공의 이야기로 시작해야 한다.

둘, 사건으로 시작한다.

어떤 위험이나 위협이 주인공의 인생을 방해하는 순간으로 시작하는 것도 좋은 방법이다. 위험은 목숨이 달린 문제일 필요는 없으며, 복잡하지 않고 설명을 길게 하지 않아도 되는 것이 좋다. 이야기의 첫머리에 등장하는 사건은 이해하기 쉽거나 독자가 공감할 수 있는 위기여야 효과적이다. 리즈 필딩Liz Fielding이 쓴 스위트 트래디셔널 로맨스《억만 장자 결혼하기Billionaire Takes a Bride》를 보자.

실수했다. (……) 지니의 온몸에 있는 세포가 급제동을 걸었다. 그녀는 지금 리처드 맬러리의 완벽하게 손질된 일본식 정원에 서 있었다. 그녀는 세포의 경고를 존중해 비에 젖은 산울타리를 넘어 그녀의 집 옥상 테라스로 다시 돌아가야 하나 무척이나 망설였다. (……)

그녀의 부츠가 축축한 자갈길에 깊이 자국을 남겼다. 거참, 들키지 않아야 하는데.

그녀는 주거 침입에 소질이 없었다.

작가는 여주인공이 평범한 도둑이 아니라는 사실을 분명히 보여준다. 그러므로 독자는 대체 무슨 사연인지 궁금해 계속 더 읽어나갈 것이다.

셋, 주인공의 평범한 일상으로 시작한다.

갈등이 시작되기 전에 주인공이 어떻게 생활하고 있었는지 보여준다. 주인공의 평소 성격과 생활을 짧게 묘사하면 이러한 생활 방식이 갑자기 깨질 때 독자가 주인공에게 연민을 느끼게 된다. 스테프 A. 홀름Stef A. Holm의 싱글 타이틀 로맨스《걸스 나이트Girls Night》에서 여주인공은 잠시 쉬기 위해 목욕을 한다. 단 몇 분의 평화를 원하는 어머니에게 공감하지 못할 사람이 어디 있겠는가?

질렌 맥더멋이 원하는 것은 오로지 잠시 숨 돌릴 공간이었고, 그녀가 찾을 수 있는 유일한 장소는 욕조였다.

욕조에서는 운이 좋다면 거품이 가라앉고 물이 식을 때까지 혼자만의 시간을 가질 수 있었다. 물론 그렇게 운이 좋은 적은 없었지만 그녀는 주어진 시간을 최대한 누렸다.

독자는 질렌의 평화로운 목욕 시간이 오래가지 못할 것을 안다. 작가는 질렌도 그것을 알고 있다는 사실을 말해줌으로써 곧 큰 변화가 있을 것을 암시한다.

넷, 이목을 끄는 문장으로 시작한다.

예상치 못한 문장으로 시작하면 독자는 도대체 무슨 일이 벌어지는지 궁금해서 이야기를 계속 읽게 된다. 예를 들어 모린 차일드Maureen Child의 싱글 타이틀 로맨스《어떤 기적Some Kind of

Wonderful》을 보자.

아기 예수가 움직였다.

캐럴 베이커는 눈을 깜박이며 고개를 저었다. "자, 캐럴. 동상이 움직이는 것
이 보이다니. 저게 기적이 아니면 내가 잘못된 거겠지." 그녀는 마을 광장 한
귀퉁이를 차지한 아기 예수의 탄생을 묘사한 실물 크기의 동상을 유심히 쳐
다봤다. (……) "좋아, 아기 예수가 분명히 움직이고 있군."

다음 몇 단락 안에 "아기 예수"가 실은 버려진 아기라는 사실이 밝혀
지고 여주인공의 인생은 극적인 전환점을 맞이한다.

나쁜 시작의 예
이야기의 첫 시작으로 좋지 않은 예도 있다.

하나, 첫머리나 첫 번째 장에서 회상 장면이 등장한다.
독자는 주인공과 이야기에 익숙해지기 전에 회상 장면이 나오면
혼란스러워한다.

둘, 꿈을 꾸거나 깨어나는 장면으로 시작한다.
꿈속 장면은 대개 이리저리 뒤섞이고 설명하기 힘들다. 인물이 잠
에서 깨어나는 것으로 시작하는 경우는 대부분 이야기를 너무 앞
에서 시작하는 문제에 해당한다. 대신 주인공이 첫 번째로 하는 중

요한 행동에서부터 시작하자.

셋, 긴 설명으로 시작한다.

시작할 때 한두 문장으로 상황을 설명하는 것이 도움이 될 때도 있다. 하지만 독자가 알고 싶어 하는 것은 인물이다. 배경과 풍경에는 인물에게 영향을 미칠 때만 관심을 가진다.

+ 사전 설명을 위한 프롤로그 활용

프롤로그는 이야기가 시작되는 현재보다 이전에 있었던 사건을 보여주는 짧은 장면이다. 분량은 대부분 한두 쪽으로 좋은 프롤로그는 독자가 이야기에 빠져들기 위해 알아야 할 것만 정확히 알려준다. 대부분 이야기나 주인공의 미스터리한 측면을 간략하고 흥미롭게 소개한다. 이야기가 시작하기 훨씬 전에 일어난 사건이라도 나중 사건을 이해하는 데 꼭 필요한 경우에는 프롤로그에 등장할 수 있다.

프롤로그는 로맨틱 서스펜스 소설에서 매우 효과적으로 사용된다. 주인공이 위협을 당한다고 느끼는 이유가 한참 뒤에 나오더라도 프롤로그를 통해 미스터리와 악당을 독자에게 미리 선보일 수 있기 때문이다. 주인공들이 오랫동안 헤어져 있다가 다시 만나는 경우에도 프롤로그를 이용하면 과거에 두 사람 사이에 있었던 극적이고 결정적인 순간을 보여줄 수 있다.

하지만 몇몇 경우를 제외하면 프롤로그는 실제로 이야기에 도움이 되지 않는다. 분량이 너무 많거나 인물의 동기를 너무 일찍 알려주고 긴장감을 떨어뜨려서 종종 이야기를 망친다. 특히 초보 작가의 경우는 이른바 프롤로그라고 쓴 부분이 사실상 주인공이 이야기가 시작되는 지점까지 어떻게 살아왔는지 길게 소개하는 글인 경우가 많다. 그런 프롤로그는 작가가 이야기를 너무 앞에서부터 시작했다는 증거다.

줄리아 퀸의 싱글 타이틀 역사 로맨스 《나를 사랑한 바람둥이The Viscount Who Loved Me》에서 작가는 사랑에 빠지지 않으려는 남주인공의 이상한 성격을 설명하는 데 프롤로그를 효과적으로 사용한다.

> 앤서니 브리저턴은 자신이 젊은 나이에 죽을 거라고 항상 생각했다.
>
> 그 일은 앤서니가 열여덟 살 때 일어났다. (……)
>
> 앤서니는 대프니를 보고 그 자리에 우뚝 멈춰 섰다. 이상하게도 여동생이 복도 한가운데 바닥에 주저앉아 있었다. 게다가 더욱 이상하게도 울고 있었다. (……)
>
> "아빠가 돌아가셨어." 다프네가 나지막하게 말했다. "아빠가 돌아가셨다고…… 벌에 쏘여서 말이야……."
>
> 사람은 벌에 쏘인다고 죽지 않는다. 그건 불가능하다. 완전히 말도 안 된다.
>
> 에드먼드 브리저턴은 젊고 강했다. (……)
>
> 앤서니는 아버지의 시신이 있는 방으로 들어가 시신을 바라봤다.
>
> (……)

그리고 방을 나설 때 자신의 인생에 대해 새롭게 직감했고 자신이 죽을 운명임을 새롭게 깨달았다.

에드먼드 브리저턴은 서른여덟의 나이로 사망했다. 그리고 앤서니는 자신이 어떤 면에서든 아버지를 능가한다는 것을 상상할 수가 없었다. 수명까지도 말이다.

이 프롤로그의 주요 목적은 앤서니가 왜 사랑에 빠지면 안 된다고 생각하는지 보여주는 것이다. 그는 자신이 아버지처럼 마흔을 넘기지 못할 것이기 때문에 결혼을 하면 아내가 분명 과부가 되리라 확신한다. 전체 프롤로그는 총 일곱 쪽으로 일반적인 프롤로그에 비해 길지만 단 하나의 사건과 그것이 남주인공에게 미친 영향에 대해서만 다룬다.

대부분 남주인공이 사랑에 빠지지 않으려는 이유를 바로 공개하지 않고 이야기가 끝나갈 때가 되어서야 알려준다. 하지만 이 경우에는 그렇게 하면 독자가 앤서니의 이유가 부적절하고 말이 안 된다고만 생각할 것이다. 반면에 앤서니의 생각을 알고 (비록 그 생각이 이상하다고 느끼더라도) 이야기를 읽기 시작하면 그가 프롤로그에 나온 사건 뒤로 15년간 왜 그렇게 행동해왔는지 이해할 수 있게 된다.

+ 주인공은 처음부터 등장해야 한다

첫 번째 장의 가장 중요한 목표는 독자에게 주인공을 소개하고 인물 사이의 갈등을 설정하고 독자가 남녀 주인공과 그들의 문제에 관심을 갖게 해서 책을 내려놓지 못하게 하는 것이다.

첫 장면에 두 주인공 말고 더 많은 인물이 등장할 수도 있지만 모든 등장인물을 당장에 다 소개하려고 하면 안 된다. 다른 인물은 나중에 천천히 등장해도 되지만 주인공을 흥미롭고 중요하고 공감 가는 인물로 설정할 수 있는 기회는 오직 한 번뿐이다.

첫 번째 장에서는 주인공에게 초점을 맞춰야 한다. 그들이 누구인지, 그들이 직면한 변화나 문제가 왜 그들에게 위협적인지를 알려줘야 한다. 가장 효과적인 방법은 남녀 주인공이 사건을 겪는 모습을 보여주는 것이다. 단순히 그들이 어떻다고 말하는 실수를 저지르지 말자.

첫 번째 장에서는 첫 번째 문제에 직면한 남녀 주인공을 보여줘야 한다. 모린 차일드의 《어떤 기적》의 첫 번째 장을 보면 캐럴은 버려진 아기를 발견하고 임시로 보호하게 된다. 그녀는 이번 사건을 조사할 보안관을 만나고, 그는 캐럴을 의심하며 그녀를 계속 지켜보겠다고 말한다. 독자는 캐럴 역시 버려진 아이였기 때문에 이 상황이 그녀에게 특히 힘들다는 것을 알게 된다.

앤 그레이시의 《고결한 과부》의 첫 번째 장에서는 심한 부상을 입은 남자가 딸의 소원 촛불을 보고 엘리의 오두막으로 찾아 온다. 엘리는 그를 데리고 들어오고, 아버지를 제대로 기억하지 못하는 딸에게 그가 아버지가 아니라고 설명한다. 오두막이 작고 추운 데다 침대가 하나뿐이었기 때문에 엘리는 그를 자신의 침대에 재우고 얼어 죽지 않기 위해 함께 침대에 눕는다. 작가는 첫 번째 장에서 주인공을 소개하고 갈등과 몇 가지 복잡한 요소를 설정한 뒤 남녀 주인공 사이에 성적 긴장감을 조성한다.

주인공의 좋은 면을 먼저 보여주자

독자가 주인공을 좋아하길 바란다면 호감 가는 인물로 만들어야 한다. 신인 작가는 종종 주인공을 처음 등장시킬 때 매우 부정적인 모습으로 그린다. 예컨대 여주인공이 어머니에게 욕을 하거나 남주인공이 비서에게 물건을 던진다. 작가는 주인공이 정말 멋진 인물임을 알고 있으므로 독자가 주인공을 좋아하지 않는다고 하면 실의에 빠진다. 하지만 자신이 독자에게 주인공을 좋아할 만한 이유를 주지 않았다는 사실은 깨닫지 못한다. 여주인공이 어머니에게 욕을 하는 이유를 독자가 이해한다면, 혹은 욕을 하고 싶지만 참는 모습을 독자가 본다면 인물에게 더욱 공감할 수 있다.

주인공은 완벽할 순 없지만 끔찍해서도 안 된다. 독자에게 주인공의 좋은 성격과 나쁜 성격을 모두 보여줘야 하지만 좋은 면을 일찍 보여준 다음에 나쁜 면을 보여줘야 한다. (적어도 양쪽 면을 동시에 보여줘야 한다.) 그러면 독자는 주인공을 좋게 생각하려 하고 그들이 왜 그렇게 행동하는지 알기 위해 이야기를 계속 읽어나갈 것이다.

스테프 A. 홀름의 《걸스 나이트》에서 여주인공 질렌은 평화롭고 조용한 순간을 누리기 위해 욕실에 틀어박혀야만 했고, 작가는 그녀를 거의 모든 여성, 특히 어머니라면 분명히 겪을 만한 상황에 놓아둠으로써 공감이 가게 한다. 니컬라 코닉의 《방탕아의 구혼》에서 작가는 다음 장면에서 잭 멀린 후작이 침대에서 나와 침대 커튼을 열던 하인을 때리지만 곧 사과하는 모습을 보여줌으로써 그가 입힌 피해에 균형을 맞춘다. 독자는 잭이 외상 후 스트레스 장애로 다시 전장에 가 있는 악몽을 꿨다는 점을 이해하기 때문에 잭의 행동에 공감한다. 만약 그가 숙취로 그런 행동을 했다면 이해하지 못할 것이다. 리즈 필딩의 《억만 장자 결혼하기》에서 지니는 주거 침입을 해서 도둑질을 하려는 것처럼 보임에도 분명히 상습적인 도둑이 아니기 때문에 충분히 공감할 수 있는 인물이다. 독자는 그녀가 하는 행동에 합당한 이유가 있으리라 생각하고 그것이 무엇인지 알기 위해 이야기를 계속해서 읽을 것이다.

독자가 주인공을 좋아하게 만들기 위해 긍정적인 면을 많이 보여줄 필요는 없다. 하지만 첫인상이 완전히 부정적이면 독자는 더 이상 책을 읽지 않고 주인공이 사실 얼마나 멋진 인물인지도 알지 못할 것이다. 《방탕아의 구혼》에서 여주인공은 돈 때문에 결혼을 하려고 한다. 정말 주인공답지 않은 행동이지만 그녀가 죄책감을 느낀다는 사실 때문에 독자는 그녀를 좀 더 지켜보게 된다.

"그만 좀 해." 시아는 의도했던 것보다 더 날카롭게 말했다. 이 결혼이 가져다줄 물질적인 이득에 대해 여동생이 조목조목 말하는 걸 듣고 있자니 견딜 수 없이 죄책감이 밀려들었다. 시아가 돈 때문에 버티 퍼쇼어와 결혼한다는 사실은 부정할 수 없었다. 그녀는 그런 식의 결혼은 바라지 않았다. 그리고 버티도 그녀에게 이용당하는 것보다 더 나은 대접을 받아야 했다. 하지만 그녀는 절실하게 돈이 필요했고, 그는 그녀를 구해줄 만큼 기사도 정신이 투철했다.

여기서 작가는 지나치게 설명을 하지 않도록 주의한다. 단지 시아가 죄책감을 느낀다는 사실을 보여주고 그녀 자신뿐만 아니라 버티를 위해서도 결혼을 하지 않을 방법을 찾으려 한다는 암시만 준 뒤에 이야기를 계속 이어간다.

남녀 주인공은 일찍 만날수록 좋다

책의 첫 부분에서 가장 중요한 순간 중 하나는 남녀 주인공의 첫 만남이다. 그 순간은 두 사람이 처음 만나는 때일 수도 있고, 과거에 관계가 있다 오랫동안 헤어진 뒤에 다시 만나는 때일 수도 있다. 아니면 자주 보는 사이지만 이번이 플롯과 갈등에 중요한 첫 번째 만남, 삶을 변화시킬 사건에 연관된 첫 만남일 수도 있다.

첫 만남은 앞으로 남은 이야기에서 남녀 주인공이 상호작용할 장을 마련한다. 이 단계를 보지 못하면 독자는 소외되고 속은 듯한 기분을 느끼고 독서를 이어갈 만큼 충분히 주인공에게 감정이입을 하지 못할 것이다.

그러나 많은 신인 작가가 첫 만남에 대해 말해줄 뿐, 실제로 어땠는지 보여주지 않는다. 남녀 주인공 사이의 대화는 고작 몇 줄뿐이고 그 다음엔 갑자기 몇 시간이 지나 여주인공이 친한 친구에게 남주인 공이 얼마나 멋있는지 다섯 쪽에 걸쳐 얘기하는 장면이 나오거나 남주인공이 자신이 여주인공에게 어떻게 반응했는지 생각하는 장면만 나온다.

첫 만남의 중요성은 아무리 강조해도 지나치다 할 수 없다. 첫 만남은 마땅히 작가의 관심을 받아야 하고 그만큼 독자에게도 관심을 받아야 한다.

남녀 주인공이 만나는 장면을 보여주자. 시점 인물(작중 상황을 보는 인물, 즉 이야기의 관찰자), 예컨대 여주인공은 남주인공의 어떤 점에 주목하는가? 그가 눈에 띄는 이유는 무엇인가? 머리카락 색깔 같은 신체적인 특징이 눈에 띌 수도 있고 다른 인물들이 그를 대하는 방식이 특별할 수도 있다.

주인공들은 무슨 말을 하는가? 무엇을 하는가? 서로 어떻게 반응하는가?

첫 만남의 순간은 주인공들이 압도적인 성적 매력을 느끼기에 적당한 시점이 아니다. 하지만 서로를 좋아하지 않는다고 생각할 때라도 보통 수준 이상으로 서로를 의식하고 상대가 아주 중요한 사람이라고 느껴야 한다.

소피 웨스턴Sophie Weston의 스위트 트래디셔널 로맨스《셰이크의 품에서In the Arms of the Sheikh》에서 작가는 남주인공의 몇 가지 신체적인 특징과 남녀 주인공이 서로를 경계하며 의심하는 이유를 보여준다.

남자가 어둠 속에서 커다란 관목 사이로 모습을 드러냈다. 그는 살금살금은 아니지만 사뿐히 걸었고, 키가 크고 어두운 색 옷을 입고 있었다.

너태샤가 첫눈에 보기에 그는 전문가였다. 무슨 일에 전문일지는 확실하지 않았다. (……) 두 번째로 느낀 인상은 (……) 오만함이었다.

너태샤는 오만함에 대해 아주 잘 알았다. (……) 그녀는 오만함 때문에 목숨을 잃을 뻔했다. 그래서 오만함이 몹시 싫었다. (……) 그녀는 등이 뻣뻣해지고 이륙하는 전투기처럼 턱을 치켜들었다.

남자가 그녀를 바라봤다. (……) 현관에서 반사된 빛에 거만한 광대뼈와 꿰뚫어보는 듯한 눈이 보였다. 그녀는 경계심 많고 조심스럽고 위험한 살쾡이를 잠깐 떠올렸다. (……)

"너태샤 램버트예요. (……) 데어 양이 이번 주말에 초대했어요."

그는 무례할 정도로 오래 생각하는 척했다. "주말은 어젯밤부터 아닙니까? 적어도 오늘 아침부터겠죠?"

"내가 좀 늦었어요. (……) 이봐요, 뭐하자는 거죠? 나는 친구들과 함께 주말을 보내러 온 거예요. 내가 최근에 했던 일을 보고하려고 온 게 아니라고요. 그러니까……." 그녀는 그를 바라봤다. 그는 키가 크고 얼굴이 무표정했으며 몸은 추위에 끄떡없을 것 같았고 눈은 약간 다른 곳을 바라보고 있었으며 그녀의 어린 시절에서 바로 튀어나온 듯 완벽하게 무례했다.

"……러치 집사(〈아담스 패밀리The Adams Family〉에 나오는 프랑켄슈타인을 닮은 집사)에게 말이죠." 그녀는 통쾌하게 말을 맺었다.

독자는 남주인공이 누군지, 외모가 어떤지 알게 되었을 뿐만 아니라 그의 오만함이 여주인공에게 특히 더 위협적인 이유(이들이 극복해야 할 장애물의 하나)도 어렴풋이 알게 되었다.

첫 만남은 이야기 초반에 나와야 한다. 남녀 주인공이 첫 쪽에서 만날 필요는 없지만 로맨스 소설은 주인공들이 만나서 상호작용을 해야 본격적으로 이야기가 진행되므로 첫 만남은 늦어도 첫 번째 장이 끝나기 전에는 나와야 한다. 편집자는 대체로 처음 몇 쪽 안에 두 주인공이 모두 등장하고 만나는 편을 선호한다.

짧은 소설일수록 이야기를 전개할 지면이 부족하므로 남녀 주인공이 더욱 일찍 만나야 한다. 스위트 트래디셔널이나 단편 현대 로맨스처럼 분량이 적은 카테고리 로맨스나 중편 소설에서는 남녀 주인공이 첫 쪽에서 만난다. 반면 역사나 장편 현대, 로맨틱 서스펜스 로맨스 같이 긴 분량의 카테고리 로맨스나 싱글 타이틀의 경우에는 복잡한 이야기가 함께 전개되고 로맨스 자체도 심각하다. 그러므로 남녀 주인공이 실제로 만나기 전에 둘 중 한 명의 이야기를 길게 보여주기도 한다. 하지만 그렇더라도 로맨스가 이야기의 초점이므로 첫 만남을 너무 오래 지연시켜서는 안 된다.

첫 만남이 몇 단락 만에 끝나는 경우도 있다. 남녀 주인공이 잠깐 만났다가 헤어진 뒤 나중에 그들의 문제로 인해 다시 만날 수 있다. 하지만 많은 경우에 첫 만남은 한 장면 전체를 차지하고, 주인공들은 자신들이 직면한 문제와 문제를 함께 해결해야 하는 이유에 대해 대화를 하면서 서로를 의식하고 긴장한다.

좋아하는 로맨스 소설을 몇 권 골라서 시작 부분을 다시 한 번 살펴보자. 어떤 부분이 당신의 마음을 사로잡았는가?

- 첫 장에 등장하는 인물은 누구인가? 여주인공인가? 아니면 남주인공이과 여주인공 둘 다 등장하는가?
- 주인공에 대해 가장 처음 알게 된 사실은 무엇인가? 아직 모르는 것은 무엇인가?
- 주인공에 대해 알고 싶은 사실은 무엇인가?
- 남녀 주인공이 만났다면 서로에 대한 첫 반응은 무엇인가?
- 작가는 어떻게 독자의 관심을 끄는가? 사건을 보여주며 시작하는가, 설명으로 시작하는가? 주인공의 일상으로 시작하는가, 변화된 상황으로 시작하는가? 특이한 문장이나 대사로 시작하는가?

정보 전달하기

이야기의 시작을 쓰는 것은 즐겁다. 작가는 등장인물들에 관해 오랫동안 고민해왔으므로 첫 장면도 머릿속에 명확히 그리고 있는 경우가 많다. 첫 장면에서 무슨 일이 벌어지고, 나오는 모든 인물이 어떻게 생기고, 누가 무슨 말을 하고 어떤 행동을 하는지 정확하게 안다. 그러므로 이야기의 첫 부분은 물 흐르듯 쉽게 쓸 수 있다.

그러나 다음 장면은 첫 장면만큼 명확하지 않고 쉽게 써지지 않는다. 그래서 많은 작가가 첫 번째 장을 완성할 즈음에 벽에 부딪힌다. 다음에는 무엇을 써야 할지, 어떤 식으로 써야 독자가 좋아할지 잘 모르기 때문이다. 이야기의 전체적인 개요를 짜놓은 작가라도 이런 문제에 직면한다. 이야기의 주요 사건을 머릿속에 그리고 있는 것과 실제로 글로 쓰는 것은 별개의 문제다.

그래도 이야기를 전달하는 데 도움이 될 만한 구체적인 방법은 몇 가지 있다. 여기서는 스토리쇼잉으로 이야기를 보여주는 법, 독자의 상상을 돕는 구체적인 세부 사항을 선택하는 법, 서사, 플래시백, 설명, 요약 등으로 정보를 효과적으로 전달하는 법에 대해 살펴보자. 이런 방법들이 머릿속에서 이야기를 끄집어내 글로 옮기는 데 도움이 될 것이다.

+ 스토리쇼잉 기법 활용

이야기를 쓰는 목적은 독자가 바로 그곳에 있는 것처럼 느끼게 하려는 것이다. 독자가 사건이 벌어지는 한구석에 앉아 주인공과 같은 것을 보고 듣고 냄새 맡고 만지고 맛보는 듯한 기분을 느끼게 해야 한다. 독자가 이야기에 몰입해 자신을 이야기의 일부라고 느끼면 책을 놓지 않는다. 그러기 위해 '스토리쇼잉' 기법을 사용하자.

스토리텔링이 아니라 스토리쇼잉이다.

스토리텔링은 독자에게 사건을 요약해 알려주고 주인공에 대해 말해준다. 린 마이클스Lynn Michaels의 싱글 타이틀 로맨스《신부의 어머니Mother of the Bride》를 바탕으로 만들어낸 다음 예시를 보자.

끔찍한 하루를 보낸 시드니에게 수작을 부리는 의뢰인은 마지막 결정타였다.

하루가 끔찍했던 이유는 무엇인가? 수작을 부렸다는 것은 정확히 어떤 행동을 말하는가? 독자는 세부적인 내용 없이는 스스로 판단할 수 없으므로 작가가 말하는 "끔찍한 하루"의 정의에 회의적일 수 있다.

반면 스토리쇼잉은 독자에게 그림을 묘사하듯 장면을 보여주므로 독자가 인물과 사건에 대해 스스로 판단할 수 있다. 《신부의 어머니》에서 끔찍한 하루를 보낸 시드니와 수작을 부리는 클라이언트를 보여주는 실제 단락은 다음과 같다.

서른둘은 거미혈관종이 생기기에 젊은 나이였다.

그리고 〈블룸 앤 벌브〉 잡지의 아트디렉터 웬델 피커링이 거는 수작을 견디기에도 젊은 나이였다. 웬델은 숱이 적은 머리에 창백한 눈동자를 지닌 호리호리한 남자였다. 그는 시드니가 새벽 3시까지 작업한 다년생 식물 화단에 대한 여섯 쪽짜리 기사 사진을 타박한 뒤 수작을 걸었다.

"안타깝지만 이대로는 승인할 수 없어요. 하지만 7시 반까지 수정해올 수 있다면 함께 저녁을 먹으며 검토해보도록 하죠." 그가 말했다.

그러곤 미소를 지으며 그녀의 엉덩이에 손을 올렸다.

지금은 오후 2시 반이었다. 안 그래도 시드니에게는 힘든 하루였다. 그날 받은 주차 위반 딱지가 지갑 속에 들어 있었고, 머리는 아픈데 두통약이 없었고, 노트북은 그래픽 카드가 망가져 아이들이 갖고 노는 매직스크린 장난감처럼 되었고, 한 고객이 실수로 필름을 노출시키는 바람에 재촬영을 해야 했고, 가장 좋은 하이힐 굽이 망가졌다. 게다가 이제는 닭

모가지 같은 목을 지닌 남자가 그녀가 2,500달러짜리 기사 사진을 살리기 위해 그와 데이트를 하리라고 믿고 있었다.

"오늘 밤엔 바빠요, 웬델." 시드니가 최대한 차가운 목소리로 말했다. 그녀는 가스 오븐에 머리를 집어넣고 싶다고 생각했다. "그리고 멀쩡하게 움직일 수 있을 때 이 손 당장 치워요."

작가는 시드니의 하루를 상세히 알려주고 웬델이 그녀의 엉덩이에 손을 올리는 장면을 보여줌으로써 독자가 스스로 결론을 내릴 수 있게 한다. 또한 시드니가 웬델의 수작을 단호하지만 악의적이지는 않게 물리치는 모습을 통해 그녀를 긍정적으로 묘사한다.

스토리텔링, 즉 요약하기는 모든 소설가가 빠질 수 있는 위험이다. 작가는 한 장면에서 어떤 사건이 벌어지고 어떤 대화가 오가며 어떤 냄새가 나는지 명확하게 알기 때문에 독자가 그 장면을 똑같이 이해하지 못한다는 점을 쉽게 간과한다.

독자는 작가가 제시한 것만 보고 듣고 냄새 맡을 수 있다. 그런 것을 느끼는 데 도움이 되는 세부적인 내용을 작가가 알려주지 않는다면 독자는 작가와 똑같이 반응할 수 없다.

스토리쇼잉은 관객이 극장에서 연극을 볼 때 알 수 있는 것과 같은 종류의 정보를 독자에게 주는 방법이다. 극장에서 관객은 아주 세밀한 세부 사항까지는 알지 못하지만 이야기의 배경을 머릿속에 그릴 수 있을 정도의 큰 그림은 알게 된다. 그리고 등장인물의 행동과 소품, 의상 등을 보고 그가 어떤 인물인지 스스로 결론을 내린다.

연극에서는 세부적인 내용을 모두 알려주지 않고 관객이 지금 일어나는 사건을 이해하고 이야기의 배경을 파악하는 데 필요한 사항만 알려준다. 관객은 주인공이 아침으로 무엇을 먹었는지 알지 못한다. (2막에서 주인공이 콘플레이크에 독이 들어 있었다고 의심하는 경우는 예외겠지만) 또한 관객은 무대 끄트머리의 출입문 너머에 무엇이 있는지 볼 수 없다. 방이 있으리란 것은 알지만 구체적으로 어떤 곳인지 알 필요는 없다.

마찬가지로 이야기에서도 작가가 독자에게 주인공의 생활과 행동을 모두 상세히 알려줄 필요는 없다. 독자가 장면을 떠올리는 데 도움이 되는 사실에만 집중하고 중요하지 않은 사항은 생략한다. 여주인공이 차를 몰고 출근할 때 그녀가 기어를 변속하고 교차로를 지날 때마다 일일이 묘사할 필요는 없다. 그러나 여주인공이 꽉 막힌 도로 때문에 초조해하거나 남주인공 때문에 받은 스트레스로 교통 체증 따위는 눈에 들어오지 않는다면 그런 사실은 여주인공의 중요한 측면이므로 독자에게 알려줘야 한다.

+ 세부사항을 전달하는 5가지 방법

세부 사항은 독자가 이미 알고 있는 것을 바탕으로 할 때 가장 효과적이다. 거실이 무대라면 독자는 다른 여러 방을 보지 않고도 그곳이 일반 주택 안의 한 공간이라고 생각한다. 반면 무대가 다른 행성이라면 상당히 많은 정보가 있어야 그곳을 머릿속에 그릴 수 있다.

세부 사항을 묘사할 때 까다로운 부분은 머릿속에 가득한 많은 정보 중에 무엇이 중요한지 골라내는 일이다. 작가는 한 장면에 등장하는 모든 인물이 어떻게 생겼는지, 무슨 옷을 입었는지, 소파는 무슨 색인지 알고 있다. 독자는 사람과 옷, 소파에 대해 알며 스스로 상상할 수 있으므로 이런 정보는 대부분 그다지 중요하지 않다. 그렇지만 이 장면에 등장하는 특정 공간과 인물을 떠올릴 수 있을 만큼의 정보는 줘야 한다.

세부 사항을 얼마나 알려줘야 하는가? 독자가 장면을 상상하는 데 도움이 될 중요한 정보는 무엇인가? 다음 질문을 고려해보자.

- 이런 종류의 장소나 사람, 사건이 독자에게 얼마나 익숙한가? (장소나 사람, 사건이 일반적일수록 세부 사항은 적게 묘사해도 된다.)

- 이런 장소나 사람, 사건은 일반적인 것들과 왜 다른가? 다른 유사한 장소나 사람, 사건과 구별되는 점은 무엇인가?

- 인물이 그렇게 행동하는 이유를 이해하기 위해 독자가 알아야 할 사항은 무엇인가?

독자의 처지에서 이야기, 등장인물, 상황에 대해 무엇을 알고 싶을지 생각해보자. 독자는 이야기가 어떻게 진행되고 있는지 이해하기 위해 무엇을 알아야 하는가? 그리고 그런 정보를 독자에게 알려준다. 하지만 그 이상으로 많은 정보를 줘서 독자가 상상할 여지를 빼앗아서는 안 된다. 또한 공간이나 사람을 묘사할 때는 시점 인물이 멈춰 서서 관찰하는 이유가 있어야 한다.

이야기에서 중요한 세부 사항을 독자에게 전달하는 방법에는 다섯 가지가 있다.

- **서사**

  사건을 순차적으로 묘사한다.

- **요약과 설명**

  사건을 보여주지 않고 설명하거나 요약해서 알려준다.

- **플래시백**

  인물이 과거에 일어났던 일을 회상한다.

- **생각**

  인물이 어떤 생각을 하는지 알려준다.

- **대화**

  인물이 어떤 말을 하는지 알려준다.

생각과 대화는 뒤에서 다룰 것이므로 여기서는 서사, 설명과 요약, 플래시백 기법에 대해 자세히 살펴보자.

서사

단순한 서사는 사건을 일어난 순서대로 독자에게 제시하는 방법이다. 가장 간단한 형태의 서사는 나열에 가깝다. 서사는 《이상한 나라의 앨리스》에서 붉은 왕이 "처음부터 끝까지 차례대로 말하고 입 다물어."라고 말할 때 요구했던 서술 방법이다. 또한 초등학교 1학년 학생이 동물원에서 있었던 일을 얘기할 때도 서사가 사용된다. "제일 처음에는 기린을 봤고요. 그러고는 코끼리를 탔어요. 그다음엔 염소를 쓰다듬었는데 염소가 내 소매를 먹으려고 했어요."

물론 로맨스 소설에 나오는 사건은 훨씬 더 복잡하지만 서술하는 방식은 똑같다. 눈을 감고 머릿속으로 장면이 전개되는 대로 떠올려보자. 이다음에는 어떤 일이 일어나는가? 독자가 장면을 이해하기 위해 알아야 할 사항은 무엇인가? 독자가 장소와 인물, 사건을 생생하게 떠올리는 데 도움이 될 세부 사항은 무엇인가?

산만한 사람들의 이야기를 들어본 적 있는가? 그들은 이야기를 중간부터 시작하고 중요한 사실을 빼먹고 핵심을 잊어버리고 계속해서 "아, 그걸 까먹었네.", "그걸 얘기했어야 하는데……."라고 한다.

그런 이야기를 들으며 머리를 싸맨 적이 있다면 단순한 서사가 얼마나 고마운지 알 것이다. 서사는 간단한 단어와 단순한 문장구조를 사용하고 사건들을 일어난 순서대로 나열한다. 간단한 단어와 문장을 쓴다고 해서 이야기가 지루해지는 것은 아니다. 사실 간단한 글을 잘 구성하는 것이 복잡하고 문학적인 글을 쓰는 것보다 어렵다. 독자가 이해하기 쉽게 이야기를 쓰는 일은 쉬운 작업이 아니다.

글을 쓸 때는 일이 실제로 발생하는 순서를 기억하고 따라간다. 새로운 인물이 방에 들어온 사실을 독자가 안 다음에 인물이 얘기를 시작해야 한다. 사건이 먼저 나오고 반응이 뒤따라야 한다. 독자는 무슨 일이 벌어지고 있는지 실시간으로 차례대로 봤을 때 훨씬 쉽게 이해하고 즐길 수 있다.

인물의 반응을 먼저 보여주고 나서 어떤 일에 반응한 것인지 보여주면 안 된다. 내가 만든 다음 예를 보자.

제인은 갑자기 속이 울렁거렸다. 그가 방금 한 말을 믿을 수가 없었다.
내가 지금 에드워드가 헬렌과 결혼했다는 말을 들은 것이 맞나?

여기서는 먼저 제인의 신체적인 반응과 이성적인 반응이 나온 다음 마지막으로 반응의 원인이 언급된다. 이렇게 하면 독자는 일이 일어난 순서를 파악하기 위해 앞으로 돌아가 다시 읽어야 할 것이다.

하지만 사건을 일어난 순서대로 보여주면 독자는 그 자리에서 지켜볼 수 있다. 수전 E. 필립스Susan E. Phillips의 《퍼스트 레이디First Lady》에서 남주인공 매트가 자신이 아버지가 아님을 증명하기 위해 혈액 검사를 하려고 루시와 그녀의 갓난쟁이 여동생을 데리고 병원으로 운전해 가는 장면을 보자.

두세 번의 시도 끝에 엔진이 털털거리며 시동이 걸렸다. 매트는 넌더리를 내며 고개를 저었다.

"이런 똥차 같으니." (……) 그는 위네바고 캠핑카의 사이드 미러를 보며 후진해서 나갔다. "너도 알지. 나는 진짜 아빠가 아니야."

"누가 바라기나 한대요?"

그는 루시가 그에 대해 감상적인 환상을 갖고 있을까 봐 걱정하던 마음은 그만 접기로 했다. (……) "들어봐, 건방진 꼬마야. 네 엄마가 네 출생증명서에 내 이름을 써넣은 것뿐이야. 그래서 우리는 그걸 바로잡아야 하고, 그러려면 셋이서 같이 혈액 검사를 해야 한다고." (……)

그 뒤로 병원으로 가는 내내 그들은 아무 말도 하지 않았다. 다만 악마 같은 아기만 다시 빽빽 울기 시작했다. 매트는 2층짜리 병원 건물 앞에 차를 세우고 루시를 넘겨다봤다. 루시는 마치 지옥문이라도 보는 것처럼 굳은 표정으로 출입구를 바라보고 있었다.

"검사를 하면 20달러 줄게." 그가 재빨리 말했다.

그녀는 고개를 저었다. "주사는 안 돼요. 난 주사 바늘이 싫어. 생각만 해도 토할 거 같아."

그는 그날 들어 처음으로 운이 따르는 시점에서 비명을 지르는 두 아이를 데리고 검사실로 갈 수 있는 방법을 고민하기 시작했다.

그때 루시가 캠핑카에서 내려 토했다.

작가는 독자가 전개되는 장면을 상상할 수 있도록 충분히 세부 사항을 알려준다. 하지만 작가가 알려주지 않은 것이 있다는 사실도 중요하다. 병원이 얼마나 멀리 있는지, 그들이 얼마나 많은 빨간불에 멈춰 섰는지, 캠핑카에 홈집이 얼마나 있는지, 병원이 벽돌이나 목조, 석조 중에 무엇으로 지어진 건물인지에 대해서는 알려주지 않았다. 작가는 이야기의 현시점에 중요한 사건에만 초점을 맞춘다. 매트가 힘겹게 캠핑카의 시동을 건 일, 병원으로 차를 몰고 간 뒤 주차한 일, 루시가 차에서 내려 토한 일을 차례로 알려준다. 여기서는 일련의 사건들을 시간 순서대로 보여주는 것이 실제로 긴장감을 자아낸다. 매트가 병원으로 차를 몰고 가는 동안 독자는 그가 바라는 만큼 일이 순조롭게 이루어지지 않으리라는 낌새를 알아차린다.

사건을 순서대로 서술하면 독자에게 많은 양의 정보를 줄 수 없다. 많은 내용을 쉽게 전달하려면 사건과 인물에 대해 말하면 된다. 하지만 무슨 일이 일어나는지 독자가 직접 보고 들으면 한계는 있지만 스스로 이야기를 파악하면서 더욱 몰입하게 된다.

요약과 설명

스토리쇼잉에는 한계가 있다. 모든 사건이 시간과 지면을 할애해 매 순간을 보여줄 만큼 중요하지는 않다. 인물의 모든 행동과 생각이 독자가 사건을 이해하는 데 결정적인 영향을 미치는 것도 아니다. 몇 쪽에 걸쳐 일화를 상세히 묘사하기보다는 하나의 문장으로 요약하는 편이 명확한 경우도 많다. 요약과 설명은 독자가 알아야 하는 정보지만 스토리쇼잉으로 보여주기에는 장황해 이야기의 속도가 떨어질 우려가 있을 때 사용할 수 있는 방법이다.

요약은 간결한 문장으로 사실이나 사건의 순서만 전달하는 방법이다. 대화나 행동으로 보여주지 않고 직접 말한다.

설명은 요약의 변형된 형태다. 요약과 마찬가지로 무슨 일이 있었는지 말해주지만 왜 그랬는지도 설명한다. 설명은 사건을 보여주고 독자가 스스로 판단을 내리도록 하는 것이 아니라 독자가 어떻게 생각해야 하는지 말해준다.

'세라는 맥스를 몇 년 만에 처음 만났다.'라는 하나의 문장은 독자가 알아야 할 사실을 간결하고 효율적으로 전달하는 요약이다. 한두 단락에 걸쳐 세라가 맥스를 만나 느끼는 혼란과 행복, 추억을 상세히 묘사하는 것보다 이런 간단한 문장이 훨씬 명료하다. 특히 맥스가 세라의 인생이나 이야기에서 그리 중요한 인물이 아니라면 요약을 통해 지면을 아끼고 다른 사건을 더 묘사하는 편이 낫다.

설명은 조금 더 복잡하다. 여주인공이 오랜 친구와 수다를 떠는 장면에서 작가가 중간에 개입해 '샐리와 제인은 유치원에서 만났고 그 이후로 가장 친한 친구로 지내고 있다.'고 알려주는 것이 설명이다. 독자가 그 사실을 직접 발견하게 두는 것이 아니라 작가가 말한다. 독자가 샐리와 제인이 20년 동안 친구로 지냈다는 사실을 알고 싶어하거나 알 필요가 있는지는 또 다른 문제다. 이 지점에서 설명을 사용할지 말지가 애매해진다. 샐리와 제인이 추억하는 학창 시절을 보여주는 것이 나은가, 말해주는 것이 나은가? 답은 이야기에 따라 다르다. 유치원 시절에 있었던 일이 샐리의 현재에 중요하다면 대화나 플래시백을 통해 보여줘야 하고, 중요하지 않다면 한 줄로 설명하는 편이 낫다.

타니아 마이클스Tanya Michaels의 로맨틱 코미디 《어울리지 않는 커플The Maid of Dishonor》에서 작가는 여주인공이 칵테일파티에 참석한 장면을 쓰며 이야기에 중요하지 않은 대화를 상세히 묘사하지 않고 두 문단으로 요약했다.

그녀는 잘 손질된 잔디밭으로 나가는 넓은 프렌치도어를 황급히 빠져나갔다. 지루하고 숨 막히는 분위기에서 얼른 탈출하고 싶었다. 그날 밤 그녀가 들은 모든 대화는 사람들이 자신의 사회적 지위를 노골적으로 드러내는 얘기로 시작했다. 그럴 거면 차라리 잡담하는 척은 그만두고 커다란 마호가니 식탁 위에 자신들의 은행 통장과 가계도를 꺼내놓는 편이 낫지 않나?
내 인생은 그렇지 않아서 다행이야. 사람들은 그녀가 피아노 교사라고 하면 깔보는 듯한 눈빛으로 바라봤지만 그녀는 저 안에 있는 돈 많고 똑똑한 사람들 중 한 명과 직업을 바꾸라고 해도 절대 그러고 싶지 않았다.

작가는 여주인공을 중요한 사건이 벌어질 테라스로 빨리 나가게 하고, 중요하지 않은 대화는 요약했다.

- **요약과 설명이 적절하지 않은 경우**
  주인공이 처음 등장하는 장면에서 '지금 전화를 받고 있는 샐리 존스는 힘 있는 사업가의 개인 비서였다.'라고 한다면 작가는 샐리와 그녀의 상사, 사무실에 대해 말해줌으로써 샐리가 어떤 인물인지 독자가 직접 알아갈 기회를 빼앗게 된다.

남녀 주인공이 말다툼하는 경우에도 작가가 중간에 끼어들어 그들이 어울리지 않는 이유를 설명하면 독자가 그 이유를 스스로 알아내는 기쁨이 사라진다.

때로는 설명과 요약이 계속되면 작가가 정보가 가득한 바구니를 독자의 머리 위로 쏟아붓는 것처럼 느껴진다.

• **요약과 설명이 필요한 경우**

앞서 스토리텔링과 스토리쇼잉의 예에서 봤듯 독자가 스스로 판단하는 데 필요한 세부 사항을 모두 알려주려면 지면이 훨씬 많이 필요하다. 사건이 간결하고 빠르게 진행되지 않거나 특별히 중요하지 않다면 요약이 가장 좋은 서술 방법일 수 있다. 단순히 여주인공이 국토를 횡단하는 이야기를 하고자 한다면 정지 표지가 나오거나 도로가 바뀔 때마다 상세히 묘사할 필요가 없다. '여행은 영원히 계속되는 것 같았고, 끝없이 이어지는 주유소의 행렬만 기억 속에 흐릿하게 남았다.'라고 쓰고 넘어가는 편이 낫다. 무대를 설정할 때도 독자가 배경을 떠올리는 데 필요한 세부 사항을 알려줄 수 있는 요약과 설명이 유용하다. '방의 양쪽 끝에는 똑같은 모양의 벽난로가 있었고 그 안에 설치된 통나무 형태로 만들어진 가스난로에서 깜빡이는 작은 불꽃이 비 오는 오후의 침울함을 날려주었다.'라고 하면 정보가 간결하게 전달된다. 같은 내용을 요약과 설명을 사용하지 않고 주인공들이 난롯불이나 날

씨에 대해 대화하는 장면으로 전달하려면 이야기에 크게 보탬이 되지 않는 장면에 반 쪽 이상 지면을 할애해야 할 것이다.

장편 소설이라 해도 지면과 분량은 제한되어 있다. 그러므로 중요한 사건을 보여주는 데 집중하고, 나머지 내용은 독자가 경험과 상상으로 채우게 하자.

플래시백

이야기가 몇 년에 걸쳐 일어나거나 오래전 사건이 발단이 되는 경우에는 플래시백이 이야기를 보여주는 유용한 장치가 된다.

플래시백은 인물이 과거로 돌아가 사건을 실제로 다시 겪는 것처럼 펼쳐 보이는 장면이다. 독자가 보는 장면은 그 당시 인물의 시점으로 전개되고 독자가 듣는 말은 인물이 기억하는 것이 아닌 그때 실제로 했던 말이다. 플래시백 장면은 기억이 아니라 현재 일어나는 사건처럼 서술한다.

로맨스 소설에서 플래시백은 주로 남녀 주인공이 예전에 만났던 사이일 때 사용한다. 플래시백을 통해 주인공들의 중요한 과거 사건을 보여주면 독자는 그 사건을 직접 보고 왜 주인공들이 지금도 여전히 그 사건의 영향을 받는지 이해할 수 있다.

플래시백은 사건을 실제 일어났던 대로 보여주므로 서사적 방법으로 서술한다. 또한 현재 사건을 보여주는 장면처럼 전달하기 때문에 때로는 어디서부터가 플래시백 장면인지 독자가 헷갈릴 수 있다. 독자에게 플래시백을 명확하게 알려주는 몇 가지 방법은 다음과 같다.

- **독자에게 플래시백의 시작을 알린다.**

   현재 이야기에서 플래시백으로 이동하는 동안에 대과거를 사용하면 곧 플래시백의 시작을 독자가 확실히 알 수 있다. 나머지 플래시백 장면에서는 과거 시제를 사용하지만 플래시백이 끝날 때는 또다시 대과거를 잠깐 사용한다. 대개 플래시백을 시작할 때는 장면의 장소와 시간을 알려주고 준비하는 한두 개의 요약문이 필요하므로 그때 대과거를 사용한다. 이야기를 주로 현재 시제로 서술하는 경우에는 과거 시제를 사용해 플래시백의 시작을 알리고 플래시백 장면 내에서는 다시 현재 시제를 사용한다.

- **현재와 과거가 논리적으로 전환되게 한다.**

   회상을 난데없이 시작하지 않는다. 무엇이 과거의 사건을 떠오르게 했는가? 인물이 그 사건을 지금 떠올리는 이유가 무엇인가?

- **그럴 만한 시점에 플래시백을 배치한다.**

   인물이 한가롭게 회상을 할 만큼 시간이 있는가? 여주인공이 길거리에서 악당들에게 쫓기는 중이라면 자신의 삶을 돌아볼 여유가 없을 것이다. 그러나 숨을 죽이고 들키지 않길 바라며 옷장에 숨어 있다면 회상을 할 수도 있다.

- **이야기 초반에는 플래시백을 사용하지 않는다.**

  플래시백으로 이야기를 시작해서는 안 된다. 우선 현재 이야기를 확실하게 해야 한다. 본 줄거리에 초점을 맞추고 독자가 주인공에게 공감하도록 해야 주인공의 과거에도 관심을 가질 수 있다. 작가가 주인공을 공감 가는 인물로 잘 만든 다음이라면 독자를 과거로 데려가더라도 기꺼이 따라올 것이다.

- **플래시백이 길면 짧게 나눈다.**

  중요한 과거 사건이 긴 경우에는 짧게 잘라서 보여주는 것이 좋다. 플래시백 중간중간에 몇 단락이라도 현재 이야기를 집어넣으면 본 줄거리를 놓치지 않고 따라갈 수 있다.

- **플래시백이 끝날 때는 플래시백을 시작하기 전에 있었던 장소와 시간으로 돌아가야 한다.**

  그래야 옆길로 나갔던 이야기가 끝나고 다시 본 이야기로 돌아왔다는 것을 확실히 알 수 있다.

내가 쓴 책 《내일의 약속Promise Me Tomorrow》에서 남녀 주인공은 많은 역사를 공유한다. 그들은 과거에 뜻하지 않은 임신과 사랑 없는 결혼, 유산, 이혼을 함께 겪었다. 이 모든 사건은 현재 그들에게 일어나는 일에 영향을 미치기 때문에 중요하다. 그러므로 독자가 지금은 성숙해진 주인공들이 세월이 흐른 뒤에 해석한 사건이 아니라 과거에 실제로 있었던 사건을 그대로 보고 직접 판단할 수 있어야 한다. 이렇게 중요한 과거를 하나의 플래시백으로 처리하면 아무리 조심하더라도 나머지 이야기를 압도할 위험이 있다. 《내일의 약속》에서는 과거의 사건들을 여섯 개로 나누어 두 번째, 세 번째, 네 번째 장에 흩어놓았다. 그 결과 플래시백 장면들이 또 하나의 강력한 내러티브가 되어 거의 서브플롯에 가까워졌다.

그중에 한 장면을 보자. 여주인공은 몇 년 만에 처음으로 남주인공을 만난 뒤 자신의 방에서 혼자 과거를 떠올린다.

여학생 기숙사 잔디밭에 어두운 형체가 있었다. 갠가? 달빛 때문에 잘못 본 건가? 기숙사를 몰래 살피는 좀도둑인가? 2주 전에 길 위쪽에 있는 여학생 기숙사에서 변태가 훔쳐본다고 신고했었는데.

캐시디는 형체를 한참 지켜보다가 사람이라면 그렇게 오랫동안 꼼짝하지 않을 수 없다고 확신했다.

그녀는 한숨을 내쉬며 창가에서 돌아섰다. 바보같이 굴지 말자. 그녀는 자신을 타일렀다. 밖에 아무것도 없다는 걸 잘 알잖아. 하지만 오늘 밤에는 내 기억을 마주하느니 차라리 어둠 속에서 귀신을 보는 편이 낫겠어.

이제 플래시백이 시작된다. 오래전 과거임을 알리는 대과거 시제에 주목하자. 요약이 끝나고 사건이 시작되면 다시 과거 시제로 돌아간다.

리드는 그날 밤 약속을 지켰었다. 그녀의 일은 거의 자정이 되어서야 끝났지만 그는 그때까지 커피를 마시고 할 일 없이 신문을 뒤적이며 참을성 있게 자리에 앉아 있었다. 그녀는 두세 시간 동안 그 문제에 대해 심사숙고했고 마지막으로 그의 자리에 왔을 땐 상당히 차분해진 상태였다. 켄트의 가족은 그녀가 어떤 결심을 했는지 알 권리가 있었다. 어쨌든 그들에게 말할지 말지는 더 이상 그녀가 선택할 수 있는 일이 아닌 듯했다. 자리에 앉아 있는 남자는 무시할 수 없는 존재였다.

"나 퇴근했어요. 오늘 일은 끝이에요." 그녀가 말했다.

본격적인 플래시백 장면은 과거 시제를 사용해 실시간으로 서술하므로 독자는 주인공들이 상호작용하는 모습을 지켜볼 수 있다.

"당신이 원하는 걸 말해보지, 캐시디."

그녀는 씁쓸하게 생각했다. 믿지 않을 테지만 말하지 못할 건 없지. "아기를 보낼 좋은 집, 그게 다예요. 그러면 나는 아기를 입양 보낼 거고 당신은 더 이상 걱정하지 말고 떠나면 돼요." 그녀는 슬그머니 자리에서 일어나기 시작했다.

그가 냉정하게 말했다. "그럼 일이 더 쉬워지겠군."

캐시디는 동작을 멈췄다. "그게 도대체 무슨 뜻이죠?"

그는 대답하지 않았다. "예정일은 언제지?"

"당신이 왜 상관하죠?" 하지만 그녀는 그의 차가운 눈빛을 이길 수 없었다. "12월 중순요."

"12월." 그가 생각에 잠긴 채 말을 따라했다. "입양 기관과 얘기해봤나?"

플래시백이 마무리될 즈음에 다시 대과거를 사용해 독자에게 플래시백이 끝난다는 사실을 알려준다.

그녀는 그의 도움을 반드시 필요한 동안에만 받을 것이며 빚이라 여기고 언젠가는 남김없이 갚겠다고 스스로 맹세했다. 그렇게 하지 않으면 아기에게 가격표를 붙이는 것 같았기 때문이다.

그녀는 할 수 있는 한 정말 그렇게 해왔다. 지난 5월에 마침내 대학을 졸업했고 그해에 받을 돈이 6월 1일에 들어오자 계좌를 닫았다. 그녀는 리드 카바노프에게 받은 돈 중에 남은 것을 모조리 가지고 기자를 위한 컨벤션이 열리는 시카고로 갔고, 거기서 첫 번째 우편환을 샀다. 그리고 매달 조금씩 자신이 쓴 돈의 일부를 그에게 갚아왔다.

플래시백이 끝난 뒤에는 독자가 다시 현재 이야기로 돌아오게 하기 위해 플래시백 직전의 장면에서 썼던 단어를 사용해 장면을 이어준다. 그러면 본 이야기로 돌아왔고 다시 현재라는 것이 분명해진다.

달은 이제 높이 떴고 꼭두새벽이 되었는데도 여학생 기숙사 잔디밭의 어두운 형체는 그 자리에 그대로 있었다.

플래시백을 넣을 때는, 과거 사건이 갈등의 동기를 설명해주거나 독자가 현재 이야기를 이해하기 위해 과거 사건을 직접 봐야 할 경우에만 한정해서 사용하자. 플래시백이 이야기의 진전에 도움이 되지 않음을 기억해야 한다.

사실 플래시백은 본 이야기의 사건 진행을 더디게 하고 완전히 멈출 수 있다. (그리고 속도가 다시 회복되지 않을 수도 있다.) 또한 인물을 발전시켜나가는 데도 유용하지 않다. 그저 인물의 과거를 집어넣고자 한다면 요약이 더 효과적일 수 있다. 아니면 인물들의 대화를 통해 필요한 과거 이야기를 전달할 수도 있다. 그러면 세월이 흘러 성숙해진 인물의 과거 사건에 대한 해석도 덧붙일 수 있다.

+ 무대와 배경 설정

적합한 세부 사항을 선택하고 충분하지만 지나치지 않게 알려주는 일은 이야기의 무대와 배경을 설정할 때 특히 중요하다. 무대는 이야기가 벌어지는 장소고, 배경은 인물의 직업이나 취미, 사회구조 등 이야기에 질감을 더하는 요소다.

독자들은 특정한 무대를 선호한다

내가 어릴 때 읽은 로맨스 소설들의 무대는 프랑스 남부나 멕시코의 농장, 유람선, 사막에 있는 족장의 천막 같은 곳이었다. 이국적인 무대는 로맨스 장르에서 필수적인 요소처럼 보였다. 그것은 아이오와의 농장에서 자라며 바다는 본 적도 없는 소녀가 넘기엔 힘든 장애물이었다.

하지만 그런 생각보다 로맨스 소설을 쓰고 싶다는 바람이 더 강했기에 나는 어찌됐든 로맨스 소설을 쓰기 시작했고, 팔릴 만한 이야기를 쓰기 전에 멋지고 화려한 곳에 가보거나 출판계의 관행이 변하길 바랐다.

사실 그 두 가지 바람은 모두 현실이 되었다. 그러나 더욱 중요하게는 이국적인 무대에 대한 정의가 변했다. 이제 로맨스 소설은 멋지고 화려한 곳을 무대로 삼을 필요가 없다. 독자에게 새로운 곳이면 어디든 이국적인 장소로 간주할 수 있다.

그래도 다른 곳보다 인기 있는 장소는 있다. 미국 서부의 목장이나 호주의 오지는 역사물이나 현대물 모두에서 오랫동안 선호하는 무대다. 그리스와 이탈리아는 특히 할리퀸 프레즌트 같은 카테고리에서 선호하며, 할리퀸 아메리칸 로맨스 같은 카테고리에서는 미국 중소도시를 선호한다.

유람선과 리조트를 무대로 펼쳐지는 이야기는 왠지 모르겠지만 잘 팔리지 않는다. 대중매체를 배경으로 신문사나 잡지사, 전쟁 특파원이나 뉴스 앵커, TV쇼 진행자 등이 등장하는 이야기도 그리 환영받지 못한다. 영화 촬영장, 스포츠 경기장, 교향악단 역시 이야기의 배경으로 성공적이지 않다. 아마도 주인공이 유명인이면 독자가 그럴듯하게 여길 만큼 현실적으로 그리기 힘들기 때문인 듯하다.

특정 지역, 특히 아프리카, 발칸 반도, 동남아시아 등은 독자에게 인기가 없다. 여기에는 두 가지 이유가 있는 듯하다. 우선 문화가 생소해서 독자가 감정이입을 하기에 힘들다. 그리고 정치적으로 불안정한 지역이라는 생각 때문에 남녀 주인공이 진정으로 행복하고 평화로운 결말을 맞이한다고 확신하지 못한다. 고정관념은 부당하지만 선입견이 있는 것은 사실이다.

로맨스물의 모든 요소가 그렇듯 예외는 있다. 싱글 타이틀 로맨스는 카테고리 로맨스보다 유연하므로 일반적이지 않은 무대와 배경을 사용하고 연예인, 스포츠 스타, 기자도 종종 등장한다. 그렇지만 유행을 거스르는 이야기는 아주 강력해야지만 배경에 대한 초반의 저항을 이길 수 있다. 한 여배우가 남아프리카 공화국으로 향하는 유람선에서 영화를 찍다가 기자와 사랑에 빠지는 이야기를 쓰려고 한다면 다시 생각하는 편이 좋을 것이다.

무대가 중요한 이유는 러브스토리에 깊이와 질감을 더해주기 때문이다. 로맨스의 무대는 전혀 낭만적인 장소가 아니더라도 단지 상황 때문에 낭만적으로 느껴질 수 있다. 무대가 외국이라면 독자는 주인공과 함께 여행하는 것처럼 느끼고, 익숙한 곳이라면 편안하고 소탈하게 느낄 수 있다. 어떤 경우든 무대는 배경일 뿐 주된 이야기가 아니다. 여행기가 아니라 로맨스물을 쓰고 있음을 잊지 말자.

무대에 대한 세부적인 묘사는 주인공과 관련될 때가 가장 좋다. 데비 매컴버Debbie Macomber의 싱글 타이틀 《목요일 오전 8시Thursdays at Eight》를 보자.

겨우 11월인데 상점가에는 벌써 크리스마스 장식이 눈에 띄었다. 클레어가

'모카 모멘트'가 있는 쇼핑몰에 도착하자 리즈 케넌의 캐딜락 스빌이 가게 앞에 주차해 있는 것이 보였다. 클레어는 리즈가 이미 크루아상과 커피를 주문하고 그들의 창가 자리를 맡아놓았을 거라 생각했다.

태평양에서 불어오는 바람에 아침 공기가 차고 습했지만 클레어는 신경 쓰지 않았다. 지난 몇 달간 고온 건조한 산타아나 바람이 계곡을 메마르게 했기 때문에 습한 공기는 신선한 변화였다.

앞서 작가가 무대에 대해 많은 것을 알려주지 않았음에도 독자는 이 짧은 부분을 통해 레스토랑과 계절, 지역에 대해 꽤 알게 된다. 또한 차갑고 습한 바람처럼 감각적인 세부 사항을 사용했기 때문에 독자는 인물들이 만나기로 한 커피숍을 볼 뿐만 아니라 느낄 수 있다.

독자들을 필요 이상으로 낯설게 하지 말자

무대는 그저 지리적인 장소가 아닌 이야기가 펼쳐지는 배경이다. 그 밖에 주인공의 직업과 생활 방식도 배경에 포함된다. 그러나 배경이 이야기보다 중요해서는 안 된다. 주인공의 직업이 너무 낯설거나 독자의 경험과 동떨어져 몇 문장으로 설명할 수 없다면 로맨스가 배경에 밀릴 위험이 있으므로 직업을 바꾸는 편이 낫다. 허구로 만들어낸 사회가 지나치게 복잡해서 주인공보다 사회를 묘사하는 데 더 많은 지면을 할애해야 한다면 배경을 다시 생각해야 할 것이다. 여주인공의 취미가 그녀의 로맨스보다 더 흥미롭다면 이야기에서 취미가 너무 튀는 것인지도 모른다.

주인공의 직업을 간결하게 표현한 《목요일 오전 8시》를 다시 보자.

리즈는 책상 위의 전화기를 노려보며 벨이 울릴까 두려워하고 있었다. 이번 주는 월요일부터 시작이 좋지 않았고 새해의 첫 주임에도 불구하고 12월이 반복될 것임을 예감했다. 12월부터 있었던 문제들이 아직도 해결되지 않고 많이 남아 있었다. 병원은 간호사 노조와 계약을 갱신하지 못했고 수요일 오후에는 주 보건당국의 조사가 예정되어 있었다.

작가는 세부 사항을 많이 동원하지 않고도 리즈가 의사나 간호사가 아닌 병원 경영진이라는 사실을 확실히 알려준다. 그리고 리즈가 왜 자신의 직업에 불만을 품고 있는지 독자가 이해할 수 있을 만큼의 정보를 준다. 이것은 리즈의 직업에 관한 이야기가 아니므로 독자는 이 정도만 알아도 충분하다.

현실을 그대로 이야기에 옮기는 것은 피하자

이야기의 현실감을 높이는 방법 중 하나는 실재하는 영화, 노래, 춤, 패션, 사람, 제품을 언급하는 것이다. 하지만 이런 방법에는 단점이 있다. 유행하는 영화나 춤은 몇 년만 있으면 지겨워진다. 요즘은 노래 가사를 인용하려면 저작권협회의 허락을 받아야 하는데 그것도 쉽지 않은 일이다. 헤어스타일은 매년 유행이 변하고 유명 브랜드도 인기를 끌었다가 사라지곤 한다. 따라서 남주인공의 헤어스타일이나 여주인공의 패션에 대해 너무 구체적으로 묘사하면 이야기가 금세 시대에 뒤처질 수 있다.

실재 인물은 변하기 마련이다. 연예인 커플은 헤어지고, 사람들은 나이가 든다. 유명인이 마약 소지 혐의로 체포되거나 제명을 다하지 못하고 일찍 죽는 경우도 있다. 그런 인물을 책에서 젊고 쾌활한 롤모델로 언급한다면 현대 로맨스 소설이 저절로 역사물이 되고 말 것이다.

실재하는 제품 역시 시간에 따라 변하고 이야기를 유행에 뒤처지게 만든다. 제품 포장과 광고 문구가 오랫동안 유지되는 경우는 거의 없다. 실재하는 제품을 언급할 때는 상표명을 올바르게 사용해야 한다. 제품을 부정적으로 언급할 때는 실재하는 제품명을 말해서 회사 측 변호사를 자극하기보다는 가짜 제품명을 만들어내는 편이 안전하다.

+ 장면을 구성할 때 주의할 점

장면은 인물의 행위를 포함한 실시간 단위다. 어떤 일이 벌어지고 독자는 그 일이 일어나는 것을 본다. 각 장면은 시작과 끝이 명확하고, 연속적인 사건들로 구성한다. 생각이나 플래시백을 포함할 수도 있지만 사건과 사건 사이에 시간의 틈이 있다면 일반적으로는 그 장면을 끝내고 새로운 장면을 시작한다.

드물게 예외는 있지만 한 장면의 시점은 하나여야 한다. (시점에 관해서는 뒤에서 자세히 살펴볼 것이다.)

모든 장면에는 적어도 하나의 주된 목적이나 목표, 그리고 되도록 여러 개의 사소한 목적이 있어야 한다. 목적이 무엇인지 말할 수 없다면 그 장면은 플롯을 발전시키지 않고 자리만 차지하는 것일 수 있다. 모든 장면은 이야기에 꼭 필요해야 하고 주인공들의 관계를 발전시켜야 한다. 장면을 잘라내도 이야기에 큰 지장이 없다면 애초에 필요하지 않은 장면이다.

장면의 길이는 장면이 이야기에서 상대적으로 얼마나 중요한지에 따라 다르다. 한 쪽을 넘지 않는 짧은 장면은 여러 개가 한 장을 구성하지만 아주 중요한 장면은 장 전체를 차지하기도 한다. 때로 장면이 한 장을 넘어서 다음 장까지 이어질 때는 흥미진진하거나 극적인 지점에서 끊고 다음 장에서는 시점을 달리하기도 한다.

한 장 내에서 장면을 전환할 때는 사이에 여백을 둔다. 지면에 빈 공간을 두면 독자가 시간이나 장소, 시점의 변화를 예상할 수 있다. (편집이나 조판 과정에서 실수로 여백이 사라지지 않도록 사선이나 별표로 표시하면 좋다.)

장을 나누는 기준

많은 소설에서 장은 장면에 번호를 붙인 것으로 대신한다. 그런 책에는 장이 아주 많고, 각 장의 길이가 짧게는 한두 쪽에서 길게는 15~20쪽에 이른다.

카테고리 로맨스는 규칙이 좀 더 엄격한 편이다. 같은 카테고리 안의 책들은 장을 거의 똑같이 나누고 각각의 장은 하나 이상의 장면을 포함한다. 카테고리 로맨스에서 한 장의 평균 길이는 대략 원고지 75매지만 이것이 규칙은 아니다.

장의 개수는 카테고리에 따라 다르고, 지침에 확실히 정해놓은 경우도 있다. 일반적으로 단편은 10~12개 정도, 장편 현대물은 17~20개, 역사물은 25개 이상이다. 싱글 타이틀과 메인스트림 로맨스 소설은 일반 소설과 마찬가지로 책에 따라 장의 길이와 개수가 매우 다양하다.

장면은 시간, 장소, 시점이 단일한 하나의 단위지만 장은 좀 더 포괄적일 수 있다. 하나의 장에 여러 개의 장면이 포함되면 며칠이나 몇 달 간의 이야기를 다룰 수도 있다.

장은 다소 인위적이지만 편리한 이야기의 단위다. 각 장은 인물이 거쳐야 하는 또 다른 단계고 이야기의 또 다른 부분이다. 논픽션에서는 장이 깔끔하게 구성되고 서로 독립적이지만, 소설에서는 각 장의 마지막이 다음 장으로 이어져야 한다. 장이 끝날 때마다 플롯에 변화를 주어 독자가 책을 놓지 못하게 해야 한다. 로맨스 소설에서 장의 마지막에 일어나는 변화는 대개 두 주인공과 관련된 내용이다.

중요한 사건은 보여주기

이야기에서 중요한 모든 사건은 장면을 통해 독자에게 직접 보여줘야 한다. 장면은 사건이 실제로 일어나는 모습을 보여줘도 되고 인물이 나중에 그 사건에 대해 대화나 생각을 하는 것이어도 된다. 아무튼 결정적인 사건이 여백, 즉 장면과 장면 사이에 생략된 시간에 일어나서는 안 된다.

중요한 사건을 요약해서도 안 된다. 많은 작가가 이야기가 고조되는 순간까지 갔다가 '그 뒤에……'라며 더 이상의 묘사를 피한다. 일반적으로 중요한 사건은 모든 순간을 보여주는 편이 훨씬 좋다.

갈등을 관찰하고 글로 쓰는 것은 누구에게나 불편한 일이다. 하지만 쓰기 힘들고 불편한 순간들이 독자가 정말 그곳에 있는 기분을 느낄 수 있게 하는 인상적인 장면이 된다.

장면과 장의 효과적 구조

장면과 장이 동일하지는 않더라도 둘 사이에는 공통점이 있다. 시작할 때는 관심을 끌어야 하고 마지막은 흥미로워야 한다.

장면과 장의 시작은 책의 시작을 축소한 것과 같다. 이야기에서 새로운 장면이나 장을 시작할 때는 한 번 더 무대를 설정한 뒤 빨리 사건으로 넘어가야 한다. 장면을 시작할 때는 서술보다 감정이나 인물에 초점을 맞추는 것이 좋다.

일반적으로 장면은 인물의 행위로 시작하는 것이 좋다. 앞 장면 다음의 공백에서 무슨 일이 있었는지 요약해서는 안 된다. 제이슨이 일하는 장면이라면 그가 뭔가 하는 모습으로 시작하는 것이 좋다.

제이슨은 커피를 책상 위에 내려놓고 의자를 옆으로 당겨, 처리하지 못한 서류가 가득 쌓여 있는 서류함에서 제일 위에 있는 봉투를 집어 들었다.

앞 장면 다음에 제이슨에게 무슨 일이 있었는지 말해주는 것은 효과적이지 않다.

제이슨은 크리스마스 휴가를 보내고 돌아온 뒤 밀렸던 일을 처리하느라 지난 2주 내내 바빴다. 크리스마스 이후로 딱 한 번 앤절라를 만났을 때를 제외하면 매일 점심도 거르고 서류 더미에 파묻혀 지냈다. 그러나 그의 노력에도 불구하고 화요일에 출근했을 때 서류함에는 여전히 서류가 넘쳐나고 있었다.

장면 시작하기

장면의 처음 한두 단락에서 반드시 해야 할 일이 몇 가지 있다.

- 장면이 일어나는 시간과 장소를 알려준다.
- 누가 시점 인물인지 분명히 한다.
- 장면의 분위기를 암시한다.
- 독자의 관심을 끌어 책을 내려놓을 수 없게 한다.

여주인공이 오전 중에 회의실로 가서야 사건이 시작된다면 그녀가 회사 주차장에 차를 주차하는 것부터 장면을 시작해서는 안 된다. 재키 브론Jackie Braun의 스위트 트래디셔널 로맨스《그의 품 안에서 In the Shelter of His Arms》에서 집 없는 여주인공은 따뜻한 곳에서 하룻밤을 보내려고 화장실 창문을 통해 일하는 술집에 침입한다. 그 뒤에 등장하는 짧은 장면은 다음과 같이 시작한다.

아침이 밝았지만 로즈는 아직 비몽사몽이었다. 그래도 그녀는 몇 시간 눈을 붙였다 일어나는 데 이골이 나 있었다. 어젯밤 그녀는 주방에서 떨어진 작은 창고 바닥에 누워 자신의 더플백을 베개 삼아 잠을 잤다. 그리고 이제 창을 통해 들어온 햇빛에 눈을 떠보니 이곳은 메이슨의 사무실도 겸하고 있었다. (……) 그녀의 위장이 꾸르륵거리며 비어 있음을 상기시켰다.

작가는 이 짧은 글에서 새로운 장면의 시간과 장소뿐 아니라 이전 장면으로부터 시간이 얼마나 지났는지도 알려준다. 또한 이 장면의 주요 문제인 로즈의 배고픔을 확실히 말하고, 장면 마지막에서 부딪힐 다음 어려움에 대한 복선을 마련한다.

장면 끝내기

장면의 마지막 한두 단락에서는 독자의 호기심을 자극해 계속해서 다음 장면을 보도록 해야 한다. 이를 위해 다음 몇 가지 방법을 사용해 보자.

- **흥미로운 전개로 장면을 마친다.**
장면의 끝부분은 DVD 플레이어를 일시 정지한 것과 비슷하다. 지루한 순간에 멈췄다면 시청자는 다른 일에 주의를 돌리고 DVD를 마저 볼 생각을 하지 않을 것이다. 가장 안 좋은 예는 주인공이 걱정 없이 편안하게 잠드는 것으로 장면이나 장을 끝내는 것이다.

- **사건이 끝나면 장면과 장도 끝낸다.**

남주인공이 여주인공의 가게에서 나왔다면 사건이 끝난 것이다. 다음 손님이 중요한 인물이 아닌 이상 다시 손님을 맞이하는 여주인공을 보여줄 필요는 없다.

- **놀랄 만한 사건이나 소식으로 끝낸다.**

예를 들어 주인공이 미래의 행동에 대해 어떤 결정을 내리고 끝난다면 독자는 그 결과를 궁금해할 것이다.

- **독자가 답을 알고 싶어 할 만한 질문으로 끝낸다.**

- **사건이 일어나는 도중이나 긴장의 순간, 주인공이 위험에 처했을 때 멈춘다.**

하지만 반드시 정직해야 한다. 아직 나오지 않은 사건에 대한 암시로 장면을 마무리했다면 잊지 말고 써야 한다. 질문을 던졌다면 이야기에서 언젠가 대답해야 한다. 놀라게 하려 했다면 억지나 우연이 아니라 진짜 놀라워야 한다.

앞에서 본 브론의《그의 품 안에서》의 장면은 다음과 같이 끝난다.

햄이 눈에 띄자 그녀의 입안에 군침이 돌았다. 맥주 안주용 땅콩이 아닌 단백질이라니. 눈물이 나올 것 같았다.

로즈가 훈제 햄을 크게 잘라내는데 현관문의 잠금장치가 달그락대는 소리가 들렸다. 그녀는 그게 누구인지 궁금할 겨를이 없었다. 나머지 햄을 다시 냉장고에 쑤셔넣고 빵과 잘라낸 햄 조각을 셔츠 앞쪽에 집어넣은 뒤 화장실로 급히 도망쳤다. 문틈으로 보니 메이슨이 들어오고 그 뒤로 어떤 예쁘장한 여자가 따라 들어오고 있었다. (……)

그녀는 조용히 문을 닫고 난방기를 타고 올라갔다. 그리고 창밖으로 빠져나가 나무판 위로 올라서는데 자신의 더플백이 아직 메이슨의 사무실에 있다는 사실이 기억났다.

로즈는 딱 걸렸다. 독자는 메이슨이 그녀의 불법 침입을 언제 알아차릴지, 그래서 어떻게 할 것인지 궁금해서라도 빨리 다음 쪽으로 책장을 넘길 것이다.

실전연습

아래 질문들을 참조하며 실제로 장면을 만들어 보자.

- 장면의 목적은 무엇인가?
- 어떤 인물이 등장하는가?
- 시점 인물은 누구인가?
- 장면의 시작을 그 순간으로 정한 이유는 무엇인가?
- 장면에서 일어날 수 있는 사건에는 어떤 것들이 있는가?

- 장면에서 긴장감을 조성하기 위해 시도한 방법은 무엇인가?

- 현재 장면이 다음 장면으로 어떻게 이어지는가?

인물 만들기

　남녀 주인공은 실제로 글을 쓰기 전부터 이미 만들어져 있고 전체 이야기 내내 가장 중요한 인물로 남는다. 하지만 주인공은 고립되어 살지 않는다. 남녀 주인공이 무인도에 갇혀 있는 드문 예외를 제외하면 주인공의 주위에는 가족, 친구, 직장 동료, 힘 있는 사람, 라이벌, 원수 등 다른 사람들이 있다.

+ 등장인물의 유형

조연

주인공 주위에 있는 이런 사람들이 바로 조연 인물이다. 이들은 주인공을 지지하고 뒷받침하며 대비되거나 의논 상대가 된다.

　로맨스 소설에서는 제한된 길이 때문에 조연 인물과 서브플롯을 충분히 발전시키기 어렵다. 조연과 서브플롯이 장려되는 역사 로맨스나 장편 현대 로맨스 같이 긴 소설에서도 중점은 주인공과 메인플롯, 주요 로맨스에 둬야 한다.

조연의 성격이나 행동에는 제한이 적기 때문에 쓰기에 덜 힘들고 더 재미있다. 독자와 작가가 보기에 실제로 조연이 남녀 주인공보다 더 매력적일 수 있다.

특히 속편의 경우에는 다른 인물이 주연인 이야기에 이전 책의 주인공이 등장해 이목을 끌기도 한다. 그러나 반복해서 등장한 인물의 이야기에 너무 많은 시간을 할애하지 않도록 주의하자. 독자는 이전 책을 읽었고 지금은 이 이야기를 읽고 싶어 하기 때문이다.

신인 작가에게서 볼 수 있는 흔한 문제 중 하나는 조연을 너무 많이 만들어 친구, 동료, 이웃으로 배경을 채우는 것이다. 모든 조연은 주인공에게서 시간과 공간, 관심을 앗아간다. 새로운 인물을 만들기 전에 이미 있는 인물들을 떠올려보고, 그중 한 명이 추가적인 역할을 할 수 있는지 자문해보자. 내 경우는 이것이 영화 대본이라면 이 부분을 위해 누군가를 더 캐스팅할 것인지, 아니면 이미 캐스팅한 배우에게 대사를 줘서 해결할 것인지 생각한다.

여주인공의 친한 친구가 두 명이라면 그들을 하나로 합할 수 있는가? 여주인공에게 아이가 네 명이 있다면 정말 그들이 다 필요한가, 아니면 한두 명으로도 엄마로서 여주인공의 모습을 보여줄 수 있는가?

로맨스 소설에 등장하는 조연에 대한 기준은 없다. 여주인공에게는 믿을 만한 친한 친구가 있는 경우가 많지만 그런 인물을 구성하는 자격 요건은 없다. 하지만 자주 등장하는 조연의 유형은 있다. 각각의 유형은 이야기에 잠재적으로 도움이 되지만 주인공들의 로맨스로 가야 할 주의를 빼앗을 수도 있다.

주조연

많은 현대 로맨스물에는 대개 특별한 유형의 조연, 즉 주인공과 조연 중간쯤에 있는 주조연이 등장한다. 주조연은 다른 조연들에 비해 훨씬 중요하다. 이들은 일반적으로 사건의 중심에서 갈등의 원인이나 이야기의 이유를 제공한다. 이렇게 역할이 지닌 중요성 때문에 보통 이야기에 한 명만 등장한다.

주조연은 남녀 주인공의 자녀인 경우가 가장 많지만 이야기에서 큰 역할을 하는 부모나 형제자매, 친구일 수도 있다. 남녀 주인공이 여섯 살짜리 고아의 보호자로 지정되는 바람에 함께 있게 된다면 그 아이가 주조연이다. 남주인공이 아픈 아버지를 돌봐줄 사람으로 여주인공을 고용하고 이야기의 대부분이 아버지의 침대 곁에서 진행된다면 그 아버지가 주조연이 될 것이다. 심리 스릴러에서 남녀 주인공이 누구에게 쫓기는지 확실히 알고 있다면 그 악역이 중요한 주조연이 된다.

문제는 주조연이 적절한 위치를 지켜야 한다는 점이다. 주조연은 본 이야기의 중심이 아니라 가장자리에 있어야 한다. 특히 어린아이일 경우에는 주인공에게 가야 할 관심을 빼앗아가기 쉽다. 사람은 어린 아이의 요구를 성인의 요구보다 중시하는 경향이 있다. 이러한 사실은 아이에 대한 글을 쓸 때도 미묘하게 영향을 미친다. 그 결과 육아책이나 유아 사전에 있을 법한 내용을 쓰게 되면 그 이야기는 더 이상 로맨스가 아니다.

조연 인물이 너무 중요해지면 이야기를 망치는 경우가 흔하다. 로맨스는 반드시 두 주인공에게 확실하게 초점을 맞추어야 한다.

주인공들의 가장 큰 문제가 주조연을 중심으로 펼쳐진다 하더라도 중요한 것은 두 주인공 사이의 긴장이다.

페니 매커스커Penny McCusker의 장편 현대 로맨스《노아와 황새Noah and the Stork》의 첫 번째 장에서는 남주인공 노아와 여주인공 제이니가 거의 10년 만에 다시 만난 뒤 작별 인사를 하려 할 때 중요한 주조연이 등장한다.

"그만 가볼게." 그가 말했다. 하지만 그는 떠나지 않고 뻔뻔하게 울타리로 다가와 손을 내밀었다.

제이니는 그의 악수를 거절하지 않을 작정이었다. 그녀는 노아의 도전적인 눈빛을 읽을 수 있었고 그에 지지 않기 위해서는 그의 손을 실제로 붙잡는 일도 불사해야 했다. 그녀는 앞으로 한 발 내딛었지만 그 자리에 우뚝 멈춰 서고 말았다. 딸의 목소리가 들렸기 때문이다.

"엄마." 제시가 요란하게 현관문을 벌컥 열고 나와 계단을 내려오며 외쳤다. (……) "데블린 아줌마가 전화했어. 이번 주말에 송아지를 데리러 가는데 나더러 같이 가고 싶냐고 물어봤어요." (……)

"엄마?" 노아가 깜짝 놀라며 말했다. 제이니가 엄마처럼 보이지 않아서 그런 것이 아니었다. 그는 그녀가 누구보다 아이를 사랑하고 잘 키울 거라 생각했다. 다만 그의 마음속에서는 그녀가 아직도 열일곱 살처럼 느껴졌기 때문에 놀랄 수밖에 없었다. 그녀는 여덟아홉 살 먹은 아이의 엄마가 아니라 여전히 미혼으로 아무런 걱정 없이 살 것 같았다. (……)

그때 제시가 돌아섰고, 노아는 자신이 매일 아침 거울을 볼 때마다 마주하는 것과 똑같은 녹색 눈에 빨려들었다. (……)

그들은 한동안 꼼짝 않고 그대로 서 있었다. 시선이 얼어붙었고 팽팽한 긴장감이 감돌았다. 그들 사이에 놓인 감정적인 짐은 프로이트가 분석하기에도 벅찰 정도였다.

그들을 침묵에서 구해낸 것은 제시였다. 아이는 엄마를 올려다본 뒤 확신을 가지고 엄마의 품에서 걸어 나왔다. 그리고 두 어른의 중간쯤에 서서, 노아가 시선을 마주하기 힘들 정도로 뚫어지게 그를 바라보며 말했다. "나는 제시예요. 아저씨가 내 아빠예요?"

노아는 자신에게 딸이 있다는 사실을 알게 되자, 악수하고 떠나려던 생각을 접는다. 그리고 제이니에게 화를 내며 자신도 딸의 양육에 참여하겠다고 한다. 이처럼 이야기의 나머지 사건들은 오로지 제시로 인해 벌어진다. 제시가 양쪽 부모와 상호작용하는 모습이 등장한다 해도 어쨌든 이야기는 노아와 제이니에 관한 것이므로 그들의 딸은 사건의 가장자리에 머물러야 한다.

악역

모든 로맨스 소설에 악역이 있는 것은 아니지만, 있는 경우에는 주조
연급으로 중요할 수도 있고 그리 중요하지 않을 수도 있다. 일반적으
로 악역의 목표는 로맨스에 직접 연관되지 않는다. 남녀 주인공을 헤
어지게 하는 것이 목표가 아니다. 단지 악역이 복수를 하거나 돈을
벌거나 위협을 없애려고 할 때 주인공들이 방해가 될 뿐이다. 그러므
로 고전적인 악역은 복잡한 서브플롯이나 미스터리, 음모가 충분히
등장할 수 있는 싱글 타이틀이나 메인스트림, 역사, 장편 현대 로맨
스 등에 많이 등장한다.

악역을 강렬하고 인상적이게 만들려면 공감 가는 인물로 그려야 한
다. 그러지 않으면 그저 그런 악당의 하나로 잊히기 쉽다. 독자가 악
역의 범죄행위에 찬성할 필요는 없다. 다만 악역이 그런 행동을 하는
이유를 독자가 이해할 수 있다면 악역은 훨씬 더 효과적으로 남녀 주
인공을 돋보이게 할 것이다.

악역의 행동에는 언제나 이유가 있고, 그 자신은 그것이 훌륭한 이유
라고 확신해야 한다. 현실에서는 악당이 스스로 완벽히 합리적이라
고 생각하더라도 다른 사람이 보기에는 그의 논리가 말이 되지 않는
다. 하지만 소설에서는 악당의 논리가 합리적일수록 독자가 그 결과
에 더 몰입할 수 있다. 악역이 단순히 미쳐서 그런 행동을 한다고 설
명하면 독자는 만족하지 않을 것이다.

클레어 들라크루아Claire Delacroix의 싱글 타이틀 역사 로맨스《전사
The Warrior》에서 악역은 모든 수단을 동원해 중요한 유물을 손에

넣으려고 한다. 그것을 손에 넣으면 적의 땅을 지배할 수 있기 때문이다.

원래 인버파이어였던 지역에서 더글러스 매클래런은 한쪽 눈을 잃고 남은 흉터를 만지작거렸다. (……) 그는 밖으로 나가 불탄 예배당의 잔해 곁에 서서 바람에 머리를 흩날리며 화려한 새 인버파이어를 올려다봤다.

그곳은 곧 그의 소유가 될 터였다.

잘하면 그의 부하가 성 십자가가 있는 장소를 발견할 것이다. 더글러스는 인버파이어의 지주가 되기 위해 그 유물이 필요했다. 그것만 손에 넣으면 그곳 사람들을 다스릴 정당한 권한을 가질 수 있었다.

더글러스에게 유물은 반드시 손에 넣어야 할 만큼 중요하다. 독자는 그의 논리에 동의하지 않지만 그가 그렇게 느끼는 이유는 이해할 수 있다. 더글러스는 쉽사리 관두지 않을 것이 분명하기 때문에 남녀 주인공에게 무서운 상대다.

여성 조연

남주인공의 관심과 사랑을 두고 경쟁하는 여성 조연은 모든 로맨스 소설은 아니지만 꽤 많은 소설에 등장한다. 남주인공의 현재 여자 친구나 전 부인, 동료, 친구, 또는 그가 신경 쓰지 않는 누군가일 수 있다. 이들은 여주인공과 대비를 이루며 흥미를 더한다.

악역과 마찬가지로 적어도 처음에는 어느 정도 공감이 가야 더 효과적이다. 독자가 한눈에 보기에도 완전히 나쁜 여자에게 남주인공이 홀린다면 어떻게 그가 똑똑하다고 할 수 있겠는가? 똑똑한 남주인공이 거짓말쟁이가 뻔한 여자를 왜 믿는가? 처음에는 합리적으로 보였던 인물이 결국 못된 본성을 드러내면 더욱 충격적일 것이다.

그리고 이러한 여성 조연이 그저 여주인공을 비참하게 하고 싶어서가 아니라 이유가 있어서 남녀 주인공 사이에 끼어든다면 훨씬 더 재미있고 그럴듯한 시나리오가 될 수 있다.

여주인공은 조연과 같은 수준으로 내려가서는 안 되며 여성 조연이 제 위치를 지키도록 해야 한다. 애닛 블레어Annette Blair가 쓴 싱글 타이틀 《주방의 마녀The Kitchen Witch》의 여주인공 멜로디를 보자.

"마녀." 티파니가 속삭이듯, 그러나 다 들리게 말했다. (……)

"상어(Shark에는 '사기꾼'이라는 뜻도 있다)." 멜로디가 똑같이 낮은 목소리로 날카롭게 말했다.

티파니의 얼굴이 굳었고, 로건은 기침을 하기 시작했다.

"저기." 멜로디가 말했다. "수족관 안에 저거 상어 아냐?"

멜로디는 자신의 생각을 드러내며 티파니가 다시 공격하지 못하게 주의를 줬다. 하지만 정확히 티파니에게 욕을 한 것은 아니므로 여주인공으로서 품위는 잃지 않았다.

여성 조연은 로맨스에서 중심적인 역할을 할 수도 있지만 조연이므로 이야기를 장악해서는 안 된다. 때로는 여주인공보다 조연에 대해 쓰는 것이 더 재미있어 균형을 잃기 쉬우므로 여주인공 없이 남주인공과 여성 조연만 함께 있는 분량을 제한해야 한다. 여성 조연의 시점에서 이야기를 서술하는 것도 남녀 주인공에게 갈 초점을 빼앗을 수 있으므로 피해야 한다.

남성 조연

여성 조연의 남자 버전이 바로 어떤 식으로든 여주인공에게 나쁜 영향을 미치는 남성 조연이다. 그는 여주인공의 약혼자, 전 남편, 남주인공을 만날 당시의 데이트 상대일 수 있다. 여주인공과 딱 한 번 데이트하고서 그녀가 유일한 짝이라며 계속 쫓아다니는 남자일 수도 있고, 여주인공은 마음이 없는데 혼자 좋아하는 남자일 수도 있다.

남성 조연은 다양한 형태로 존재한다. 반드시 나쁜 남자일 필요는 없고 단지 여주인공에게 잘 못하는 남자면 된다. 일에 너무 전념해서 여주인공과 보낼 시간이 없거나, 너무 수동적이고 의존적이라 남자처럼 느껴지지 않거나, 너무 다정하고 좋지만 확신이나 능력이 없는 경우다. 돈이나 감정적인 면에서 여주인공을 이용하거나, 자기중심적이고 오만하며 여주인공의 요구를 무시하는 경우도 있다.

어떤 모습이든 이러한 남성 조연은 자기 뜻대로 안 되면 못마땅해하고, 의도적으로 남녀 주인공 사이에 문제를 일으킨다.

여주인공은 이 남자가 얼마나 나쁜지 이미 알고 있거나, 이야기가 전개되는 동안 남주인공과 비교해 그 사실을 깨닫는다.

남성 조연은 여성 조연만큼이나 글쓰기에 재미있을 수 있다. 그러나 이런 인물을 만들 때도 물론 주의해야 한다. 특히 여주인공이 남주인공과 만나 사랑에 빠지기 전에 그 남자와 진지한 관계였던 경우라면 더 신경 써야 한다. 그가 그렇게 실패자이거나 여주인공에게 나쁜 남자라면 여주인공은 어째서 간파하지 못했는가? 그가 자신의 진정한 모습을 천천히 조금씩 드러낸다면 그가 얼마나 나쁜지 독자와 여주인공이 함께 알게 될 것이다.

카라 콜터Cara Colter의 스위트 트래디셔널 로맨스 《사랑의 날개That Old Feeling》의 여주인공은 자신이 만나는 사람이 적당하지 않은 남자라는 사실을 남주인공과 대화하는 동안 깨닫는다.

"그만 가볼게요." 그녀가 말했다. 그녀는 자신의 목소리에 담긴 희미한 절망감을 그가 눈치채지 못했길 바랐다. (……) "아침에는 제일 먼저…… 제이슨에게 전화가 올 테니까요."

"아." 클린트가 말했다. (……) "제이슨은 누구지?"

"친구예요. 좋은 친구죠. 사실 자기랑 결혼하자고 하는 남자애예요."

그녀는 무심코 말을 내뱉자마자 얼마나 부적절하게 들리는지 깨달았지만, 그는 어디가 잘못인지 바로 알아챘다.

"남자애라고." 그가 약간 경멸하는 투로 말했다.

그리고 그녀는 그것이 사실임을 알았다. 제이슨은 남자애였다. 미성숙하고 자기중심적이었으며 아마도 심한 것 같았다. 그들은 수년간 친구였고, 그냥 친구 사이였을 때는 그런 것들이 하나도 문제가 되지 않았다.

그때…… 샴페인을 너무 많이 마신 탓인지 제이슨이 그녀를 사랑스럽게 바라봤다. (……)

그녀는 생각할 시간이 필요하다고 했지만, 클린트와 있는 시간은 심사숙고하는 데 전혀 도움이 되지 않았다. 모든 것이 더 혼란스럽기만 했다.

다만 한 가지는 분명했다. 클린트는 남자였고, 제이슨은 남자애였다.

여주인공은 남주인공과 비교해보기 전까지 제이슨이 꽤 좋은 사람이라고 생각했다. 하지만 제이슨과 클린트의 차이를 깨닫고 난 다음에는 제이슨이 적당한 남자일지도 모른다고 생각하던 때로 다시 돌아갈 수 없다.

남성 조연은 여성 조연과 마찬가지로 시간과 지면을 빼앗아 이야기를 장악할 위험이 있다. 이야기의 초점이 주인공에게서 조연에게로 가지 않도록 주의하자.

부모와 조부모

참견하기 좋아하는 부모나 조부모, 그 밖의 다양한 친인척은 로맨스 소설의 필수 요소였다. 그러나 지금은 젊은 성인들이 독립적이고 다른 사람들의 생각에 신경을 쓰지 않아서 만사에 참견하는 친인척은 로맨스 소설에서 쓸모가 없어졌다. 하지만 완전히 자취를 감춘 것은 아니다.

오늘날의 친인척은 예전과는 다른 역할을 한다. 예전에는 남녀 주인공을 중매하거나 적극적으로 조종했지만, 이제는 주인공들이 해결해야 할 진짜 문제나 요구를 표현한다.

부모나 조부모를 등장시킬 때는 과거 이야기를 자세히 다루고 싶은 커다란 유혹을 느낄 수 있다. 현재 이야기와 상관이 있든 없든 간에 사춘기 시절의 부모와 자식 관계 같은 것에 집중하고 싶어진다.

때로는 부모나 조부모가 악역을 겸하기도 한다. 조 베벌리Jo Beverley 의 싱글 타이틀 역사 로맨스 《악마의 상속녀The Devil's Heiress》에서 남주인공 호크는 아버지가 가문의 토지를 훼손시킬 계획을 갖고 있다고 의심한다.

호크가 직설적으로 물었다. "슬레이드가 이곳에 건물을 더 지을 겁니까?"

그의 아버지는 씰룩거리더니 시선을 돌렸다. "왜?"

죄책감을 느끼는 것이 분명했다.

그러나 대지주인 아버지는 다시 오만한 표정으로 돌아봤다. "그게 네가 상관 할 일이냐? 이곳의 주인은 아직 나다, 아들." (……)

"제가 상속받을 땅이죠, 아버지." 호크가 말했다. "그러니까 제 일이기도 합 니다. 슬레이드의 계획이 뭡니까? 아버지는 왜 그것을 허락하시는 거죠? (……) 제가 듣기로는 측량사로 보이는 사람들이 이곳 강변 지역을 조사한 뒤에 슬레이드에게 보고했다던데요. 슬레이드가 이곳에 무슨 관심을 가지는 겁니까? 사용할 수 있는 토지는 없잖습니까." (……)

"아버지도 아시겠지만, 슬레이드는 이곳과 우리 별장까지 허물 겁니다. 강변 에 자기 저택을 크게 지을 거예요." (……)

의심과 불안이 꿈틀거렸다. 그의 아버지는 잘못은 했지만 멍청하거나 병 때 문에 미친 것이 아니었다. "무슨 일을 하신 겁니까?"

그의 아버지는 브랜디를 한 모금 마시며 겨우 거만한 태도를 유지했다.

(……)

"나는 우리를 위해 귀족 지위를 얻었다."

아버지의 행동이 나머지 이야기를 촉발한다. 호크는 가족의 집을
구하기 위해 사랑하지 않는 여인에게 구애한다.

가족

때로 로맨스 소설의 주인공은 단지 두 가지로 분류되는 듯하다. 즉,
가족이 없거나(적어도 말하고 싶은 가족이 아무도 없거나) 친밀하고 따뜻
한 대가족이 있는 경우다.

가족은 독자에게 정보를 전달하기에 아주 좋은 수단이 될 수 있다.
그들은 유쾌하지만 잔인할 정도로 솔직하고, 주인공의 행동이나 마
음의 변화를 일으킬 수 있으며, 주인공의 과거에 대해 대부분의 친구
보다 자세히 알고 있다.

가족을 등장시킬 때 유의해야 할 점은 가족 관계를 설명하는 데 너무
몰두하지 말라는 점이다. 글을 쓰다가 형제자매의 출생 순서를 자세
히 설명하거나, 현재의 말다툼과 의견 대립을 통해 어린 시절을 회상
하게 되면 다시 남녀 주인공에게 집중하는 데 시간이 필요하다.

때로는 그저 즐거움을 위해 아이를 이야기에 등장시키고 싶은 유혹
에 빠질 때도 있다. 예를 들어 고집 센 막냇동생이나 성숙한 자녀, 귀
여운 조카 같은 인물을 만들고 싶어지는 것이다. 그러나 아이가 플롯

의 중요한 부분이 아니라면 다시 생각하는 것이 좋다. 아이가 중요한 주조연이라면 더욱 본 이야기의 관심을 빼앗아가기 쉽다. 남녀 주인 공에게 초점을 맞출 수 있도록 아이는 밖에서 놀거나 낮잠을 자게 해야 한다.

친한 친구

가족 다음으로 가장 많이 속내를 털어놓는 인물은 친구일 것이다. 친구는 또한 주인공의 행동에 영향을 가장 많이 미칠 수 있다. 주인공과 달리 친구는 착하게 말하고 예의 바르게 행동할 필요가 없다. 주인공이 친구와 어떻게 지내는지 보여주면 주인공이 어떤 사람인지 가장 잘 설명할 수 있다.

친구는 주인공에게 정보를 알려주는 소식통이기도 하다. 작가는 친구를 활용해 흥미로운 방식으로 독자와 정보를 공유할 수 있다. 로즈 D. 폭스Roz D. Fox의 장편 현대 로맨스 《비밀의 웨딩드레스The Secret Wedding Dress》에서 여주인공 실비는 그녀의 가장 친한 친구와 함께 새 이웃에 대한 정보를 종합한다.

아니타는 옆집에서 쿵쿵거리는 소리를 듣고 잠시 말을 멈췄다. "이바네 집에 누가 이사 왔어?"

"이사 중이야. 저기 밴 보여? (……) 너는 무슨 소문 못 들었니?" 아니타는 브라이어우드에 유일하게 있는 은행의 대출 담당자였다.

"주택 담보 대출이 없으면 우리라고 반드시 아는 건 아니야. 아마 이바의 조카 손자가 집을 팔았나보지. 그가 애틀랜타에 있는 신문사에 들어갔다고 이바가 자랑했었어. (……) 잘 기억은 안 나지만 그가 이바의 유일한 친척이라고 했던 거 같아."

"그가 집을 팔려고 내놓았으면 우리가 알지 않았을까?" 실비는 고개를 수그리고 옆집을 보면서 무슨 일인지 알아내려고 했다.

"그 조카 손자가 은퇴한 것일 수도 있잖아."

"그렇다면 지금 차에서 짐을 내리는 저 남자는 아닐 거야. 그리고 어린 여자애도 있어. 많아야 예닐곱 살 정도로 보이는데."

독자가 두 인물의 대화를 통해 정보를 알게 되는 동안 주인공도 무슨 일이 일어나고 있는지 파악한다. (대화의 사용에 대해서는 뒤에서 자세히 살펴볼 것이다.)

친구는 때로 작가가 그 인물이 등장하는 속편을 염두에 두고 있어 이번 이야기에 영향을 미치기도 한다. 신인 작가는 종종 속편을 위한 상황을 만드는 데 시간과 노력을 너무 많이 할애하는 바람에 지금 하는 이야기의 관심을 떨어뜨리기도 한다. 또는 다른 책의 주연이 될 조연이 이번 이야기에서도 주인공다운 성격을 유지할 수 있도록 너무 애쓰는 바람에 그 인물이 이번에 맡은 역할을 제대로 해내지 못하게 하기도 한다. 반드시 조연은 조연의 역할에 충실하게 만들자.

단역

단역은 이야기에 반복해서 등장하지 않는 인물이다. 이들은 플롯에서 그리 중요하지 않기 때문에 이름이 아예 없거나 성 없이 이름만 있을 때도 있다. 예를 들면 이야기에서 중요하지 않은 역할을 수행하는 집사, 식당 종업원, 비서 등이 있다.

모든 단역이 정말 필요한 역할인지 확인해보는 것이 좋다. 여러 단역을 하나로 통합할 수 있는지 고민해보자.

단역이 너무 많이 등장하는 것은 장면 구성을 잘하지 못했다는 신호가 될 수 있다. 예를 들어 택시 기사가 이야기에 단 한 번 나온다면 그것은 정말 필요한 역할인가? 주인공이 택시를 타고 가는 동안 중요한 일, 즉 이야기에 심각한 영향을 미치는 일이 발생하지 않는 이상 주인공이 택시를 타는 시점이 아니라 파티에 도착한 때부터 장면을 시작하는 편이 훨씬 낫다. 택시를 타는 내용이 사라지면 택시 기사도 필요 없어진다.

단역을 모두 없애라는 얘기가 아니라 이야기에 정말로 도움이 되지 않는 인물에 귀중한 지면을 낭비하지 말라는 뜻이다. 셸리 갤러웨이 Shelley Galloway의 《신데렐라의 크리스마스Cinderella Christmas》에서 여주인공은 요정 대모의 역할을 하는 신발 판매원을 만난다.

그녀는 과감하게 좀 더 안으로 들어갔지만, 아름다운 샌들과 디자이너 펌프스 사이에서 자신의 운동화가 얼마나 튀는지 잘 알고 있었다.

그러나 금색 구두를 보자 그런 생각도 금방 사라졌다.

"무엇을 도와 드릴까요?" 전날에도 다가왔던 그 판매원이 그녀 곁에 나타났다. 그의 목소리가 이상하게 편안해서 하루에 백 번씩은 물을 그 질문이 정말 진심처럼 들렸다.

"네. 저 구두를 보고 싶은데요."

그가 물 빠진 청바지와 검은색 터틀넥 스웨터를 입고 낡은 테니스 신발을 신은 그녀를 힐끗 훑어봤다. "사이즈가⋯⋯."

"죄송해요. 5사이즈예요. 폭이 좁은 사이즈가 있으면 좋겠네요."

"좁은 사이즈요?" 그는 작은 발을 좋아한다는 듯 입꼬리를 말아 올리며 얼굴을 폈다. "잘 알겠습니다, 손님. 앉아 계시겠습니까?"

여주인공은 나중에 판매원의 이름이 워런임을 알게 된다. 그의 도움으로 그녀가 파티에서 매우 성공적인 저녁 시간을 보낼 수 있었음에도 그 외에 판매원에 대해 알게 되는 사실은 없다.

+ 인물을 표현하는 11가지 방법

등장인물의 유형에 대해 알았으니 이제 인물을 독자에게 가장 잘 전달하는 방법에 대해 알아보자. 작가는 독자에게 인물에 대해 말해줄 수 있다. 이것은 가장 쉽지만 가장 효과적이지 않은 방법이다. 독자에게 '샐리는 착하고 동정심이 많은 사람이다.'라고 말하는 것은 그다지 많은 정보를 전달해주지 않는다. 우선 "착하고 동정심이 많다."의 정의는 개인마다 다르다. 또 독자는 스스로 결론을 내리지 못하고 샐리에 대한 작가의 판단을 군소리 없이 받아들여야 한다.

그 대신 중요한 인물이라면 인물의 생각과 말, 행동을 사용해 그가 어떤 사람인지 보여줄 수 있다. 그리고 인물이 하지 않는 말이나 행동을 통해서도 인물에 대해 많은 것을 전달할 수 있다. 예를 들어 여주인공이 완전히 정당하게 비꼴 수 있는 거절하기 힘든 기회가 있음에도 말하지 않고 참는다면 독자는 그녀가 어떤 사람인지에 대해 많은 것을 알게 된다.

인물을 설명하는 가장 효과적인 방법은 독자가 근거를 보고 스스로 결론을 내릴 수 있게 해주는 것이다. 인물을 보여주면 독자를 이야기에 끌어들이고 인물을 파악하는 데 몰입시킬 수 있다. 중요한 인물에 대한 정보는 긴 문단 하나에 전부 쏟아내지 말고 천천히 공유하는 편이 이야기에 현실감을 더한다.

자신이 새로 만난 사람을 어떻게 알아가는지 떠올려보자. 사람들은 보통 첫 소개에서 인생의 모든 이야기를 주고받지 않는다. 누군가를 몇 년 동안 알았어도 "그 사실은 지금 처음 알았네! 그런 얘기는 한 적 없잖아!"라고 할 때가 있을 것이다. 마찬가지로 등장인물도 자신의 모습을 서서히 보여주고, 가끔은 자신이 어떤 모습을 보여주는지 깨닫지 못할 때도 있어야 한다.

인물의 특징을 독자가 직접 생생하게 느낄 수 있도록 보여주는 방법은 많다. 독자는 인물에 대해 보고 들으며 스스로 판단을 내릴 수 있어야 한다. 독자가 인물에게 몰입할수록 이야기에도 더욱 빠져들게 된다.

이야기에서 중요한 인물일수록 그 인물에게 가장 중요한 정보를 자세히 (말해주는 것이 아니라) 보여줘야 한다. 다음은 인물을 보여주

는 몇 가지 방법이다. 한 가지나 여러 방법을 함께 활용해 기억에
남을 만한 인물을 만들어보자.

인물의 생각을 통해 보여주기

인물이 스스로 정신분석을 하거나 '나는 정말 사려 깊고 지적인 사람
이야.'라고 생각한다는 말이 아니다. 인물이 생각하는 방식이 그가
어떤 사람인지를 보여준다는 뜻이다. 한 인물이 다른 인물을 안타
깝게 생각한다면 독자는 그가 어떤 부류의 사람인지 알아챈다. 알린
제임스Arlene James의 인스퍼레이셔널 로맨스 《아름다운 집Deck the
Halls》에서 남주인공은 자신을 약간 낮춰 보기 때문에 독자는 그
가 스스로 평가하는 것보다 잘생겼고 또한 겸손하다는 사실을 알게
된다.

빈스는 자신이 '키가 크고 피부색이 짙고 잘생겼다.'고 생각해본 적은 없지만
'머리가 벗겨진 돼지'라고 생각하지도 않았다. 그는 하느님이 딱 맞는 여자
를 그의 인생에 보내준다면 기꺼이 독신을 포기할 터였다.

빈스가 스스로 '나는 잘생겼고 하나님이 나를 위해 여자를 찾아줄
거라 확신해.'라고 생각한다면 독자는 그를 완전히 다른 시각으로
볼 것이다.

인물의 대사를 통해 보여주기

이 방법은 대개 직접적으로 사용하지 않는다. "나는 매력적이고 겸손한 사람이에요."라고 대놓고 말하는 경우는 실제 모습이 말하는 내용과 정반대일 때나 가끔 볼 수 있다. 그렇지만 사람이 자신의 행동이나 의도, 과거에 대해 말할 때는 흥미로운 사실이 드러날 수 있다. 대개 무심결에 한 말에서 뭔가 드러나는 경우가 많다. 그리고 다른 사람을 변호하는 사람은 두 사람 모두에 대해 중요한 사실을 알려준다. 해나 버나드Hannah Bernard의 로맨틱 코미디 《키스방정식Catch and Keep》에서 작가는 비꼬는 투의 대사를 사용해 남주인공의 여자인 친구가 바람피우는 상대가 아니라는 것을 보여준다.

"무슨 말인지 알잖아." 그녀가 자신의 작은 여행 가방을 들고 남자와 함께 비행기를 타러 걸어가며 말했다. "여자가 한을 품으면 오뉴월에도 서리가 내린다고. 나를 거절한 앙갚음은 반드시 할 거야. 내가 네 평생의 사랑을 찾아내서 너를 무릎 꿇리고 말겠어."

친구의 익살스러운 대사를 통해 작가는 남주인공의 특징도 알려준다. 즉, 그는 이런 농담을 할 정도로 가까운 여자 친구가 있는 남자다.

인물의 행동을 통해 보여주기

인물이 현실적이고 실리적으로 행동한다면 그는 현실적이고 실리적인 사람일 것이다. 아이를 때리려고 주먹을 들어 올린다면 아마 악역일 것이다. 소피 킨셀라Sophie Kinsella의 칙릿 《당신만 아는 비밀Can You Keep a Secret?》에서 작가는 여주인공이 일면식도 없는 아이를 위해 장난감을 구하는 모습을 통해 그녀가 약간 멍청해 보이긴 하지만 따뜻하고 배려심 많은 사람이란 것을 보여준다.

노트북을 하던 남자는 여전히 타이핑 중이었다. 그의 뒤에는 검은 머리의 예쁜 소녀와 함께 두 살쯤으로 보이는 금발 남자아이가 앉아 있었다. 내가 지켜보는 동안 남자아이는 플라스틱 장난감 바퀴를 바닥에 떨어뜨렸다. 바퀴는 굴러가버렸고 아이는 즉시 울기 시작했다. (……)
바닥에 놓인 밝은색 조각이 별안간 눈에 띄었다. 장난감 바퀴였다. 창가 옆 빈 좌석 아래로 굴러가 있었다. (……) 나는 안전벨트를 풀고 간신히 일어섰다. 그러곤 모든 사람의 시선을 한 몸에 받으며 바퀴를 되찾기 위해 차분하게 몸을 구부렸다.
오케이, 빌어먹을 바퀴에는 아직 손이 닿지 않는군. 좋아, 이 소동을 해결하기 전까진 포기하지 않겠어.
나는 누구도 의식하지 않고 비행기 바닥에 납작 엎드렸다. (……) 손을 휘휘 저으며 최대한 앞으로 뻗었다. (……) 그리고 마침내 플라스틱 바퀴 근처에 손가락이 닿았다. 나는 좌석 테이블에 팔꿈치를 찧긴 했지만 최대한 태연하게 일어나서 플라스틱 바퀴를 아이에게 건네주었다.
"여기, 이거 네 거 같은데." 나는 슈퍼맨처럼 별일 아니라는 목소리로 말했다.

아이는 바퀴를 가슴에 꼭 끌어안았고 나는 뿌듯함에 상기되었다.

잠시 뒤 아이가 바퀴를 바닥에 던졌고 바퀴는 거의 정확히 똑같은 장소로 굴러갔다. (……)

"그래." 나는 잠시 말을 잃었다가 다시 말했다. "그래. 음…… 즐거운 비행 하렴."

여주인공은 아이가 장난감을 또다시 던졌을 때 화를 참고 여주인공다운 모습을 보인다. 또한 두 번째는 장난감을 주워오지 않음으로써 소심한 사람이 아니라는 점도 분명히 보여준다.

다른 인물의 생각을 통해 보여주기

이 방법은 쉽고 유혹적이지만, 반드시 사소한 인물이 아닌 주요 인물의 생각을 사용해야 한다. 여주인공에 대해 남주인공이 생각하는 것은 도움이 될 수 있지만 여주인공의 미용사가 생각하는 것은 본 이야기에서 초점을 벗어나게 한다. 데보라 헤일Deborah Hale의 리젠시 로맨스 《큐피드와 사랑의 도피를Cupid Goes to Gretna》에서 남주인공은 자꾸 눈길이 가는 여주인공에 대해 계속 생각한다.

올리버는 아이비를 향한 눈길을 거두지 않았지만 확신은 들지 않았다. 잠든 그녀의 모습은 그녀의 성격에 걸맞게 포근하고 천진난만했다. 그녀는 아이처럼 밝고 활기차며 낙천적이었다. 충동적인 행동이 가져올 문제나 현실의 가혹함에 대해서는 전혀 생각하지 않았다.

독자는 이야기의 다른 부분에서 아이비의 밝고 활기차며 낙천적인 모습을 직접 보고 알 수 있지만, 여기서는 남주인공이 그녀를 어떻게 바라보는지도 알게 된다.

다른 인물의 대사를 통해 보여주기

누군가가 다른 사람에 대해 하는 말을 언제나 액면 그대로 받아들일 수는 없지만 의견은 꽤 정직하고 솔직하다고 할 수 있다. 그것이 사실인지 여부는 말하는 사람의 통찰력에 달렸으므로 다른 문제다. 하지만 어느 경우든 독자는 대화의 주제가 되는 인물에 대해 더 잘 알게 된다. 수전 E. 필립스의 《퍼스트 레이디》에서 작가는 남주인공의 대사를 통해 한 인물의 특징을 간략하게 보여준다.

변호사는 서류를 훑어본 뒤 다시 고개를 들고 매트를 바라봤다. "당신은 전 부인이 큰딸을 임신한 상태일 때 당신과 결혼했다는 사실을 인정하는군요."
"……샌디는 내 아이라고 했습니다. 나는 그 말을 믿었죠. (……) 그러다 그녀의 친구가 진실을 얘기해줬습니다." (……)
"당신은 수년 동안 그녀에게 돈을 보냈습니다." (……)
"짠해서요. 샌디는 착했습니다. 잠자리를 함께할 사람을 고르는 안목이 조금 부족했을 뿐이죠."

매트가 죽은 전 부인에 대해 하는 말을 통해 독자는 매트 자신에 대해서도 알게 된다.

다른 인물의 행동을 통해 보여주기

인물이 방에 들어갔을 때 개가 움찔거리며 피한다면 그가 어떤 사람인지에 대해서 많은 말을 할 필요가 없다. 록산느 러스탄드Roxanne Rustand의 장편 현대 로맨스 《몬태나 패밀리A Montana Family》에서 작가는 폭력을 생생하게 묘사하지 않고도 딸의 반응을 통해 아버지가 폭력을 행사함을 보여준다.

그는 압박붕대처럼 두툼한 손으로 딸의 팔을 꽉 쥐고, 돌아서서 언덕을 내려가기 시작했다.

그녀는 고통을 느끼지 않는 은신처로 빠져나가려 했다. (……) 집에서 무슨 일이 기다리고 있는지 너무 잘 알고 있었다. (……)

그녀는 앞으로 돌진해 아버지의 등을 들이받았다. (……)

그러곤 필사적으로 도망을 갔다.

딸은 처음에는 심리적 거리를 두고 다음에는 물리적 폭력을 행사하고 달아난다. 이런 반응은 그녀의 아버지가 어떤 사람인지 명확하게 보여준다.

외양 묘사를 통해 보여주기

인물의 특징을 보여줄 때 (특히 경험이 부족한 작가들이) 가장 많이 사용하는 방법이지만 가장 효과가 없는 방법이기도 하다. 너무 일반적으로 묘사하거나 지나치게 자세히 설명하는 것은 둘 다 도움이 되지

않는다. 아름다움의 기준은 저마다 다르므로 단순히 '그녀는 아름다
웠다.'고 하면 사람들은 각기 다르게 생각할 것이다. 한편 자신이 아
름답다고 생각하는 것을 상세히 나열해도 기준이 다른 독자의 관심
을 떨어뜨릴 수 있다.

시점 인물이 다른 인물에 대해 묘사할 때 독자는 두 인물에 대해 모
두 알게 된다. 알린 제임스의《아름다운 집》을 보자.

그는 한 걸음 뒤로 물러서 그녀의 타원형 얼굴을 전체적으로 바라봤다.
그녀의 얼굴은 고전적으로 예쁘다고 하기엔 조금 길었고 코도 앙증맞다고
하기엔 너무 눈에 띄는 것 같았다. 하지만 저 눈과 큼직하고 매력적인 입매,
톡 튀어나온 광대, 갈색 머리칼보다 짙은 섹시한 눈썹은 매우 인상적이고 여
성스러워 보였다. 화룡점정은 성경에서 "영광"이라고 말한 긴 머리였다. 두
껍고 쭉 뻗은 머리칼은 건강하게 빛났으며 어깨를 넘어 거의 팔꿈치까지 닿
았다.

독자는 여주인공의 모습을 보면서 남주인공이 어떤 점에 주목하고
묘사하는지를 통해 남주인공에 대해서도 알게 된다.

습관이나 개인적인 특성을 통해 보여주기
나쁜 습관이나 좋은 습관 모두 인물의 특징을 보여줄 수 있지만 나쁜
습관이 좀 더 잘 보여줄 때가 많다. 한 인물이 점심 초대를 해놓고 계

산을 요리조리 피하면 깊은 인상을 남긴다. 소피 킨셀라의 《당신만 아는 비밀》에서 작가는 여주인공의 할아버지에 대해 짧지만 효과적으로 묘사한다.

"나는 절대 카드를 버리지 않는단다." 할아버지가 나를 한참 바라본다. "내 나이가 되면 평생 알고 지내며 사랑했던 사람들이 세상을 떠나. (……) 그럼 추억이 담긴 물건을 모두 보관하고 싶어지지. 아무리 작은 것이라 해도 말이다." (……)

나는 가까이에 있는 카드를 집어 들고 열어본다. (……) "할아버지! 이건 1965년에 스미스 전기 수리 회사에서 받은 거잖아요!"

이 짧은 글을 통해 작가는 여주인공의 할아버지가 물건을 수집할 뿐만 아니라 재미있는 면도 지니고 있음을 보여준다.

인물 주변의 소품을 통해 보여주기

인물이 좋아하는 낡은 스웨터나 어머니의 곰 인형, 신문 기사를 가득 모아둔 스크랩북에 집착하면 독자는 인물이 무엇을 중요하게 생각하는지 알게 되고 따라서 그가 어떤 사람인지도 알게 된다. 주인공이 테니스 라켓이나 산탄총, 성경 중 어떤 것을 들고 등장하느냐에 따라 독자는 그가 말을 하기 전부터 꽤 많은 것을 알게 된다.

많은 여성이 초콜릿을 좋아하지만 클레어 크로스Claire Cross의 칙릿 《행운의 세 번째Third Time Lucky》의 여주인공은 거의 초콜릿으로 정의된다.

나는 제네바 협약에 따라 모든 인간에게는 초콜릿을 먹을 기본적인 권리가 있다고 생각한다. (……)

나는 어두운 10대 시절 동안 나를 배신한 많은 음식을 내 부엌과 식단에서 추방했다. (……) 하지만 나와 초콜릿의 관계는 그런 제약을 넘어선다.

우리의 사랑은 신성하기까지 하다. (……) 나는 초콜릿을 규제 약품처럼 취급한다. 장기간 복용하면 몸이 엄청나게 옆으로 자라기 때문이다. 한 달에 초콜릿 바 하나, 그 이상은 한 입도 먹지 않는다. (……)

나는 매월 1일에 초콜릿을 구입해서 냉장고에 넣어두고 최대한 참을 수 있을 때까지 군침을 흘리며 바라만 본다. (……)

이런 소개 다음에는 여주인공이 초콜릿을 언급할 때마다 독자가 그녀의 마음 상태를 즉시 상상할 수 있다.

인물의 이름을 통해 보여주기

이름이 실베스터인 남자와 제이크인 남자를 상상하면 무척 다른 그림이 떠오른다. 이름이 엘리자베스인 여자와 베시인 여자는 완전히 다른 인물처럼 느껴진다. 이야기를 쓸 때 인물의 성격과 시대, 직업, 배경에 맞는 이름을 선택했는가? 클레어 들라크루아의 《전사》에서 작가는 여주인공이 남주인공을 어떻게 불러야 할지 논의하는 장면을 통해 인물의 성격뿐 아니라 시대도 알려준다.

"나는 우리 사이에 너무 격식을 차리지 않았으면 좋겠는데. (……) 우리끼리 있을 때는 '나리'라고 부를 필요 없소."

"그럼 매그너스라고 부를까요? (……) 아니면 미카엘?"

"마음대로 하시오, 부인."

"그럼 호크라고 부를게요. (……) 그런 평판이 당신의 성격과 잘 맞는 것 같으니까요. 매는 사냥한 먹잇감의 심장을 뜯어내지 않고 남겨둔다죠?"

여기서 독자는 남주인공이 그 시대의 일반적인 남성과 다르게 양보하는 모습을 볼 수 있으며 여주인공은 역사물의 전형적인 여주인공답게 독립적임을 알 수 있다. 심지어 그녀는 남주인공의 수중에 있으면서도 그를 비꼬길 망설이지 않는다.

서술을 통해 보여주기

인물의 유형이나 특성을 그냥 서술하고 행동이나 생각을 통해 보여주지 않으면 독자에게 스스로 판단하지 말고 작가의 말을 받아들이라고 요구하는 셈이다. '그녀는 직장에서 유능하고 모든 사람에게 친절했다.'라고 쓰는 것은 인물을 보여주기에 가장 효과적이지 않은 방법 중 하나다. 그러나 조연을 설명할 때는 서술적인 묘사가 요점을 전달하는 가장 빠르고 효율적인 방법이 될 수 있다. 예컨대 알린 제임스의 《아름다운 집》에서 작가는 남주인공의 어린 조카를 이렇게 소개한다.

네 살배기 엘리자베스 앤을 가족들은 다정하게 베스라고 불렀다. 베스는 총 여섯 명인 커틀러네 손주 무리를 사실상 지휘했다. 외동딸인 그녀는 자신보다 나이가 많은 다섯 명의 사촌에게, 그중 네 명은 남자아이인데도 쉽게 지지 않아서 부모를 경악하게 했다.

엘리자베스 앤은 주인공이나 중요한 주조연이 아니므로 사촌 오빠들과 있는 그녀의 모습을 보여준다면 주인공의 로맨스를 전개하는 데 할애해야 할 지면을 잡아먹기만 할 것이다.

인물을 보여주는 이 모든 방법은 다른 장르에서도 효과적이다. 하지만 특히 로맨스 소설에서는 가능하면 말하는 것보다 보여주는 것이 중요하다. 그래야 독자가 등장인물이 어떤 사람인지 스스로 결론을 내리면서 자신이 이야기의 중요한 일부분으로 참여하고 있다고 느낄 수 있다.

+ 인물에 적합한 이름 짓기

등장인물의 이름을 짓는 일은 인물의 성격을 설정하는 데 매우 중요한 부분이다. 우선 생각해야 할 질문은 이름이 인물에게 적합한가다. 미셸이라고 알고 있던 인물이 사실 자신은 애칭인 마이크를 사용한다면 완전히 다른 사람처럼 느껴질 것이다.

이름은 인물이 어떤 사람인지 보여줄 뿐 아니라 인물의 과거와 배경에 대해 암시하기도 한다. 또한 미미하기는 하지만 복선이 되거나 이야기를 진전시키는 데 도움을 주기도 한다. 여주인공의 이름이 코트니이고, 자신의 친아버지가 변호사라는 얘기를 듣는다고 생각해보자(Courtney라는 이름은 법정court과 변호사attorney를 연상하게 한다). 어머니가 그녀에게 그런 이름을 지어준 것은 중요한 의미를 갖게 되고, 여주인공은 친아버지 얘기가 사실이라고 납득할 수 있을 것이다.

인물의 이름을 정하는 데는 또 다른 중요한 요소가 있다. 이름의 모양과 소리, 다른 인물들의 이름과의 관계도 고려해야 한다. 발음하기 쉬운 이름인가? 독자에게 익숙한 이름인가? 익숙하지 않다면 독자가 헷갈리지 않고 쉽게 발음할 수 있는 음절인가? 이름과 성은 잘 어울리는가? 같은 쪽에 등장하는 다른 인물과 이름이 비슷해 헷갈리지는 않는가?

특이하거나 익숙하지 않은 이름은 주인공이나 중요한 조연에게는 적합하지만 독자가 기억하기 어렵기 때문에 가끔 짧게 등장하는 인물에게는 적합하지 않다. 남녀 주인공이 모두 특이한 이름을 사용하면 독자의 혼란을 가중시킬 수 있다. 한 주인공에게 창의적인 이름을 붙이고 싶다면 다른 주인공은 쉽게 알아볼 수 있고 성별에 어울리는 간단한 이름을 사용하는 것이 좋다. 확신이 서지 않는다면 기본으로 돌아가 오랫동안 즐겨 사용해온 이름을 선택하자.

반드시 시대에 적합한 이름을 사용해야 한다. 브룩이나 다코타라는 이름은 현대물에서는 괜찮지만 리젠시 로맨스에는 맞지 않다. 헤이즐이나 밀드레드는 현대물의 여주인공이 쓰기에는 독특한 이름이라 독자가 이야기를 읽으며 그 이름을 볼 때마다 자꾸 거슬릴 수 있다.

이름을 지을 때는 인물 간의 관계도 생각해야 한다. 어머니의 이름을 제시카, 딸의 이름을 셀마라고 지은 경우에는 셀마가 더 나이 많은 사람의 이름처럼 느껴져 독자가 그들의 관계를 제대로 기억하기 힘들 것이다. 또한 같은 글자로 시작하는 이름은 여러 개 사용하지 않는 편이 좋다. 책을 틈틈이 읽는 독자는 도움이 있어야만 헷갈리지 않을 수 있는데 같은 글자로 시작하는 이름이 계속 나오면 누가 누구인지 떠올리기 힘들어진다.

그 밖에 주의해야 할 경우는 다음과 같다. 데릭과 에릭같이 운율이 맞는 이름을 사용하는 경우, 팻과 크리스같이 남녀 모두가 쓰는 이름을 사용하는 경우, 제러미Jeremie처럼 성별이 분명하지 않은 철자의 이름을 사용하는 경우, 여성에게 잭, 남성에게 제인이라고 하는 것처럼 특정 성별에 흔한 이름을 이성에게 붙이는 경우, 주인공에게 어울리는 이름을 조연에게 붙이는 경우, 발음이 분명하지 않은 이름을 사용하는 경우, 리Lee와 레스Les 같이 글자가 비슷해 보이는 이름을 사용하는 경우 모두 주의해야 한다.

이름을 부를 때는 일관성 있게

사건을 묘사하거나 서술하며 인물을 지칭할 때는 인물의 이름을 일관성 있게 사용해야 한다. 예를 들어 남주인공을 때로는 제이크, 때로는 와일더 씨, 때로는 교수라고 지칭한다면 독자는 누가 누구인지, 여러 인물이 있는지 헷갈릴 것이다. 남주인공을 제이크라고 지칭하기로 결정했다면 서술할 때나 대화에서 누가 한 말인지 알려줄 때 일관성 있게 제이크라고 해야 한다.

반면 인물들이 서로 대화할 때 사용하는 이름은 달라질 수 있다. 안내인은 남주인공을 와일더 씨, 학생들은 와일더 교수님이나 선생님, 여주인공은 와일드카드 같은 별명으로 부를 것이다. 그렇지만 여전히 서술하는 부분에서는 하나의 이름으로만 지칭해야 한다.

이 규칙에는 두 가지 예외가 있다. 첫 번째는 여주인공을 보통 엘리자베스라고 지칭하지만 남주인공은 그녀를 베시라고 부르는 경우다. 남주인공의 시점에서 이야기가 진행될 때는 남주인공의 대사뿐 아니라 서술하는 부분에서도 여주인공을 베시라고 지칭할 수 있다. 중요한 것은 일관성이다. 또 다른 예외는 이야기 초반에 주로 등장한다. 남녀 주인공이 만난 지 얼마 되지 않은 사이일 때는 서로를 이름으로만 부르지 않는다. 여주인공의 시점으로 진행되는 책의 첫 부분에서 여주인공은 관계가 진전되기 전까지 남주인공을 성과 이름을 모두 사용해 지칭할 것이다. 남주인공의 시점에서 이야기가 진행될 때에도 남주인공은 여주인공을 한동안 멜라니 스태포드라고 부르다가 차츰 멜라니나 멜이라고 부르게 될 것이다. 하지만 그렇게 이름을 바꿔 부르더라도 각 상황마다 일관성을 유지해야 한다.

책장에서 아무 로맨스 소설이나 한 권 뽑아서, 남녀 주인공 이외의 등장인물을 유형에 따라 분류하고 각 인물들이 적절한 역할을 하고 있는지 살펴보자.

- 조연은 누구인가?
- 주조연은 누구인가?
- 악역은 누구인가?
- 여성/남성 조연은 누구인가?
- 가족(부모/조부모 포함)은 누구인가?
- 친한 친구는 누구인가?
- 단역은 적절하게 안배되었는가?

러브신 조절하기

로맨스 소설의 러브신은 여느 소설의 러브신과는 다르다. 등장 인물의 성장과 플롯에 없어서는 안 될 부분이기 때문에 훨씬 더 중요하다. 로맨스 소설에서는 주인공들 사이에 커가는 사랑이 커다란 부분을 차지하므로 사랑의 육체적인 표현은 이야기의 필수 요소다.

하지만 로맨스 소설을 구성하는 여러 요소와 마찬가지로 러브신과 관련된 구체적인 사항들도 몇 마디로 요약하기란 어렵다. 로맨스 소설을 많이 읽어보지 않은 사람들은 "모든 책에 러브신이 나오나?", "평균적으로 몇 번 나오나?", "언제 나오나? 첫 번째 장에 한 장면은 있어야 하지 않나?"라고 물어보곤 한다.

이런 질문에는 "로맨스 소설의 유형에 따라 다르다."고 대답할 수밖에 없다. 굉장히 다양한 유형의 로맨스 소설이 있고, 각 유형마다 스킨십 또한 다르게 다룬다. 그에 대해서는 이번 장 말미에서 설명할 것이다.

러브신과 정사신이 동일하지 않다는 점을 이해하는 것이 중요하다. 주인공들이 육체적으로 애정을 표현하는 모든 장면이 러브신이 될 수 있다. 남녀 주인공이 키스나 포옹, 접촉하는 것도 작지만 모두 러브신이다. 심지어 관능적으로 타오르는 눈길과 발 마사지도 잘만 쓴다면 독자를 자극할 수 있다.

섹스는 사랑에서 아주 작은 일부분이고, 로맨스 소설은 (아주 에로틱한 유형이라 해도) 기본적으로 섹스가 아니라 사랑 이야기다. 두 사람이 사랑에 빠지는 이야기에 육체적인 접촉이 전혀 없을 수는 없지만, 어떤 경우에는 가끔 손으로 쓰다듬다가 마지막 장에 가서 입맞춤을 한 번 하는 것이 다일 때도 있다. 반면 매 장마다 각종 성행위를 놀랄 만큼 직접적으로 묘사할 때도 있다.

육체적인 이끌림도 물론 중요하지만 인물들이 서로 감정적으로 깊이 이끌려야 독자가 더욱 몰입할 수 있는 러브신이 된다.

러브신이 효과적이려면 이야기 전개에 들어맞고, 긴장과 갈등을 고조시켜야 한다. 러브신이 두 주인공 사이의 갈등을 잠시 진정시키더라도 나중에는 더 큰 어려움으로 이어져야 한다. 모든 러브신은 전체 이야기 전개에 기여하려는 목적을 지녀야지, 단순히 독자를 흥분시킬 목적으로 등장해서는 안 된다. 러브신을 빼더라도 이야기에 문제가 없다면 그 장면은 애초에 필요하지 않았던 셈이다.

두 사람은 같이 자고 난 다음에 이전과 다르게 행동할 것이다. 아침이 되었을 때 전날 밤에 아무 일도 없었던 것처럼 침대에서 풀 쩍 뛰어 내려오지는 않는다. 그들의 달라진 행동은 그들 자신과 상황을 변화시키고 그 뒤의 이야기에도 필연적으로 영향을 미친다. 남녀 주인공은 키스하거나 만지고 사랑을 나눈 뒤에 아무 일도 없었던 척하려 할 수 있겠지만 주인공과 독자 모두 그 일을 잊지 못한다.

많은 신인 작가의 이야기에서 러브신은 케이크 위에 올리는 크림과 같다. 크림은 케이크를 장식하고 맛을 더 좋게 하지만 본질적으로는 아무것도 바꾸지 않는다. 좋은 러브신은 케이크 반죽에 열을 가하는 것과 같다. 일단 빵이 구워지기 시작하면 케이크는 맛있어지고, 그 과정을 되돌릴 길은 없다.

+ 러브신의 핵심은 성적 긴장감

가장 관능적인 로맨스는 정사신이 많은 이야기가 아니라 성적 긴장감의 수위가 높은 이야기다. 초보 작가는 종종 전희를 성적 긴장감과 동의어로 착각한다. 성적 긴장감을 위해 등장인물이 스킨십을 할 필요는 없다. 당연히 키스를 하거나 그 밖의 친밀한 관계를 가질 필요도 없다.

성적 긴장감은 남녀 주인공 사이에 이끌림이 충족되지 않을 때 발생한다. 여기서 중요한 단어는 '충족되지 않는'이다. 그들이 서로 이끌리는 대로 행동할 수 없는 이유는 무엇인가? 그들이 함께하지 못하는 이유는 무엇인가? 그 이유가 강력할수록 감정적으로 더욱 몰입할 수 있는 이야기가 된다.

성적 긴장감은 주인공들이 만나 서로를 처음 의식하는 순간부터 시작한다. 그들이 상대에 대해 화를 내거나 관심을 갖거나 경계를 하거나 긴장을 하면서 동시에 상대를 점점 더 의식하게 되면 처음으로 성적 긴장감이 생긴다.

리즈 필딩의 스위트 트래디셔널 로맨스 《억만장자 결혼하기》에서 작가는 주인공 사이의 갈등(그리고 안경을 천천히 닦는 행동)을 통해 성적 긴장감을 높인다.

리처드는 지니 라투어가 그의 책상을 열 여분의 열쇠를 찾느라 옷장을 뒤지고 있었다는 사실을 잊은 채 그녀가 소품으로 안경을 가지고 있지 않았다면 어떻게 했을지 궁금해했다. 안경을 뒤에 숨기지 않았다면 뭘 숨기고 있었을까? (……)

그는 씩씩대는 지니를 무시하고 안경을 빼앗아 그녀의 손이 닿지 못하게 높이 들어 올려 빛에 비춰 보고는 안경이 그저 변장도구가 아님을 확인했다. (……)

그는 안경 닦는 일로 시간을 끌며 그녀의 눈을 자세히 들여다볼 수 있었다. 그는 잘못 본 것이 아니었다. 회색과 녹색이 매력적으로 뒤섞인 눈동자를 덮고 있는 짙은 속눈썹은 모두 그녀의 것이었다. 어떤 매직 마스카라도 속눈썹을 그렇게 길고 볼륨 있게 만들 수 없었다. 저 속눈썹이 입술에 닿으면 실크처럼 부드러울 거라고 그는 생각했다. 그리고 만지고 싶었다. (……)

저 아래 뜨거운 열정이 숨겨져 있다는 암시가 노골적인 유혹보다 흥미로웠고 그의 깊숙한 곳에 있는 무언가를 자극했다.

리처드는 지니가 그의 책상을 몰래 열어보려던 것을 발견했기 때문에 그녀에게 가까이 다가가기를 주저한다. 그러지 않았다면, 그들이 서로에게 분명히 끌리고 있으므로 이 장면은 맥 빠진 장면이 되었을 것이다.

니컬라 코닉의 역사 로맨스 《구혼자의 계절The Season for Suitors》에서 남주인공은 여주인공에게 부도덕한 남자에게 이용당하지 않는 방법을 가르쳐준다면서 접근한다.

> 플리트 공작은 부드럽게 미소를 지었다. "무료 상담이라고 생각해주십시오, 데븐코트 양." 그가 말했다. "항상 주위 환경에 주의를 기울이세요. 난봉꾼의 목적은 언제나 당신을 사람들로부터 떨어뜨려놓는 것입니다. 무슨 짓인가 하려고요."
>
> 그가 장갑을 낀 손을 들어 한 손가락으로 그녀의 뺨을 가볍게 만졌다. 그의 가벼운 손길은 마치 낙인처럼 뜨거웠고 그녀의 눈이 그의 눈과 마주쳤다.
>
> "그리고 난봉꾼이 당신과 단둘이 있게 되면 바로 키스를 하려들 겁니다, 데븐코트 양." 그가 계속해서 부드럽게 말했다.
>
> 그들은 한참동안 서로의 눈을 들여다봤다. 클라라는 열망과 안타까움으로 마음이 괴로웠다. (……) 그녀의 몸이 불현듯 그를 맹렬히 원했다. 그의 존재가 그녀를 사로잡았다. 그녀는 열망으로 달아오르고 떨리는 것이 느껴졌다.

그녀는 자신의 손으로 그의 손을 떼어냈다. 그녀의 손가락이 약간 떨렸다.

여기에 나온 유일한 스킨십은 남주인공이 장갑을 낀 손가락으로 여주인공의 뺨을 만진 것뿐이다. 심지어 피부가 맞닿지도 않았다. 작가는 미혼 여성이 남성과 단둘이 있는 것을 금기시하던 당시의 사회규범을 활용해 성적 긴장감을 자아낸다. 만약 공작이 앞서나가 클라라에게 키스를 했다면 독자가 더 이상 그들의 키스가 어떨지 궁금해하며 기다리지 않을 테니 이 장면의 긴장감은 대부분 사라졌을 것이다.

레이철 체이스Rachelle Chase가 쓴 에로틱 현대 로맨스《제어할 수 없는Out of Control》에는 스킨십이 많이 나오지만 성적 긴장감은 주인공들이 키스를 하지 않기 때문에 고조된다.

그의 따뜻한 숨결이 그녀의 입술에 닿았다 떨어지며 그녀를 유혹하고 가까이 끌어당겼다. 그녀는 고개를 약간만 틀면 그를 맛볼 수 있을 것 같았다. 그녀의 상상 속에서처럼 말이다.

한 번만 살짝 움직이면.

그녀는 본의 아니게 눈꺼풀이 내려왔고 고개가 기울어지자 입술이 그의 뺨을 스쳤다.

그녀가 눈을 번쩍 떴다.

그의 혀가 그녀의 귓불을 간질였다.

"내가 키스해주길 바랐나?" 그가 거친 목소리로 그녀의 귀에 속삭였다. "이렇게?" 그가 그녀의 목덜미를 따라 내려가며 조금씩 베어 물고 혀로 핥았다.

아스트리드는 몸이 떨렸고 신음 소리가 새어 나왔다.

"그렇다는 소린가?" 그가 거친 목소리로 말했다. 그의 입술이 그녀의 쇄골을 가로질러 목으로 올라왔다.

무슨 일이 일어나고 있는 걸까? "아⋯⋯."

그가 그녀의 턱을 빨았다. "말해봐."

키스해줘요.

그녀는 말하지 않았다.

그의 혀가 위로 올라와 그녀의 아랫입술을 따라 움직였다. "말해." 그가 쉰 목소리로 말했다.

그녀는 그의 손에서 빠져나가려고 버둥거렸다.

그가 그녀를 더 꽉 붙잡았다.

키스해줘요.

지금 그에게서 달아나지 않는다면 그 말을 하고 말 것 같았다. 그를 향해 허리를 젖히고 그의 입술을 찾게 될 터였다.

만약 아스트리드가 남주인공의 유혹에 굴복해 키스해달라고 말했다면 두 사람이 서로 끌린다는 사실을 인정한 셈이지만, 독자는 여주인공이 왜 굴복할 수 없는지 또는 굴복하지 않으려고 하는지 알아내는 재미를 빼앗겼을 것이다.

이상으로 스위트 트래디셔널, 역사, 에로틱 로맨스에 등장하는 매우 다른 세 가지 유형의 러브신을 살펴봤다. 세 경우 모두 남녀 주인공이 키스를 하지 않았기 때문에 장면의 긴장감과 호기심이 증폭되었다. 그러나 단순히 키스를 하지 않는 것이 아니라 키스를 하지 않는 진짜 이유가 있기 때문에 성적 긴장감이 높아질 수 있었다.

성적 긴장감이 깨지는 경우

성적 긴장감을 해치는 가장 쉬운 길은 남녀 주인공이 자신들의 감정을 너무 일찍 인정하는 것이다. 독자가 남주인공이 여주인공에게 완전히 빠져 있고 여주인공도 남주인공에게 완전히 빠져 있다는 사실을 알면 (그리고 남녀 주인공도 각자 자신의 감정을 알고 있으면) 주인공들이 서로 그 사실을 말하지 않았더라도 성적 긴장감이 사라진다. 결과적으로 꼭 안아주고 싶은 따뜻한 감정만 남는다면 책의 끝 부분인 경우에는 바람직하겠지만, 중간부터라면 이야기가 시시해진다.

성적 긴장감을 망치는 또 다른 길은 남녀 주인공이 너무 일찍 관계를 가지는 것이다. 가벼운 섹스는 하지 않는 것이 로맨스 소설의 불문율이고, 독자도 명확히 설명하지는 못하더라도 그것을 알고 있다.

칙릿에서는 엄밀히 말해 여주인공이 사랑을 나누는 남자가 한 명 이상이어도 되지만 실제로 그런 여주인공은 거의 없다. 칙릿에서 여주인공이 다른 남자와 관계를 가진다면 형식적이고 지루해하며 냉담하기까지 하다. 반면 남주인공과 하는 섹스는 의미 있고 감정이 담긴 특별한 행위로, 진지하고 지속적인 연애가 시작되었음을 알린다.

에로티카도 특별한 경우다. 에로티카에서는 주인공들이 이야기 내내 자주 사랑을 나누거나 육체적인 관계를 갖는다. 성공적인 에로티카는 성적으로 자유로운 주인공이 지속적인 관계에 헌신하지 않는 합당한 이유가 있음을 보여줘서 독자가 남녀 주인공이 결국 함께하게 되는지 계속 궁금해하게 한다.

가벼운 섹스를 피하는 관행 때문에, 남녀 주인공이 일단 사랑을 나누면 비록 그들은 아직 관계에 대한 확신이 없더라도 독자는 그들이 어느 정도 서로에게 충실해질 것을 안다. 그렇게 되면 성적 긴장감이 감소하므로 아주 강한 갈등이 있어야만 독자가 주인공의 미래에 대한 의구심을 유지할 수 있다.

그렇지만 남녀 주인공이 사랑을 나눈 다음에도 그들 사이의 문제가 너무 크고 위협적이라 그들의 잠자리가 얼마나 좋았든 관계없이 해피엔드에 이르지 못할 것처럼 보인다면 성적 긴장감은 여전히 존재한다.

어쩌면 그들이 함께하면 어떨지 상상이 아닌 실제로 알기 때문에 성적 긴장감이 더 강해질 수도 있다. 주인공들은 무엇을 잃을지 정확히 알고 있으므로 더 많은 것을 건다.

러브신을 지연시키면 유리한 점

러브신을 지연시키면 대부분 장면의 효과를 높이고 독자로 하여금 다음 이야기를 계속 읽고 싶게 할 수 있다. 그렇지만 단순히 러브신을 중단해서 독자를 실망시키거나 이야기가 빨리 진행되지 못하게 막는 것은 안 된다. 사랑을 나누거나 키스할 준비가 된 두 사람이 갑자기 마음을 바꾸는 데는 무척이나 합당한 이유가 있어야 한다.

러브신을 지연하라는 말이 아예 주제에서 벗어나라는 뜻은 아니다. 남주인공은 전쟁터에 싸우러 나가고 여주인공은 집에 남아 뜨개질을 해서는 안 된다. 독자에게 러브신에 대한 기대감을 심어줘야 한다. 남녀 주인공은 감정을 키워나가며 자신들의 문제와 의구심을 공유해야 한다. 그리고 함께 있는 매 순간 서로를 향한 욕망이 커지지만 아직 서로를 확신하지 못해야 한다. 남녀 주인공이 상대를 신뢰할 수 있을지 알지 못하면 독자도 그들이 어떻게 되는지 알기 위해 이야기를 계속 읽을 수밖에 없다.

남녀 주인공의 두 번째 잠자리는 첫 번째만큼 흥미롭지 않다는 사실을 기억하자. 두 번째 정사신을 흥미롭게 만들기 위해 특이한 장소를 배경으로 삼거나 독특한 설정을 추가할 수도 있다. 하지만 대개 그러한 시도는 결과적으로 독자의 흥미를 이끌어내지 못하고 불안감만 가중한다. 기대감을 유지하기 위해서는 두 번째 정사신에 활기를 불어넣기보다 중요한 첫 번째 정사신을 지연하는 편이 더 나을 수 있다.

아니면 두 번째 정사신을 지연시킬 수도 있다. 때로는 남녀 주인공이 한 번 사랑을 나눴지만 계속해서 함께할 수 없는 이유가 있을 때도 성적 긴장감이 고조될 수 있다. 주인공들이 함께 사랑을 나누는 것이 어떤지 알기 때문에 그들의 욕망이 더욱 커지고 독자의 기대도 높아진다.

엘리자베스 비벌리Elizabeth Bevarly의 싱글 타이틀 로맨스《남자가 도착했습니다You've Got Male》에서 여주인공은 온라인 섹스를 통해 악당을 덫에 몰아넣으려 했지만, 수사 동료인 남주인공과 자제심을 잃고 사랑을 나눈다. 그런 다음 그 일에 대해 이야기를 나눈다.

"우리 얘기 좀 해요." 그녀가 말했다. "어젯밤 우리 둘 사이에서 일어난 일에 대해서 말이에요."

"섹스를 했죠." 그가 무미건조하게 말했다. (……)

"그리고 그게 다죠." 그녀가 단호하게 말했다. (……) "다시는 그런 일 없을 거예요." (……)

그녀의 말에 그는 전혀 놀라지 않은 것 같았다. 오히려 화가 난 듯했지만 그녀가 상관할 바는 아니었다.

그럼에도 불구하고 그는 선뜻 동의하는 듯 말했다. (……) "둘 다 마음이 통한 것 같군요. 그럼 일을 시작합시다."

이들의 하룻밤은 전문가답지 못한 예기치 않은 행동이었고 또 반복된다면 수사에 방해가 될 것이기 때문에 이들에게는 다시 잠자리를 하지 않을 훌륭한 이유가 있다. 하지만 여주인공이 그것을 정말로 좋다고 생각하는가? 남주인공은 정말 동의하는가? 물론 아니다. 그들은 그 뒤에도 서로를 볼 때마다 그날 밤을 기억한다(그리고 독자도 그것을 기억한다).

성공적인 러브신

러브신은 책의 처음에서 끝까지 가는 동안 점차 강렬해질 때 가장 효과적이다. 에로티카나 단편 현대물처럼 이야기에 러브신이 여러 번 나온다면 첫 번째 신부터 가장 이국적이고 자극적이며 강렬해서는 안 된다.

첫 번째 러브신을 계획할 때는 그 뒤로도 주인공들의 감정이 더욱 고조될 수 있는 여지를 남겨둬야 한다. 그것이 독자를 위해서도 좋다. 나중을 위해 좋은 것을 어느 정도 남겨두자.

이야기의 수위가 높든 낮든 간에 러브신에서 가장 중요한 요소는 두 주인공의 감정이다. 누가 어떤 손으로 어디를 만지는지가 중요한 것이 아니라 인물의 마음이 (그리고 독자의 마음이) 움직였는지가 중요하다. 러브신의 목표는 즐겁고 따뜻하며 사랑받는 기분을 독자도 느끼게 하는 것이다.

그러기 위해서는 독자의 오감을 자극하는 감각적인 언어와 이미지를 사용하는 것이 가장 좋다. 시각, 청각, 후각, 미각, 촉각이 모두 중요하며 아주 효과적으로 사용할 수 있다.

완곡한 표현(그의 고동치는 그곳이나 그녀의 여성스러운 충만함)과 의학적인 묘사(자궁 경부나 음낭 같은 단어가 낭만적이기는 힘들다)는 피해야 한다.

가장 좋은 러브신은 불이나 번개 같은 일반적인 이미지가 아니라 각 인물의 인생관, 사고방식, 과거에 어울리는 말과 이미지로 표현한다. 심지어 인물의 취미나 직업과도 연관될 수 있다. 사랑을 나눌 때 체조 선수는 신체적인 이미지를 떠올리고 요리사는 음식에 비교할 것이다.

리사 캐시의 칙릿 《수취인 불명》에서 작가는 오감을 사용해 인상적인 유혹 장면을 만든다.

10분 만에 불은 타닥거리며 잘 타올랐고 방 안을 노란빛으로 물들이며 온기를 전해주었다. 그는 라디오를 켜고 크리스마스 캐럴을 틀어주는 방송국을 찾아 주파수를 맞추고는 볼륨을 낮췄다. 그리고 그가 방의 모든 조명을 끄기 시작하자 내 온몸의 신경이 두근거리기 시작했다. 그는 구석에 있는 희미한 불빛의 탁상 스탠드만 켜둔 채 비어 있는 흔들의자를 무시하고 내 옆에 와서 앉았다. 그의 체중 때문에 싸구려 소파가 삐걱거렸다. 그의 몸은 크고 따뜻했다. 그가 팔을 뻗어 소파 등받이 위에 걸치고 손가락 끝으로 내 어깨를 스쳤다.

반쯤 불을 밝힌 방과 와인, 난롯불, 은은한 음악, 소파라는 전형적인 설정 속에서 대화는 키스로, 키스는 애무로 자연스럽게 이어졌다. 그리고 그 순간 그가 몸을 떼고 오늘 밤을 함께해도 되는지 눈빛으로 물었다. (……)

하지만 오, 그에게서는 정말 좋은 냄새가 났다.

여기서는 독자가 다각도로 상상할 수 있도록 시각, 청각, 후각, 미각, 촉각을 모두 사용했고 여러 번 등장하기도 한다.

러브신과 신체적인 묘사의 수위는 장르마다 다르고, 카테고리 로맨스와 싱글 타이틀 사이의 차이는 더욱 크다. 하지만 이야기의 유형이 어떻든 로맨스에서 강조되는 것은 기술적인 묘사보다는 감정이다. 신체 부위를 나열하는 것은 포르노지 로맨스 소설이 아니다.

얼마나 자세하면 지나친가? 때로는 기성작가들조차 한계가 어딘지 확신하지 못한다. 1980년대에 밀스 앤 분의 편집국장이던 재키 비앙키는 야한 로맨스 소설이 막 유행하던 초창기에 경험이 많은 한 작가와 런던 리츠 호텔에서 만나 점심을 먹은 적이 있다. 웨이터가 그녀 앞에 전채 요리를 내려놓는데 작가가 테이블 위로 그녀를 향해 몸을 기울이더니 큰 소리로 말했다. "그러니까 섹스를 얼마나 할 수 있는 거요?"

물론 그 대답은 출판사와 로맨스의 종류에 따라 다르다. 하지만 더욱 중요한 것은 이야기의 유형, 등장인물의 연령과 경험, 무대, 독자의 거부감 등이다. 황야에 고립된 남녀 주인공과 가족의 집에 머물고 있는 남녀 주인공의 러브신은 다르다. 후자는 둘만 있는 시간도 부족하고 다른 가족도 배려해야 할 것이다. 또한 많은 독자가 남녀 주인공이 결혼을 하지 않았고 아이가 가까이 있는 상황에서는 러브신을 불편해한다.

오늘날의 여주인공은 이야기의 수위에 상관없이 20년 전의 여주인공보다 결혼하기 전에 남주인공과 같이 잘 가능성이 훨씬 높다. (인스퍼레이셔널 로맨스는 예외다. 이 경우에는 혼전 관계가 금기시된다.) 중요한 것은 상식이다. 나이가 많고 경험이 풍부한 여주인공은 어리고 처녀인 여주인공에 비해 혼전 관계를 가질 확률이 높다. 여주인공의 행동은 그녀의 성격과 사정에 맞게 일관되어야 한다.

피임에 대해 다루어야 하는가?

안전한 성관계는 현대 로맨스 작가에게 성가실 수 있는 문제다. 남주인공이 콘돔을 갖고 다녀야 하는가? 주인공들이 피임에 대해 애기해야 하는가, 상의하지 않아도 피임을 해야 하는가, 이 문제를 무시해야 하는가? 작가는 자세히 설명해야 하는가, 독자가 빈 곳을 상상력으로 채울 것이라 생각해야 하는가?

남주인공이 여주인공에게 피임을 하는지 물어보면 어떤 독자는 감동을 받지만, 어떤 독자는 그들이 침실까지 함께 갔으면서 그런 문제를 물어봐야 할 만큼 서로를 모른다는 사실로 인해 흥미를 잃는다.

안전한 성관계와 피임에 관한 주제는 장르마다 다루는 방식이 다를 뿐 아니라 편집자 개인에 따라서도 견해가 다르다. 또한 피임을 어떻게 대하는지는 등장인물과 그들의 과거, 이야기에 따라 크게 달라진다. 여주인공에게 이미 실패한 관계에서 생긴 아이가 있다면 그 뒤로는 피임에 매우 신중할 것이다.

지금 쓰고 있는 이야기가 속한 장르의 책들을 살펴보자. 싱글 타이틀을 쓰고 있다면 유형과 길이, 주제가 비슷한 책들을 찾아본다. 그러면 내 이야기의 인물들이 어떻게 해야 할지 결정할 수 있을 것이다.

그리고 작가가 피임 문제를 어떻게 다루든, 독자는 에이즈 예방법을 알고 싶은 것이 아니라 환상과 기분 전환을 원한다는 점을 기억하자.

해나 버나드의 로맨틱 코미디 《키스방정식》에서 작가는 주인공들이 잊지 않고 피임을 한다는 사실을 재미난 방식으로 알려준다.

"제이크⋯⋯." 그녀가 속삭였다. 그는 그녀의 몸에 키스를 하며 올라와 입술에도 키스한 뒤 무릎을 꿇은 채 침대 옆 테이블에 놓인 콘돔을 집어들고 이로 포장지를 뜯었다.

"내가 할래⋯⋯." 그녀가 그에게서 콘돔을 빼앗아 들고 일어나 앉았다. 흥분으로 상기된 얼굴이 갑자기 결의에 찬 심각한 표정으로 바뀌었다.

"어떻게 하는지 알아. 오이에 연습해봤어."

작가는 피임 얘기를 의무감으로 집어넣은 것이 아니라 이 장면을 통해 여주인공이 첫 경험마저 특이하게 대비했음을 보여주며 인물의 개성을 발전시킨다.

+ 폭력이 등장할 때 주의할 점

폭력은 정치적 올바름과 독자의 반응 측면에서 모두 문제가 된다. 많은 역사시대가 매우 폭력적이었으므로 역사 로맨스는 그런 사실을 반영하곤 한다. 또한 현대의 로맨틱 서스펜스에도 폭력이 자주 등장한다.

폭력을 어떻게 다룰지가 중요하다. 고문과 고통에 대한 자세한 묘사는 로맨스 소설에 적합하지 않다. 폭력은 장면 안에서 서술되기보다는 장면과 장면 사이 생략된 시간에 일어나거나 대개 이야기가 실제로 시작하기 이전에 발생한다.

폭력이 이야기 안에 등장하는 경우, 인물(특히 여주인공)이 위협에 직면했을 때 무기력하지 않고 영리하게 대처하면 독자는 폭력을 좀 더 쉽게 받아들인다.

클레어 들라크루아의 역사 로맨스 《전사》에는 악당이 여주인공을 강간하려고 하는 장면이 나온다.

그가 소리를 지르며 그녀 위로 달려들어 머리채를 그러쥐고 잔인하게 키스했다. 그는 그녀가 예상했던 것보다 무거웠다. (……)

그녀는 자신의 혐오감과 싸우고 있는 힘을 다해 니사가 숨어 있는 쪽으로 그를 굴렸다. (……) 그가 거칠게 굴어서 그녀는 입술이 쓸려 부어오르는 것이 느껴졌다.

그가 고개를 들고 만족스럽게 손가락으로 그녀의 부어오른 입술을 만지며 미소를 짓는 순간 에일린은 니사와 몰래 눈을 마주쳤다. 니사가 놋쇠 촛대를 높이 들어 올렸다. 에일린이 아무렇지 않은 표정을 짓고 있어서 그는 아무것도 알지 못했고 니사는 그의 머리를 큰 소리가 나게 내리쳤다.

여주인공은 위협을 당하고 폭행으로 부상까지 입었지만 자기 자신과 상황에 대한 주도권을 잃지 않는다. 그녀는 악당과 맞서 싸우지 않고, 그에게 동조하는 척하면서 하녀가 촛대를 휘둘러 그를 없앨 수 있는 곳으로 데려간다.

시드니 라이언Sydney Ryan의 로맨틱 서스펜스 《하이힐 알리바이 High-Heeled Alibi》에서 작가는 현대물의 여주인공이 나쁜 남자들로부터 어떻게 자신을 지키는지 보여준다.

고릴라 같은 남자가 그녀의 묶인 손목을 붙잡고 그녀를 앞으로 밀쳤다. (……) 그 소름 끼치는 남자는 그녀가 그의 솟아오른 그곳을 느낄 수 있을 정도로 뒤에 딱 붙어 있었다. (……)

남자가 그녀의 팔에서 한 손을 떼고 차 문을 열었다. 그가 그녀를 차 안으로 밀어 넣는 순간 그녀는 자신의 뾰족한 힐로 남자의 사타구니를 향해 발길질을 했고 정강이를 몇 번 걷어찰 수 있었다. (……)

"거칠게 놀고 싶어?" 그가 그녀의 발길질을 피해 자신의 민머리를 들이밀며 다가왔다. 그러곤 손을 들어 올려 그녀를 한 번, 또 한 번 세게 때렸다. 그녀의 고개가 좌우로 휙휙 돌아갔고 뇌가 흔들렸다.

그녀가 딱딱해진 어깨 근육을 꿈틀대는데 오른쪽 엉덩이에 아주 가벼운 무게의 얇은 금속이 느껴졌다. 그녀의 실험복 가운 주머니에 메스가 아직 들어 있었다. (……) 조심스럽게 앞을 똑바로 바라보며 묶인 손으로 가운 오른쪽을 뒤로 조금씩 당기기 시작했고 마침내 손가락 아래에 마법지팡이 같은 메스가 느껴졌다.

"나한테 뭘 원하는 거죠?" 그녀는 자리에서 몸을 틀어 옆에 있는 남자를 대담하게 쳐다봤다. 그러나 온 신경은 등 뒤에 집중하고 조용히 손목을 묶은 끈을 메스 날에 1밀리미터씩 문질렀다. (……)

끈의 마지막 가닥이 잘렸고 그녀의 손목이 자유로워졌다.

여주인공은 아주 침착하고 악당들은 현실의 갱 같지 않다. 솔직히 그들은 행동보다 말을 많이 한다. 그래도 이 장면의 폭력 수위는 높지만 여주인공이 스스로 탈출하는 모습을 보여줌으로써 어느 정도 상쇄한다.

남녀 주인공 사이에 발생하는 폭력은 현대 로맨스 작가가 특히 다루기 힘든 문제다. 사회적으로 가정 폭력의 위험성에 대한 인식이 커져감에 따라 과거의 로맨스 소설에서는 허용되던 일부 행동들이 이제는 어둡고 불편한 분위기를 자아내게 되었다. 이른바 보디스 리퍼(남자가 여주인공의 속옷을 찢는 장면이 자주 등장한다고 해서 붙은, 성관계 장면이 많은 로맨스 소설의 별칭)라고 부르는 로맨스 소설에서는 여주인공을 강간하는 남주인공이 나오기도 하지만, 작가의 논리가 아무리 타당하고 역사시대에는 그런 행동이 사실이었다 해도 현대의 독자들은 여주인공이 자신을 강간한 남자와 행복하게 살 수 있다고 생각하지 않는다.

강간은 어쩌다 보니 섹스와 연관될 뿐, 힘과 지배에 관한 문제가 훨씬 크다. 과거의 많은 로맨스 소설과 현재의 몇몇 로맨스 소설에서는 폭력적이거나 강압적인 남주인공이 여주인공을 너무 사랑한 나머지 그런 행동을 할 수밖에 없었다고 변명한다. 그러나 오늘날 작가는 (역사물을 쓰든 현대물을 쓰든 관계없이) 지금 묘사하는 행동이 사랑인지 폭력인지 신중하게 생각해야 한다.

+ 하위 장르별 러브신 차이점

앞으로 살펴볼 장면들은 이야기 유형에 따른 다양한 러브신을 보여주기 위해 여러 종류의 로맨스 소설에서 발췌한 것이다. 가장 약한 장면(인스퍼레이셔널)부터 가장 노골적인 장면(에로티카)까지 갈수록 수위가 높아진다.

다음 장면들은 단지 예시일 뿐 특정 장르의 러브신이 어떠해야 하는지 설명하는 것은 아니다. 러브신의 수위와 언어, 접근법은 이야기의 유형에 따라 다를 뿐 아니라 같은 장르나 유형 안에서도 작가의 개성에 따라 얼마든지 달라질 수 있다.

인스퍼레이셔널 로맨스

린 코티Lyn Cote의 인스퍼레이셔널 역사 로맨스《클로이Chloe》에 등장하는 여주인공은 성관계에 대한 경험이 없을 뿐더러 일반적인 지식도 부족하다.

수수께끼 같던 첫날밤의 시간이 다가오자 알 수 없는 불안이 차가운 얼음물처럼 그녀를 덮쳤다. "테란⋯⋯."

그가 그녀의 뒤로 다가와 강한 팔로 끌어안고 목덜미에 얼굴을 묻었다. "나를 두려워하지 마, 클로이. 당신을 아프게 하지 않을 거야."

"알아요." 그러나 쪼개진 나무처럼 갈라진 그녀의 목소리가 힘없이 목구멍으로 기어 들어갔다. "나는 등을 돌리고 누워 있을게. (⋯⋯) 기다릴 테니 천천히 해. 내 사랑." (⋯⋯)

"테란." 그녀가 속삭였다. "당신이 내 코르셋 끈을 풀어줘야 해요." 그녀의 얼굴이 달아올랐다. (⋯⋯)

그녀는 그가 코르셋 끈을 풀고 한 줄씩 천천히 잡아당기는 것이 느껴졌다. 그의 손가락이 그녀의 척추를 스쳤다. (⋯⋯)

그녀는 움직이지 않았고 갑자기 숨을 쉬기 힘들었다. 그가 그녀의 목에 키스를 하며 그녀의 등과 그의 가슴이 닿도록 끌어안았다. 그녀는 그들의 피부가 맞닿는 감촉에 몸이 떨렸다. 그가 천천히 그녀를 돌려 자신의 곁에 눕혔다. 서로 너무 가까워서 그녀는 그의 심장박동 소리를 들을 수 있었다. 아니면 그녀의 심장이 뛰는 소리인가?

"날 믿어." 그가 속삭였다. 그녀는 그의 목에 팔을 두르고 그의 키스에 탄성을 내뱉었다.

작가는 남편이 풀어주는 코르셋을 은유로 사용해 클로이가 소녀 시절의 속박에서 풀려나 자유로운 기혼 여성이 됨을 보여준다. 팻 마르Patt Marr의 인스퍼레이셔널 현대 로맨스 《영원의 약속 Promise of Forever》에서 작가는 가벼운 키스를 남주인공의 시점에서 보여준다.

그가 그녀의 얼굴을 만지자 그녀가 그의 손에 뺨을 기대고 눈을 감은 채 입술 끝을 그의 손바닥에 문질렀다. 아주 작은 행동이었지만 그는 용기를 얻어 양손으로 그녀의 얼굴을 감쌌다. "가끔 궁금했어⋯⋯."

"궁금했다고?" 그녀의 시선이 그의 입을 주목했다.

"이게 어떤 기분일지 말이야⋯⋯." 그는 그녀의 얼굴을 향해 천천히 다가가며 그를 밀어낼 수 있는 시간을 충분히 주었다.

하지만 그녀는 밀어내지 않았다. 그녀는 그의 어깨를 잡고 자신의 입술을 그의 입술에 갖다 댔다.

그녀의 입술은 그가 꿈꾸던 것만큼 달콤했다. 입술이 부드럽게 한 번 맞닿은 다음 또 한 번 닿았다. 그녀가 그의 목에 팔을 두르고 뺨을 그의 턱에 갖다 댔다가 다시 한 번 그의 입술에 입 맞췄다.

그는 결혼과 사랑이 어떤 것인지 알았다. 하지만 이런 기분을 느낀 적이 있었던가?

이 장면에서 키스는 뜨거운 행위로 이어지지 않는다. 그러나 이 키스는 남주인공의 인생관을 변화시킨다.

인스퍼레이셔널 로맨스에서는 대개 처녀인 여주인공이 등장하고 주인공들 사이의 육체적인 사랑은 표현하지 않으며 마지막 몇 장에 가서야 가벼운 입맞춤 정도가 나온다. 인스퍼레이셔널의 남녀 주인공은 결혼 전에는 함께 잠자리를 하지 않고 그에 대해 심각하게 고려해보지도 않는다. 그들이 결혼을 하더라도 러브신은 상세하게 묘사하지 않는다.

스위트 트래디셔널 로맨스

내가 쓴 스위트 트래디셔널 로맨스 《가짜 결혼 작전The Corporate Marriage Campaign》에서 여주인공은 그들의 관계가 특별하긴 하지만 오래 지속되거나 결혼으로 이어지지는 않을 것이라 생각함에도 남주인공과 사랑을 나누기로 결정한다.

그가 그녀의 허리에 팔을 두르고 그녀를 자신의 무릎 위에 앉히고는 길고 진하게 키스했다. 키스가 끝나자 그녀는 사실상 녹아내렸고, 자신이 지금 옳은 행동을 하는 건지 의심했던 것들이 모두 기억 저편으로 사라졌다. 내일이나 다음 주, 또는 세 달 뒤에 이 모든 관계가 끝났을 때는 이 순간을 후회할지도 모른다. 하지만 지금은 아니었다.

그가 그녀를 조금 떼어놓았다. "알고 싶은 게 있는데……." 그가 숨이 가쁜

목소리로 말했다. (······)

"당신이 사마귀나 검은과부거미인지 알고 싶소."

그녀가 미소를 지었다. "어느 쪽도 아니에요. 당신이 직접 내가 방울뱀이라고 말했잖아요."

"그래, 안심이군. 방울뱀은 짝짓기한 다음에 수컷을 잡아먹지 않으니까."

(······)

그가 그녀를 침실로 데려갔다. 다아시가 침대 위로 길게 누우며 그를 향해 팔을 뻗었고, 그는 자신의 청바지를 벗고 그녀의 티셔츠를 벗겼다. "얘기해둘 게 있어요, 트레이. 저기서 날 유혹했던 건 대단한 사냥이 아니었어요."

"그런가? 난 당신이 날 붙잡지 못할 정도로 지치는 건 바라지 않았거든." 그가 이불 안으로 들어와 그녀 곁에 누웠다. "아니면 끝나고 잡아먹힐지도 모르잖소."

시답잖은 농담은 다정함과 보살핌으로 이어졌고, 곧 그들은 서로를 탐색하며 즐기다 마침내 절정을 향해 나아가며 열정의 파도에 휩쓸렸다.

스위트 트래디셔널에서 러브신의 초점은 허리 아래로 내려가지 않는다는 데 있다. (목 아래로 내려가서는 안 된다고 하는 사람도 있다.) 남녀 주인공은 결혼이나 약혼을 하지 않고도 사랑을 나눌 수 있지만, 자신들의 관계가 아주 중요하다는 생각 없이는 그렇게 하지 않는다. 정사신이 있더라도 노골적이지 않고 일반적으로 성행위까지는 묘사하지 않는다.

장편 현대 로맨스

록산느 러스탄드의 장편 현대 로맨스 《올모스트 패밀리Almost a Family》에는 남녀 주인공의 여러 행위가 더욱 자세히 묘사되는 좀 더 노골적인 러브신이 등장한다.

에린은 코너와 입을 맞추며 더없는 만족을 느꼈다. 그의 관능적인 손길이 그녀의 등을 어루만졌다. 그가 그녀의 머리를 부드럽게 받치고 옆으로 기울여 더 깊게 키스하자 짜릿한 전율이 그녀의 척추를 타고 내려왔고 그녀의 은밀한 곳에서 텅 비고 부족한 기분이 느껴졌다.

그는 타야 할 비행기가 있는 것처럼 서둘러 다음 단계로 가지 않았다.

놀랍게도 기다리며 천천히 탐색하는 것이 느껴졌다. 뜨겁게 짙어진 그의 눈에서 소유욕이 일렁였다. 그녀가 스스로 몸을 일으키며 반응하자 그가 기쁨에 찬 신음 소리를 냈다. 그리고 그가 그녀의 귀에 야한 말들을 속삭이자 그녀는 그가 알았던 여자 중에 자신이 가장 섹시한 여자처럼 느껴졌고, 뜨거운 욕망에 사로잡힌 채로 더 많이 원했고 더 많이 갈구했다.

마침내 그가 그녀 안으로 돌진했고 그녀 안에 있는 모든 것이 불로 변해 몸과 영혼을 모두 태워버릴 듯했다. "코너." 그녀가 속삭이듯 말했다.

그리고 절정의 쾌락이 빠르게 그녀를 휩쓸었다.

장편 현대물에서는 남녀 관계의 성적인 측면을 더 많이 보여줄 수 있는 여지가 있지만 여전히 성행위는 노골적으로 묘사하지 않는다. 예시에서도 남주인공이 야한 말을 속삭였다고는 하지만 정확히 무슨 말을 했는지 얘기하지 않았고 신체 부위도 언급하지 않았다.

단편 현대 로맨스

샌드라 마턴Sandra Marton의 《사막의 처녀The Desert Virgin》에서 남주인공은 여주인공을 다른 방법으로 만족시킨다.

그녀가 턱을 치켜들었다. 그녀의 입술이 벌어졌다. 그녀가 입을 맞대고 매달리자 그는 자신의 귀에서 피가 고동치는 것이 느껴졌다.

"당신을 씻겨줄게, 살로메." (……)

"우선 얼굴." 그가 속삭였다. "그리고 목." 그녀가 눈을 감았다. (……) 그는 천천히 수건으로 그녀의 가슴을 쓸어내렸다. 그녀의 떨림이 느껴졌다. 그 역시도 떨렸다. 그는 수건을 점점 아래로 움직여 그녀의 배를 지나 더 아래로 가져갔다. (……)

수건이 그의 손가락에서 떨어졌다. 그는 고개를 숙이고 그녀의 가슴에 키스하면서 그녀의 허벅지 사이로 손을 집어넣었다. 그녀가 신음 소리를 냈고 그는 금지된 그곳을 중심으로 그녀를 계속 어루만졌다.

"느껴져……." 그녀의 고개가 뒤로 젖혀졌다. "느낌이……."

"느껴져?" 그의 목소리가 야했다. 그의 몸이 달아올랐다. "어떤 느낌이지, 살로메?"

그녀가 탄성을 내뱉었다. 그가 그녀를 더욱 어루만졌다. (……)

그녀의 신음이 밤의 적막을 깨고 울려 퍼졌다. 본능 그대로의 격렬한 쾌락이 그를 훑고 지나갔다. 그가 해냈다. 그녀를 느끼게 했다.

두려울 정도로 깊고 강렬한 감정이 그의 심장을 관통했다.

단편 현대물은 카테고리 로맨스 중에서 가장 수위가 높다. 언어가 자유롭고 다른 형태의 성적인 표현도 가능하다. 단편 현대 로맨스에는 대부분 정사신이 적어도 한 번 이상 나오고 오럴 섹스도 종종 등장한다. 예시의 장면에서 주인공들은 실제로 관계를 하지 않지만 주저해서가 아니라 콘돔이 없어서 중단한 것이다.

칙릿

칙릿의 여주인공은 로맨스 소설의 여주인공 중에서 자유분방한 편이고 다른 모든 문제와 마찬가지로 섹스에 대해서도 대담하다. 클레어 크로스의 《행운의 세 번째》의 한 장면을 보자.

내가 숨을 돌리는 바로 그 순간에 뜨겁고 크고 단단한 그가 천천히 내 안으로 들어왔다. 그가 허리로 나를 벽에 밀어붙였고, 나는 그의 크기에 익숙해지자 입고 있던 잠옷을 성급하게 머리 위로 잡아당겨 방 저편으로 던졌다. 그가 나를 내려다보며 미소 지었다. 감탄하는 것이 틀림없었다. "아름다워." 그가 속삭였다. "그리고 다른 말은 듣지 마."

"많이 사랑하는구나." 나는 농담을 시도했다.

닉은 고개를 저었다. "완벽해." 그가 내 한쪽 가슴을 손에 쥐고, 나와 눈을 마주쳤다. 그의 손바닥이 내 가슴을 정확히 감쌌다. "보여?" (……)

그 뒤의 상황은 잘 기억나지 않는다. 다만 사람들의 말은 사실이었다.

모든 것에는 세 번의 기회가 있다.

나에게도 말이다.

여주인공은 재치 있게 말을 돌리긴 했지만 사실 자신의 몸에 대해 자신이 없고 남주인공이 정말로 자신에게 매력을 느끼는지 확신하지 못한다. 이런 식으로 드러나는 자존감은 칙릿의 여주인공에게 전형적인 모습이다.

일부 칙릿은 덜 노골적이다. 소피 킨셀라의 《쇼퍼홀릭Confessions of a Shopaholic》을 보자.

어젯밤은 정말로…….

음, 그냥 그랬다고만 해두자…….

오, 이런. 여러분이 그걸 알 필요는 없어요. 어쨌든 상상력을 발휘해볼 수 있잖아요? 당연히 할 수 있겠죠.

여기서는 세부적인 내용을 말하지 않고 1인칭 화자가 독자에게 각자의 상상력을 발휘해보라고 하며 독자를 이야기에 더욱 끌어들인다.

싱글 타이틀

애넷 블레어의 《주방의 마녀》에는 자유롭고 경험이 많으며 전혀 소극적이지 않은 여주인공과 그들의 정사를 특별하게 만들기로 결심한 남주인공이 등장한다.

"오." 그녀가 여전히 그의 흥분한 그곳에 집중하며 말했다. "그 부드러운 검은 천까지…… 모두 느끼게 해줘요." 그녀가 팬티 위로 그를 어루만지고 은신처에서 그를 꺼내 그녀의 탐욕스러운 손 안에 넣고 그녀의 노예로 만들었다. 그녀는 그를 부드럽게 다루며 손가락과 입술로 주무르고 비벼 더욱 흥분하게 만들었다. 그리고 간간이 가쁜 숨을 내쉬며 그를 뺨으로 쓰다듬고 입술로 베어 물었다. 그러자 그는 절정에 다다를 것만 같아 그녀를 그의 위로 쓰러트렸다.

"아껴 먹는다는 말은 이쯤 해두지." 그가 그녀 안으로 미끄러져 들어가며 말했다. 빠르고 놀라운 한 번의 움직임이었다. (……)

그녀도 거의 동시에 절정에 달해 그가 그녀 안에서 매끄럽게 잘 움직일 수 있도록 해주었다. 그가 숨을 헐떡였고 둘 다 거친 숨을 고를 때 그가 자세를 돌려 그녀를 밑에 눕히고 여전히 그녀 안에 있는 채로 그녀 위에 올라갔다. "이제 한 번이야." 그가 말했다.

싱글 타이틀 로맨스는 예시와 같이 에로티카에 가깝게 방향을 바꿀 수 있지만 노골적인 러브신을 반드시 포함할 필요는 없다.

에로티카

자넬 데니슨Janelle Denison의 《와일드와 보낸 주말One Wilde Weekend》에서 남녀 주인공은 비행기 화장실에서 뜨거운 장면을 연출한다.

그는 손바닥으로 그녀의 부드러운 안쪽 허벅지를 쓸어 올렸고 치맛단을 손

목에 걸친 채로 최종 목적지를 향해 더 높이 미끄러져 갔다. 목적지에 도착한 그의 긴 손가락이 그녀의 아랫도리를 파고들었고 뜨겁게 젖은 그녀가 그를 맞을 준비가 되었음을 알았다. (……)

그는 알맞은 각도로 그녀의 엉덩이를 기울이고 뒤에서부터 그녀의 젖은 숲을 지나 그녀의 입구로 다가가 자신의 물건이 완전히 보이지 않을 정도로 깊고 세게 들어갔다. 다나는 입을 벌리고 소리 없이 숨을 헐떡였다. 그는 그들이 지금 있는 장소를 생각하면 조심해야 한다는 것을 알았지만 가슴속에서 터져 나오는 본능적인 남자의 신음을 막을 수가 없었다. (……)

그는 한 손으로 그녀의 가슴을 만지며 젖꼭지를 살짝 꼬집었고 다른 한 손은 그들이 연결된 아래쪽으로 가져갔다. 그녀를 절정에 이르게 하는 확실한 방법으로 그는 손가락으로 그녀의 벌어진 틈을 쓰다듬었다. 그리고 머지않아 그녀가 숨이 턱에 닿았고 그는 그녀가 자신을 꽉 쥐었다 놓는 것을 느꼈다. 곧 그녀와 그의 절정이 온다는 신호였다.

비행기가 하강기류에 덜커덩거리는 순간 그는 마지막으로 빠르고 힘차게 그녀 안으로 돌진했고 최대한 깊숙이 들어갔다. (……) 그녀는 짧게 숨을 들이쉰 뒤 부드럽게 신음했다. 그를 녹초로 만든, 길게 이어지는 오르가슴에 그녀의 몸 전체가 떨렸다.

에로티카에는 러브신이 자주 등장하고 노골적이다. 첫 장부터 시작해 이야기 전반에 걸쳐 강도를 높여간다. 다른 유형의 로맨스물보다는 신체 부위를 자유롭게 언급하지만 음경과 질 같은 의학적인 용어보다는 속어(물건, 아랫도리, 벌어진 틈)를 사용한다.

로맨스 소설에 등장하는 성관계는 로맨스의 유형, 장면의 수위, 인물의 경험과 관계없이 항상 평균보다 뛰어나며 대개 메달감이다. 남주인공은 언제나 여주인공을 만족시키고 처음인 여주인공조차 한 번 더 할 준비가 되며 모두가 사랑을 나눌 때마다 절정을 느낀다.

그러나 로맨스 소설의 러브신에서 가장 중요한 점은 남녀 주인공이 그저 섹스만 해서는 안 된다는 점이다. 사실 그들에게 육체적인 관계만 있을 수는 없다. 그들은 사랑을 나누기 때문이다.

실전연습

읽어 본 로맨스 소설 중에서 마음에 드는 러브신을 한 장면 뽑는다. 그 장면을 앞에서 설명한 7가지 하위 장르의 특성에 맞게 각각 변형해 보자.

- 인스퍼레이셔널 로맨스
- 스위트 트래디셔널 로맨스
- 장편 현대 로맨스
- 단편 현대 로맨스
- 칙릿
- 싱글 타이틀
- 에로티카

이야기에 맞는 시점 찾기

시점은 사건이나 인물, 상황을 관찰하는 관점이다. 소설에서 시점은 이야기를 서술하는 관점을 의미한다. 독자는 작중 상황을 '보는' 시점 인물이나 작중 상황을 '말하는' 화자를 통해 이야기의 사건이나 다른 인물에 관한 정보를 알게 된다.

로맨스 소설에서 시점 인물은 대부분 주인공 중 한 명이다. 남주인공이나 여주인공의 시점을 사용하면 독자는 무슨 일이 벌어지고 있는지뿐 아니라 그 사건이 시점 인물에게 어떤 영향을 미치는지도 알 수 있다.

한 인물이 특정한 순간에 상황을 바라보는 고유한 방식을 시각이라고 한다. 작가는 인물이 주위에서 일어나는 사건들에 대해 어떻게 반응하고 느끼고 생각하는지 알려줌으로써 독자에게 그 고유한 시각을 전달한다.

모든 인물에게는 의견과 그것을 표현하는 나름의 방식이 있다. 비를 보고 한 사람은 우울하고 슬프다고 생각하는 반면 다른 사람은 깨끗하고 새로워진다고 생각할 수 있다. 이런 경우, 비가 오는 상황은 똑같고 시점과 시각만 다를 뿐이다. 하지만 작가가 독자에게 비에 대해 이야기하는 방식은 두 사람 중 누구를 시점 인물로 선택하느냐에 따라 달라질 것이다. 시점 인물이 비를 우울하게 느낀다면 작가는 억수같이 쏟아지는 빗방울, 잔뜩 찌푸린 먹구름, 축축한 공기의 짙은 냄새를 강조해야 한다. 시점 인물이 비를 보며 희망을 느낀다면 작가는 상쾌한 샤워를 하듯 서 있는 식물들, 어두운 회색빛 하늘과 대비되는 깨끗해진 녹색 잔디, 맑은 공기의 냄새를 강조할 수 있다. 비가 오면 두 경우에 제시한 모든 요소를 관찰할 수 있지만 작가는 독자가 인물의 감정을 공유하고 이해하는 데 도움이 되는 것만 선택해서 강조해야 한다.

일반적으로 소설에서 사용하는 시점은 작가가 아니라 등장인물의 시점이다. 그러므로 독자가 알 수 있는 정보는 시점 인물이 알고 보고 관찰하고 느끼고 생각하는 것에 영향을 받는다. 이런 정보에는 사실뿐만 아니라 의견도 포함된다. 예컨대 독자는 방에 누가 있는지뿐 아니라 시점 인물이 그 사람을 좋아하는지 싫어하는지도 알 수 있다. 시점 인물의 태도와 시각은 작가의 것과 다르다. 인물이 작가가 아는 것(다른 인물의 계획이나 생각, 앞으로 벌어질 일)까지 전부 알지는 못하기 때문이다.

시점 인물이 어떤 일을 보지 못했다면 독자도 그 사건을 볼 수 없다. 작가는 인물의 뒤에서 벌어지는 일도 알 수 있지만, 독자는 시점 인물이 아는 것만 알 수 있다.

+ 각 시점별 특징과 차이

이제 다양한 시점에 대해 알아보자. 1인칭 시점, 3인칭 시점, 전지적 시점, 제한적 시점 등에 대해 잘 모르더라도 걱정할 필요 없다. 예시들을 살펴보면 그러한 것들을 구분하는 데 도움이 될 것이다. 로맨스 소설에서 이런 다양한 시점을 모두 사용하는 것은 아니지만 서로의 차이를 이해해두면 유용하다.

1인칭 시점

주인공이 자신의 이야기를 하면서 자신의 생각과 시각까지 전달한다. 1인칭 시점은 칙릿과 위험에 빠진 여인을 다룬 로맨스에서 널리 사용한다. 1인칭 시점의 로맨스 소설은 대개 여주인공의 시점에서 서술한다.

나는 언덕을 걸어 올라가다가 주위가 너무 조용하다는 것을 깨달았다. 단풍나무 꼭대기에서 늘 노래하는 홍관조의 소리도 들리지 않았다. 나는 언덕 위쪽에서 어떤 형체가 움직이는 것을 봤다고 생각했지만 다시 봤을 땐 사라지고 없었다. 그렇지만 나는 태양을 가리고 지나가는 구름처럼 나를 스쳐가는 고요한 위협을 느끼며 몸을 떨었다.

2인칭 시점

독자를 등장인물로 끌어들인다. 이 시점은 특별한 문학작품에 가끔 등장하기는 하지만 소설에서는 거의 사용하지 않는다. 로맨스 소설에서도 결코 사용하지 않는다.

너는 언덕을 걸어 올라가다가 주위가 너무 조용하다는 것을 깨닫는다. 단풍나무 꼭대기에서 늘 노래하는 홍관조의 소리도 들리지 않는다. 너는 언덕 위쪽에서 어떤 형체가 움직이는 것을 봤다고 생각하지만 다시 볼 땐 사라지고 없다. 너는 자신을 스쳐가는 고요한 위협을 느끼며 몸을 떤다. 너는 구름이 태양을 가리고 지나갈 때처럼 서늘한 기분이 든다.

3인칭 선택적·단일 시점

한 명의 주인공이 지닌 생각과 시각을 보여주지만 1인칭 시점처럼 자신의 이야기를 하는 것은 아니다. 이 시점에서는 시점 인물을 '나'가 아니라 '그'로 지칭한다. 이 시점은 로맨스 소설에 자주 등장하지만 요즘보다는 1980년대 이전에 주로 사용했다. 전체 이야기가 한 인물의 생각으로 진행된다.

그녀는 언덕을 걸어 올라가다가 주위가 너무 조용하다는 것을 깨달았다. 단풍나무 꼭대기에서 늘 노래하는 홍관조의 소리도 들리지 않았다. 그녀는 언덕 위쪽에서 어떤 형체가 움직이는 것을 봤다고 생각했지만 다시 봤을 땐 사라지고 없었다. 그럼에도 그녀는 자신을 스쳐가는 고요한 위협을 느끼며 몸을 떨었다. 그것은 태양을 가리고 지나가는 구름처럼 느껴졌다.

3인칭 선택적·복수 시점

한 명 이상의 주인공이 지닌 생각을 알 수 있지만 한 번에 하나의 시점만 제시한다. 로맨스 소설에서 가장 널리 사용하는 시점이다. (여백이나 사선, 별표로 표시하는) 장면의 전환점이 한 시점이 다른 시점으로 바뀜을 알 수 있는 표지가 된다. 실제 로맨스 소설의 장면은 다음 예시보다 훨씬 더 길고 충분하게 전개된다.

그녀는 언덕을 걸어 올라가다가 주위가 너무 조용하다는 것을 깨달았다. 단풍나무 꼭대기에서 늘 노래하는 홍관조의 소리도 들리지 않았다. 그녀는 언덕 위쪽에서 어떤 형체가 움직이는 것을 봤다고 생각했지만 다시 봤을 땐 사라지고 없었다. 그럼에도 그녀는 자신을 스쳐가는 고요한 위협을 느끼며 몸을 떨었다. 그것은 태양을 가리고 지나가는 구름처럼 느껴졌다.

* * *

그는 그녀가 언덕을 올라오기 시작하는 것을 보고 오래되고 커다란 단풍나무 뒤로 재빨리 숨었다. 지금 그녀가 그를 본다면 모든 것이 엉망이 될 터였다. 하지만 그녀가 가까이 다가올 때까지 그가 숨어 있을 수 있다면, 어쨌든 그녀는 그와 대화할 수밖에 없을 것이다. 그렇지 않은가?

3인칭 이중 시점

두 명 이상의 주인공이 지닌 생각을 알 수 있고, 한 장면 내에서 여러 개의 시점이 번갈아가며 나타난다. 이 시점 또한 로맨스 소설에서 널리 사용한다. 하지만 예시와 같이 단락마다 시점을 바꾸기보다는 몇 페이지마다 가끔씩 바꾸는 것이 가장 효과적이다.

그녀는 언덕을 걸어 올라가다가 주위가 너무 조용하다는 것을 깨달았다. 단풍나무 꼭대기에서 늘 노래하는 홍관조의 소리도 들리지 않았다.

그는 그녀가 언덕을 올라오기 시작하는 것을 보고 오래되고 커다란 단풍나무 뒤로 재빨리 숨었다. 지금 그녀가 그를 본다면 모든 것이 엉망이 될 터였다.

그녀는 언덕 위쪽에서 어떤 형체가 움직이는 것을 봤다고 생각했지만 다시 봤을 땐 사라지고 없었다.

그는 자신이 그녀가 가까이 다가올 때까지 숨어 있을 수 있다면 그녀가 그와 대화할 수밖에 없으리라고 생각했다. 그렇지 않은가?

그녀는 자신을 스쳐가는 고요한 위협을 느끼며 몸을 떨었다. 그것은 태양을 가리고 지나가는 구름처럼 느껴졌다.

3인칭 전지적 시점

모든 것을 알고 있는 화자가 모든 등장인물의 생각과 시각뿐 아니라 이야기에 대한 일반적인 의견까지도 전달한다. 이야기에 모든 등장인물의 생각이 나오는 경우는 드물지만 전지적 시점이므로 불가능한 일은 아니다. 이러한 시점은 문학작품에서는 흔히 사용하지만 로맨스 소설에서는 찾아보기 힘들다.

소녀는 언덕을 걸어 올라가다가 주위가 너무 조용하다는 것을 깨달았다.

단풍나무 꼭대기에 자리한 홍관조는 고개를 젖히고 노래를 시작하려고 숨을 들이마셨지만 부리 사이로 소리를 막 내뱉으려는 순간 저 멀리 아래에서 죽은 나뭇가지가 부서지는 소리가 들렸다. 깜짝 놀란 새가 무슨 일인지 호기심에 고개를 한쪽으로 쭉 빼고 아래를 내려다보니 한 남자가 나무 뒤로 숨으면서 풀잎을 부스럭거리고 있었다.

남자는 그녀가 언덕을 올라오기 시작하는 것을 보고 오래되고 커다란 단풍나무 뒤로 재빨리 숨었다. 지금 그녀가 그를 본다면 모든 것이 엉망이 될 터였다.

그녀는 언덕 위쪽에서 어떤 형체가 움직이는 것을 봤다고 생각했지만 다시 봤을 땐 사라지고 없었다.

남자는 자신이 그녀가 가까이 다가올 때까지 숨어 있을 수 있다면 그녀가 그와 대화할 수밖에 없으리라고 생각했다. 그렇지 않은가?

소녀는 자신을 스쳐가는 고요한 위협을 느끼며 몸을 떨었다. 그것은 태양을 가리고 지나가는 구름처럼 느껴졌다.

3인칭 관찰자 시점

행위만 전달하고 생각은 전달하지 않는다. 영화 대본에서 주로 사용하는 시점이다(관객은 인물의 생각을 들을 수 없다). 하지만 로맨스 소설에서도 드물지만 효과적으로 쓸 때가 있다. 경험이 부족한 작가는 처음에 이런 관찰자 시점을 종종 사용해 인물의 반응이나 생각은 공유하지 않고 사건에 대해서만 이야기한다. 이런 경우 독자는 이야기에 그리고 인물에게 거리를 두게 된다.

소녀가 조용한 언덕을 걸어 올라갔다.

단풍나무 꼭대기에서 홍관조가 고개를 젖히고 노래를 시작하려고 숨을 들이마셨다. 새가 앉은 자리 아래쪽 땅바닥에서 죽은 나뭇가지가 부서졌다. 남자가 나뭇가지를 밟고 풀잎을 부스럭거리며 나무 뒤로 숨었다. 그는 소녀가 그를 향해 언덕을 올라오는 것을 바라봤다.

소녀의 시선이 빠르게 움직였고 어떤 형체가 있던 언덕 위쪽을 경계의 눈초리로 이리저리 쳐다봤다. 그리고 그녀가 몸을 떨었다.

작가 시점

작가가 이야기와 인물에 대해 자신이 알고 있는 정보를 전달한다. 이 시점은 다양한 유형의 책에서 가끔씩 사용된다. 그러나 인물의 생각과 관찰에 집중하는 방식에 비하면 이야기를 전달하는 데 그리 효과적이지 않다.

질이 언덕 위로 걸어 올라가는 동안 사방은 고요했다. 그녀는 단풍나무 꼭대기의 새를 보지 못했고, 새가 지저귀기 시작했을 때도 그것이 어떤 새인지 알지 못했다. 그녀는 잭만큼 새에게 관심을 가진 적이 없었다.

잭은 새의 울음소리를 듣자 그것이 홍관조의 노랫소리라는 것을 알았다. 그러나 그는 자신을 향해 언덕을 올라오는 질을 바라보느라 새소리를 집중해서 듣지는 않았다.

질은 잭이 그녀를 기다리고 있다는 사실을 알았다면 밖으로 나오지 않았을 것이다. 그녀는 그와 만나는 것을 두려워한다. 그러나 그 두려움이 사실은 어렸을 때 소풍을 갔다가 길을 잃었던 경험 때문에 생겼다는 사실은 모른다. 그녀는 기억하지 못하더라도 경험은 여전히 그녀에게 영향을 미친다. 그리고 잭은 그 사건에 대해 모르기 때문에 그가 거기 있다는 것을 알고 그녀가 얼마나 놀랄지 짐작하지 못한다.

+ 로맨스 장르에 효과적인 3가지 시점

글을 쓸 때 사용할 수 있는 여러 가지 시점에 대해 알아봤으니 이제 로맨스 장르 및 다양한 카테고리 로맨스에서 가장 일반적으로 사용하는 시점에 대해 좀 더 자세히 살펴보자.

주로 여주인공이 1인칭 시점으로 서술하는 칙릿을 제외하면 로맨스 소설은 대부분 3인칭 시점을 사용하고 현대 로맨스 소설은 대개 남녀 주인공 모두의 생각을 전달한다. 3인칭 선택적·복수 시점을 사용하는 경우에는 한 번에 한 인물의 생각만 공유하고 장면이 전환될 때만 시점 인물을 바꾼다. 이 시점은 일반 소설에서도 선호하는 방식이다. 3인칭 이중 시점을 사용하는 경우에는 한 장면 안에서 남녀 주인공의 생각이 번갈아가며 나올 수 있다.

글을 쓸 때 어떤 시점을 선택할지는 장르가 아니라 이야기에 가장 적합한 방식과 작가의 취향이 어떤지에 달려 있다.

1인칭 시점

1인칭 화자는 자신이 보고 듣고 생각하고 느끼고 믿고 추측하고 추론하는 것을 독자에게 말해준다. 그러나 머릿속에 스쳐가는 모든 생각을 일일이 말하지는 않는다. 그런 것은 의식의 흐름 기법을 사용한 소설에서 볼 수 있는 특징이다. 그렇게 하면 흥미로운 이야기라도 자아도취적인 지루한 이야기가 될 위험이 있다. 1인칭 소설에서 독자가 알게 되는 정보는 모두 화자가 말해준다. 화자가 모르는 것은 독자도 알 수 없다.

독자는 여주인공의 머릿속에 있기 때문에 남주인공의 생각이나 느낌은 알 수 없다(남주인공이 1인칭 화자인 경우는 거의 없다). 화자인 여주인공은 남주인공을 이해한다고 생각하지만 그녀의 생각이 맞는지 그녀와 독자는 확실히 알 수 없다. 독자는 남주인공의 말을 듣고 그의 겉모습을 보고, 그 밖에 목소리 톤이나 단어 선택, 눈썹의 기울기 등을 통해 결론을 내릴 수 있다. 독자의 결론은 여주인공의 생각과 다를 수 있고 누가 맞는지는 남주인공이 말하지 않는 이상 알 수 없다. 그러나 남주인공이 말해주더라도 독자는 그가 하는 말이 진실인지 확신할 수 없다. 이렇게 알 수 없는 것들이 존재하므로 1인칭 시점은 독자에게 수수께끼를 푸는 듯한 긴장감을 준다.

1인칭 시점으로 쓴 이야기의 성공 여부는 화자의 성격에 달려 있다. 화자인 여주인공이 재미있고 쾌활하며 공감이 가고, 빼기거나 거짓으로 겸손한 척하지 않는 인물이라면 독자의 마음을 얻을 수 있다. 반면 자신이 얼마나 멋진지 (또는 얼마나 똑똑한지, 못생겼는지, 뚱뚱한지, 아름다운지, 우울한지, 체계적인지, 너그러운지) 떠들어대거나 불쾌한 생각에 사로잡혀 있거나 피해자처럼 구는 주인공은 독자가 가장 때리고 싶은 여주인공을 뽑을 때 상위권을 차지할 것이다.

이러한 두 가지 유형의 인물은 한 끗 차이다. 어떤 독자가 좋아하는 인물을 다른 독자는 싫어할 수도 있다. 헬렌 필딩Helen Fielding의 《브리짓 존스의 일기Bridget Jones's Diary》에 나오는 브리짓 존스가 독자마다 호불호가 갈리는 주인공의 좋은 예다.

최고의 1인칭 화자는 좋은 사람이면서도 흥미로운 결점을 지니고 있어 더 알고 싶어지는 인물이다. 그들은 독자를 가르치려 들지 않고 즐겁게 해주며 독자가 동기나 이유, 타당함을 스스로 추론할 수 있도록 단순히 이야기만 전달한다.

실패하는 1인칭 화자는 독자를 끊임없이 의식한다. 그들은 독자에게 이야기를 전할 뿐만 아니라 자신의 행동을 정당화하고 설명하며 자신의 모든 생각이 흥미진진하다고 여긴다.

칙릿, 헨릿, 맘릿은 최근에 유행하는 장르지만 시점은 초기 로맨스에 가까워서 여주인공의 감정과 생각만 공유하고 남주인공의 속내는 미스터리로 남겨둔다.

소피 킨셀라의 칙릿 《쇼퍼홀릭》에서 1인칭 화자인 여주인공이 지하철에서 한 남자를 관찰하는 장면을 보자. 그녀는 남자의 옷차림이 저급하다고 일축함으로써 그를 판단할 뿐만 아니라 자신의 얄팍함도 보여준다.

지하철이 터널 안에서 멈춘다. (……) 5분이 지나고 또 10분이 흐른다. 이렇게 재수가 없다니! (……)

그 스카프를 손에 넣기 전까지는 안심할 수 없다.

마침내 열차가 다시 움직이기 시작하자 나는 호들갑스럽게 한숨을 내쉬며 의자에 몸을 기대고 앉아 왼쪽에 앉은 창백하고 조용한 남자를 바라본다. 청바지와 운동화 차림으로, 셔츠 안팎을 뒤집어 입고 있다. (……) 나는 그의 청바지(정말 지저분한 가짜 리바이스 청바지)와 운동화(아주 새하얀 새 스니커즈)를 다시 한 번 본다. (……)

"도무지 우리 처지는 생각하지 않는다니까요, 그렇지 않아요?" 나는 말한다. "내 말은, 우리 중에는 시간을 다투는 중요한 사정이 있는 사람도 있다는 얘기죠. 전 정말 급하거든요."

"저도 조금 급한 일이 있습니다." 남자가 말한다.

"열차가 다시 움직이지 않았다면 내가 무슨 짓을 했을지 몰라요." 나는 고개를 젓는다. "뭐랄까…… 정말 짜증 나고 갑갑한 노릇이에요."

"무슨 뜻으로 하는 말인지 잘 압니다." 남자가 진지하게 말한다. "저들은 몰라요. 우리 중에는……." 그가 나를 향해 손짓한다. "우리는 그냥 한가하게 전철을 탄 사람들이 아니잖습니까. 우리가 제시간에 도착하느냐 못하느냐가 중요한데 말입니다."

"물론이에요!" 나는 말한다. "그런데 어디로 가는 길이세요?"

"아내가 진통 중입니다." 그가 말한다. "네 번째 아이죠. (……) 당신은요? 무슨 급한 일이 있으시죠?"

오, 이런. (……) 나는 이 남자에게 내 급한 용무가 데니 앤드 조지에서 스카프를 사는 일이라고 절대 말할 수 없다.

여주인공은 자신의 일이 남자의 일만큼 중요하지 않다는 사실을 깨닫고 더 이상 자신의 문제로 투덜대지 않음으로써 가까스로 호감 가는 인물이 된다. 작가는 여기서 아슬아슬하게 경계를 오간다. 어떤 독자는 여주인공의 솔직함을 좋아할 수도 있지만, 어떤 독자는 그녀의 얄팍하고 공감 가지 않는 행동에 대가가 따르길 바랄 것이다.

3인칭 선택적 시점

3인칭 선택적 시점에서 이야기를 해주는 화자는 주인공의 어깨에 앉아 있는 것처럼 주인공이 보고 듣는 것을 보고 들을 뿐 아니라 그가 생각하고 느끼는 것도 엿보고 알려줄 수 있다. 화자는 '그', '그녀', '그들'이라는 단어를 사용해 인물의 행위를 전해준다. 여주인공의 이름이 제인이라면 화자는 그녀를 '제인'이나 '그녀'라고 지칭한다.

화자와 인물이 밀접하게 연관되어 있으므로 1인칭 시점만큼이나 직접적이고 개인적이지만, 1인칭 시점과는 다르게 인물의 결함과 선입견에 제약을 받지 않는다. 화자는 자신의 존재를 거의 드러내지 않고, 이야기를 자세히 전달할 뿐 해설은 덧붙이지 않는다.

3인칭 선택적 시점에서 독자는 시점 인물이 보고 듣고 생각하는 것을 보고 듣고 안다(모든 생각을 일일이 다 아는 것은 아니다). 이 시점을 사용한 이야기에는 시점 인물이 존재하지 않는 장면이 있을 수 없다. 제인이 방 밖으로 나가면 독자도 나가게 되므로 제인이 나간 다음에 그녀가 듣지 못한 말은 독자도 들을 수 없다.

또한 독자는 다른 인물들의 외모를 알고 그들이 어떤 행동과 말을 하는지 보고 들을 수 있으며 제인이 관찰한 그들의 얼굴 표정과 목소리 톤 등을 통해 그들의 생각에 대해 스스로 판단할 수 있다. 무슨 일이 일어나는지 직접 보기 때문에 사건에 대한 의견이 제인과 다를 수 있다. 제인이 다른 인물의 표정을 보고 그가 화가 났다고 추측하는 경우에 독자는 제인의 생각은 알지만 제인이 옳은지는 확실히 알지 못한다.

헤더 그레이엄Heather Graham의 로맨틱 서스펜스 《부겐빌레아 Bougain-villea》의 다음 장면에서 여주인공이 아버지의 병원 침대 곁에 앉아서 관찰하고 생각하는 것들이 어떻게 독자에게 전달되는지 보자.

서서히 잠에서 깨어 눈을 떴을 때 키트는 문간에 서 있는 한 남자를 봤다. 그는 매우 키가 컸고, 어둑어둑하고 흐릿한 불빛 때문에 처음에는 어둡고 불길해 보였다. 그녀는 그가 오랫동안 거기 서서 조용히 방 안을 응시하고 있었던 것 같은 불쾌한 기분이 들었다. 그녀가 자는 동안 빤히 바라보다니, 이상하게도 위험에 노출된 느낌이었다.

두꺼운 겨울 코트를 걸친 그의 어깨가 넓었다. 그는 자신감과 확신에 찬 채로 아주 꼿꼿이 서 있는 듯했다. 그녀는 그가 자신을 바라보지 않음을 감지했다. 그는 아버지를 지켜보고 있었다. 아버지가 죽기를 기다리고 있었다.

키트는 눈을 깜박이고 어색하게 몸을 일으켰다. 그가 누구인지, 대체 뭘 하고 있는 건지 묻고 싶었다. 그러나 그녀가 눈을 깜빡이는 사이 그는 사라졌다. 문간에는 아무도 없었다.

문간에 정말 사람이 있었나? 그는 불길하고 위협적이며 자신감과 확신에 차 있었나? 그는 정말 키트의 아버지가 죽기를 기다리고 있었나? 키트는 그렇다고 생각하지만 독자는 3인칭 시점을 통해 직접 근거를 보고 판단할 수 있으므로 키트의 생각에 동의할 수도, 동의하지 않을 수도 있다.

3인칭 선택적·복수 시점을 사용한다면 이 장면에 이어 문간에 서 있던 남자의 시점에서 전개되는 장면을 배치해 그의 생각과 행동, 키트에 대한 반응을 알려줄 수 있다.

3인칭 이중 시점

많은 작가가 한 장면 안에 두 주인공의 생각을 모두 표현하기 위해 3인칭 이중 시점을 사용한다. 독자가 남주인공과 여주인공이 무슨 생각을 하는지 알아야 하기 때문에 작가는 제인이 무슨 말을 하고 무슨 생각을 하는지 이야기한 다음 존이 무슨 말을 하고 무슨 생각을 하는지 이야기하고 나서 또다시 제인의 시점으로 돌아간다.

레이첼 리Rachel Lee의 단편 현대 로맨스 《사관과 신사An Officer and a Gentleman》에 나오는 다음 장면을 보면 작가는 특수문자를 사용해 누구의 시점에서 이야기하고 있는지 분명히 한다. 두 인물의 생각이 비슷하므로 이렇게 한 단락으로 처리하는 편이 두 인물의 감정을 빠르고 효과적으로 보여준다.

데어는 신문은 단념하고 커피를 들고 거실로 들어가 창밖으로 노스다코타의 황량한 겨울 아침을 바라봤다. 그가 무슨 짓을 한 거지? 이제 그 문제를 어떻게 하지? 그가 마치 빌어먹을—

—카우보이처럼 행동했다고 안드레아는 월요일 아침에 데어 맥렌던의 사무실로 들어가며 생각했다. 빌어먹을 카우보이. 지독하게 아픈 어깨가 그녀의 기분과 완벽하게 맞아떨어졌다. (……) 그녀는 분노로 자신을 지탱하며 일에 몰입했고, 그 빌어먹을 카우보이에게 그렇게 그녀를 가지고 논 대가를 보여주겠다고 결심했다. 그녀가 그를—

—얼어붙게 하리라고 데어는 그날 아침 회의 테이블 너머로 그녀와 시선이 마주쳤을 때 깨달았다. 그 건방진 아가씨는 동상을 입힐 만큼 차가운 눈빛으로 그를 바라봤다. 다른 장교들이 회의실로 들어와 커피를 따라 마시는 동안 그는 그녀의 시선을 정면으로 응시하며 상상했다. 그의 침대에 벌거벗은 그녀가 누워서 몸을 떨며 그에게 손을 뻗어—

—그의 가슴을 만진다고 안드레아는 생각했다. 그리고 손을 아래로 쓸어내려 그의 엉덩이를 잡고 그를 당겨—

—그녀 안으로 들어가게 한다고 데어는 상상했다. (……) 그리고 쾅 하고 현실로 돌아왔다. 마지막으로 도착한 프랜시스 소령이 테이블 끝자리의 의자를 당기고 있었다. 데어는 주위를 둘러보며 속으로 출석체크를 했다. 빠진 사람은 아무도 없었다. "좋은 아침입니다. 여러분."

작가는 매우 성공적으로 두 개의 시점을 명확하게 구별해 사용한다.

이를 통해 작가는 주인공 각자의 시점으로 서술하는 장면을 따로따로 만들 때보다 훨씬 더 빠르고 신속하게 이야기를 전개한다.

하지만 예외적인 위의 예시와 달리 이중 시점은 대개 이야기를 전달하기에 좋은 방법이 아니다. 한 인물의 시점과 다른 인물의 시점이 빠르게 전환되면 독자는 테니스 경기를 볼 때처럼 이쪽저쪽을 휙휙 바라보다 어느 한쪽에도 집중하지 못하게 된다. 독자가 양쪽 인물의 생각과 느낌을 모두 알게 되면 어느 한 인물에게 감정이입을 하기가 힘들다.

작가가 능숙하고 신중하게 글을 쓰지 않는다면 독자는 지금 읽는 내용이 어떤 인물의 생각인지 헷갈릴 수 있다.

한 장면의 시점 인물을 한 명으로 제한할 수 없는 경우에는 또 다른 인물의 생각을 반드시 즉각적으로 알려줘야 할 때만 시점을 바꾸자. 시점 전환은 신중하게 해야 한다. 귀찮거나 부주의한 탓에 시점을 자주 바꾸면 안 된다.

샤론 살라Sharon Sala의 로맨틱 서스펜스《전복Capsized》에 등장하는 다음 장면은 남주인공의 시점으로 시작했다가 그 뒤로는 여주인공의 시점으로 전개된다. 여주인공이 의식을 되찾는 순간이 분명하게 시점을 전환하는 지점이다.

그 여자는 퀸이 담요를 여러 장 덮어줬음에도 불구하고 여전히 떨고 있었다. 그는 그녀를 따뜻하게 해줘야 한다는 것을 알고 있었고, 그렇게 하는 가장 빠른 방법은 뜨거운 목욕이었다. 그는 뜨겁다 싶을 정도로 따뜻한 물을 욕조에 가득 받았다. 그리고 잠시 멈칫했을 뿐 재빨리 그녀의 머리 위로 티셔츠를 벗긴 뒤 그녀를 안아 들고 욕실로 갔다. 그녀를 부드럽게 욕조 안에 내려놓으며 그녀가 저항하리란 생각은 전혀 하지 않았다.

하지만 그녀의 무릎까지 차오른 물이 그녀가 차라리 잊으면 좋았을 기억을 되살렸다. 그녀가 그의 품에서 벗어나기 위해 끙끙거리며 허우적대기 시작했다. 그리고 부지불식간에 그를 향해 주먹을 휘둘렀다. 그가 피하자 그녀는 욕을 하며 다시 주먹을 휘둘렀다. (……)

"이봐요, 아가씨. 괜찮아요. 당신을 도와주려는 겁니다. 기억나요? 당신 몸이 얼음장같이 차가워요. 따뜻하게 해야 한다고요."

그녀는 또다시 그에게 주먹을 휘둘렀고 길고 매끈한 다리를 욕조에 걸친 채 여전히 빠져나가려고 했다.

"이런, 맙소사!" 퀸이 넌더리를 내며 그녀를 놓아주었다.

갑자기 풀려날 줄 몰랐던 켈리는 미끄러져 물에 빠졌고 어푸어푸하면서 일어나 싸울 태세를 갖추었다. 그렇지만 그곳에 그녀의 머리를 물속으로 밀어넣거나 칼로 그녀의 목을 찌르려는 사람은 아무도 없었다. 단지 문간에서 젖은 채로 넌더리를 내며 그녀를 쳐다보는 남자만 있을 뿐이었다. (……)

그리고 켈리는 오르테가의 가슴에 박힌 칼부터 해안의 낯선 사람까지 모든 것이 기억났다. 아마 그가 그녀의 목숨을 구한 모양이었다.

여주인공이 의식이 없었기 때문에 작가는 여주인공의 시점으로 장면을 시작할 수 없었다. 그러나 켈리가 깨어났을 때 느낀 생각과 공포는 독자가 직접 봐야 할 만큼 중요하다. 그러므로 이 장면은 퀸이 켈리를 놓아줄 때까지는 그의 시점으로 진행되고(넌더리를 내는 그의 느낌을 알 수 있다), 그다음 단락부터는 켈리의 시점으로 바뀐다(갑자기 풀려날 줄 몰랐다는 그녀의 생각을 알 수 있다). 두 사람이 아직 서로의 이름을 모르기 때문에 화자는 시점 인물의 생각을 서술할 때 상대의 이름을 사용하지 않는다. 퀸의 시점일 때 그는 켈리를 '그 여자'라고 지칭하고, 켈리의 시점일 때 그녀는 퀸을 '젖은 채로 넌더리를 내며 그녀를 쳐다보는 남자'라고 말한다.

이중 시점의 또 다른 예는 앞서 언급한 페니 매커스커의 《노아와 황새》의 한 장면이다. 이 장면은 여주인공의 시점으로 시작하지만, 남주인공이 딸을 대면하고 그에게 딸이 있다는 사실을 처음으로 알게 된 중요한 순간에 남주인공의 시점으로 바뀐다.

+ 시점을 사용할 때 주의할 점

조연의 시점은 제한적으로 사용한다

조연의 시점에서 장면을 서술할 때는 매우 주의해야 한다. 서브플롯이 강한 긴 이야기에서는 가끔씩 조연의 시점에서 서술되는 장면이 있어도 도움이 되지만 짧은 이야기에서는 그런 여유를 부릴 수 없다. 드물게 예외는 있지만 대체로 주인공이 등장하는 장면에서는 주인공의 시점을 사용해야 한다. 그러므로 여주인공이 마사지사에게 말하는 장면이라면 독자는 마사지사가 아닌 여주인공의 생각을 알아야 한다. 조연의 시점은 인물이 장면에서 가장 중요한 경우에만 사용한다.

록산느 러스탄드의 장편 현대 로맨스《몬태나 패밀리》에는 남주인공의 딸인 릴리가 중요한 조연으로 등장한다. 그녀는 열네 살이고 건강에 문제가 생겨 두려워 죽을 지경이다.

릴리는 욕조 턱에 주저앉아 팔로 허리를 감싸 안았다. 배에서 느껴지는 무서운 기운은 이제 항상 느껴졌다. 그녀는 비명을 지르며 도망가거나 이불 아래 숨고 싶었다. 매일 아침 침대에서 일어나고 싶지도 않았다. 어쩌면 나도 암일지 몰라. 하지만 그녀가 어떻게 느끼는지 아빠에게 말하고 병원에 가면 모든 게 현실이 될지도 몰랐다. 난 알고 싶지 않아. 알고 싶지 않다고. (……)
릴리는 일어섰다. 하지만 너무 빨리 일어나는 바람에 현기증이 나서 바닥에 쓰러질 뻔했다.
그러고는 자신이 죽지 않길 기도했다.

조연의 생각을 독자에게 알려주는 첫 번째 방법은 그 인물이 생각을 입 밖으로, 특히 남주인공이나 여주인공에게 말하게 하는 것이다. 예시 장면에서도 릴리가 자신의 두려움을 여주인공에게 말했다면 시점을 바꾸지 않고 여주인공의 시점을 그대로 유지할 수 있었을 것이다. 하지만 이 경우에 릴리는 두려워 죽을 지경이고, 두려움을 입 밖에 내면 더 무서워지므로 누군가에게 고백하려 하지 않는다. 그러므로 대화를 통해 속마음을 알려주는 방법은 비논리적인 선택이다. 이 경우 릴리의 내면을 알려주는 가장 효과적인 방법은 독자가 직접 그녀의 생각을 엿듣도록 하는 것이다.

조연의 시점을 사용하는 장면은 간단명료해야 한다. (릴리의 시점으로 전개되는 장면은 전체 분량이 원고지 5매를 넘지 않으며 한 쪽 미만이다.) 시점 인물이 될 정도로 중요한 조연이라면 어느 정도 규칙적으로 등장해야 한다. 전체 이야기에서 그 인물이 등장하는 짧은 장면이 대여섯 번은 있어야 한다.

그러나 조연의 생각을 보여주는 장면이 본 이야기에서 독자의 관심을 앗아갈 수도 있음을 명심해야 한다. 그런 장면은 본 이야기를 진전시키지 않고 다시 열기를 끌어올릴 사건을 기다리며 지면만 채우고 있다는 위험신호일 수 있다. 또는 주인공이 지지부진한 사이 조연이 더 흥미로워지고 있다는 신호일 수 있다. 여주인공 친구의 생각이 여주인공의 생각보다 더 흥미롭다면 친구가 주인공이 되어야 할지도 모른다.

한 장면의 시점 인물은 한 사람으로 제한한다

매 장면을 시작할 때마다 시점 인물을 정해야 한다. 장면의 첫 한두 단락에서는 사건이 일어나는 시간과 장소뿐 아니라 중심인물이 누구인지, 누구의 생각을 보여주는지 독자에게 알려줘야 한다.

시점 인물을 알려주는 방법은 매우 다양하다.

· 생각을 통해 알려주기

한나는 그날 아침까지만 해도 패터슨 부인의 개를 산책시키는 일을 낮이나 밤 어느 때 하든 상관없다고 생각했다.

• **감각을 통해 알려주기**

한나는 일하러 온 지 두 시간도 채 되지 않았는데 마치 법률 도서
관에 생매장된 듯한 느낌이 들기 시작했다.

• **감정을 통해 알려주기**

한나는 너무 화가 나서 가만히 앉아 있을 수가 없었다.

• **행동을 통해 알려주기**

쿠퍼는 나비넥타이를 잡아당기고 드레스셔츠의 순백색 소맷부리
를 초조하게 정돈했다.

• **다른 인물을 언급해 알려주기**

아침에 쿠퍼가 어디 갔었는지 모르겠지만 지금은 한나의 코앞에
있다.

작가가 한 장면에서 몇 개의 시점을 사용하려 했든 여러 인물의 생각
을 포함하는 경우가 있다. 인물의 생각은 그들의 말과 행동에 영향을
미치기 때문에 작가는 시점 인물뿐 아니라 모든 인물이 각자 그 순간
에 무슨 생각을 하고 있는지 알아야 한다. 작가는 인물이 무슨 생각
을 하는지 알고 있으므로 당연히 실수로 그들의 생각을 집어넣을 수

있다. 심지어 시점 인물과 다른 인물의 시점을 오락가락한다는 사실을 스스로 인식하지 못할 때도 있다.

시점의 변화는 매우 미묘해서 신중한 작가라도 자신도 모르게 실수할 수 있다. 반드시 '제인이 생각했다.'라고 쓰지 않아도 제인의 생각을 보여줄 수 있다. 만약 '제인은 길을 걷다가 지나를 만났다. 요즘 지나가 한층 신경 쓰고 다니는 모습을 보니 좋았다.'라고 하면 제인이 지나의 차림새에 대해 어떻게 생각했는지 알려준 것이다.

다음은 한 문장에 세 개의 시점이 포함된 예다. '그렉은 카라가 내린 것과 같은 결론을 내리고 진심으로 충격을 받은 것처럼 보였다.' 세 개의 시점을 모두 찾을 수 있겠는가? 첫째, "그렉이 충격을 받은 것처럼 보였다."는 부분에서 독자는 그렉의 표정을 알 수 있으므로 그렉을 관찰하는 누군가의 시점이 있다. 두 번째는 그렉의 시점이다. 독자는 "결론을 내리고"에서 그렉의 머릿속을 엿볼 수 있다. 세 번째는 카라의 시점이다. 독자는 "카라가 내린 것과 같은 결론"에서 카라의 생각을 알 수 있다.

시점이 오락가락하면 헷갈리기 때문에 한 장면에 시점 인물을 한 사람으로 제한하라고 충고하는 것이다. 시점을 바꿀 때는 여백을 두고 새로운 장면을 시작한다. 장면과 장면 사이는 그대로 공백으로 두거나 3인칭 선택적·복수 시점의 예시처럼 사선이나 별표로 표시하면 좀 더 명확해진다. 그리고 새로운 장면이 진행되는 동안에는 새로운 시점 인물의 생각과 감정에만 충실해야 한다.

매 장면을 시작할 때 한 명의 시점 인물을 정하면, 독자를 헷갈리게 하거나 한 인물에 대한 몰입을 방해하지 않고도 (두 인물의 행동, 생각, 느낌을 모두 알려줄 수 있는) 이중 시점의 이점을 누릴 수 있다.

시점 인물의 현재를 기준으로 시제를 사용한다

일부 문학작품은 현재 시제(그녀가 그를 향해 소리를 지른다. 그가 차를 몰아 다리 밖으로 추락한다)를 사용하기도 하지만 대부분의 소설은 과거 시제(그녀가 그를 향해 소리를 질렀다. 그가 차를 몰아 다리 밖으로 추락했다)를 사용한다.

가끔 칙릿 같은 1인칭 소설은 현재 시제를 사용하기도 하지만 대부분의 로맨스 소설은 3인칭 시점과 과거 시제를 사용한다. 이야기를 쓸 때 관습적으로 과거 시제를 사용하는 이유는 그것이 이치에 맞기 때문이다. 화자가 어떤 일을 전해줄 때는 지금 막 일어난 일이라 해도 이미 지난 일, 즉 과거가 된다.

그러나 이야기의 모든 부분을 과거 시제로 써야 하는 것은 아니다. 현재 일어나는 이야기는 과거 시제로 쓰지만 대화는 인물이 말한 그대로를 써야 하므로 과거나 미래의 일에 대해 얘기할 때를 제외하면 대체로 현재 시제를 사용한다.

인물이 어제나 지난주에 있었던 일을 회상할 때는 대과거로 시작하는 편이 좋다. 대과거 시제는 사건이 지금 일어나는 일이 아님을 보여주기에 좋다. 대과거를 사용하면 독자가 무엇이 지금 일어나는 일이고 무엇이 과거에 있었던 일인지 쉽게 구분할 수 있다. 여주인공이 설거지를 하면서 지난주에 목격했던 사건을 떠올리는 다음 장면을 보자.

그녀는 기계적으로 접시를 또 한 장 비눗물에 집어넣었지만 사실 그것을 보고 있지 않았다. 그녀의 머릿속에는 또 다른 물이 펼쳐졌다. 그것은 기억의 농간이 아니었다. "지금도 그 장면이 눈앞에 생생한걸." 그녀가 중얼거렸다. 조지는 다리 난간을 향해 차를 몰았고 그 너머로 추락했었다.

설거지를 하며 기억을 떠올리는 것은 지금 일어나는 사건이므로 과거 시제를 사용한다. 자동차가 다리에서 추락하는 것은 그녀가 떠올리는 기억 속 사건이므로 대과거 시제를 사용한다. 그녀가 실제로 입 밖으로 한 말은 그녀가 말한 대로 써야 하므로 현재 시제를 사용한다. 전체 이야기를 현재 시제로 서술하는 경우에는 지금 진행되는 이야기 이전에 발생한 사건은 과거 시제로 이야기한다.

나는 비눗물에 접시를 또 한 장 집어넣지만 사실 그것을 보지 않는다. 내 머릿속에는 또 다른 물이 펼쳐진다. 이것은 기억의 농간이 아니다. "지금도 그 장면이 눈앞에 생생한걸." 나는 혼잣말을 한다. 조지는 다리 난간을 향해 차를 몰았고 그 너머로 추락했다.

웬디 마크햄Wendy Markham의 싱글 타이틀 칙릿 《아홉 달의 계획The Nine Month Plan》에서 작가는 이야기를 서술할 때 주로 현재 시제를 사용하다가 예전에 발생한 사건에 대해 말할 때는 과거 시제를 사용한다.

퀸스의 디트마스 거리에 있는 성모 교회 목사관 옆에 있는 작고 창문이 없는 방은 니나 치칼리니에게 낯선 곳이 아니다.
바로 이곳에서 그녀는 휴 신부님께 처음이자 마지막으로 고해성사를 했다.
돌아가신 휴 신부님께 말이다. 그러나 그 부분, 신부님이 돌아가신 일은 조이 마테리가 뭐라고 하든 그녀의 잘못이 아니었다. (……) 조이는 지금도 그녀의 잘못이라고 이야기한다.

이것은 로맨스 소설에서 거의 찾아볼 수 없는 3인칭 현재 시제를 사용한 드문 예다. 만약 이야기를 주로 과거 시제로 서술했다면 이 부분은 이렇게 바뀌었을 것이다. "……니나 치칼리니에게 낯선 곳이 아니었다. 바로 이곳에서…… 처음이자 마지막 고해성사를 했었다."

실전연습

누구를 시점 인물로 해야 좋을지 분명할 때도 있지만 그렇지 않을 때도 있다. 다음은 이야기의 어느 순간에 어떤 인물의 생각이 독자에게 가장 중요한지 파악하는 데 도움이 될 만한 질문들이다.
- 누구의 이야기인가? 독자가 누구에게 공감하길 바라는가?
- 이 장면에서 독자에게 가장 중요한 정보는 무엇인가? 누가 그 정보를 가지고

있는가?

- 독자가 정보를 알게 될 때 그 정보를 알고 있는 인물에게 직접 듣는 편이 효과적인가, 아니면 시점 인물이 아닌 인물이 알려주는 편이 더 효과적인가?
- 이 장면에서 이해관계가 가장 큰 인물은 누구인가?
- 누구의 생각과 반응이 가장 중요한가?
- 어떻게 하면 이 장면의 놀라움이나 수수께끼를 가장 잘 유지할 수 있는가?

대체로 이러한 질문의 답에 가장 많이 등장하는 인물이 시점 인물로 적합하다. 하지만 언제나 그런 것은 아니다. 때로는 너무 많이 알고 있는 인물 대신 다른 인물의 시점에서 그 정보를 알려줄 때 더 효과적일 수 있다.

대화 쓰기

플롯이 이야기의 뼈대라면 대화는 피와 살이다. 좋은 대화는 이야기를 움직이고 빛내며 살아 있게 한다. 반면 잘못된 대화는 모래 구덩이처럼 이야기를 끌어들여 질식시킨다. 좋은 대화와 나쁜 대화의 차이는 놀랍게도 아주 적다.

대화는 심지어 독자가 이야기에 빠져들기 전에도 중요하다. 독자가 책을 선택할 때 살펴보는 것 중 하나가 대화이기 때문이다. 대화는 글자가 빽빽한 지면 사이에서 독자의 관심을 사로잡고 이야기를 읽기 쉽고 재미있어 보이게 한다.

로맨스 소설은 남녀 사이가 친밀해지는 과정에 초점을 맞춘 매우 사적인 이야기다. 남녀 주인공 사이의 대화는 독자로 하여금 이야기에 몰입하고 인물에게 공감하도록 하는 중요한 도구다. 독자는 인물들이 서로 얘기하는 것을(농담하고 논쟁하고 달콤한 말을 속삭이는 것을) 들을 때 그들의 세상으로 들어가게 된다. 어떤 의미에서 대화는 독자가 여주인공이 되어 남주인공과 사랑에 빠지도록 도와준다. 독자가 자신이 유일한 목격자가 되어 인물들의 대화를 지켜본다는 기분을 느낀다면 어떻게 몰입하지 않을 수 있겠는가?

이야기에서 대화만큼 중요한 부분이 독자가 인물의 생각을 알게되는 부분이다. 생각은 이야기에 지나치게 많이 등장하면 좋지 않다. (등장인물의 생각을 다루는 방법에 대해서도 이번 장에서 좀 더 알아볼 것이다.) 그럼에도 인물의 생각을 엿보는 것은 그 인물에 대해 알게 되는 가장 좋은 방법 중 하나다. 인물이 속으로 하는 말은 실제로 하는 말만큼이나 중요하다.

+ 대화의 기능

실제 대화는 소설 속 대화의 좋은 기본 모델이 될 수 있지만, 실제 대화를 단순히 재현하기만 해서는 안 된다.

실제로 대화를 할 때 사람들은 서로의 말을 끊기도 하고 속어를 사용하기도 하며 문법을 틀리기도 하고 문장이나 생각을 맺지 않거나 갑자기 주제를 바꾸기도 한다. 또 자신이 한 말을 반복하고 '음', '저기', '어'와 같은 말을 사용하기도 한다. 두서없이 이런저런 이야기를 할 때도 있고, 사투리, 유아어, 특이한 억양, 이상한 발음을 사용할 때도 있다. 또한 종종 다른 사람의 말에 "응, 그래, 알았어."와 같이 내용 없는 대답을 반복한다.

반면, 소설 속에서 좋은 대화는 반복되지 않으며 명확하고 간결하고 논리적이고 실질적이고 전개가 빠르다. 대부분의 경우에 대화는 우리 눈에 익은 맞춤법에 맞게 써야 한다. 다른 억양이나 사투리를 표현하기 위해 맞춤법과 다르게 쓰면 독자가 무슨 말인지 알아내기 위해 잠깐이라도 지체해야 하므로 이야기의 흥미를 떨어뜨릴 수 있다.

모든 대화는 플롯을 전개하거나 인물의 개성을 발전시켜야 하고 둘 다 하는 것이 이상적이다. 대화의 여러 기능 중에는 다음과 같은 것들이 있다.

- **이야기에 현장감을 더한다.**

  대화를 통해 독자는 마치 그 자리에서 실제로 사건을 보는 것처럼 느낄 수 있다. '세라는 존에게 그녀가 얼마나 상처받았는지 말했다.'라고 요약하는 것과 실제 대화를 통해 세라가 존에게 쏘아붙이며 자신의 기분과 그 이유를 자세히 말하는 것에는 큰 차이가 있다.

- **인물의 특징을 보여준다.**

  인물이 하는 말은 그의 기분이나 성향, 심리를 어떠한 설명보다 더 설득력 있게 보여줄 수 있다. 이렇게 말하는 인물이 있다고 생각해보자. "자네 어머니가 뇌종양으로 죽어가는 건 안된 일이지만 오래 끌지 않으면 좋겠군. 계획을 세우지 못하면 정말 성가시

거든."

이 몇 마디 말로 독자는 그가 오만하고 무정하며 자기중심적임을
알 수 있다. 게다가 독자는 스스로 판단을 내릴 수 있으므로 작
가가 설명해주는 경우보다 인물이 말해줄 때 더욱 이야기에 몰
입한다.

· **유머를 더해준다.**

어두운 이야기에 몸개그나 농담은 적절하지 않겠지만 인물의 대
화에 잠시 긴장을 풀 수 있는 농담을 집어넣으면 독자는 새로운
기분으로 다시 이야기에 반응할 수 있게 된다.

· **독자가 실제로 보지 않은 사건을 설명한다.**

독자가 알아야 하지만 전체를 보여줄 만큼 중요하지는 않은 사건
을 대화를 통해 언급할 수 있다.

· **사람, 장소, 사물에 대해 설명한다.**

정보를 가장 자연스럽게 알려주는 방법은 한 인물이 자신이 관찰
한 것을 다른 사람에게 이야기하는 것이다.

· **장면을 부드럽게 전환한다.**

한 장소에서 벌어지는 장면이라도 서로 다른 인물들이 다른 주제
로 대화하면 장면의 한 부분이 다음 부분으로 매끄럽게 넘어갈

수 있다.

- **갈등을 강화한다.**

  인물들 사이의 대립은 작가가 말해주는 것보다 인물들 간의 대화
  를 통해 보여주는 편이 더 효과적이다. 인물들이 직접 각자의 처
  지에서 생각하는 논리와 이유를 설명해야 한다. 그들은 상대의
  말을 들으며, 자신의 의견을 수정하거나 생각을 분명히 하거나
  자신의 감정을 새롭게 깨닫거나 더욱 화를 낼 수도 있다.

매리언 레녹스Marion Lennox의 의학 로맨스《의사의 구출 작전The
Doctor's Rescue Mission》에서 쓰나미로 폐허가 된 섬의 유일한 의사인
여주인공은 섬이 재건되지 않고 버려질 것이라고 말하러 온 남주인
공과 싸운다.

"내가 왜 여기가 아닌 다른 곳에 가고 싶어 할 거라는 거죠?" 그녀가 그에게
말했다. 그녀는 갑자기 화가 머리끝까지 치솟았다.
"……나는 이 섬에 있는 유일한 총각 두 명과 데이트할 수 있어서 좋았다고
요. 결국 둘 다 알맞은 상대는 아니었지만요. (……) 나는 하루 24시간, 일주
일에 7일, 1년에 52주 동안 대기하는 게 좋아요. (……) 여기에 평생 처박혀
있는 게 좋다고요." 그녀의 목소리가 갈라졌다.
"만약 섬이 거주 부적격 판정을 받으면 화를 내지 않을 겁니까?" 그래디가
조심스럽게 정적을 가르며 말했다. (……)

"도대체 무슨 소리예요?"

"섬의 기반 시설이 다 무너졌어요. (……) 정부 입장에서는 이곳 사람들을 본토에 정착시키는 편이 더 싸게 먹히지요. (……) 당신은 여기에 있고 싶어 하지 않았잖소."

"나는 그런 말 한 적 없어요."

"방금 그런 얘기를 한 것 같은데."

"글쎄, 아니에요. (……) 그리운 게 있다는 소리였어요. 그렇게 말했어요. (……) 하지만 내가 정말로 떠나고 싶었다면 벌써 떠났겠죠. (……) 그렇게 되지 않을 거예요. 우리는 모두 떠나지 않을 거라고요."

이 대화에서 여주인공은 고립된 섬 생활에 대해 불평하다가 남주인공이 하는 말을 듣고 나서 섬 생활을 옹호하며 섬을 떠나지 않을 것이라 맹세한다.

- **과거를 알려준다.**

   인물이 자신의 과거에 있었던 중요한 사건을 직접 얘기하는 편이 그의 인생이 어땠는지 작가가 말해주는 것보다 효과적이다. 대화가 서술보다 더 흥미로울 뿐 아니라 인물이 겪은 것을 직접 말할 때 느껴지는 감정과 긴장이 더해진다. 작가가 뭔가를 말해주면 독자는 작가가 중요한 것을 모두 알려준다고 생각하고 그 얘기를 액면 그대로 받아들인다. 그러나 인물이 뭔가를 말해줄 때는 인물이 모든 것을 얘기하는지, 거짓말을 하지 않고 정말 솔직하게 애기하는지, 착각한 것은 아닌지 나름대로 판단할 여지가 있다.

- **아직 일어나지 않은 사건을 암시한다.**

  일반적으로 독자는 대화를 축제에서 나눠주는 솜사탕처럼 여기기 때문에 서술한 내용보다 덜 심각하게 받아들인다. 그러므로 대화는 앞으로 있을 이야기 전개에 필요한 암시를 슬쩍 끼워 넣을 수 있는 이상적인 장소다. "여기! 단서가 있습니다! 주의 깊게 보세요!"라고 다 들키게 외치듯 알려주지 않을 수 있다.

대화는 문맥을 통해 이해할 수 있어야 한다

줄리아 퀸의 《프란체스카의 이중생활》은 역사 소설이지만 대화의 주제와 분위기는 현대적이다. 배경을 현대로 옮기더라도 주인공들이 나누는 대화의 핵심은 똑같을 것이다. 로맨스 소설의 대화들이 대체로 그렇다. 13세기든 21세기든 대개 같은 애기를 한다.

하지만 대화는 로맨스의 다양한 장르에 따라 달라진다. 역사 로맨스에는 시대에 맞는 방언과 속어를 사용할 것이다. 이러한 경우에는 반드시 독자가 문맥에서 단어의 의미를 파악할 수 있게 해야 한다. 1801년이 배경인 엘리자베스 보일의 역사 로맨스 《나의 방탕아This Rake of Mine》를 보자.

"글쎄요." 레이디 옥슬리가 씩씩거리며 말했다. "평민 집안 딸이 시집오는 것보다 나쁜 일도 있겠죠. 하지만 저로선 도저히 생각이 나지 않네요. 우리 핏

줄이 영원히 더럽혀지는 일보다 나쁜 게 어디 있겠어요."

레이디 옥슬리 곁에 앉은 체버튼 공작 부인이 맞장구쳤다. "댁의 평판이 걱정이에요, 부인. 정말로요."

"그나마 위안이라면 이 아이가 에머리 양의 집에 가정교사로 들어갔다는 거죠." 레이디 옥슬리가 마지못해 인정했다.

"지금 에머리 양이라고 했나요?" 공작 부인이 자리에서 몸을 틀어 마치 실크의 품질을 가늠하듯 문제의 소녀를 위아래로 바라봤다. "조금 어리네요. 그렇죠? 착하고 순진한 것 같군요."

"오, 순진해 보이긴 하죠." 레이디 옥슬리가 오페라를 보고 있는 다른 특별석 사람들의 뜨거운 시선을 무시하고 말했다. "세상에, 상인들이 창녀를 딸인 양 속인다니 정말 소름 끼쳐요. 제가 제일 걱정되는 건 아들이 미천한 여자랑 결혼했는데 알고 보니 부정한 여자면 어쩌나 하는 거예요. 얼마나 창피하겠어요."

오늘날에도 부모들 사이에서 자식이 잘못된 사람과 결혼할까봐 걱정하는 대화를 나누는 것은 마찬가지겠지만 이 대화가 오페라 극장이 아니라 영화관에서 벌어진다고 착각하는 독자는 없을 것이다. 작가가 사용한 '평민', '미천한' 같은 단어는 역사 로맨스를 처음 접한 독자에게는 생소할지 모르지만 문맥상 의미를 이해할 수 있다. 생소하지만 시대에 맞는 단어를 사용하면 독자가 이야기의 시대적 배경을 인식하는 데 도움이 된다.

로맨스 소설의 대화는 작가마다 다르고(대화를 가볍고 재기발랄하게 쓰는 작가도 있고, 느리지만 훨씬 극적으로 쓰는 작가도 있다), 하위 장르에 따라서도 다르다(로맨틱 코미디의 대화는 로맨틱 서스펜스의 대화보다 가볍고 빠르게 진행된다). 로맨스 소설 중에는 장르를 한정하지 않는 경우도 많으므로 같은 장르의 책들이라 하더라도 한 가지 대화 유형을 따를 필요는 없다.

+ 여성의 대화 vs 남성의 대화

남성과 여성은 다르게 말한다. 남성은 상황에 대해, 여성은 감정에 대해 말하는 경향이 있다. 대체로 남성은 여성에 비해 말을 하는 시간이 적고 짧은 문장을 사용한다. 여성은 질문이 많고, 친구가 얘기하지 않으려는 주제에 대해서도 그냥 내버려두는 남성과 달리 끈질기게 물어보는 편이다.

모든 남녀가 이런 유형대로 대화를 하지는 않지만 대부분이 그렇다. 독자는 현실의 이런 유형에 익숙하기 때문에 등장인물이 틀에서 벗어나면 불편해한다. 이유를 꼬집어 말할 수는 없어도 대화가 현실적이지 않다고 느낀다.

현실적인 대화는 어떤 종류의 소설에서든 중요하지만 특히 로맨스 소설에서 더욱 중요하다. 사실적인 미스터리물에서 여주인공이 남자처럼 말한다면 독자는 쉽게 넘어갈 수 있다. 사건 중심적인 플롯에서 여주인공은 크게 중요하지 않고, 진짜 그런 인물이 있어 그것을 반영했을 수도 있기 때문이다.

그러나 로맨스 소설은 남녀 관계에 관한 이야기이므로 남녀 주인공 사이의 대화가 상당한 비중을 차지한다. 로맨스물의 남주인 공이 여자인 친구처럼 말한다면 독자는 그가 왜 싫은지 정확히 말하지 못하더라도 어딘가 불만스러운 기분을 느낄 것이다.

하지만 작가가 이미 자신의 성별에 맞는 대화 습관에 너무 길들여져 남녀가 말하는 방식의 차이를 알아차리지 못할 수도 있다. 그러면 자신과 다른 성별의 인물이 말하는 대화를 자연스럽게 쓰기 힘들다.

이제 실제로 남성과 여성이 말할 때 어떻게 다른지 살펴보고 각자가 쓰는 소설에서 인물들이 어떻게 말해야 하는지 알아보자.

성별에 따른 대화 특징

일반적으로 남성은 상황과 독립성을 유지하고 정보를 주고받으며 문제를 해결하기 위해 대화를 한다. 여성은 친밀감과 신뢰를 쌓고 감정을 공유하며 관계를 구축하기 위해 대화를 한다.

여성은 관계를 활발히 하기 위해 질문을 하고, 남성은 구체적인 정보를 얻기 위해 질문을 한다. 남성은 서술을 많이 하고, 여성은 질문을 많이 한다.

남성은 자신이 한 잘못을 사과하는 의미로 "유감이다."라고 말하고, 여성은 자신의 잘못이 있든 없든 상황에 대한 안타까움이나 동정, 우려를 표현하기 위해 "유감이다."라고 말한다. 남성은 "모른다."는 말을 거의 하지 않고, "어떻게 생각하세요?"와 같은 질문 형태로 자신의 생각을 표현하지 않는다.

남성은 결정을 내리려 하고 여성은 합의를 이끌어내려 한다. 남성은 무엇이 필요한지 말하고 여성은 무엇을 좋아하는지, 왜 좋아하는지 말한다.

남성은 적은 수의 짧은 문장을 사용하고, 여성은 길고 복잡한 문장을 더욱 길게 연결해서 말한다. 남성이 어떤 것을 파란색이라고 말할 때 여성은 그것이 청록색인지 남색인지 암녹색인지 구분해서 말한다. 남성은 사건이나 사물에 대해, 여성은 감정에 대해 이야기한다. 남성이 딱 잘라 말하는 것에 비해 여성은 주장을 할 때조차 질문을 덧붙이는 경향이 있다. "피자가 세상에서 최고야, 그렇지 않니?"는 여성스러운 대화다.

여성은 바라는 것이나 요구 사항을 질문 형태로 말하는 경향이 있고 부정적인 대답을 들으면 짜증을 낸다. 아내가 "오늘 저녁은 나가서 먹을까?"라고 말하면 오늘 저녁에는 요리를 하지 않겠다는 뜻이다. 그런데 남편이 아내가 정말 물어보는 것이라 생각해서 싫다고 대답하면 아내는 화를 내고 남편은 아내가 왜 화를 내는지 몰라 크게 당황한다.

여성은 완곡하게 말하는 편이지만 남성은 그렇지 않다. 여성이 "불쾌하다."고 말할 때 남성은 "열 받아 미치겠다."고 말한다. 여성은 직접적으로 공감을 표현하지만 남성은 농담을 하거나 장난치며 놀린다.

빅토리아 알렉산더Victoria Alexander의 싱글 타이틀 《신부 이야기The

Marriage Lesson》에서 친구들이 남주인공에게 공감하며 조언하는 장면을 보자.

"나는 그녀를 사랑해." 그의 목소리에 경외감이 살짝 비쳤다.

"네가 깨달을 때가 됐지." 랜드가 씩 웃었다.

"그리고 더 중요한 건 그녀도 널 사랑한다는 거야." 페닝턴이 말했다.

"나는 그녀와 사랑에 빠졌어." 토머스가 중얼거렸다. "그리고 그녀도 날 사랑해." 진실이 따귀를 때리듯 그를 강타했다. "젠장." 그는 똑바로 앉아 손으로 이마를 쳤다. "그녀가 듣고 싶어 하던 말이 그거였어. 그렇지? 그녀가 왜 자신과 결혼하고 싶어 하는지 계속 물었을 때 말이야. 내가 그녀를 사랑하고 있다는 말을 듣고 싶었던 거야."

"넌 그때 분명 '숙명'이라고 말했지." 랜드가 빈정거리며 말했다.

페닝턴이 낄낄댔다. "우리 눈치 없는 공작님께서 점점 더 적절한 인간이 되어가는군."

토머스가 신음했다. "내가 다 망쳤어."

"되돌리기에 아직 때가 늦지 않았어." 페닝턴이 술을 한 모금 홀짝였다. "네가 싹싹 빌면 그녀는 분명히 받아줄 거야."

"그리고 사랑한다는 말도 하고." 랜드가 말했다.

"그리고 납작 엎드리는 것도 잊지 마." 버클리가 덧붙였다. "여자는 그런 걸 좋아해."

"아침에 해." 페닝턴이 이어서 말했다. "그녀에게 하룻밤 생각할 시간을 줘. 새로운 하루가 시작되면 인생이 더 나아 보이는 법이니까."

여주인공이 이런 상황이었다면 그녀의 친구들도 같은 충고를 했을 테지만 그들은 훨씬 더 따뜻하고 공감하는 태도를 취했을 것이다.

성별에 따른 대화 체크리스트

작가가 자신과 성별이 다른 인물의 대화를 그럴듯하게 쓰기란 힘들다. 하지만 대부분의 작가가 쉽게 놓치는 부분을 점검하면 좀 더 현실적인 대화를 쓸 수 있을 것이다.

여성 작가가 남주인공의 대사를 쓸 때 점검해야 할 사항은 다음과 같다.

- 질문

  남성은 대개 구체적인 정보를 요구하지, 수사적인 질문은 하지 않는다. 남주인공의 질문에 짧게 대답할 수 없다면 질문을 다르게 바꿀 수 있는가? 아니면 아예 질문이 아닌 평서문으로 말하게 할 수 있는가?

- 설명

  남성은 대개 설명을 하려 하지 않는다. 자신의 행동에 대해 자발적으로 해명하는 경우가 거의 없다. 남주인공이 설명을 해야 한다면 반드시 그래야 하는 이유를 줄 수 있는가?

- 감정

남성은 대개 스트레스가 심하거나 강요받을 때만 감정을 털어놓는다. 그나마 화는 다른 감정에 비해 잘 표현하는 편이지만, 그 외에는 거의 자발적으로 감정을 말하지 않는다. 남주인공이 감정을 쏟아내야 한다면 감정을 참는 것이 너무 괴로워서 차라리 표현하도록 할 수 있는가?

- **세부 사항**
  남성은 대개 세부 사항에 주목하지 않는다. 표정이나 몸짓언어에 그다지 주의를 기울이지 않고, 색상과 스타일을 묘사할 때에도 기본적인 것만 얘기한다. 남주인공의 대화에서 세부 사항에 관련된 내용을 줄일 수 있는가?

- **추상화**
  남성은 대개 말을 완곡하게 하거나 삼가지 않고, 비유나 은유를 하지 않는다. 남주인공의 대화를 구체적인 언어로 바꿀 수 있는가?

- **확인**
  남성은 대개 다른 사람의 확인이나 허락을 구하지 않고 단도직입적으로 말한다. 남주인공이 다른 사람의 반응을 덜 의식하고 말하게 할 수 있는가?

남성 작가가 여주인공의 대사를 쓸 때 점검해야 할 사항은 다음과
같다.

- **조언**

  여성은 대개 조언을 하기보다는 경험을 공유하고 공감한다. 여주
  인공이 다른 사람에게 어떻게 하라고 충고한다면 그 대신 그의
  말에 좀 더 공감하고 자신에게 있었던 비슷한 일을 말하게 할 수
  있는가?

- **자랑**

  여성은 대개 자기 자신과 자신의 일에 대해 뽐내기보다는 겸손하
  게 얘기한다. 여주인공의 말을 자조적인 언어로 바꿀 수 있는가?

- **적극성**

  여성은 대개 에둘러서 교묘하게 말한다. 자기주장이 강한 여성이
  라도 대개는 말하기 전에 자신의 말이 미칠 영향을 고려한다. 여
  주인공의 대화에 질문이나 확인을 구하는 말, 질문을 가장한 제
  안을 추가할 수 있는가?

- **세부 사항**

  여성은 스타일에 주목한다. 어떤 색상이 어울리고, 어울리지 않
  는지 알고 있다. 그리고 패션, 색상, 디자인을 정확한 단어로 묘사

할 수 있다. 여주인공의 대화에 구체적인 세부 사항을 더 집어넣을 수 있는가?

- **감성**

여성은 대개 감정을 겉으로 표현하지만, 일반적으로 화는 잘 표현하지 않고 소극적으로 또는 완곡하게 화를 낸다. 여주인공이 화를 내야 한다면 큰소리를 내야 할 타당한 이유를 줄 수 있는가?

- **무심함**

여성은 표정과 몸짓언어를 알아채고 이해하며 상대와 계속 시선을 마주친다. 여주인공이 다른 사람의 행동에 주목하지 않는다면 관심을 보이지 않는 적절한 이유를 만들 수 있는가?

+ 대화를 쓸 때 주의할 점

대화는 이야기를 보여주는 중요한 일부분이지만, 어떤 작가는 쉴 새 없이 대화를 늘어놓기도 한다. 때로는 간단하게 서술하는 편이 정보를 전달하기에 더 좋을 수 있다.

다음은 대화를 쓸 때 명심해야 할 점이다.

- **모든 사건을 일일이 말하지 않는다.**

이야기에서 일어나는 모든 사건이 대화에 등장할 만큼 중요한 것은 아니다. 한 사람이 내뱉는 모든 말이 줄거리에 결정적인 영향을 미치는 것도 아니다. 두 사람이 날씨처럼 사소한 것에 대해 대화하는 모습이 등장할 때는 목적이 있다. 예컨대 그들이 다른 대화를 하기엔 불편한 사이라는 점을 보여준다. 하지만 이런 종류의 대화는 짧게 처리해야 한다. 이 대화가 여기 있을 이유가 있는지, 지면만 채우는 것은 아닌지 항상 생각해야 한다.

샌드라 마턴의 단편 현대 로맨스 《그의 침대에 갇혀Captive in His Bed》에서 남주인공의 형제들은 중요하지 않은 얘기로 먼저 운을 뗀 뒤 남주인공인 매튜로 하여금 자신의 문제를 털어놓게 하려고 한다.

형제는 그들이 좋아하는 자리에 앉아 여종업원에게 주문을 했다.
알렉스가 날씨 얘기를 꺼냈고 캠이 교통 상황에 대해 한마디 했지만 매튜는 아무 말도 하지 않았다.
캠이 헛기침을 하며 목을 가다듬었다. "그래…… 콜롬비아는 어땠어?"

본격적인 대화를 위해 사전에 나눴던 모든 얘기는 단 한 줄로 처리한 것에 주목하자.

• **사건을 대화로 대체하지 않는다.**
중요한 사건은 두 인물이 나중에 그 사건에 대해 얘기하는 것보다 직접 보여주는 편이 대체로 좋다. 이야기에서 폭탄이 터지는 사건이 일어난다면 시각, 청각, 후각, 미각, 촉각을 모두 동원해 폭발이 어떠한지 보여줘야 한다. 폭발 장면을 묘사하지 않고 다음 날 여주인공이 친한 친구에게 폭발이 얼마나 무서웠는지 얘기하게 하면 안 된다.

- **대화를 반복하지 않는다.**

  해리와 프레드가 중요한 대화를 나눈다면 그대로 보여주면 된다. 하지만 그다음에 해리가 다시 수에게 프레드가 무슨 말을 했는지 얘기할 때는 대화를 그대로 보여주면 안 된다. 요약하거나 전부 생략한다.

- **여러 사람이 대화하게 하지 않는다.**

  가능하면 대화에 참여하는 인물의 수를 제한하는 편이 좋다. 대화는 말 그대로 두 사람이 나누는 것이다. 토론은 여러 사람이 할 수도 있지만 대화는 두 사람만 연관될 때 가장 쓰기 쉽고 효과적이다. 대화를 위해 두 사람만 있을 수 있게 하자. 사람들이 많은 공간이라면 조용한 구석으로 가게 한다. 때로는 두 사람이 다른 사람들의 이목을 피해 낮은 목소리로 싸울 때 가장 효과적으로 대립할 수 있다.

- **독자에게 정보를 전달하기 위해 인물들이 이미 알고 있는 정보를 교환하게 하지 않는다.**

클럽의 기존 멤버가 새 멤버에게 규칙에 대해 설명하는 것은 말이 되지만, 오래된 기존 멤버끼리 앉아서 클럽의 규칙에 대해 얘기하는 것은 그럴듯하지 않다. 10대 자녀를 둔 어머니가 "열일곱 살인 당신 아들 존이 7시에 끝나는 축구 연습을 마치고, 곧 열여덟 살이 될 우리의 아들 스탠리와 우리 집에 와서 저녁을 먹을 거예요."라고 말하는 경우는 없다. 존의 어머니는 아들의 이름과 나이는 말할 것도 없고, 아들의 연습이 언제 끝날지도 알고 있을 것이다.

인물이 이미 아는 정보를 독자에게 알려줘야 할 때 대화를 사용하고 싶다면 정보를 전달할 자연스러운 방법을 찾아야 한다. 친구를 위로할 때 "나도 네가 그를 사랑했다는 거 알아. 하지만 그 남자는 이미 6년 전에 죽었잖아."라고 말하지, "네가 사랑했던 남자는 6년 전에 사망했다."라고 말하지 않는다. 두 경우에 알 수 있는 정보는 동일하지만, 대화의 방식은 전혀 다르다.

매리언 레녹스의 의학 로맨스 《의사의 구출 작전》에서 작가는 독자에게 중요한 의학 정보를 알려주기 위해 의사인 남주인공이 젊은 환자에게 설명하도록 한다.

"당신 어머니가 떠나기 전에 진찰한 의사가 접니다." 그래디가 그녀에게 말했다. "⋯⋯뇌부종이 의심되지는 않았습니다."

"뇌부종요?"

"머리를 세게 부딪히면 뇌에 출혈이 생기기도 합니다." 그래디가 그녀에게 말했다. "……그러면 눈을 열고 동공을 확인하죠. ……제가 당신 어머니의 눈에 빛을 비춰 봤을 때 동공은 정상적으로 반응했습니다. 또한 동공이 서로 정확히 같은 위치에 있었고요. 그건 좋은 징후입니다."

만약 남주인공이 의사인 여주인공에게 뇌진탕의 증상을 설명했다면 그 대화는 이치에 맞지 않고 두 전문가의 시간만 낭비했을 것이다.

대화를 쓸 때 독자를 고려해야 한다

다음은 인물의 대화를 탄탄하게 만들기 위한 기본적인 지침이다. 이러한 규칙과 기법을 참고하면 독자가 도중에 떠나는 사태를 방지하는 데 도움이 될 것이다.

- **대화와 사건의 보조를 맞춘다.**

  느리게 진행되고 생각할 거리가 많은 장면에서는 대화도 긴 문장으로 쓰고 액션이나 긴장, 서스펜스가 있는 장면에서는 대화도 짧고 툭툭 끊기는 문장으로 쓴다.

- **어떤 인물이 말하기 전에는 그가 그 자리에 있음을 알려준다.**

  독자는 작가가 보여주는 만큼만 볼 수 있음을 기억하자. 독자가 그 장면에 새로운 인물이 등장했다는 사실을 모르는 상태에서 그 인물이 난데없이 말을 하기 시작하면 혼란에 빠질 것이다.

- **아이가 하는 말을 쓸 때는 먼저 조사를 한다.**

  이야기에 등장하는 나이의 아이가 실제로 말하는 것을 듣고 말버릇을 모방한다. 아이가 완벽하게 말을 떼기 전에 사용하는 잘못된 문법에는 특정한 유형이 있다. 작가가 그런 유형을 따르지 않으면 독자는 정확한 이유는 모르더라도 불편하게 느낀다. 아주 어린아이가 등장한다면 그 아이의 말은 대부분 간접 인용하고, 간단한 말만 직접 인용하는 것이 좋다. 그래야 더 읽기 쉽고 깔끔하다.

- **속어를 사용할 때는 주의한다.**

  글을 쓸 당시에 유행하는 표현은 책이 인쇄되어 나올 때쯤엔 한물간 유행어가 될지 모른다. 당시에 막 화제의 중심으로 떠오르던 새로운 이슈도 시간이 지나면 주변부로 사라질 것이다. 속어를 사용해야 하는 경우에는 그 말이 문맥상 의미가 분명한지, 시대, 지역, 인물의 성격에 적합한지 확인해야 한다.

- **맞춤법에 맞지 않는 단어로 소리를 표현하지 않는다.**

  소리를 재현하려 하기보다 '그녀가 비명을 질렀다.'라고 하고 구체적인 소리는 독자의 상상에 맡기는 편이 낫다.

- **비속어와 욕설을 피한다.**

  로맨스물에 욕설이 등장하는 경우는 많지 않다. 인스퍼레이셔널 로맨스에서는 욕설과 비속어를 전혀, 절대 사용하지 않는다. 그 밖의 로맨스물에서 사용하는 비속어는 대부분 '이런', '젠장' 정도에 그치지만 수위가 높은 싱글 타이틀과 칙릿에서는 더 심한 비속어를 자유롭게 사용하기도 한다. 비속어나 욕설을 사용할 때는 인물의 개성과 상황을 염두에 둬야 한다. 예컨대 전문직 여성은 파티나 해변에서는 자유롭게 말하겠지만 직장에서는 말조심을 할 것이다. 또한 글로 표현된 단어는 말로 들을 때보다 더 강하게 느껴진다는 점을 기억하자. 남주인공이 "쳇."이라고 하면 이상하게 들릴지 몰라도, 현실에서 쓰는 말보다 적어도 한 단계는 수위를 낮추는 편이 좋다. 아니면 아예 문제가 되지 않도록 '그가 욕을 했다.'라고 쓰고 독자가 원하거나 놀랄 만한 표현을 스스로 상상하게 한다.

- **외국어나 익숙하지 않은 말을 사용할 때는 해석을 한다.**

  독자는 익숙하지 않은 언어를 이해하지 못하고 쉽게 사전을 찾아볼 수도 없으면 소외감을 느낀다. 독자가 자신이 무식해서 이해하지 못한다고 느끼지 않도록 의미를 알려줄 방법을 찾아야 한다.

미셸 더너웨이Michele Dunaway의 단편 현대 로맨스 《변호사는 사랑 중Legally Tender》에서 작가는 스페인어를 모르는 독자를 위해 도움을 준다.

브루스가 한 집으로 다가가 페인트가 벗겨진 문을 두드렸다. (……) "마리아." 그가 불렀다. "마리아 곤잘레스 씨. 브루스 랭커스터입니다. 문을 여세요. 할 말이 있습니다. 클라라가 보내서 왔어요." (……)

"내가 해볼게요." 크리스티나가 말했다. (……) "마리아! Soy Christina Jones, la social de Bruce. Por favor abra la puerta. Le necesitamos hablar. Es muy importante."

"뭐라고 한 겁니까?" 브루스가 물었다.

"내가 당신 파트너고 문을 열어달라고 말했어요. 중요한 일이라고요."

작가는 크리스티나가 스페인어를 모르는 브루스를 위해 말을 해석해주도록 설정함으로써 독자가 자신이 멍청해서 이해하지 못했다고 생각하는 일이 없도록 했다.

독자가 이해하기 쉬운 대화 표기법

대화를 종이 위에 옮겨놓을 때는 따라야 할 기본적인 형식이 있다. 그런 형식을 따라야 지금 누가 말하고 있는지 독자가 정확히 알 수 있다. 다음은 가장 기본적인 세 가지 형식이다.

• 직접 인용을 할 때는 인물이 말한 그대로를 따옴표 안에 넣는다.

"도와주시겠습니까?" 그가 물었다.

따옴표는 인물이 말한 그대로를 전달할 때만 사용한다. 말을 그대로 옮기지 않을 때는 의미를 요약해 간접 인용문 형태로 만들고 따옴표를 사용하지 않는다.

그는 그녀가 도와줄 수 있는지 물었다.

• 말하는 인물이 바뀌면 문단도 바꾼다. 아무리 짧게 말했더라도 그래야 한다.

"왜?" 베스가 말했다.
"그렇게 하는 게 옳은 것 같아서. 그게 이유야."

• 한 인물이 말을 끝낸 뒤 다른 인물에게 관심을 돌리려 할 때도 문단을 바꾼다. 그가 아무 말을 하지 않더라도 그래야 한다.

베스는 깜짝 놀랐다.

독자가 이해하기 쉬운 화자 표시

대화를 쓸 때는 항상, 지금 말을 하는 사람이 누구인지 독자에게 알려줘야 한다. 작가는 누가 무슨 말을 하는지 알지만 독자는 등장인물들을 그만큼 가깝게 알지 못하고 작가의 마음도 알 수 없다. 작가는 독자가 가능한 쉽게 대화를 따라갈 수 있도록 해야 할 책임이 있다. 물론 가장 확실한 방법은 대화마다 '그가 말했다', '그녀가 말했다' 같은 구절을 덧붙이는 것이다.

초등학교 작문 시간에는 그렇게 배우지 않았을지 모르겠지만 사실 '말했다'에는 아무 잘못이 없다. 우리 눈은 '말했다'를 건너뛰며 보는 경향이 있기 때문에 거슬리거나 방해된다고 생각하지 않고 의미를 파악할 수 있다. 독자에게 '말했다'는 익숙해서 눈에 보이지 않을 정도다.

'소리쳤다', '속삭였다', '중얼거렸다' 같은 동사는 문장이 어떻게 발화되었는지 독자에게 정확히 알려줄 수 있으므로 유용하다. '연설했다', '이를 악물었다', '단언했다' 같은 단어는 성가시고 거슬린다.

'말했다'에 부사나 다른 수식어를 덧붙이는 일은 좀 더 복잡하다. 어떤 식으로 말했는지 정확히 보여줄 때는(그녀가 나직이 말했다) 도움이 되는 경우도 많다. 하지만 거슬리거나(그가 근성 있게 끼어들었다) 유치한 말장난 같거나(그녀가 여자처럼 키득거렸다) 의미가 중복되기도 한다(그가 큰소리로 화를 내며 소리쳤다).

누가 말하는지 알려주는 가장 좋은 방법은 상황에 따라 다르다. 하지만 다양한 방법을 사용해야 독자가 지루하지 않게 정보를 알 수 있다. 대화에서 매번 누가 말하는지 밝힐 필요는 없다. 특히 두 사람이 말을 주고받는 경우에는 더욱 그렇다. 사실 대화에 매번 '말했다'나 행동을 덧붙이면 노래와 같은 운율이 생겨 대화에 가야 할 관심을 빼앗을 수 있다.

'말했다' 외에도 누가 말하는지 분명하게 알려줄 수 있는 방법에는 여러 가지가 있다.

- **말하는 인물이 바뀔 때마다 문단을 새로 시작한다.**
  앞서 언급한 바와 같이 다른 인물에게 관심을 돌리려 할 때도 문단을 새로 시작해야 한다. 지문과 대화가 같은 문단에 있다면 말하는 사람과 행동하는 사람이 같은 경우다.

"왜?" 해리가 눈썹을 치켜세웠다. "그렇게 하는 게 옳은 것 같기 때문이지."

뒷문장을 말한 사람이 해리가 아닌 다른 인물이라면 대사와 지문을 모두 새 문단으로 시작해 구분을 해야 한다.

- **대화 안에서 알 수 있게 한다.**
  남자와 여자의 대화에서 한 사람이 "내가 소녀였을 때"라고 한다면 누가 말하고 있는지 확실히 알 수 있다.

- **인물을 행동하게 한다.**
  대화와 행동이 한 문단에 있으면 그 행동을 하는 사람이 말하는 사람임을 알려줄 수 있을뿐더러 이야기를 생생하게 보여줄 수도 있다.

- **인물의 몸짓을 사용한다.**

  여주인공이 도전적으로 어깨를 쫙 펴고 턱을 치켜드는 모습은 식상하다 싶을 정도로 지나치게 많이 등장하지만, 그럼에도 대화에 몸짓을 추가하면 독자에게 누가 말하고 있는지 알려주고 인물이 무슨 생각을 하는지 (직접적으로 보여주지는 않더라도) 암시를 줄 수 있다.

- **인물이 서로의 이름을 부르게 한다.**

  하지만 이 방법을 남용해서는 안 된다. 실제 대화에서 사람들은 주의를 끌 때가 아니면 거의 이름을 부르지 않는다.

  행동이나 몸짓, 이름으로 대화의 주체를 알려주는 방식은 남용하면 인물이 광대처럼 보이고 독자가 중요한 대화에 집중하지 못하게 한다.

  줄리아가 코를 긁적였다. "로드, 킴에 대해 얘기 좀 해요." 그녀는 책상 위 서류를 뒤적이다 자신이 찾던 편지를 발견했다.

  로드가 목덜미를 문질렀다. "계속해, 줄리아." 그는 의자에서 일어나 서성거리기 시작했다.

  "킴의 보모 말이에요, 로드." 줄리아가 통을 흔들어 클립을 하나 꺼내 방금 인쇄한 편지에 끼웠다. 그런 다음 그것을 들고 확인한 뒤 고개를 끄덕였다.

  "그래요. 내가 늘 말했잖아요, 로드." 그녀가 책상에서 의자를 뒤로 밀었다.

이 만들어낸 예시가 보여주듯, 한 문단이나 대화에서 하나 이상의 방법으로 대화의 주체를 알려주면 이야기는 방해받고 앞으로 나아가지 못한다.

줄리아 퀸은 대화를 효과적으로 쓰는 데 특히 재능이 있는 작가다. 그녀의 리젠시 로맨스 《프란체스카의 이중생활When He Was Wicked》의 다음 장면에서도 그것을 알 수 있다. 남녀 사이의 우정이 제한되어 있고 특정 화제는 금기시되는 사회에서 여주인공은 오랜 친구지만 연인은 아닌 남주인공에게 그녀의 바람을 털어놓는다.

"뭐…… 뭐라고요?"

그녀의 말에 그가 깜짝 놀랐다. 흥분해서 말까지 더듬었다. 그녀는 이런 반응을 기대하고 말을 한 것은 아니었는데, 그가 입을 벌린 채 털썩 주저앉는 모습을 보니 조금은 재미있다는 생각이 들었다.

"아이를 가지고 싶다고요." 그녀가 어깨를 으쓱하며 말했다. "그게 그렇게 놀랄 얘기인가요?"

그가 입술을 달싹거렸지만 소리는 나지 않았다. "그건…… 아니지만…… 그래도……."

"나는 스물여섯 살이에요."

"당신이 몇 살인지는 나도 압니다." 그가 조금 퉁명스럽게 말했다.

"4월 말이면 스물일곱이 돼요. 내 나이에 아이를 가지고 싶어 하는 게 이상하진 않다고 봐요."

그의 눈이 아직은 약간 멍했다. "물론 그렇지만……."

"그리고 내가 당신에게 변명할 필요는 없잖아요!"

"그러라고 한 적 없습니다." 그가 그녀를 마치 머리가 둘 달린 괴물인 양 바라보며 말했다.

"미안해요." 그녀가 중얼거렸다. "내가 과민 반응을 보였네요."

그가 아무 말도 하지 않는 것이 그녀의 신경에 거슬렸다. 최소한 과민반응은 아니라는 소리쯤은 해줄 수 있지 않은가. 거짓말이라 해도 예의상 그렇게 말해줄 수도 있는 것 아닌가.

침묵을 더 이상 견딜 수 없어서 마침내 그녀가 투덜거리듯 말했다. "세상에는 아이를 가지고 싶어 하는 여자들이 많다고요."

"그렇죠." 그가 그렇게 말하곤 기침을 했다. "물론 그렇지만…… 그 전에 먼저 남편감을 찾아야 하지 않겠습니까?"

작가는 '말했다'("그가 말했다", "그녀가 중얼거렸다"), 행동("그가 입술을 달싹거렸다"), 침묵("그가 아무 말도 하지 않았다"), 부사("그가 조금 퉁명스럽게 말했다"), 문단 바꾸기(각자가 말하는 문단이 교대로 나온다)를 사용해 누가 말하고 있는지 분명하게 알려준다. 긴 침묵 다음에 이어지는 대화에서는 누가 말하는지 헷갈릴 수 있으므로 예시의 끝에서 두 번째 문단처럼 누가 말하는지 확실히 알려줘야 한다.

+ 내적 독백 활용

내적 독백이란 단지 생각을 거창하게 표현한 말이다. 인물이 속으로 혼잣말을 하거나 어떤 행동을 할지 생각하거나 과거의 사건을 곱씹거나 미래의 일을 걱정하는 것 모두 내적 독백에 속한다.

내적 독백이 로맨스 소설에 유용한 이유는 독자에게 인물의 생각을 직접적으로 알려주고 다른 방법으로는 드러내기 힘든 감정을 보여줄 수 있기 때문이다. 독자는 인물의 사적인 대화를 들을 때처럼 인물의 생각을 엿들을 때 소설에 더욱 몰입하게 된다.

인물의 내면을 보여줄 수 있다는 점은 소설이 영화 대본에 비해 유리한 점이다. 그러나 작가가 인물의 생각을 너무 빈번하게 보여줄 위험이 있으므로 단점이 될 수도 있다.

남녀 주인공이 서로에게 얼마나 화가 났는지 생각을 통해 보여주는 것은 그들이 직접 만나 말싸움하는 장면을 절대 대신할 수 없다. 인물의 생각을 보여줄 때는 독자에게 정보를 너무 많이 주거나 너무 일찍 줘서 긴장감을 떨어뜨리지 않도록 주의해야 한다. 독자에게 인물의 과거나 내면의 깊숙한 생각을 모두 알려주고 나면 더 이상 긴장감을 갖게 할 만한 것이 남지 않는다.

인물의 경험이나 감정을 구체적으로 보여줘야 할 때는 내적 독백보다 대화를 사용하는 편이 좋다. 특히 상황이 복잡한 경우에는 인물이 머릿속으로 상황을 순서대로 기억하는 것보다 다른 사람에게 설명하는 편이 더 생생하고 자연스럽다. 인물의 생각을 보여주는 것은 정보를 전할 다른 방법이 없을 경우에만 최소한으로 사용한다.

직접 인용과 간접 인용

인물의 생각을 독자에게 알려주는 방식에는 직접 인용과 간접 인용이 있다. 직접 인용은 인물의 생각을 단어 그대로 옮기는 방식이고, 간접 인용은 의미만 요약해 전달하는 방식이다.

- **직접 인용:** 그녀는 '그 남자가 제일 골칫거리야.'라고 생각했다.
- **간접 인용:** 그녀는 그 남자가 성가시다고 생각했다.

생각을 직접 인용할 때는 대화와 마찬가지로 대부분 현재 시제와 1인칭을 사용한다. 말을 밖으로 내뱉지 않을 뿐이지 대화나 다름없기 때문이다. 그러므로 인물이 과거 사건을 떠올릴 때는 과거 시제를 사용한다.

생각을 간접 인용할 때는 서술할 때처럼 과거 시제와 3인칭을 사용한다. 이 경우는 인물이 생각하는 바를 요약하므로 사실상 서술과 같다.

책에서 생각을 어떻게 표시하느냐는 대개 출판사에서 결정한다. 출판사마다 텍스트를 편집하고 조판하는 법에 관한 규칙과 지침이 있으므로 그것을 따른다. 같은 출판사에서 나온 책을 보면 모두 같은 방식으로 생각이 표기되어 있을 것이다. 많은 경우에 생각을 직접 인용할 때는 작은따옴표를 사용한다. 그러면 '생각했다'를 생략하더라도 독자가 생각이 직접 인용되었음을 알 수 있다. 위의 예시를 바꿔 보면 다음과 같다.

'그 남자가 제일 골칫거리야.'

하지만 출판사마다 다르다. 각자 원고를 쓸 때는 생각을 직접 인용하는 부분에 작은따옴표를 해 주위 텍스트와 구분한다. 간접 인용은 무슨 일이 일어나고 있는지 전해주는 서술의 일부분이기 때문에 그런 특별한 방식으로 구분할 필요가 없다.

생각을 직접 인용하는 것이 좋은가, 간접 인용하는 것이 좋은가? 상황에 따라 다르다. 인물의 마음속 말이 짧고 간결하면 직접 인용이 나을 것이고, 긴 생각을 보여줘야 할 때는 간접 인용으로 요약하는 편이 나을 것이다.

대부분의 로맨스 작가가 직접 인용과 간접 인용을 모두 사용하지만, 칙릿과 같은 1인칭 소설에서는 전체 이야기를 화자가 말하는 대로 서술하므로 화자의 모든 생각도 직접 인용한다. 하지만 이런 경우에는 직접 인용이 너무 많으므로 작은따옴표 등으로 따로 표시하지 않는다.

다이앤 카스텔Dianne Castell의 단편 현대 로맨스 《멋진 결혼식A Fabulous Wedding》에서 작가는 직접 인용과 간접 인용을 연달아 사용해 인물의 생각을 보여준다.

'제발, 이 문제에서 벗어나게만 해주신다면 변화된 삶을 살게요. 맹세해요.' 그녀는 자신을 버리고 빅토리아 시크릿 모델이라는 여자에게 간 대니 때문에 질질 짜는 일을 그만둬야겠다고 생각했다. 정크 푸드로 위안을 삼는 일도, 자신도 제대로 못 하면서 남들에게 어떻게 살라고 충고하는 일도 그만둘 것이다. 그러기 위해 휘슬러 밴드를 떠나야 하더라도 그녀는 받아들이고 핑계 대지 않겠다고 생각했다.

작은따옴표로 표시한 부분이 직접 인용이다. 대화처럼 1인칭과 현재 시제를 사용해 인물이 생각한 말을 그대로 옮겼다. 나머지 부분에서 도 인물의 말투를 떠올릴 수 있긴 하지만, 이 부분은 간접 인용으로 서술처럼 3인칭과 과거 시제를 사용해 인물의 생각을 요약했다.

인물의 상황과 성격을 고려해야 한다

인물마다 저마다의 사고방식이 있다. 인물은 작가가 아닌 그들 자신의 경험에 걸맞은 이미지를 떠올려야 한다. 피겨 스케이팅 선수는 신체적인 이미지를, 보모는 천진난만한 이미지를 떠올릴 것이다.

남주인공은 남자다운 언어로 생각하고 자신의 성격에 맞는 이미지를 떠올려야 한다. 남주인공이 여주인공을 생각할 때 육체적인 면만 떠올려서는 안 된다. 남주인공이 여주인공의 신체에 주목해도 상관은 없지만, 그가 보거나 생각하는 것이 그것뿐이라면 매력적인 남주인공이 될 수 없다.

인물의 생각을 완벽히 서사적으로 서술하면 안 된다. 즉, 인물이 일련의 사건을 논리적인 순서대로 깔끔하게 떠올려서는 안 된다. 사람은 단편적으로 생각한다. 어떤 문제가 떠오를 때 발단부터 시작해 모든 것을 순서대로 되짚어보지 않는다. 특히 남성은 단편적으로 생각하는 경향이 심하다. 이러한 특성은 남주인공의 구체적인 과거를 숨겨야 할 때 유용하다. 인물이 어떤 일을 중간부터 생각하면 독자에게 너무 많은 비밀을 알려주지 않고도 흥미롭게 정보를 줄 수 있다.

어쨌는 인물이 무언가를 알고 있다고 해서 반드시 독자에게 내보여야 하는 것은 아니다. 스위트 트래디셔널 로맨스《사랑의 시간 속에는The Daddy Trap》에서 나는 남주인공이 여주인공인 전 부인을 9년 만에 다시 만나 느끼는 감정을 보여주며 그들이 헤어진 이유는 구체적으로 밝히지 않았다.

방 안에 모차르트 교향곡의 부드러운 선율이 흐르기 시작하자 기브는 의자를 바로 놓고 일을 시작하려고 했다. 그때 광장에서 자동차 문이 닫히는 소리가 들려왔다. 창밖을 내다보니 작은 그림자가 길을 건너 포푸리 안으로 들어가고 있었다.

분명히 가게 문을 닫았음에도 불구하고 불빛이 새 나오고 있었다. 린드세이가 문을 열고 아이를 맞았다. 그녀가 뭐라고 부드럽게 중얼거리는 목소리를 들은 듯한 생각이 든 것은 주위가 너무 조용해서일까, 아니면 그의 상상에 불과한 것일까? (⋯⋯)

9년 동안 그녀는 거의 변하지 않았다. 열아홉 살일 때도 그녀는 황금빛 머리에 커다란 눈을 가진 어여쁜 소녀였다. 그리고 이제는 통통했던 젖살이 사라지고 우아한 얼굴 형태가 드러난 아름다운 여인이 되어 있었다.

하지만 누군가가 그녀를 막고자 하면 불같이 성질을 내는 것도 여전해 보였다. (⋯⋯) 모성애와 책임감이 그녀를 포장하고 있기는 했지만 린드세이 알

먼트루의 내면에는 수년 전 그를 사랑에 빠지게 한, 그리고 그를 나쁜 쪽으로 탈진케 한 뜨거운 용암이 끓고 있을 터였다.

하지만 그녀의 생활에 아주 중요하게 달라진 점이 하나 있었다. 어린 소녀가 인형을 갈구하듯 그녀가 바라던 아이가 생긴 것이다. 기브가 주지 못했던 아이가.

그녀의 아들은 이제 막 여덟 살이 되었다고 했다. 그렇다면 그가 엘름우드를 떠난 지 겨우 서너 달 만에 그녀가 아이의 아버지를 만났다는 뜻이다.

아니, 서너 달은커녕 그 직후였는지도 모른다.

기브가 실패한 결혼 생활에 대해 전부 떠올리지 않은 것은 의도적인 조치다. 만약 그가 사업 문제로 고민했다면 훨씬 더 전반적으로 차근차근 생각했을 것이다. 더욱 중요한 것은 그가 이리저리 생각하다 린드세이의 아들까지 떠올리자 재빨리 그 주제에서 벗어났다는 점이다. 그런 고통스러운 주제에 대해 구체적으로 생각하는 사람은 마조히스트일 것이다.

실전연습

현실감 있는 대화를 쓰는 데 어려움을 느낀다면, 실제 사람들이 어떻게 대화하는지 살펴보는 것부터 시작하자.

- 카페 같은 곳에서 사람들의 대화를 (예의에 어긋나지 않는 선에서) 엿들어보

자. 여성들은 어떻게 대화하는가? 남성들은 어떻게 대화하는가? 남녀가 대화할 때는 어떻게 말하는가?

- 그들이 어떤 관계인지 추측할 수 있는가? 예컨대 지금 대화를 나누는 남녀는 사귄 지 얼마 안 된 사이인가, 결혼한 지 오래된 사이인가? 어떤 근거로 그렇게 생각하는가?

- 현실에서 대화를 나누는 두 사람의 이야기 가운데 흥미로운 부분을 골라서 가상의 상황에 맞춘 대화를 써보자.

- 직접 쓴 대화를 소리 내 읽어보자. 눈에 띄지 않던 부자연스러운 문장이 소리 내 읽을 때 드러나기도 한다.

- 직접 쓴 대화를 다른 사람에게 읽어달라고 부탁하자. 실제로 남녀에게 각자 성별에 해당하는 부분을 읽어달라고 하면 더욱 좋다. 대화가 어떻게 들리는가? 읽은 사람은 대화가 자연스럽다고 여기는가?

3장 베스트셀러를 만드는 기술

플롯에 개연성 부여하기

로맨스 소설의 플롯은 주인공들이 계속 함께 엮이게 되는 일련의 사건들이다. 이를 통해 주인공들은 서로를 사랑한다는 사실을 깨닫고, 장기적인 문제를 해결할 수 있을 만큼 성장하고 변화한다. 소설의 플롯은 일상처럼 관계없는 사건들의 연속이 아니다. 현실의 삶은 불규칙하고 종잡을 수 없다. 일이 깔끔하게 시작하고 끝나지 않으며, 해결되지 않은 일도 완전히 마무리되지 않은 채 남아있다. 이야기에서 일상과 마찬가지로 이 사건, 저 사건이 마구잡이로 일어난다면 독자의 관심은 순식간에 사라질 것이다.

단순히 사랑에 빠지는 것도 플롯이 될 수 없다. 이야기에서 두 사람이 데이트를 하면서 저녁을 먹거나 영화를 보고, 어린 시절이나 애완동물, 직업, 꿈에 관해 대화하는 모습만 보여준다면 독자를 끌어들이기 어렵다.

로맨스 소설의 플롯은 그저 인물이 겪는 여러 개의 사건이 아니라 의미 있고 논리적으로 연결된 사건들이어야 한다. 그리고 그런 사건들을 통해 남녀 주인공이 점점 더 서로에게 가까워져야 한다. 각각의 사건이나 결정, 일화는 신선하면서도 그럴듯하게 다음 것으로 이어져야 하고, 처음부터 끝까지 인물들을 끌고 가야 한다.

로맨스 소설에서 플롯의 사건들은 로맨스의 발전과 밀접하게 연관된다. 대부분의 사건은 남녀 주인공 모두와 연관되고, 그들이 어쩔 수 없이 함께 시간을 보내며 서로에 대해 알아가고 가까워지게 한다.

+ '만약에'와 '거꾸로' 활용

플롯을 짤 때는 인과법칙을 활용한다. 원인이 없는 일은 없고, 모든 결정과 행동에는 결과가 따른다. 현실에서 결과는 대부분 미미하고 쉽게 간과되지만, 그래도 반드시 있으며 결코 미미하지 않을 때도 있다.

인과법칙에 따라 사건을 나열해보자. 여주인공이 아이가 그날 저녁 연습 때 입어야 하는 축구복이 지저분해 세탁기를 돌리고 출근하느라 직장에 5분 지각을 한다. 그런데 미처 도착하기 전에 전화가 울리고, 상사가 전화를 대신 받는 바람에 그녀가 다른 일자리에 지원한 사실을 알게 된다. 그래서 그녀가 도착했을 때 상사는 근무 시간에 면접을 잡았다고 화를 내기 시작하고 그녀도 맞받아친 뒤 일을 그만둔다.

한 사건이 다른 사건으로 이어지고 그것이 또 다른 사건으로 이어진다. 플롯의 모든 사건은 이전 사건의 결과이며 다음 사건의 원인이 되어야(적어도 영향을 미쳐야) 한다. 원인과 결과를 생각하면 플롯을 짜는 데 도움이 되고, 관계없는 사건들의 나열을 피할 수 있다.

'만약에' 활용하기

주인공이 첫 번째로 어떤 문제에 부딪힐지 생각했다면 '만약에'를 활용해 이어지는 사건들과 그 결과를 만들어갈 수 있다. 만약에 여주인공이 일자리를 잃고 아파트에서도 쫓겨나게 되면 어떻게 될까? 만약에 그녀가 실직 문제에 정신이 팔려 불을 내는 바람에 아파트에서 쫓겨나게 된다면? 만약에 그곳이 대학가 동네인데 학기가 시작되어 집을 구하기 힘들다면? 만약에 그녀의 차가 제동이 되지 않아 사고가 났다면? 만약에 누군가는 그녀가 직장 문제로 낙심해 고의로 차 사고를 냈다고 생각한다면? 만약에 그녀가 보험이 없다면?

브레인스토밍 단계에서는 자유롭게 생각하자. 떠오르는 시나리오들이 모순되더라도 걱정할 필요 없다. (철길에 묶인 불쌍한 인형이 아니라 여주인공의 이야기를 쓰는 것이므로 그녀가 집에서 쫓겨나는 일과 차 사고를 동시에 겪게 하고 싶지 않을 수도 있다.) 어떤 생각이 가장 좋은지, 어떤 아이디어들이 서로 잘 맞거나 모순되는지는 나중에 선택하면 된다.

'만약에'는 작은 아이디어에서 시작해 플롯을 발전시켜나가는 방법이다. 이 방법은 글쓰기 과정 전체에서 유용하다. 앞에 나온 문제에 계속 이어서 '만약에'라고 질문을 던져보자.

'거꾸로' 활용하기

'거꾸로' 플롯 짜기는 앞에서 본 '만약에'와 반대 순서로 플롯을 짜는 방법이다. 원하는 상황이나 시나리오를 먼저 생각한 다음, 그것이 논리적이고 그럴듯하고 필연적인 이야기가 되게 하려면 그 전에 어떤 일이 있었어야 하는지를 생각한다. '거꾸로' 플롯 짜기는 플롯의 어느 지점에서든 효과적으로 사용할 수 있다. 특히 독자가 이야기를 쉽게 믿지 못할 만한 지점에서 유용하다.

'거꾸로' 플롯 짜기를 잘 보여주는 예는 주인공이 다른 주요 인물의 잃어버린 손자로 밝혀지는 이야기다. 이런 관계가 난데없이 밝혀지면 독자는 쉽게 받아들이지 못한다. 하지만 사전에 다른 인물의 가족에게 비밀이 있다는 점과 손자인 인물이 뭔가를 조사하고 찾아다닌다는 점을 보여주면 그 뒤 관계가 밝혀졌을 때 여전히 놀랍지만, 혼란스럽다기보다는 감정적으로 만족스러울 것이다. 물론 사전에 암시를 너무 명백하게 주면 안 된다. 긴장감이 떨어지기 때문이다.

'만약에'+'거꾸로' 활용하기

'만약에'와 '거꾸로' 플롯 짜기를 함께 활용하면 그럴듯한 시나리오를 쉽게 짤 수 있다. 만약에 남주인공이 자신의 뿌리를 찾고 있다는 사실을 드러내지 않고, 다른 타당한 이유로 그 비밀스러운 가족에게 호기심을 가진다면 어떨까? 만약에 남주인공이 자신에게 감춰진 뭔가가 있음을 암시하는 물건을 가지고 있다면? 하지만 어떤 물건이어야 그의 조사에 도움이 되는 단서이면서도 쉽게 답을 주지 않을까? 이때 '거꾸로' 플롯 짜기를 활용하면 그가 어떤 물건을 가지고 있는지뿐 아니라 그것을 어떻게 갖게 되었는지, 그것에 어떤 의미가 있는지도 생각해볼 수 있다.

이렇게 플롯을 짜는 두 가지 방법을 함께 활용하면 남주인공이 그 가족에게 호기심을 갖고 있다는 사실을 분명히 보여주면서도 왜 그러는지 이유는 드러내지 않을 수 있다. 사전에 남주인공이 가진 물건을 보여주고 그에게 어떤 비밀이 있음을 암시해두면 그가 가진 물건이 해결의 실마리로 이어질 때 갑작스럽게 느껴지지 않는다. 그가 의심하던 사실이 진실로 밝혀질 때 독자는 드러날 비밀에 대한 마음의 준비가 되어 있다.

'만약에'와 '거꾸로' 플롯 짜기를 함께 활용하면 아주 효과적이다. 인물의 문제를 발전시키고 그럴듯한 플롯을 짤 수 있을 뿐 아니라 까다로운 부분이나 허점이 더 커지기 전에 발견할 수 있다.

'만약에'+'거꾸로' 플롯 예시

이제 인과법칙과 '만약에', '거꾸로' 플롯 짜기를 모두 활용해 어떻게 플롯을 짜는지 살펴보자.

만약에 여주인공의 장기적인 문제가 진심으로 사랑받아본 적이 없다고 느끼는 것이고, 단기적인 문제가 결혼식장에 입장하기 직전에 약혼자가 그녀의 돈만 보고 결혼한다는 사실을 알게 되는 것이라면?
만약에 그녀가 결혼을 하지 않고 도망가려고 결심한다면? 하지만 그
녀는 왜 그렇게까지 하는가? 여주인공은 성인이다. 그냥 아버지에게
약혼자에 대해 말하거나 결혼식장에 들어가서 결혼하지 않겠다고 말
하면 되지 않을까?

그럴 수도 있다. 그렇다면 만약에 여주인공은 결혼식을 취소하려고
했는데 아버지가 그녀의 말이 진심이라고 믿지 않고 약혼자에게 가
서 그녀를 달래라고 한다면? 그렇게 되면 시간적인 압박이 생긴다.
그녀가 여유롭게 생각하기 위해 떠나려고 했다면 지금 즉시 떠나야
하고 계획을 세우거나 짐을 쌀 시간이 없다.

그녀는 무엇을 가져가는가? 무엇을 남겨두고 가는가? 어디로 갈지
생각한 곳이라도 있는가? 빠져나갈 수 있는 시간이 15분밖에 없다
면 어떻게 해야 하는가? 웨딩드레스를 입은 채로 도망가는가? 그러
면 나중에 이야기에 방해가 될 수 있다. 그래서 5분 정도는 드레스를
벗고 청바지로 갈아입는다고 하자. 하지만 그러면 어디로 갈지, 뭐가
필요할지 생각할 시간이 5분 줄어든다.

또한 그녀는 어떻게 빠져나갈 것인가? 만약에 결혼식이 평범한 교
회가 아니라 아버지의 저택에서 열린다면? 만약에 결혼식 하객과
선물의 보안을 위해 저택이 평소보다 더 굳게 잠겨 있다면? 여주
인공이 대문을 지나갈 때 발각될 것이다. 그녀는 자신의 차를 가지
고 가거나 여행 가방을 담 너머로 던질 수도 없다. 그리고 시간은
계속 흘러간다.

만약에 그녀를 도와주는 사람이 있다면? 그녀를 도와줄 수 있는 처지에 있는 사람은 누구인가? 저택에서 일하는 사람? 그들은 일자리를 잃을 위험이 있으니 도와줄 가능성이 적다. 꽃 장식 전문가나 출장 뷔페 직원처럼 임시로 고용된 사람은 어떤가? 결혼식 하객은? 그럴 수도 있다. 하지만 도와줄 의향이 있는 사람을 여주인공이 어떻게 찾을 수 있는가? 그 사람에게 안전하게 도움을 청할 수 있는지 어떻게 알 수 있는가?

만약에 여주인공이 그녀를 도와줄 남주인공과 우연히 만난다면? 만약에 그의 품으로 넘어진다면? 그는 무슨 일을 하던 중인가? 그는 왜 그곳에 있는가? 만약에 그가 그 저택과 가문에 연관은 있지만 그곳에서 일하는 사람은 아니라면? 그렇다면 그는 일자리를 잃을 걱정 없이 그녀를 도와줄 수 있다.

그가 결혼식과 관련이 없다면 왜 그곳에 있었는가? 만약에 그가 저택에서 일하는 아버지 덕분에 예전부터 여주인공을 알고 있었다면? 만약에 그가 오랫동안 여주인공을 짝사랑하고 있었고 그녀가 떠나기 전에 마지막으로 가망은 없지만 가까이에서 보려고 왔다면? 그의 아버지가 저택의 정원사인 것은 어떤가? 그가 저택에서 자랐고 비밀통로가 어디 있는지 안다면 여주인공이 빠져나갈 수 있게 도와줄 수 있다.

만약에 그가 여주인공이 스트레스가 심해 이성적으로 판단하지 못하는 것을 보고 그녀의 안전을 위해 함께 가준다면? (이를 위해 남주인공의 성격이 필요 이상으로 신사답다고 하자.)

그녀의 차를 차고에서 가져올 수 없으니 그가 차도 태워준다면? 어쨌든 여주인공이 차를 가져가면 추적당하기 쉬우니까 그러지 않는 편이 좋다. 하지만 다시 같은 문제에 직면한다. 여주인공은 그의 차를 타고 나가더라도 목격될 것이다. 그렇다면 그녀는 비밀 통로로 빠져나가고 남주인공은 평상시처럼 차를 몰고 나가면 그들이 함께 있다고 의심받지 않을 것이다.

이제 그들은 저택을 빠져나왔다. 그러나 자동차 한 대 외에는 수중에 가진 것이 별로 없다. 갈아입을 옷이나 현금도 없고, 그의 주머니와 그녀의 핸드백에 든 것이 전부다. 게다가 핸드백이 작은 것이라 그녀는 필요한 물건을 몇 개 갖고 있지도 않다.

그런데 그들은 어디로 가는가?

만약에 여주인공이 자신을 믿어주지 않은 아버지에게 너무 화가 나 완전히 가출하기로 마음먹는다면? 만약에 그녀의 돈을 노렸던 약혼자에게 속은 것이 화가 나 정원사의 아들인 남주인공에게 결혼하자고 한다면? 만약에 그녀가 돈 때문에 결혼할 바에야 자신이 선택한 남자와 결혼하겠다고 한다면? 만약에 남주인공이 그녀가 아무나하고 결혼할 만큼 제정신이 아닌 것 같아 더 이상한 짓을 하지 못하게 그녀의 청혼을 받아들인다면? 만약에 그들이 함께 도망가기로 하고 당장 결혼할 수 있는 지역을 목적지로 정한다면?

그녀는 진심으로 그렇게 할 작정인가? 그는? 아니면 그런 시늉만 하고 있는가? 그사이 그들은 저택 바깥에 계속 앉아 있을 수 없으니 어디론가 출발한다. 그리고 만약에 결혼하기로 한 지역으로 향한다면?

갈 길은 멀고, 그들은 그녀의 아버지가 쫓아올 것을 안다. 그들은 어떻게 그 여행을 해나갈 것인가? 그들이 너무 쉽게 가게 해서는 안 된다. 여기서 거꾸로 플롯 짜기를 통해 그녀가 정직하게 다이아몬드 반지를 두고 왔다는 얘기를 끼워 넣어 반지를 저당 잡힐 수 없게 하자. 그들의 수중에 있는 것은 무엇인가? 물론 그들에게는 신용카드가 있지만 카드를 사용하면 쉽게 추적당한다. 남주인공은 당일치기로 아버지를 보러 온 것이었기 때문에 현금이 조금밖에 없다. 여주인공도 신혼여행을 갈 것이었기 때문에 역시 현금이 별로 없다.

만약에 그들이 고장 난 전조등 때문에 고속도로 순찰대에게 걸린다면? (여기서 또 거꾸로 플롯 짜기를 통해 차가 아주 낡았다는 설정을 집어넣을 수 있다. 그러면 앞서 여주인공이 걸려 넘어진 이유도 남주인공이 엔진오일을 가느라 진입로에 누워 있었기 때문이라고 설명할 수 있다.) 그들은 딱지를 끊긴 데다 차를 다시 몰고 가려면 전조등을 고쳐야 한다. 그러나 정비공이 올 때까지 기다릴 시간이 없다. 그래서 도주를 위해 다른 차를 구입한다면?

현금이 부족해서 고물 트럭을 살 수밖에 없고 이것은 나중에 더 큰 문제로 이어진다. 그러나 적어도 이제는 그들이 어떤 차를 타고 가는지 아무도 알 수 없게 되었다.

이제 그들에겐 돈이 한 푼도 없다. 돈을 마련하려면 카드를 사용할 수밖에 없다. 그들은 추적자들을 따돌리기 위해 목적지 반대 방향으로 가면서 현금인출기에서 신용카드로 현금을 인출한다. 이 계획은 순조롭게 진행된다. 그래야 그들이 최소한 밥을 먹고 갈아입을 옷을 살 수 있다. 일이 성공하자 그들은 더 큰 계획을 세우지만, 그사이 문제가 있다고 카드 회사에 신고가 들어간다. 그래서 그들이 은행에 가서 돈을 더 많이 인출하려고 할 때 은행 직원이 신고된 계좌라는 것을 알아채고 여주인공의 카드와 신분증을 압수한다. 그들은 카드의 출처를 묻는 질문을 피하기 위해 다시 도망간다. 돈을 더 찾으려던 계획은 실패했고 여주인공은 운전면허증도 빼앗겼다.

운전면허증을 빼앗긴 결과, 여주인공은 결혼할 장소에 도착했을 때 신분을 증명할 방법이 없어 결혼허가증을 받지 못한다. 하지만 여기서 거꾸로 플롯 짜기를 통해 그녀가 신혼여행을 해외로 가려 했기 때문에 여권을 가지고 있었다고 하면 난관을 극복할 수 있다.

한 사건은 다음 사건으로 이어진다. 하나의 일은 다음 사건의 원인이 된다. 한 문제는 다음 문제를 복잡하게 한다. '만약에'와 '거꾸로' 플롯 짜기를 활용하면 논리적이고 필연적인 플롯을 만들 수 있다. 남녀 주인공은 그들이 연관된 모든 사건을 통해 더 가까워지고 사랑에 빠질 수 있는 기회를 얻는다.

+ 합리적 행동과 우연의 일치

작가는 남녀 주인공이 사랑스럽고 서로에게 완벽한 짝이라는 것을 알고 있기 때문에 주인공들은 자신들이 함께할 운명임을 아직 모른다는 사실을 쉽게 잊곤 한다. 그래서 가끔 방금 만난 사이인데도 자신들이 남은 생애를 함께할 것을 이미 아는 듯이 행동하게 할 때가 있다.

가령 여주인공이 모르는 동네에서 차가 고장 났는데 총을 든 낯선 남자를 믿고 그의 집까지 따라가서 하룻밤 신세를 지는 경우가 그렇다. (일반적으로는 차 문을 잠그고 보험회사에 연락해달라고 부탁했을 것이다.) 또 남주인공이 자신에게 욕을 하는 낯선 여자가 원래는 그렇지 않은데 오늘은 힘든 일이 있어서 그렇다고 이해하고, 그녀가 자신의 아이를 낳을 완벽한 여자라고 확신하는 경우도 그렇다.

이성적인 사람이라면 이런 상황에서 어떻게 반응하겠는가? 주인공들은 지금 당장 알고 있는 것만 알지, 며칠이나 몇 주 뒤의 일까지 아는 것처럼 행동해서는 안 된다. 인물은 논리적으로 행동하는가? 플롯의 사건에 현실적으로 반응하는가?

행동에는 동기가 필요하다

인물이 어떤 행동을 하는 이유인 동기는 무척 중요하다. 인물의 동기가 이해될수록 독자는 이야기에 더 몰입한다. 인물이 그 일에 휘말리게 된 이유는 무엇인가? 그 순간에 그런 행동을 하는 것이 최선이라고 생각하는 이유는 무엇인가?

도망가는 신부의 예에서, 만약 그녀가 약혼자를 내내 의심하고 있었거나 다른 이유 없이 그냥 그날 결혼을 하지 않기로 마음먹었다면 이야기는 훨씬 설득력이 떨어졌을 것이다. 하지만 그녀에게는 결혼식을 취소할 만한 타당한 이유(약혼자가 그녀보다 그녀의 돈을 더 사랑한다는 사실을 알게 됨)와 하객들 앞에 나타나지 않고 도망친 이유(그녀의 아버지가 그녀를 믿지 않음)가 있다. 이런 이유 덕분에 플롯은 훨씬 더 그럴듯해지고 독자를 끌어들인다. 또한 남주인공의 경우에도 아무 이유 없이 즉흥적으로 여주인공과 동행했다면 이야기의 재미는 반감되었을 것이다. 하지만 그가 여주인공을 보호하려는 이유(여주인공의 충동적인 행동으로 인해 그의 신사다운 성격이 발휘됨)가 있고 그녀와 가까이 있고 싶은 이유(그녀를 짝사랑함)도 있으므로 그가 자신의 차에 여주인공을 태우고 함께 달아나기로 한 결정이 이해될 수 있다.

이 인물은 왜 이렇게 하지 않고 저렇게 하는가? 그는 무엇을 원하고, 왜 원하는가? 왜 이 사건은 작년이나 다음 달이 아닌 지금 이 순간에 일어나는가?

'왜'를 독자가 논리적이고 합리적이라고 생각할 만한 이유로 설명할 수 있다면 작가는 인물과 플롯을 원하는 대로 할 수 있다.

'우연의 일치'도 계획해야 한다

실생활에서 우연의 일치는 항상 있는 일이다. 사람들은 우연히 일이 겹치더라도 대수롭지 않게 생각하고 넘어간다. 그래서 소설을 쓸 때도 정말 불가능할 것 같은 상황을 그리며 '그런 식으로 일어날 수도 있지.'라고 하고 싶은 유혹에 빠진다.

문제는 현실과 다르게 이야기의 사건들은 앞뒤가 맞아야 한다는 점이다. 때마침 일어나는 사건, 우연한 만남, 어쩌다 엿듣는 일 등 우연의 일치를 너무 남발하면 독자에게 이것이 지어낸 이야기라는 사실을 상기시킬 뿐이다.

사실은 책에도 우연의 일치가 가득하다. 다만 사건을 논리적이고 그럴듯하게 만들어서 예컨대 남녀 주인공이 같은 시간에 같은 장소에 있는 일이 얼마나 이상한지 독자가 알아차리지 못하게 할 뿐이다.

작가가 자신이 쓴 이야기의 일화가 너무 편리하게 흘러간다는 생각이 조금이라도 든다면 진짜 그럴 가능성이 높다. 인물이 그 시간에 그 장소에서 그 사람들과 그러한 상황에 있는 것을 논리적이고 그럴듯하게 만들 방법을 찾아야 한다.

우연의 일치를 논리적이고 그럴듯하게 만들기 위해서는 인물의 행동에 이유를 부여하고 복선을 깔아야 한다(복선에 관해서는 뒷부분에서 자세히 얘기할 것이다).

+ 긴장감 조성과 유지

이야기의 긴 중반부를 지날 때 독자가 지루해하지 않으려면 갈등을 계속해서 발전시키고 플롯을 논리적인 단계로 전개하며 이야기를 예측할 수 없게 해야 한다. 독자로 하여금 계속해서 책장을 넘기게 하는 힘은 긴장감이다. 긴장감을 주는 방법은 긴장 유지하기, 속도 조절하기, 복선 깔기 등 다양하다.

독자로 하여금 책장을 넘기게 하는 긴장감은 로맨틱 서스펜스에서 주인공이 악당에게 쫓기거나 미스터리를 해결하려고 하거나 적을 감시할 때의 긴장감이 아니다. 여기서 말하는 긴장감을 위해 주인공이 위험에 처할 필요는 없다. 무엇이든 독자가 알고 싶어 하는 것이 있으면 된다. 조가 브렌다에게 키스할까? 샐리가 브래드의 요구를 받아들여 그를 위해 일할까? 질이 방금 우편함에서 가져온 편지에 그녀가 원하는 답이 있을까? 재러드는 캐서린의 질문에 대답할까, 아니면 둘러댈까?

독자가 다음 이야기를 궁금해하면 긴장감이 형성된 것이다. 긴장감은 별도로 추가하는 양념 같은 것이 아니다. 글을 잘 쓰면 긴장감은 자연스레 생겨난다.

소설에서는 인물이나 독자, 또는 둘 다에게 정보를 주지 않음으로써 긴장감을 조성할 수 있다. 긴장감을 조성하는 세 가지 방법은 다음과 같다.

- **독자에게 정보를 알려주지 않는다.**

작가는 플롯과 인물 뒤에 숨겨진 이야기, 과거에 있었던 이야기, 아직 나오지 않은 플롯의 반전까지 모두 알고 있다. 신인 작가는 과거에 있었던 일과 숨겨진 이야기를 곧바로 털어놓는 경향이 있다. 하지만 그런 정보를 일부라도 (때로는 맨 마지막까지) 말하지 않으면 대부분 더 나은 이야기가 된다.

- **인물에게 정보를 알려주지 않는다.**

이것은 알프레드 히치콕Alfred Hitchcock이 그의 영화에서 매우 적절하게 사용했기 때문에 히치콕 효과라고 한다. 독자는 (히치콕의 영화를 보는 관객처럼) 행간을 읽으며 상식과 경험에 비춰 이야기가 앞으로 어떻게 될지 판단한다. 하지만 인물은 아무것도 모른 채 독자만 예견할 수 있는 뻔한 함정으로 걸어 들어가고 독자는

3장 베스트셀러를 만드는 기술

그것을 막을 수 없다.

- **주인공이 독자와 다른 인물에게 정보를 알려주지 않는다.**

  인물이 (그가 시점 인물이더라도) 뭔가를 알고 있다고 해서 반드시
  독자와 공유해야 하는 것은 아니다. 동기는 숨겨져 있더라도 인
  물의 행동에 영향을 미치므로 예리한 독자는 행동을 통해 실제
  사정에 대한 단서를 얻는다.

  과거를 너무 일찍 알려주고 인물의 생각을 과도하게 보여줘서
  더 이상 밝힐 내용이 없다면 독자는 지루해하고 그때까지 쌓아올
  린 긴장감도 사라질 것이다. 그렇지만 다음과 같은 방법을 사용하
  면 긴장감을 높일 수 있다.

- **사건을 집중시킨다.**

  상당한 시간 동안 긴장감 넘치는 사건 없이 남녀 주인공의 일상적
  인 생활만 나온다면 이야기는 힘을 잃고 독자도 흥미를 잃는다.

- **위험을 독자가 실감할 수 있게 그린다.**

  추격당하는 남녀 주인공이 운 좋게 발견되지 않았다는 사실만 믿
  고 중간에 뜨거운 장면을 연출하면 독자는 주인공들이 정말 위험
  에 처해 있다고 믿지 못한다. 독자로 하여금 위험을 믿게 하려면
  인물이 진짜 위험을 느끼는 것처럼 행동해야 한다. 반드시 물리

적인 위험이 아니더라도 인물을 계속 압박해야 한다. 인물의 문제를 배경으로 사라지게 해서는 안 된다.

- **악당을 극악하게 그리지 않는다.**

  악역은 그럴듯하고 논리적으로 악해야 한다. 그러나 악역이 실제로 강간하고 약탈하고 고문을 한다면 이야기는 로맨스가 아니라 일반 소설이 될 것이다.

- **감정선을 높게 유지한다.**

  물리적인 위험이 등장하지 않더라도 이야기에는 주인공들의 평생 행복이 걸려 있다. 감정이 이야기의 중심에 있으면 이 상황이 얼마나 중요한지 독자에게 알려줄 수 있다.

- **이야기의 시간을 제한한다.**

  이야기가 진행되는 시간에 한계를 두면 긴장감이 높아진다. 2주간의 휴가, 한 학기, 기차 여행, 결혼식 날짜, 프로젝트 마감일 등 한정된 시간이 흘러가면 남녀 주인공은 행동을 해야 할 압박을 느낀다. 이야기가 끝날 시간이 정해져 있기 때문에 인물은 시간이 많을 때와는 다른 모습으로 신속하게 행동할 것이다.

- **행동이나 말, 사건을 반복한다.**

  한 번 나오는 행동이나 대화는 독자의 관심을 얻는 정도로만 가볍게 지나간다. 두 번 반복된 정보는 중요하고(왜 중요한지 독자가 정확히 모를 수도 있다) 앞으로 나올 중요한 사건의 복선이 된다. 정보가 세 번 반복되면 앞으로 일어날 일에 대한 관심이 무척 커지고, 독자는 무슨 일이 일어날지 마음의 준비를 하고 긴장한 채로 지켜보게 된다.

- **모든 인물의 생각을 다 보여주지는 않는다.**
  예를 들어 여주인공이 이를 악무는 남주인공을 보고 그녀에게 화가 났다고 생각한다고 하자. 그런데 이어서 어금니가 아프다는 남주인공의 생각을 보여주면 여주인공은 자신이 잘못 알았다는 것을 모르지만 독자는 알게 된다. 그러면 장면의 긴장감이 사라진다.

클레어 크로스의 칙릿 《더블 트러블Double Trouble》에서 여주인공은 남주인공을 나름대로 판단하지만 그녀가 맞는지는 알 수 없다.

나는 그가 왜 내 쌍둥이 언니와 결혼했는지 모르겠다. 딱 하나 떠올릴 수 있는 이유는 위대한 일을 할 변호사에게 아내와 아이들은 반드시 필요한 장신구였고 마사만큼 좋은 선택이 없었다는 것이다. 그들은 공통점이 많아 보이지 않았지만 어쩌면 그것이 그들 사이의 기반이었다. 욕망처럼. 마샤는 꽤 미인이었다. 나는 지금 일란성 쌍둥이로서 엄청 겸손하게 말하는 것이다.

오늘 밤, 제임스는 대리석으로 만들어진 사람치곤 놀라울 정도로 수척하고 화가 나 보였다. 하지만 나를 보자 다시 표정이 굳었다.

"도대체 여기서 뭐하는 거지?"

오, 저속한 말투. 물론 품행이 나쁜 처제가 자유세계에 존재하는 예의범절의 마지막 보루를 침공했으니 당연하다. 그래도 대사는 적어도 우리가 평상시에 주고받는 대본과 일치했다. 그의 역할은 내가 오래 머물면서 소중한 아들들을 물들이지 않도록 나를 환영하지 않는 것이었다. 나도 내 대사를 외우고 있었다.

더 몸에 붙는 옷을 입고 있지 않은 것이 안타까웠다. 그랬으면 그를 열받게 할 수 있었을 텐데. 나는 이 집안에서 완벽한 자세를 중요시한다는 걸 알고 있었으므로 몸을 더욱 구부정하게 했다.

제임스에게 무슨 일이 있는가? 독자는 그가 왜 수척하고 화가 났는지 알 수 없다. 여주인공이 내린 결론은 알지만 과연 그녀의 생각이 맞을까? 여주인공은 왜 품행이 나쁜 처제로 알려져 있는가? 어째서 두 사람은 상호 간에 "평상시 대본"이 있을 정도로 갈등 관계에 있는가?

이런 것들을 알고 싶다면 다음 장을 넘겨 계속 읽어야 한다.

문제는 늦게 해결될수록 좋다

긴장을 유지하려면 인물을 계속 압박해야 한다. 인물이 겪는 문제는 이야기가 진행되는 동안 점점 커지고 다루기 힘들어지며 겉보기에는 해결할 수 없을 것 같아야 한다. 인물의 감정적인 몰입도와 독자가 인물에게 느끼는 애착은 인물이 직면하는 어려움이 커질 때 함께 커진다.

대개 초보 작가는 문제를 제기한 뒤 곧바로 해결하고, 다음 문제로 넘어가기 전에 쉬는 시간을 준다. 하지만 숨겨진 다이아몬드 목걸이를 찾는데 첫 번째로 살펴본 장소에서 바로 발견한다면 흥미는 모두 사라질 것이다. 문제는 계속 존재하며 한 단계씩 힘들어져야 한다. 독자가 인물이 압박에 대처하는 모습을 계속 볼 수 있게 하자.

긴장을 매 순간 유지할 필요는 없다. 하지만 그럴듯한 긴장을 만들어내면 독자는 문제가 어딘가에 도사리고 있음을 늘 인지한다. 인물이 잠깐 쉬더라도 문제는 어느 순간 다시 튀어나오고 이전보다 더 어려워질 것이라 믿는다.

인물이 문제를 해결하면 독자도 긴장을 풀고 책을 내려놓는다. 작가는 또 다른 어려움이 기다리고 있음을 알지만 그것을 독자에게 알려주지 않으면 독자는 앞으로 일어날 일에 대해 걱정할 수 없다. 그러므로 하나의 문제나 갈등의 한 부분이 해결되기 전에 다음 문제도 꺼내야 한다.

긴장감을 유지하려면 속도를 조절하자

서두르지도 않고 질질 끌지도 않는 것이 이야기의 적절한 속도다. 이야기는 독자가 마치 그 자리에서 지켜보는 것처럼 펼쳐져야 한다. 독자가 알아야 할 것을 알아야 할 순간에 알려줘야 한다. 조금이라도 빨라서는 안 된다. 독자가 정보를 알고 싶어 참을 수 없을 때까지 손에 닿을 듯 닿지 않게 최대한 오랫동안 알려주지 않으면 긴장을 고조시킬 수 있다.

한 번에 여러 가지를 말하는 것이 이야기의 속도를 유지하는 데 도움이 된다. 어느 장면에서든 지금 일어나는 일을 보여주고, 지난 장면이나 장에서 해결되지 않은 부분을 마무리하고, 다음 장면에 나올 사건을 암시해야 한다. 이 모든 것을 하기란 힘들다. 글을 직선적으로 쭉 쓰면서 한 번에 한 가지만 처리하는 편이 훨씬 편하다. 그러나 암시를 주고 내용을 덧붙여야 긴장감이 형성된다.

적절한 속도를 유지하려면 인물 앞에 언제나 문제가 적어도 하나 이상 있어야 한다. 마지막 몇 장에 이를 때까지 인물을 위협하는 문제가 사라지거나 독자가 걱정할 거리가 떨어지면 안 된다.

끝까지 긴장감을 유지하려면 이야기의 속도를 다양하게 바꾸는 것이 중요하다. 행동이나 긴장이 지나치게 많으면 곧 지겨워진다. 모든 사건이 요란한 자동차 추격처럼 빨리 진행될 수는 없다. 계속 그런 속도로 달리다 보면 효과가 떨어진다.

속도를 다양하게 조절할 때 액션신도 효과적일 수 있다. 긴 장면 다음에는 짧은 장면을, 역동적인 장면 다음에는 느리고 사색적인 장면을 잇자. 일반적으로 중요한 장면일수록 길고 심오해진다.

단어 선택도 이야기의 속도에 영향을 미친다. 짧은 문장과 동사를 많이 사용하면 사건이 빨리 진행된다. 긴 문장과 형용사를 많이 사용하면 이야기의 속도가 느려져 독자가 모든 것을 찬찬히 볼 수 있다.

장면이 전환될 때, 즉 하나의 시간과 장소에서 다른 시간과 장소로 이동할 때 어떻게 하느냐에 따라 이야기의 속도가 빨라지거나 느려질 수 있다. 많은 작가가 인물이 한 장소에서 다른 장소로 갈 때 그 과정을 자세히 쓰고 싶은 유혹을 느낀다. 가령 여주인공이 집에 도착해서 애인이 데리러 올 때까지 저녁 데이트를 준비하는 경우를 생각해보자.

그 시간에 여주인공이 남주인공을 상대할 전략을 짠다든지, 옷장에 숨어 있던 도둑이 튀어나온다든지 하는 중요한 일이 벌어진다면 보여줘야 한다. 하지만 그렇지 않다면 반드시 짧게 요약하자. 만약 그때 여주인공이 중요한 생각을 한다면 그녀의 행동은 생각에 배경이 될 정도로만 간단히 보여준다.

여주인공이 옷장을 살펴보며 서로 다른 원피스를 세 벌 꺼냈다는 것을 독자가 알 필요는 없다. 원피스가 각각 어떤 모양인지 자세히 묘사할 필요도 없다. 그녀가 원피스 말고 바지를 입기로 결정한 다음 이를 닦고 새 샴푸를 열어 머리를 감고 부드러운 머릿결을 위해 린스도 한 뒤 빨간 끈 팬티부터 옷을 입었다고 모든 과정을 알려줄 필요는 없다.

독자에게는 다음과 같이 알려주는 것이 적절하다.

그녀는 복도의 장식 테이블 위에 열쇠를 던지고 준비를 시작했다. 저녁을 먹으며 그에게 할 말을 생각하고, 자신이 가진 신발 중에서 가장 섹시한 구두에 막 발을 집어넣었을 때 초인종이 울렸다.

독자도 데이트 준비는 한두 번쯤 해봤을 테니 나머지 내용을 상상할 수 있다. 자세한 내용이 이야기의 속도감을 방해한다면 필요 없는 내용일 가능성이 높다.

인물의 과거는 필요한 만큼만 알려주자

대부분의 작가는 글을 쓰는 초반부터 인물의 과거에 있었던 이야기, 즉 그가 지금 이렇게 살게 된 사연을 털어놓고 싶은 유혹을 느낀다. 인물의 과거를 모두 공개하면 그가 현재 왜 이런 문제에 직면하게 되었는지 정확하게 설명할 수 있다. 그러나 또한 독자가 아직 받아들일 준비가 되지 않은 것들을 필요 이상으로 많이 알려주게 된다.

과거에 인물에게 무슨 일이 있었는지 암시하면 긴장감을 형성할 수 있지만 자세한 내용은 독자가 반드시 이해할 필요가 있을 때까지 숨겨야 한다. 내 첫 편집자의 우아하지 못한 표현에 따르면 "독자가 사연을 알고 싶어서 혀를 빼물 때까지" 숨겨야 한다. 독자로 하여금 계속 궁금해하면서 추측하게 하면 책을 놓지 않을 것이다.

소피 웨스턴의 스위트 트래디셔널 로맨스 《셰이크의 품에서》의 첫 부분에는 여주인공의 극적인 과거에 대한 암시가 나온다.

나타샤는 더욱 눈살을 찌푸렸다. 이지가 그렇게 말하는 것을 예전에는 들어본 적이 없었다. 그 사건 뒤로는 (……)

그녀는 어두운 기억을 떠올리지 않으려 했다. 나쁜 시간은 3년 전에 지나갔다. 이제 끝난 일이다. 그녀와 이지는 정글에서 무사히 살아 돌아왔다. 나머

지 사람들도 마찬가지였다. 끝이 좋으면 다 좋은 것 아닌가. 악몽도 곧 사라
질 것이다.

하지만 그것으로는 이지의 말이 왜 그렇게 부자연스럽고 거짓말처럼 들리는
지 설명이 되지 않았다.

150쪽 뒤에 가서야 작가는 정글에서 나타샤에게 무슨 일이 있었는
지 알려준다. 하지만 그때도 자세히 설명하지 않고 중요한 내용만 전
달한다. 그 정도면 나타샤가 이런 식으로 반응한 이유를 충분히 이해
할 수 있기 때문이다.

인물의 자세한 과거를 펼쳐놓기 가장 좋은 장소는 대화 속이다. 여주
인공이 예전에 차였던 경험 때문에 (또는 어릴 때 버림받은 경험이나 살
인죄로 기소된 경험 등 그 어떤 경험 때문에) 누군가를 믿고 삶을 공유하
기를 망설였다고 남주인공에게 고백한다면 강력한 장면이 될 수 있
다. 하지만 단순히 여주인공의 생각을 보여주거나 다른 조연이 그녀
의 말을 남주인공에게 전하면 그 장면은 감정적으로 훨씬 설득력이
떨어진다.

과거 이야기를 플래시백을 통해 보여주고 싶을 수도 있다. 그러나 그
것은 좋은 생각이 아니다. 독자를 과거로 데려가면 본 이야기의 진행
은 멈춘다. 독자가 플래시백으로 나타샤와 함께 정글로 돌아가 그녀
의 경험을 다시 생생하게 본다면 과거 이야기가 현재 이야기를 압도
할지 모른다. 남녀 주인공이 모두 연관된 과거일 경우에만 그들 사이
에 실제로 무슨 일이 있었는지 보여주는 플래시백을 정당하게 사용

할 수 있다.

독자에게 과거 이야기를 알려주더라도 인물의 동기를 명확하게 하는 데 필요한 만큼만 알려줘야 한다. 인물의 고통스러웠던 어린 시절이나 끔찍했던 결혼 생활은 이야기의 주된 내용이 아니다. 과거 이야기는 몇 부분만 선택해서 보여주면 도움이 되지만 그 이상 나오면 현재의 이야기를 위험에 빠뜨린다.

동일한 규칙이 숨겨진 이야기에도 적용된다. 숨겨진 이야기는 주인공 중 한 명(대개 여주인공)이 모르는 실제 사정이다. 누더기 같은 차림의 남주인공은 변장한 백만장자인가? 그는 왜 결혼 생활에 헌신하기를 망설이는가? 그가 아이를 갖고 싶어 하지 않는 진짜 이유는 무엇인가?

남녀 주인공의 시점을 모두 사용하는 이야기에서도 숨겨진 이야기를 독자가 알고 싶어 할 때까지 감출 수 있다. 그리고 그렇게 할 때 책 전체의 긴장감이 높아진다.

남주인공은 자신이 아이를 원하지 않는 이유를 잘 알고 있지만 그것은 떠올리기에 즐거운 기억이 아니다. 그러므로 그는 생각에서조차 그 주제를 피할 것이고 독자는 흥미롭지만 아직은 어렴풋한 암시만 얻는다.

록산느 러스탄드의 장편 현대 로맨스 《작전: 두 번째 기회Operation: Second Chance》에는 두 개의 숨겨진 이야기에 대한 암시가 나온다.

    그의 의도는 매력적인 힐러드 부인을 확인하고 그녀의 과거를 조심스럽게 조사하려는 것이었다. 그는 그녀의 집에 살게 되리라고는 예상하지 못했다. 그녀가 이렇게 흥미로운 사람일지도 전혀 예상하지 못했다.

(……)

신문의 사회면에서 오려낸 사진 속 여성은 그녀와 거의 닮지 않았다. 다이아몬드와 차가운 우아함은 어디로 갔지? 하이힐과 낮은 카메라 각도를 감안하더라도 그녀의 키는 그가 짐작했던 것만큼 크지 않았다. 게다가 어린 소녀와 장난칠 때 그녀의 눈은 유쾌하게 반짝이기까지 했다. 만약 그녀가 죽은 남편의 일에 관여했다면 15~20년에 이르는 형을 받고 감옥에 들어갈 것이고 그녀의 그런 반짝임은 빠르게 사라질 것이다. 예전에는 이런 생각을 하면 만족스러웠지만 그녀를 만난 뒤로는 그만한 만족감이 들지 않았다.

남녀 주인공이 모두 비밀을 숨기고 있다. 남주인공이 만난 여주인공은 사진 속에서와는 매우 다른 모습이었지만 왜 그런지 여주인공은 설명하고 싶어 하지 않는다. 그리고 남주인공은 자신이 여주인공의 집에 방을 빌린 이유가 그녀를 조사하기 위해서라는 사실을 그녀에게 말하지 않는다. 두 이야기에 대한 암시가 이어지면서 독자의 흥미는 배가된다.

+ 복선과 서브플롯 활용

아직 나오지 않은 사건에 대해 암시하는 복선은 긴장감을 고조시킨다. 복선을 제대로 사용하면 독자는 비논리적이거나 그럴듯하지 않거나 우연의 일치로 보일 수 있는 사건을 받아들일 수 있다. 독자가 적절히 마음의 준비를 하고 있으면 사건이 실제로 일어났을 때 사정을 설명할 필요가 없어진다. 예를 들어 엘리베이터가 추락할 것이라면 우선 한두 번 삐걱거리게 해야 한다. 암시를 받은 독자는 무슨 일이 일어날지 불안하게 지켜볼 것이다. (물론 엘리베이터가 몇 번 삐걱거린 다음 추락하지 않으면 독자는 속은 기분일 것이다.)

상대적으로 중요하지 않은 사건에도 복선을 사용할 수 있다. 나는 한 책에서 여주인공이 카펫에 발이 걸려 남주인공이 앉아 있는 의자를 넘어뜨리고 그 위로 넘어지는 바람에 남녀 주인공이 야릇하고 부끄러운 자세를 취하게 되는 장면을 만들었다. 하지만 몹시 편의주의적인 생각이었고 독자가 '이런 일이 정말 일어나다니'라고 반응할 만했다.

그래서 두 개의 복선을 앞쪽에 심어두었다. 하나는 한참 전, 그러니까 의자가 넘어지기 100쪽 전쯤에 알려주었다. 여주인공은 처음으로 남주인공의 사무실에 갔을 때 그의 의자가 "마치 중력과 싸우는 것처럼 보였고 놀라울 정도로 뒤로 기울어져 있었다."는 것을 알아차린다. 두 번째 복선은 의자가 넘어지기 두 쪽 전에 등장한다. 여주인공이 사무실 가구 상태에 대해 얘기하자 남주인공은 카펫이 낡아서 약간 해어졌지만 깨끗하다고 대답한다. 그리고 바로 몇 분 뒤 여주인공이 실제로 카펫에 걸려 넘어졌을 때 독자는 마음의 준비가 되어 있었다.

복선을 까는 요령은 독자가 비밀을 알아내는 데 필요한 모든 정보를 주긴 하지만 성공적으로 알아내지는 못하게 하는 것이다. 각각의 복선은 적어도 두 가지 결론을 암시해야 한다. 진짜 암시는 사소하고, 독자를 현혹하는 가짜 미끼가 더 뚜렷해야 한다. 예를 들어 여주인공이 어떤 말을 듣고 화가 난 남주인공을 본 경우를 생각해보자. 이때 누구나 화를 낼 만한 말과 그렇지 않은 말을 동시에 집어넣으면 여주인공은 첫 번째 말을 듣고 남주인공이 화를 내는 것이라 생각하고 두 번째 말은 흘려버릴 것이다. 하지만 독자는 그 말을 들었기 때문에 진실이 밝혀지고 실제로 문제가 된 말이 두 번째였다는 사실을 알게 될 때 전혀 몰랐다고는 할 수 없다.

복선은 서술이나 행동, 대화를 통해 제시할 수 있다. 다른 세부 사항 사이에 암시를 슬쩍 끼워 넣거나 주위에 유머를 배치해 중요한 단서에서 독자의 관심을 돌릴 수 있다.

복선은 인물이 하지 않은 말이나 행동을 통해서도 제시할 수 있다. 남주인공이 여주인공의 집에 있는 아기 침대를 보고 "아이가 있으세요?"라고 묻자 여주인공이 "친구의 아이를 자주 봐줘요."라고 대답한다면 그녀가 실제로는 그 질문에 대답한 것이 아니라는 사실을 독자는 눈치채지 못할 것이다. 그녀가 대답하지 않은 것이 무엇을 암시하는지는 나중이 되어서야 드러난다.

복선은 직접적으로 제시할 수도 있다. 암시를 여러 가지로 해석할 여지가 있다면 진짜 결론 대신 다른 가능성을 강조한다. 이것은 마술사가 한 손으로 주의를 끄는 사이 다른 손으로 토끼를 보이지 않게 조작하는 손기술과 비슷하다. 독자를 가짜 해석으로 이끌어

진짜 결론에서 멀어지게 하는 것이다.

내가 쓴 스위트 트래디셔널 로맨스 《남편을 건 내기The Husband Sweep-stake》에서 사교계 명사인 에리카는 그녀의 아파트 관리인에게 연회에서 그녀를 에스코트할 사람을 찾아달라고 부탁하고, 그는 그의 조수 아모스를 추천한다.

"연회의 성격은 어떻습니까? 어떤 사람들이 참석하죠? 연결 지점이 있으면 아마……."

"성인 독서 모임이에요." 에리카가 말했다. "당신 친구가 거기서 어울릴 사람들은 작가, 출판인, 독자, 에이전트 그리고 또……."

스티븐이 미소를 지었다.

"누군가가 떠오른 거죠? 스티븐, 당신은 천사예요."

아모스가 슬며시 데스크에서 떨어졌다. "이제 문제가 해결되었으니 나는 이만……."

"아모스가 적임이겠네요." 스티븐이 말했다.

에리카는 그를 노려봤다. "농담할 시간이 없어요."

"진심입니다. 아모스는 책을 쓰고 있어요. 여기도 그래서 있는 거죠."

에리카는 고개를 가우뚱하고 아모스를 살펴봤다. 그는 화가 나서 눈을 깜박이는 것처럼 보였다.

우리 둘을 엮어줘서 화가 나는 건 나도 마찬가지라고, 그녀는 생각했다.

아모스가 화가 난 것처럼 눈을 깜박인 진짜 이유는 무엇인가?

사교계 명사와 데이트를 하게 되어서인가? 나는 독자가 그렇게 생각하길 바랐다. 에리카의 반응을 집어넣은 이유도 독자를 그쪽으로 유도하기 위해서다. 사실 아모스는 자신이 작가임이 밝혀져서 화가 난 것이다. 에리카의 삶을 조사해서 책을 쓰는 것이 그가 관리인으로 일하는 진짜 이유였기 때문이다. 독자는 100쪽이 지나서야 이것을 알게 된다.

복선은 일찍 나올수록 독자의 눈에 쉽게 띄지 않는다. 이야기의 첫 몇 쪽 안에 복선을 깔면 독자가 아직 인물을 알아가는 중이고 분석적으로 읽을 만큼 이야기에 적응하지 않았으므로 매우 효과적일 수 있다.

적절히 사용한 복선은 현재 장면이 앞으로 진행되는 속도를 늦추지 않으면서도, 나중 이야기를 원하는 속도로 진행할 수 있는 토대를 마련한다. 복선은 독자가 책을 한 번 더 읽기 전에는 의식적으로 알아차리지 못할 정도로 미묘할 때 가장 좋다.

초고에서 필요한 모든 복선을 깔 수 있는 작가는 거의 없다. 대개 원고를 수정할 때에야 잘 짜인 복선을 집어넣을 수 있다.

잔재미를 살리는 서브플롯

서브플롯은 본 이야기가 펼쳐지는 동안 부가적으로 진행되는 사건이다. 부가적인 이야기를 할 만한 공간이 부족한 단편 로맨스에서도 메인 플롯과 밀접하게 연관된 이야기라면 서브플롯이 있을 수 있다. 내가 쓴 《보스의 딸The Boss's Daughter》에서 메인플롯은 여주인공이 아픈 아버지를 대신해 그의 경매 회사를 이끌게 되면서 아버지의 오만한 개인 비서와 부딪치는 이야기다. 또한 그녀의 부모가 이혼을 앞두고 티격태격하는 이야기가 강한 서브플롯으로 등장한다. 부모 사이의 관계 때문에 여주인공은 사장직을 떠맡게 되고 남녀 주인공 사이의 일부 갈등도 생겨난다. 이 서브플롯은 책에서 가장 극적인 순간, 즉 여주인공이 자기가 사랑에 빠졌음을 깨닫는 데도 큰 역할을 한다. 이 서브플롯은 메인플롯과 밀접하게 얽혀 있었기 때문에 아주 효과적이었다. 만약 여주인공의 부모가 아니라 가장 친한 친구가 이혼을 앞두고 있는 것이 서브플롯이었다면 주인공에게서 관심을 빼앗아갔을 것이다.

서브플롯은 본 이야기보다 훨씬 쓰기 편하고 흥미로울 수 있어 이야기가 옆길로 새기 쉽다. 여주인공의 부모는 주인공다울 필요가 없기 때문에 서로에게 원하는 대로 막말을 할 수 있다. 메인플롯에 곁가지로 일어나는 사건들은 때로 남녀 주인공의 대립보다 재미있게 진행된다.

실전연습

'만약에'와 '거꾸로' 플롯 짜기를 활용해, 아래의 아이디어 가운데 하나를 이야기로 발전시켜 보자.

• 한겨울에 반쯤 언 남자가 비틀거리며 여주인공의 집으로 온다.

- 여주인공이 아이는 원하지만 남편은 원하지 않는다.

- 여주인공이 들어가고 싶어 하던 직장에 남주인공이 들어간다

- 남주인공이 회사 크리스마스 파티에 함께 갈 파트너가 필요하다.

- 1년 전 헤어진 부부가 둘 다 아는 친구의 결혼식에 들러리로 초대받는다.

해피엔드로 완성하기

책을 다 쓰고 난 다음에는 자신에게 정말 소중해진 인물들을 떠나보내기가 힘들다. 그러나 동시에 몇 달 또는 몇 년이 걸린 프로젝트에 마침표를 찍고 진정으로 쉬고 싶은 생각이 들어 마지막 남은 한두 장을 서둘러 쓰기도 한다. 하지만 아무리 책의 나머지 부분이 훌륭하다 해도 가장 중요한 것은 결말이다.

추리 소설 작가 미키 스필레인Mickey Spillane은 "이야기의 첫 번째 장은 그 소설을 팔리게 하지만 마지막 장은 다음 소설을 팔리게 한다."고 말했다. 이것은 하드보일드 추리 소설뿐 아니라 로맨스 소설에도 해당하는 말이다. 독자는 마지막을 기억한다. 독자가 책을 다 읽은 다음 만족스럽고 보상받은 느낌이 들지 않는다면 서점에서 그 작가의 책을 다시 선택하지 않을 것이다.

그러므로 갈등이 해결되며 남녀 주인공이 마침내 서로의 차이를 극복하고 함께할 길을 찾는 이야기의 마지막은 로맨스 소설에서 매우 중요한 부분이다.

결말에서 중요한 것은 두 가지다. 첫째, 인물이 직면한 문제를 만족스럽게 해결해 갈등을 해소한다. 둘째, 남녀 주인공이 최악의 순간을 지나 해피엔드를 맞이해 독자가 기쁘게 책을 덮을 수 있게 한다. 이번 장에서는 이 중요한 두 가지를 모두 살펴볼 것이다.

+ 독자가 공감하기 위한 조건

책의 끝에 가서는 반드시 모든 중요한 문제가 인물에게 공정하고 독자가 만족할 만한 방식으로 해결되어야 한다. 특히 로맨스물에서는 해피엔드가 필수적이므로 모든 갈등과 문제, 매듭지어야 할 일들이 전부 마무리되어야 한다.

그렇지만 이야기 내내 남녀 주인공을 괴롭혔던 문제가 쉽게 해결되어서는 안 된다. 그것이 간단한 문제였다면 주인공들이 해결하는 데 그렇게 오래 걸리지 않았을 것이다. 또한 주인공 중 한 명이 자신이 원하던 것을 포기하는 경우라면 과연 그들은 오랫동안 행복할 수 있는가?

두 사람이 대립하던 문제에 관해 한 명이 그냥 마음을 바꾼다면 독자는 그 인물이 애초에 그다지 확신이 없었다고 생각할 수 있다. 그렇다면 그렇게 얄팍한 믿음을 가진 인물을 주인공답다고 할 수 있는가? 그리고 자신에게 중요했던 것을 기꺼이 포기한다면 왜 마지막 장에 가서야 그렇게 하는가?

주인공이 생각을 크게 바꿀 것이라면 이야기를 통해 그가 그러한 결정에 대해 생각하고 고민하며 성장하고 변하는 모습을 보여줘야 한다. 그래서 예전과는 다르게 지금처럼 생각하는 것이 옳게 느껴져야 한다.

한쪽이 상대를 위해 크게 희생한다면 그가 자신이 포기한 것에 대해 나중에 분하게 생각하지 않으리라고 독자가 확신할 수 있어야 한다.

결말은 그럴듯하고 만족스러우며 행복해야 한다. 그러려면 남녀 주인공이 모두 그들의 사랑을 위해 뭔가를 포기해야 한다. 그래야 관계가 기본적으로 평등해지고 갈등이 인정할 만하게 해결된다.

결말은 다른 사람의 개입이 아니라 주인공들의 직접적인 행동을 통해 이루어져야 한다. 남녀 주인공이 서로 얘기도 하지 않다가 선의를 가진 친구가 그들을 한 방에 가둔 덕분에 문제를 해결하게 된다면 독자는 주인공들이 서로에게 느끼는 감정의 깊이를 의심하고 앞으로 그들의 힘으로 문제를 해결해나갈 수 있을지 의문을 가질 것이다. (마거릿 미첼Margaret Mitchell의《바람과 함께 사라지다Gone With the Wind》의 결말에서 스칼렛이 레트를 찾아 집으로 왔을 때 레트가 직접 자신이 떠나는 이유를 설명하지 않고 하녀가 설명하게 했다면 어땠을지 상상해보자.)

남주인공의 나쁜 행동이 갈등의 원인 중 하나였다면 그가 완전히 변했음을 독자와 여주인공이 납득해야 한다. 그가 단순히 앞으로 그러지 않겠다고 맹세하는 것이 아니라 확실히 교훈을 얻었고 예전으로 돌아가지 않으리란 것을 증명해야 한다.

두 사람이 이야기 내내 서로를 미워하다가 마지막 장면에서 서로의 품에 안기며 사랑을 맹세하는 것 또한 실망스러운 결말이다. 남주인공이 "사랑해. 평생 당신과 함께 살고 싶어."라고 말하고 여주인공이 탄성을 내뱉으며 그에게 기대어 "나도 사랑해."라고 말하는 것은 궁극적인 해피엔드가 아니다. 독자가 주인공들이 앞으로 5년, 10년, 또는 50년 동안 함께 행복하게 지내리라고 어떻게 확신할 수 있는가?

그런 확신을 주려면 주인공들이 결혼식을 올리는 것만으로는 부족하다. 혼인 서약을 하고 나서 사랑의 열정이 희미해진 뒤에 어떻게 살아갈지를 생각해야 한다.

조연/악역에게 보상과 처벌은 필수

조연 인물이 남녀 주인공을 위해 자신을 희생했다면 결말에 가서 반드시 그에 걸맞은 보상을 받아야 한다. 예를 들어 조연이 여주인공이 땅을 팔지 않고 지킬 수 있도록 옆에서 충실히 도와줘 이제 남녀 주인공이 목장을 두 개 소유하게 되었다면 도와준 인물도 작은 목장을 가져야 한다.

마찬가지로 악역은 자신의 악행에 비례해 벌을 받아야 한다. 살인을 저지른 인물과 가게를 턴 인물이 받는 벌의 수위도 달라야 한다. 악역은 얼마나 악했든 상관없이 자신의 행동으로 인해 몰락해야 한다. 악당이 칼에 찔려 죽는다면 주인공이 그를 죽이려 했기 때문이 아니라 악당이 비겁하게 주인공을 노렸다가 거꾸로 당했기 때문이다. 아니면 주인공은 가벼운 상처만 입히려 했는데 악당이 잘못 움직여 치명상을 입었기 때문이다. 남녀 주인공은 위협적인 상황에서도 맥락에 맞는 한 주인공답고 인간적이어야 한다.

클레어 들라크루아의 역사 로맨스 《전사》에서는 악역 더글러스가 여주인공인 에일린을 강간했다는 거짓말로 남주인공을 조롱하며 그를 죽이려는 순간 에일린이 그녀의 손으로 직접 문제를 해결한다.

"안 돼!" 에일린이 외쳤다. 그녀는 불길 속으로 화살을 겨눈 뒤 곧장 더글러스를 향해 날렸다. 그녀의 목소리에 더글러스가 돌아봤고 그 때문에 화살은 그의 하나 남은 눈에 정통으로 꽂혔다.

에일린이 더글러스를 향해 화살을 쏘긴 했지만 그가 그렇게 심각한 부상을 입은 것은 사실 그의 탓이다. 그가 화살이 날아오는 방향으로 움직였기 때문이다. 그래서 그는 예전 전투에서 한쪽 눈을 잃었고 이제 남은 한쪽마저 잃었다.

최악의 순간과 전환의 순간

단기적인 문제가 일으키는 우여곡절, 어려움을 통한 성장, 복선과 긴장감, 러브신 등은 모두 결국 최악의 순간으로 이어진다. 최악의 순간이란 이야기에서 장기적인 문제를 해결할 수 없어 보이는 지점이다. 아무런 가망이 없고 남녀 주인공 중 한 명이 (적어도 비유적으로라도) 떠나가며 해피엔드가 불가능해 보이는 끔찍한 순간이다.

모린 차일드의 단편 현대 로맨스 《로너건의 아이를 기다리며 Expecting Lonergan's Baby》에서 여주인공은 남주인공의 진실을 마주하고 나서 그의 단점을 이해하고 그를 보내준다. 그것이 그녀가 제일 하고 싶지 않은 일일지라도 말이다.

그의 얼굴이 굳었다. 매기는 샘이 감정적으로 멀어지는 게 느껴졌다. 그녀는 울고 싶었지만 도움이 되지 않으리란 걸 알고 있었다. 손을 뻗어 그를 만지고 싶었다. 그는 바로 앞에 서 있음에도 불구하고 그 어느 때보다 멀리 있었다.

그리고 갑자기 그녀의 마음 한 조각이 부서졌다. 그녀는 차오르는 눈물을 다시 삼키며 그저 이렇게 말했다. "나는 의무감으로 나와 결혼하려는 남편은 원하지 않아요. ······당신은 원래 계획했던 대로 여름이 끝나면 떠나는 게 좋겠어요. 당신이 아이를 책임지는 것을 바라지 않아요."

그러고 나서 그녀는 몸을 돌려 서둘러 달빛이 비치는 마당을 지나 집으로 돌아갔다. 집 안으로 들어서자 문을 닫고 문에 기댔다.

다리가 풀리고 가슴이 찢어졌다. 그녀는 눈을 감고 자신을 고통에 내맡겼다.

매기는 샘을 사랑하지만 그와 결혼을 하면 그가 그녀를 원망할 것임을 알고 있다. 샘의 청혼을 거절한 것은 그를 변하게 하려는 속셈이나 노력이 아니다. 그녀가 보기에 그들의 관계는 끝났다. 그리고 여주인공이 희망을 포기했기에 독자도 잠시나마 포기하게 된다.

최악의 순간은 억지로 만든 대립이나 오해가 아니라 갈등과 플롯에서 자연스럽게 발생할 때 가장 효과적이다. 예시에서 샘이 관계에 헌신하길 망설이는 이유는 오래전에 죽은 사촌의 죽음이 자신의 탓이라고 생각하기 때문이다. 그래서 다시 그만한 책임을 받아들이기를 주저한다.

최악의 순간은 대개 끝에서 두 번째 장에 등장한다. 그래야 독자가 인물의 고통을 충분히 경험하고 이해할 수 있는 시간이 있다. 최악의 순간은 독자를 책의 나머지 부분으로 끌어들인다. 그리고 남은 20여 쪽 동안 주인공들이 자신들이 겪었던 사건과 변화의 중요성을 이해하고 마침내 어려움을 해결할 수 있게 한다.

최악의 순간 직후에는 문제 해결이 시작되는 전환의 순간이 찾아온다. 이 순간이 되면 주인공 중 한 명이 자신의 내면 깊은 곳에서 마지막 믿음(또는 분노나 힘)을 끌어내 자존심을 꺾고 솔직한 감정을 공유한다.

그러므로 전환의 순간이 되면 상황이 완전히 바뀐다. 냉담한 기류가 사라지고 남녀 주인공이 궁극적으로 차이를 극복할 수 있게 된다. 그들이 영원히 함께 행복할 수 있는 돌파구가 마련되는, 감정이 매우 고조되는 순간이다.

레이철 깁슨Rachel Gibson 칙릿《제인 스코어See Jane Score》에서 여주인공은 자신이 왜 남주인공을 난처하게 만든 신문 칼럼을 썼는지 그에게 고백한다.

"지난주에 많이 생각해봤는데요. 나는 남녀 관계에서 매번 내가 다칠까봐 먼저 탈출구로 빠져나왔다는 걸 깨달았어요. '허니 파이' 칼럼도 탈출구였어요. 빨리 빠져나오지 못한 게 문제지만요."

그녀는 숨을 깊이 들이마신 뒤 천천히 내뱉었다. "사랑해요, 루크. 난 당신과 사랑에 빠졌고 당신이 날 사랑하지 않을까봐 두려웠어요. 나는 우리 사이가 끝날 운명이라 생각했는데, 그러지 말고 관계를 유지하기 위해 싸웠어야 했어요. (……) 나쁘게 끝나고 말았네요. 내 잘못이에요. 미안해요." 그는 아무 말도 하지 않았고 그녀의 마음은 더욱 곤두박질쳤다. 그녀는 이런 말밖에는 아무런 말도 할 수가 없었다. "우리가 아직 친구였으면 좋겠어요." (……)

"친구로 지내고 싶습니까?"

"네."

"싫습니다."

그녀는 짧은 말 한 마디가 그렇게 큰 상처를 줄 수 있는지 생각도 못 했다.

"난 당신과 친구로 지내고 싶지 않아요, 제인."

제인이 고백한 이유는 그녀와 루크 사이에 뭔가 변하길 기대해서가 아니라 그것이 옳기 때문이다. 이어서 작가는 최대한 긴장감을 끌어낸 뒤 루크가 고백하게 한다. 그가 친구로 지내기 싫다고 한 이유는 제인과 친구 이상의 관계를 원했기 때문이다. 그리고 그들은 서로를 갈라놓았던 사건에 대해 이야기를 나눈다.

전환의 순간에 중요한 것은 결과가 좋으리란 확신 없이 고통스럽지만 정직하게 고백하는 일이다. 이를 통해 독자는 그들의 관계가 두 사람 모두에게 중요하기 때문에 그들이 잃을 뻔했던 사랑을 앞으로 위태롭게 하거나 가볍게 취급하지 않으리란 확신을 가질 수 있다.

전환의 순간은 대개 마지막 열 쪽 안에 등장한다. 그 안에 해결되지 않은 부분들을 마무리하고 독자가 남녀 주인공이 마침내 해피엔드를 맞이했다는 만족감에 젖을 수 있도록 해야 한다.

+ 서로의 감정을 보여주는 법

남녀 주인공이 수백 쪽 동안 서로에 대한 감정을 부정하거나 적어도 서로에게는 인정하지 않다가 "사랑해, 결혼해줄래?" 같은 말을 하게 하기란 쉽지 않다. 그러나 로맨스 소설에서는 그런 감정을 실제로 말하는 것이 매우 중요하다. 말을 했을 거라고 독자가 상상하게 맡겨두면 안 된다.

남녀 주인공은 자신의 감정을 입 밖으로 분명히 말해야 한다. 고백을 하고 대답을 해야 한다. 그리고 그 방식이 각자의 개성에 맞아야 한다. 시종일관 농담을 하던 남주인공이라도 마지막에 가서는 진지해질 것이다. 하지만 아주 엄숙해지지는 않고 진심을 담은 고백에도 장난기는 묻어날 것이다.

타냐 마이클스의 로맨틱 코미디 《어울리지 않는 커플》의 마지막에서도 이러한 장난기를 엿볼 수 있다.

"멕시코로 도망가서 결혼하는 거 어때?"

그녀의 가슴이 덜컹했다. "지금…… 청혼하는 거야?"

그가 손가락으로 딱 소리를 냈다. "젠장. 너무 낭만적이지 않았어, 그렇지? 게다가 당신이 이제 직업도 없는 남자와 결혼하겠다고 하지도 않을 텐데……."

그녀가 손으로 그의 입을 꽉 막았다. 그가 주목하자 그녀가 천천히 말했다. "청혼하는 거야?"

그가 고개를 끄덕이고 그녀의 손가락 사이로 물었다. "칸쿤에서 크리스마스 보내는 거 어때?"

그녀가 의자에서 벌떡 일어나 그의 품에 안겼다. "시, 세뇨르 제너."

그가 그녀를 끌어당겨 그녀의 다리가 풀리도록 입을 벌리고 뜨겁게 키스했다. 그 바람에 자세한 계획은 나중으로 미뤄지고 말았다. 훨씬 나중으로.

이들의 연애는 결코 평범하지 않았기 때문에 남주인공의 청혼이 약간 장난스러운 것이 어울린다.

　

사랑의 맹세가 반드시 필요하지 않은 예외도 있다. 칙릿에서는 영원을 약속하는 것만이 꼭 해피엔드가 아니다. 하지만 칙릿에서도 주인공들이 함께 여러 일을 겪으면서 서로 신뢰하게 되고 공유하는 것이 많아졌음을 보여주는 편이 좋다.

메리 J. 데이비드슨의 파라노멀 칙릿 《미혼의 뱀파이어》는 여주인공이 남주인공의 정확한 감정을 모르는 채로 끝난다. 이 책이 시리즈 중 한 권이므로 주인공인 벳시와 싱클레어의 관계가 명확해

지면 다음 시리즈의 묘미가 사라지기 때문이다.

제시카도 물어봤고 티나도 물었지만 싱클레어는 그 일에 대해 전혀 입도 벙긋하지 않았다. 왜 그러는지 이유는 알 수 없었다. 나는 그들에게 진실을 말했다. 말뚝이 박힌 뒤부터 마크가 그 말뚝을 뽑아줄 때까지 그 사이의 일은 기억나지 않는다고 말이다.

하지만 유일하게 기억나는 한 가지는 말하지 않았다. 그것은 어둠 속에서 들려오던 싱클레어의 목소리였다. 그 목소리는 구슬리고 명령하며 같은 말을 반복했다. "돌아와. 돌아오라고. 날 두고 떠나지 마. 돌아와."

이상했다. 그리고 가끔은 내가 꿈을 꾼 것이 아닐까 생각한다. 아니면 환각이었을 수도 있다. 아니면 정말 놀랍게도 그가 진짜로 그렇게 말했을지도 모른다. 하늘에 맹세코 절대로 그에게 물어보지는 않을 것이다.

(……)

그러니까 나는 죽을 수 없든지, 뱀파이어 왕이 그의 순전한 의지로 나를 되살린 것이다. 어느 쪽인지는 생각해봐야 할 문제다.

하지만 오늘은 아니다. 니먼마커스가 세일 중이라 반드시 캐시미어 카디건을 사야 한다. 나는 빨간색이 좋지만 원색이면 뭐든 상관없다. 제시카가 계산을 해준다. 그녀는 "다시 살아 돌아온 축하 선물"이라고 말한다.

나야 고맙지.

작가는 남녀 주인공의 관계를 미해결 상태로 남겨두었지만 싱클레어의 깊은 감정을 강하게 암시함으로써 독자가 다음 책에 관심을 갖도록 한다. 이야기의 마지막에서 여주인공은 영영 사라질 뻔했음에도 그녀 특유의 발랄한 성격과 목소리, 패션에 대한 애정을 다시 드러내며 책 앞머리의 주제를 반복한다.

+ 만족스러운 결말의 공통점

부적절한 결말은 여러 형태로 나타나지만 대부분의 경우 결말이 만족스럽지 않은 이유는 주인공에게 초점을 맞추지 않거나 인물이 일관성 없게 행동하거나 이야기를 보여주지 않고 말해주기 때문이다. 일반적으로 부적절한 결말의 예는 다음과 같다.

- **거실 결말**

  주인공이 (더 나쁘게는 조연이) 옛날 추리 소설의 탐정처럼 모두를 한데 불러 모으고 실제로 무슨 일이 있었는지 설명한다. 설명은 인물의 행동을 보여주는 것보다 훨씬 약하다.

- **깜짝 결말**

  이런 결말은 정말로 놀랍지 않거나 독자가 예상할 수 있으면 완전히 실패한다. 역사적인 건축물을 지키려는 이야기인데 마지막 장에서 부유한 남주인공이 그냥 그 건물을 구입하기로 한다면 그 해결책은 그리 참신하지 않다.

- **옆길로 새는 결말**

  나머지 이야기와 아무 상관 없는 결말이다. 여주인공이 이야기 내내 어떤 일자리를 받아들일지, 학위를 위해 학교로 돌아갈지를 누고 고민했는데 마지막에 가서 가진 것을 모두 팔고 배낭여행을 떠나기로 한다면 독자는 머리를 긁적이며 그 생각은 갑자기 어디서 튀어나왔는지 궁금해할 것이다.

- **해결되지 않은 결말**

  중요한 사안이나 크게 의견이 엇갈리던 지점을 그대로 남겨두는 결말이다. 남녀 주인공이 멀리 떨어진 지역으로 이사 가는 문제로 의견 대립이 있었는데 결말에서 결정을 막연히 연기한다면 독자는 만족하지 않을 것이다.

- **외부의 도움을 받는 결말**

  남녀 주인공이 문제를 직접 해결해야 할 때 외부의 세력이 해결하는 결말이다. 예를 들어 남녀 주인공이 범인을 쫓고 있었는데 경찰이 주인공들의 개입 없이 범인을 잡는다면 결말은 맥이 빠질 것이다. 실제로 범인에게 수갑을 채우고 잡아가는 것은 경찰이더라도 주인공들이 그를 잡는 데 크게 기여하는 모습을 보여주는 것이 이상적이다.

- **다른 인물이 만드는 결말**

  다른 인물이 자리를 만들어야지만 남녀 주인공이 다시 한 공간에 발을 들여놓는 경우다. 조연이 결말에 어느 정도 도움을 줄 수는 있지만 결국에는 다른 사람의 개입 없이 남녀 주인공이 함께 서로의 차이를 극복해야 한다. 남녀 주인공이 직접 자신들의 문제를 해결하지 않으면 독자는 그들이 앞으로 오랫동안 동반자로서 잘 살아가리라고 확신하지 못한다.

- **운명적인 결말**

  운명이나 천사, 신이 개입해 문제를 해결하는 결말이다. 예를 들어 불치병이 기적적으로 낫거나, 악당이 남녀 주인공에 의해 악행에 상응하는 벌을 받지 않고 손쉽게 자동차 사고로 죽는 경우다. 결말은 주인공의 행동이 가져오는 직접적인 결과여야 한다.

만족스러운 결말에는 공통점이 있다. 이야기에 이미 나왔던 요소들로부터 결말이 자연스럽게 도출되고, 새로운 내용이 나오거나 옆길로 새지 않는다.

- **다시 돌아가는 결말**

  인물의 성장과 발전을 보여주는 결말이다. 이야기의 시작 부분에 있었던 상황이나 사건이 결말에 다시 등장하지만 인물의 반응은 다르다. 예를 들어 여주인공이 이야기의 앞부분에서 시카고의 매

그니피센트 마일을 걸으며 도시의 북적임과 소음을 즐겼다면, 이

야기가 진행되는 동안 그녀가 변했기 때문에 결말에서 같은 거리

를 걸을 때는 북적임과 소음을 거슬리고 견디기 어렵다고 느끼는

식이다.

- **주제를 반복하는 결말**

이야기에 불규칙한 간격으로 해설이나 질문, 말을 등장시킨 뒤

같은 주제를 활용해 결말을 만들면 매우 효과적이다.

엘리자베스 비벌리의 싱글 타이틀 로맨스《남자가 도착했습니다》

에서 비밀 요원인 남주인공은 이름이 여러 개고 자신의 코드명을

절대 얘기하지 않는다. 그는 자신의 코드명을 아는 동료가 그 이

름을 실제로 사용하지 못하게 위협하기도 한다.

"사랑해요, 딕슨. 사랑해요, 올리버. 당신이 누구든, 무엇이든, 어디 있든 사

랑해요. 그리고 영원히 사랑할 거예요."

그가 손을 들어 올려 손바닥으로 그녀의 턱을 부드럽게 감쌌다. "빙키." 그가

말했다.

그녀가 그를 흘겨봤다.

"그게 내 코드명이에요." 그가 미소 지으며 말했다. "빙키."

그녀가 킥킥 웃었다. "그래서 그 이름을 말한 뒤에는 아무도 살아남지 못했

군요."

"당신은 그 이름을 불러도 살아남을 겁니다." 그가 약속했다.

그녀도 그의 얼굴로 손을 뻗어 손끝으로 거칠한 수염을 쓸었다. "아뇨, 나는 딕슨이 좋은 것 같아요." 그녀는 그렇게 말하더니 미소를 지었다. "하지만 내가 뜨거운 절정의 순간에 어떤 이름을 부를지는 모르죠."

그가 짙은 눈썹 한쪽을 치켜세웠다. "한번 알아보죠."

그녀가 천천히 고개를 끄덕였다. "그래요, 알아봐요."

그리고 그들은 뜨거운 절정의 순간을 한 번, 아니 여러 번 가졌다.

남주인공의 코드명은 이야기에서 꽤 중요하게 다뤄지며 여섯 번 정도 언급된다. 그러므로 그가 여주인공에게 코드명을 알려준 것은 특별한 신뢰의 표현이다. 그렇게 내밀한 정보까지 알려줬다면 더 이상 숨기는 것이 없을 테니 독자는 이들의 미래에 대해 안심할 수 있다.

- **예상치 못한 결말**

독자가 예상하지 못했던 해결책을 보여주는 결말이다. 독자가 결말을 추측할 수 있으면 결말의 감정적인 호소력이 줄어든다. 또한 독자는 인물이 그 해결책을 진작 찾았어야 한다고 생각할 것이다. 하지만 제대로 허를 찌르는 결말은 독자가 잠시 생각을 가다듬어보면 진짜 놀라운 것은 아니다. 이야기에 이미 나왔던 주제를 예상치 못하게 비튼 것뿐이다.

마지막 단락 잘 쓰는 법

책의 맨 끝을 장식하는 마지막 한두 단락은 잘 훈련된 작가라도 감상적이고 화려하게 쓰기 십상이다. 이야기를 너무 앞에서부터 시작하기 쉬운 것처럼 이야기의 마지막에도 오래 끌고 싶은 유혹이 있다. 완벽한 마지막을 찾기란 쉽지 않다. 특히 로맨스 작가는 매 문장을 지나치게 감상적이고 병적으로 달콤하게 쓰는 경향이 있다.

마지막 단락은 책의 나머지 부분과 어조가 일치해야 한다. 만약 이야기가 가볍고 익살스러웠다면 마지막 단락도 똑같이 낙관적이고 행복한 분위기를 유지해야 한다. 이야기가 어둡고 가슴 아팠다면 마지막 단락도 진지하고 감성적이어야 한다.

팻 마르의 인스퍼레이셔널 로맨스 《영원의 약속》에서 작가는 이야기의 종교적인 요소를 결말에서도 분명히 보여준다.

그의 시선이 그녀의 얼굴을 더듬었다. 어느 여자라도 원할 만한 사랑을 담은 눈빛이었다. "네가 결정해. 우리 도망가서 오늘부터 같이 살까, 아니면 시간이 걸리더라도 백년가약을 맺을까?"

"내가 그 문제에 대해 기도해본다고 하면 화낼 거야?"

"아니." 그가 미소 지으며 말했다. "하지만 그 생각을 내가 먼저 했으면 좋았을 텐데. 이제 내가 기도할 차례야."

베스는 노아에게 팔을 두르고 그의 가슴에 머리를 기댄 채로 노아가 기도하는 소리에 경탄했다. 사랑하는 남자가 기도하는 동안 그의 품에 안겨 있는 기쁨은 그녀가 기도했던 그대로였다. (……) 아니, 그 이상이었다.

신앙에 대한 남주인공의 망설임이 이들 연인의 문제였기 때문에 갈등 해결에도 종교적인 주제를 넣어 결말까지 맥락이 이어지게 했다. 마지막 문장이라고 생각한 것을 쓴 다음에는 돌아가서 마지막 쪽을 다시 한 번 보자. 대체로 대여섯 단락 전에 진짜 마지막 문장다운 문장이 있을 가능성이 높다. 아마 그 문장이 이야기의 어조와 주제 측면에서 더 적합하고 명쾌할 것이다.

속편을 준비하려면

책을 다 쓰기 전에도 일부 조연 인물이 흥미로워서 그냥 잊기에는 아깝다고 생각할 수 있다. 그들을 주인공으로 하는 속편을 쓸 만한가? 속편을 계획하기는커녕 한 번에 책 한 권을 쓰기에도 벅차긴 하다. 하지만 이야기를 계속 이어나갈 생각이라면 첫 번째 책이 완성되기 전에 미리 생각해두는 편이 좋다. 속편을 준비할 때는 다음과 같이 해야 한다.

- **첫 번째 책에서 조연 인물에 대한 구체적인 사항을 필요 이상으로 밝히지 않는다.**
  첫 번째 이야기에서 정보를 제한적으로 주면 나중에 인물이 성장하고 세부 사항이 바뀔 수 있는 여지가 생긴다.

- **조연 인물이 속편에서 주인공을 맡을 수 있도록 첫 번째 책에서부터 가능한 한 주인공다운 성격을 부여한다.**

친한 친구나 가족인 인물이 톡 쏘아붙이지만 불쾌하지 않다면 조연 역할을 제대로 하면서도 주인공이 될 만한 잠재력을 유지할 수 있다. 다만 첫 번째 이야기에서 맡은 역할을 제대로 수행할 수 없을 정도로 지나치게 누그러뜨리지는 말자.

• **무엇이 중요한지 잊지 말자.**

지금 당장 중요한 것은 첫 번째 이야기다. 첫 책이 팔리지 않으면 두 번째 책도 나올 수 없다.

실전연습

내 소설의 남녀 주인공이 겪는 최악의 순간이 어느 부분에 등장하는지 살펴보고, 전환의 순간으로 넘어가는 전개가 자연스러운지 점검하자.

• 최악의 순간은 너무 일찍 나왔는가? 적절한가? 지연되었는가?
• 전환의 순간은 주인공들에 의해서 능동적으로 이루어지는가?
• 전환 이후에도 해결되지 않은 문제가 남아 있는가?

3장 베스트셀러를 만드는 기술

퇴고하기

+ 로맨스 소설이 실패하는 5가지 이유

책을 쓰기 시작할 때 아무리 계획을 잘 세웠더라도 첫 번째 원고에는 문제점, 빈틈, 모순되는 지점, 인물이 예상치 못한 행동을 하고 옆길로 빠지는 부분이 있을 것이다. 이야기를 완성해보니 생각보다 짧거나 길 수도 있다. 또는 뭔가 균형이 맞지 않는 느낌은 들지만 정확히 무엇이 잘못됐는지 꼬집어낼 수 없을 때도 있다.

이야기에 잘못된 점이 있다면 다음 다섯 가지 이유 가운데 한 가지 때문일 가능성이 크다. 부적절한 갈등, 비현실적인 인물, 강제하는 요소 부족, 로맨스에서 벗어난 초점, 부족한 글솜씨. 실패한 로맨스 소설들을 읽어보면 모두 그 중심에는 이런 문제가 한 가지 이상 있다.

부적절한 갈등

인물 사이의 갈등이 실질적인 문제에 대한 의견 대립이 아니라 오해
일 경우다. 두 사람이 서로에게 끌리는 압도적인 감정과 싸우는 것
외에는 아무것도 하지 않는 이야기로는 필요한 분량을 채울 수 없다.
예를 들어 남주인공은 얄팍한 증거만으로 여주인공이 헤프다고 판단
하고, 여주인공은 남주인공의 첫마디만 듣고 그를 건달로 치부하는
경우를 생각해보자. 그들이 이야기 내내 서로를 그런 식으로 생각한
다면 이것은 갈등이 아니라 오해다.

진정한 갈등은 중요한 사안에 연관되어 있다. 무엇이 중요한가? 남
녀 주인공이 모두 원하지만 한 사람만 가질 수 있는 것은 무엇인가?
또는 둘 다 간절히 원하고 함께 힘을 합쳐야 얻을 수 있는 것은 무엇
인가?

진정한 갈등에서는 적어도 양쪽 처지가 모두 현실적이고 그럴듯하며
공감이 가야 한다. 각자가 합리적인 인간으로서 논리적으로 선택
한 상황이기 때문이다. 작가와 독자가 각자의 시점에서 마치 그 인
물인 것처럼 편을 들어 논쟁할 수 없다면 갈등은 일방적이고 시시
할 것이다.

진정한 갈등이 있을 때는 인물들이 할 말이 많다. 진정한 갈등이 없
을 때는 인물들이 끝없이 논쟁하더라도 대화에 진전이 없다.

이 문제의 증상은 다음과 같다.

- **인물들이 서로 대립하지만 대화를 하지 않는다.**

  한 장에서 각자의 처지를 설명해 문제가 해결된다면 그것은 오해지 갈등이 아니다.

- **한쪽이 옳고 다른 쪽은 나쁘다.**

  둘 중 한 사람은 열대우림을 보호하려고 하고 다른 한 사람은 열대우림이 파괴되는 것을 기뻐한다면 양쪽 견해에 모두 공감하기 힘들다.

- **논쟁이 돌고 돈다.**

  인물들이 진전 없이 계속해서 같은 문제를 두고 논쟁한다. 진정한 갈등이라면 논의를 통해 서로의 처지를 설명하고 각자의 견해를 수정할 수 있을 것이다.

- **우연한 일이 방해한다.**

  남주인공이 진심을 말하려는 순간, 전화가 울리거나 누가 찾아온다. 또는 다른 인물이 무심코 한 말 때문에 잘못된 인상이 굳어지고 오해가 다음 날까지 지속된다. 잘못 걸린 전화나 길을 묻는 사람 때문에 중요한 대화가 무산되어서는 안 된다.

- **문제가 충분히 중요하지 않다.**

  사안이 독자나 인물에게 이야깃거리가 될 만큼 중요하지 않다.

두 교사가 수업 방식에 관해 의견 차이를 보이거나 부부가 딸에게 청바지를 입힐지 원피스를 입힐지 말다툼을 한다면 무슨 일이 벌어질지 궁금해서 독자가 밤늦게까지 책을 읽는 일은 없을 것이다.

- **관련 없는 재앙들이 발생한다.**
  지진, 교통사고, 골절 등이 본 이야기와 상관없이 끼어들면 지면만 차지할 뿐 갈등이나 플롯은 발전되지 않는다. 모든 사건이 이야기를 앞으로 나아가게 하는가? 모든 사건이 인물의 목적과 연관되어 있는가?

- **남녀 주인공의 대화가 매번 첫 데이트처럼 서로를 알아가는 내용이다.**
  주인공들이 애완동물이나 직업에 관해서만 대화한다면 둘 사이에 문제가 충분하지 않은 것이다.

비현실적인 인물

여주인공이 과거 경험을 통해 여성 조연이 거짓말쟁이라는 것을 알고 있으면서도 그녀를 믿는다면 여주인공은 비논리적일 뿐 아니라 짜증을 불러일으킨다.

남녀 주인공이 처음 만났는데 오래 알던 사이처럼 서로를 미워한다면 그들은 그럴듯한 인물이 아니다. 주인공들이 특별한 이유 없이 서로를 심하게 대한다면 공감할 수 없다. 이야기 내내 서로를 싫어하다가 마지막 장면에서 갑자기 서로의 품에 뛰어든다면 그들이 오랫동안 행복하게 살 것이라는 확신이 들지 않는다.

이 문제의 증상은 다음과 같다.

- **여주인공과 친구가 되고 싶지 않다.**

  작가가 보기에 여주인공이 같이 어울리고 싶은 인물이 아니라면 독자도 그렇게 여길 가능성이 높다. 작가는 여주인공이 실제로는 따뜻한 마음씨를 지녔다는 것을 알지만 여주인공이 이야기 내내 어머니에게 악을 쓰며 말한다면 독자는 공감하지 못하고 불쾌하게 생각할 것이다.

- **남주인공과 결혼하고 싶지 않다.**

  '사랑에 빠지고 싶지 않다.'가 아니라는 점에 주목하자. 끌리는 것도 중요하지만 매력이 오래 지속되려면 잘생기고 섹시하기만 해서는 안 된다. 남주인공이 화를 낸다면 납득할 만한 이유가 있음을 독자에게 보여 줬는가? 인물의 감정에 독자가 공감할 수 있는가? 남주인공이 나쁜 남자라면 나쁜 면을 상쇄할 좋은 면도 보여주는가, 아니면 이성적인 여자라면 도망갈 만큼 위험하기만 한가?

- **주인공들 사이의 균형이 맞지 않는다.**

  남주인공은 공격적인데 여주인공이 연약하거나, 여주인공은 강압적인데 남주인공이 소극적이라면 이야기는 점차 맥이 빠진다. 남녀 주인공이 힘과 자기주장에 있어서 거의 대등해야 잘 맞는 짝이 된다.

- **독자에게 인물의 행동을 보여주지 않고 인물에 대해 말해준다.**

현실적이고 공감 가며 그럴듯한 인물이 아니면 생생하게 보여주기 어렵다. 그래서 인물 간의 상호작용을 보여주기보다는 편하게 그들에 대해 말해주게 된다.

- **이유 없이 반대한다.**

남주인공이 단지 못되게 굴려고 여주인공이 원하는 것을 얻지 못하게 해서는 안 된다(반대의 경우도 마찬가지다). 상대를 방해하는 타당한 이유가 있어야 공감 가는 인물이 된다.

- **시점이 오락가락하거나 불확실하다.**

한번에 여러 인물의 생각을 이해하기란 힘들다. 특히 누구의 생각을 보고 있는 것인지 확실하지 않으면 독자는 더욱 헷갈린다. 시점이 불확실하면 결과적으로 독자가 모든 인물에게 공감하지 못할 수 있다.

- **생각을 너무 많이 보여준다.**

독자에게 인물의 생각을 원하는 이상으로 많이 들려주지만 관심을 가질 만한 진짜 이유는 없다.

- **신랄하게 비난한다.**

의견과 논리, 존중 없이 화만 내며 논쟁한다. 논의해야 할 때 욕을
한다면 그 자리에 있는 인물들을 좋아하기 힘들다.

강제하는 요소 부족

남주인공은 여주인공이 몸매가 좋다고 생각하고 여주인공은 남주인
공이 꽤 섹시하다고 생각함에도 그들이 서로 싫어한다면 두 사람이
멀어지는 것을 막을 방법이 없다. 서로에 대한 끌림이 사랑이라고 깨
달을 수 있을 만큼 그들이 오래 함께 있어야만 하는 이유는 무엇인
가? 남녀 주인공에게 서로가 필요한 이유를 한 문장으로 정리할 수
없다면 이유를 다시 생각해야 한다.

이 문제의 증상은 다음과 같다.

- **남녀 주인공이 서로 얘기할 거리가 없다.**

주인공들이 함께 있도록 강제하는 요소가 있다면 그들은 그 문제
에 관해 얘기할 것이다. 그들이 얘기할 화제가 없다면 애초에 함
께 있어야 할 이유가 더 필요한 것인지도 모른다.

- **남녀 주인공이 서로 대립하는 이유가 의견 차이가 아니라 사소한 화
때문이다.**

그들이 실질적인 문제를 논의하지 않고 서로 비난만 하는가? 서로 흠을 잡으면서 의견과 감정, 사건 등에 대해 말하지 않는다면 그들이 함께해야 할 이유가 없어서일 수도 있다.

- **남녀 주인공이 함께 있을 때 너무 친밀하고 편안하다.**
  주인공들이 사이좋게 잘 지낸다면 주요 문제를 해결하지 못하는 이유가 무엇인가?

- **남녀 주인공이 같은 장소에 있지 않고 자주 떨어져 있다.**
  두 주인공이 함께 있지 않으면 상호작용도 할 수 없다. 그래서 부족한 얘깃거리가 눈에 띄지 않는지도 모른다. 함께 있지 않는 것 자체가 함께 시간을 보낼 이유가 없기 때문일 수도 있다.

로맨스에서 벗어난 초점

소설의 다른 부분, 예컨대 사라진 돈의 수수께끼, 어려움에 처한 아이, 남녀 주인공의 과거, 조연과 연관된 서브플롯 등이 때로는 주인공들의 상호작용보다 더 재밌고 쓰기 쉽다.

하지만 독자가 보고 싶어 하는 것은 주인공들의 발전하는 관계와 다정함, 신뢰, 애정 등이다. 이야기의 나머지 부분도 중요하긴 하지만 그 부분들은 로맨스의 배경 역할을 해야 한다.

이 문제의 증상은 다음과 같다.

- **주인공들이 이야기할 거리가 없어 보인다.**

서로에게 관심 있는 사람들은 질문을 하고 의견을 교환하고 상대에 관해 더 많은 것을 알아내려 한다.

- **주인공들이 대화보다 논쟁을 더 많이 한다.**

상대가 아무리 자신과 반대인 사람일지라도 관심이 있다면 논쟁하지 않고 대화할 수 있는 공통점을 찾으려 할 것이다.

- **주인공들이 플롯의 상황 때문에 자주 떨어져 있다.**

남녀 주인공이 떨어져 있어서 적극적으로 교류하지 못하고 서로를 떠올리기만 한다면 서로에 대한 감정을 발전시킬 수 없다.

- **플롯이 지나치게 복잡하다.**

사건이 너무 많거나 서브플롯을 자세히 설명하는 데 너무 많은 지면을 할애한다면 남녀 주인공의 관계를 발전시킬 시간이 줄어든다.

- **인물이 너무 많이 등장한다.**

남녀 주인공끼리만 보내는 시간이 없다면 감정이 발전하기 힘들다.

- **장면이 궤도에서 이탈한다.**

부차적인 문제가 본 이야기보다 중요해지면 작가와 인물, 독자까지 그 장면에서 중요한 것이 무엇인지 잊어버린다. 가족의 과거사나 조연의 상세한 견해도 본 이야기에서 독자의 관심을 앗아간다.

- **다른 인물이 개입한다.**

다른 인물이 개입하면 그로 인해 주인공들이 가까워지든 멀어지든 상관없이 초점이 주인공들의 관계에서 벗어난다. 남녀 주인공은 자신들의 문제를 직접 해결해야 한다.

부족한 글솜씨

독자를 사로잡을 만한 글솜씨가 없는 것이 문제일 수도 있다. 이야기를 요약해서 말해주고 보여주지 않는다. 문장이 불분명해서 독자가 뜻을 추측하거나 해석해야 한다. 사건을 잘못된 순서로 보여줘서 독자를 헷갈리게 한다. 장면을 일부만 보여주고 독자가 이해하는 데 필요한 내용을 빼먹는다. 위와 같다면 작가가 글을 쓰며 상상한 것이 종이 위의 글을 통해 독자에게 제대로 전달되지 않는 경우다.

이 문제의 증상은 다음과 같다.

- **시작이 더디다.**

예컨대 여주인공이 첫 번째 장에서 과거를 회상하며 자신이 지금 이 상황에 처하게 된 이유를 생각한다. 바로 사건부터 시작해 주인공에게 관심을 가질 이유를 줘야 독자가 그 문제가 어떻게 시작되었는지 들어줄 준비가 된다.

- **결말이 평화롭다.**

장이나 장면이 끝날 때 여주인공이 걱정 없이 잠든다면 독자도 그럴 것이다.

- **극적인 사건이 서둘러 지나간다.**

'그다음에', '몇 분이 지나', '그녀가 그 문제를 생각해본 뒤' 같은 말들은 무슨 일이 벌어지고 있는지 독자에게 보여주는 것이 아니라 말해주고 있음을 나타내는 표현이므로 조심해야 한다.

- **감정선이 약하다.**

이야기의 사건과 인물이 감정적으로 강렬하지 않으면 주인공이 원하는 것을 얻든 못 얻든 독자는 신경 쓰지 않는다.

- **시점이 오락가락한다.**

시점이 이유 없이 왔다 갔다 하면 시점 인물이 누군지 파악하기 힘들다.

- **대화가 두서없다.**

대화에서 중요한 정보를 전달하지 않고 일상적인 얘기만 한다.

"안녕.", "잘 가.", "커피 어떻게 마실래?"와 같은 말이 많이 등장한다.

- **인물이 단편적이다.**

주인공이 화내는 모습만 보여주고서 어쨌든 그가 주인공이니까 속으로는 밝은 인물임을 독자가 알아주리라고 생각하기 쉽다.

- **문법, 맞춤법, 단어 사용 및 그 밖의 언어 규칙을 틀린다.**

이야기를 읽다가 독자가 주의를 빼앗기고 작가가 무슨 말을 하는지 해석해야 한다면 그만 책을 내려놓기 쉽다.

+ 퇴고를 위한 체크리스트

원고를 수정하기 전에 가능하면 며칠이나 몇 주 동안 글을 보지 말고 덮어두자. 한동안 쉬었다가 다시 보면 어떤 점이 좋고 어떤 점이 좋지 않은지 더 잘 판단할 수 있다. 그리고 종이 위에 쓰인 글이 독자에게 전하려 했던 내용을 실제로 전달하는지도 더 잘 볼 수 있다.

자신이 쓴 글을 살펴보며 좋은 점과 나쁜 점을 찾아내고 수정 계획을 세울 때는 아래의 체크리스트를 활용하자.

여기에는 로맨스 소설의 주요 항목이 모두 포함되어 있으므로 이야기의 맥락을 놓쳤거나 정보를 너무 일찍 너무 많이 말해줬거나 플롯 및 관계의 발전에 중요한 정보나 단계를 빠뜨린 부분을 발견하는 데 도움이 될 것이다. 이 리스트는 글을 쓰는 도중에 이야기가 제대로 진행되는지 확인하고자 할 때 언제든 활용할 수 있고 원고를 완성하고 나서 지침 역할도 한다.

자신이 쓴 이야기를 다른 사람이 쓴 글인 양 거리를 두고 읽을수록 체크리스트의 효과는 크다. 서평을 쓴다고 생각하고 이야기에 대한 의견뿐 아니라 그 이유도 말해보자.

- 이야기는 어떻게 시작하는가? 첫 번째 장을 읽은 다음 독자는 주인공에 대해 무엇을 아는가? 독자가 모르는 것과 알고 싶어 하는 것은 무엇인가? 독자가 아는 것 중 알 필요 없거나 알고 싶지 않은 것은 무엇인가?

- 몇 쪽이 지나야 플롯의 사건이 시작되는가? 두 번째 주인공은 언제 등장하는가?

- 남녀 주인공이 한 상황 안에 머물게 되는 이유는 무엇인가? 두 사람이 함께 있는 것을 내켜하지 않는다면, 그럼에도 어느 한쪽이 그냥 떠나지 않는 이유는 무엇인가?

- 남녀 주인공이 떨어져 있는 이유는 무엇인가? 그들의 대립은 실제로 마주 앉아 대화한다면 해결될 수 있는 문제인가?

- 갈등은 개인적인가? 공감할 수 있는가? 인물과 독자에게 중요한 문제인가? 독자가 자신이나 사랑하는 누군가가 비슷한 어려움에 처한 모습을 상상할 수 있는가?

- 주인공들의 대립은 그들이 서로 이끌림에도 불구하고 떨어져 있을 수밖에 없을 만큼 강한가?

- 독자는 남녀 주인공의 생각을 얼마나 아는가? 여주인공이 남주인공에게 진지한 관심이 있음을 독자가 알게 되는 지점은 어디인가? 남주인공이 여주인공에게 진지한 관심이 있음을 알게 되는 지점은 어디인가? 그 뒤에 이야기에 대한 흥미는 유지되는가, 떨어지는가?

- 독자는 오감을 통해 재미를 느끼는가? 말싸움을 듣고 행동을 볼 수 있는가? 아니면 이야기의 극적인 순간이 요약되어 있는가?

- 책의 중반까지 주요 조연 인물이 모두 등장했는가? 실제로 등장하지 않았더라도 독자가 그들에 관한 얘기를 들었는가?

- 조연 인물은 몇 명인가? 그중에 없어도 되거나 결합할 수 있는 인물이 있는가? 이름과 생김새를 굳이 묘사하지 않고 그냥 여종업원, 안내원과 같은 명칭으로 대신할 수 있는 인물이 있는가? 독자

는 조연에 대해 얼마나 알게 되는가? 그 정보가 이야기에 중요한가?

- 주인공의 행동과 말은 그의 성격과 직업, 자라온 환경, 과거 경험과 일관되는가?

- 시점은 일관적인가? 두 번째, 세 번째 시점을 사용한다면 이야기 초반부터 시작해 어느 정도 규칙적으로 등장하는가? 조연의 시점이 나오지 않아야 할 때 끼어드는 경우가 있는가?

- 각각의 장면과 장은 시작할 때 시간과 장소를 설정하고 시점 인물을 밝히고 흥미로운 소재를 던지는가? 끝날 때는 독자가 책을 놓을 수 없게 하는 흥미로운 지점에서 멈추는가?

- 전체 원고 중에 남녀 주인공의 상호작용을 보여주는 부분은 몇 쪽인가? 그들이 같은 공간에 있지만 상호작용하지 않는 부분은 몇 쪽인가?

- 남녀 주인공이 가장 오래 떨어져 있는 시간은 (쪽수로 따지면) 얼마인가?

- 독자가 남녀 주인공의 관계가 발전하는 모습을 볼 수 있는가? 주

인공들이 키스하고 장난을 주고받으며 사랑을 나누는 시간(쪽)은 얼마나 되는가? 싸우는 시간은? 그냥 얘기하는 시간은? 남녀 주인공이 너무 빨리 편해지지는 않는가?

- 러브신은 로맨스의 유형에 적합한가? 인물의 성격에는 적합한가? 그들의 상황, 예컨대 연인에게 보장된 사생활의 정도에 적합한가?

- 성적 긴장감이 이야기 내내 유지되는가? 주인공들이 서로 이끌린다는 사실을 독자는 언제 아는가? 러브신 다음에 성적 긴장감이 줄어들거나 증가하는가?

- 주인공은 다른 인물의 간섭이나 조작 없이 스스로 결말을 이끌어낼 수 있는가? 어떻게 그렇게 하는가?

- 결말은 만족스러운가? 착한 사람은 보상받고 나쁜 사람은 벌을 받는가? 해결되지 않은 부분이 모두 마무리되고 문제가 전부 해결되는가?

수정을 쉽게 하는 방법

수정 작업을 글쓰기와 전혀 다른 단계로 생각하고 접근하면 편하다. 작가마다 작업 방식은 조금씩 다르겠지만 대체로 초고를 쓸 때 다음

사항에 유의하는 편이 좋다. 이것을 따르면 최종 수정이 좀 더 쉬워
질 수 있다.

- **글을 쓰는 중간에 멈추고 수정을 하지 않는다.**

  앞부분에 뭐라고 썼는지 읽어보는 것은 몸을 풀고 다시 글을 쓰
  기 시작하는 데 도움이 될 수 있다. 글을 읽을 때 오타나 일관성이
  없는 부분을 체크하는 정도는 괜찮지만 본격적으로 글을 고치지
  는 말자.

- **수정할 내용을 메모해둔다.**

  두 번째 장에 넣을 내용이 생각났는데 이미 네 번째 장을 쓰고 있
  는 중이라면 그 내용은 따로 메모해두고 수정 단계에서 참고하
  자. 만약 글을 고치려고 돌아간다면 이야기를 전개해가는 추진력
  을 잃을 것이다. 또한 좋아 보였던 생각이 끝에 가서는 생각보다
  훌륭하지 않음을 깨달을 수도 있다.

- **일단 이야기를 쓴다.**

  초고를 쓸 때는 정확한 비유를 찾거나 대화의 모든 말을 재기발
  랄하게 쓰려고 고민하지 말자. 그런 고민을 위해 원고를 수정하
  는 시간이 있는 것이다. (직접 보여주지 않는 한) 당신 외에는 아무
  도 초고를 보지 않는다. 그러므로 초고는 출판할 만한 기준에 못
  미치더라도 상관없다.

+ 조언을 구할 때 고려할 점

다른 작가나 독자, 공모전 심사위원에게 조언을 받으면 도움이 될 수 있지만 유용한 조언을 가려내기는 쉽지 않다. 모든 비평가의 의견이 다르고 가끔 충돌할 때도 있으므로 모든 의견을 수용하려다가는 신경쇠약에 걸리고 말 것이다.

조언을 가려낼 때는 이야기 자체에 대한 의견(예컨대 '플롯이 복잡하다', '인물이 일관성이 없다')과 전달 방식에 대한 의견('대화가 부족하다', '생각이 너무 많이 나온다')을 구분해야 한다. 큰 그림을 먼저 봐야 한다. 이야기가 제대로 굴러가는지 먼저 생각한 뒤에 이야기를 전달하는 방식에 관한 조언을 고려해야 한다.

어떻게 할지 결정하기 전에 각각의 조언을 살펴보고 공통된 주제를 찾는다. 독자 한 명이 여주인공을 좋아하지 않는다고 하면 단지 그런 유형의 여자에게 열등감이 있는 것일 수도 있다. 그러나 여러 명의 독자가 여주인공을 마음에 들어 하지 않으면 여주인공을 제시한 방식을 살펴보고 긍정적인 특성을 추가로 보여줄 수 있는지 고려해야 한다.

작가 모임

글쓰기에 공통으로 관심을 가진 사람들의 모임만큼 든든한 것도 없다. 책을 출판했든 아니든 그들도 비협조적인 인물과 비논리적 플롯으로 고민해봤기 때문에 글을 쓸 때의 좌절감을 이해한다.

하지만 모든 아마추어 작가 모임이 좋고 힘이 되고 긍정적이지는 않

다. 긍정적이라는 말은 서로 칭찬만 해야 한다는 뜻이 아니다. 장점
뿐 아니라 단점도 지적해야 진정한 발전을 할 수 있다.

어떤 모임에는 긍정적인 에너지가 있다. 서로 격려하고 성공을 축하
하며 모든 구성원이 발전할 수 있도록 협력한다. 그리고 각자에게 무
엇이 필요한지 고려해 조언한다. 기분 좋은 칭찬이 아주 중요한 작가
도 있고, 작은 단계마다 칭찬을 받을 때 실제보다 훨씬 더 많이 성취
했다고 느끼는 작가도 있다.

어떤 모임에는 부정적인 에너지가 있다. 서로의 성공을 의심하고 경
쟁한다. 정확히 이런 자극이 필요한 작가도 있지만 부정적인 의견이
결국엔 해가 되는 작가도 있다.

작가 모임에 가입할 때는 시간을 두고 천천히 하자. 일단 모임에 찾
아가 얘기를 들어보고, 모임에서 작품을 공유한다면 조언이 유용하
지 않고 신랄할 경우를 대비해 감정적으로 애착이 없는 글부터 내놓
는다.

다른 회원들의 지지가 느껴지는가? 환영받고 질문할 수 있는 분위기
인가? 진행 과정은 자신에게 유용한가? 시간을 내 모임에 나갈 가치
가 있는가?

참여하는 작가 모임이 작가로 구성되어 있는지도 확인해야 한다. 글
을 쓰고 싶다고 말하는 사람, 예전에는 글을 썼지만 지금은 원고를
한 장도 쓰지 않는 사람 등 말만 많은 사람들로 구성된 모임도 많다.
그런 사람들도 글쓰기, 고쳐쓰기, 출판에 대해 식견이 있을 수 있지
만 실제로 글을 쓰는 사람들이 직면하는 것과 같은 문제를 겪지는 않

는다.

모임의 사람들이 당신의 분야에 대한 지식이 있으면 도움이 된다. 로맨스 작가가 시인들의 모임에 참석하면 유용한 조언을 얻지 못할 것이다. 그러나 모임이 너무 구체적이면 세부 사항을 확인하는 데 몰두해 뻔한 내용을 놓칠 수도 있다. (남북전쟁 시대를 배경으로 한 로맨스물을 쓰는 작가들의 모임이라면 후프 치마의 크기는 밀리미터까지 정확하게 얘기하면서 여주인공의 비논리적인 행동은 보지 못할 수 있다.)

비평 모임

비평 모임은 작가 모임 안의 소그룹인 경우가 많다. 전체 회원 중에서 비슷한 관심사와 목적을 가진 사람들끼리 오로지 작품을 공유하고 평가하기 위해 모인다.

비평과 비판은 다르다. 비판은 잘못한 점을 지적하지만 비평은 약점뿐 아니라 발전시킬 수 있는 장점도 지적한다. 하지만 약점을 고려하지 않고 좋은 점에만 초점을 맞추는 비평은 서로에게 희망을 줄 수는 있지만 도움이 되지는 않는다.

자신의 직감을 믿자. 조언을 통해 새로운 생각이 떠오르는가? 글을 개선할 아이디어가 생겼다는 느낌이 드는가? 배운 내용을 적용할 수 있다는 확신이 드는가?

비평 모임은 구조, 크기, 목표, 경험의 수준, 만남의 빈도 등에 따라 다르다. 매주 만나는 모임도 있고 매달 만나는 모임도 있다. 회원의 집에서 모이는 경우도 있고 공공장소에서 모이는 경우도 있다. 어떤 모임은 유동적인 회원을 허용하지만 어떤 모임은 소수 정예라 결석하기 쉽지 않고 새로운 회원을 아주 가끔만 받는다. 어떤 모임에서는 새 회원이 몇 번 참석해서 얘기를 들은 다음에야 의견을 제시하거나 자신의 글에 대한 비평을 받을 수 있다.

때로 비평 모임은 정체될 수 있다. 모든 사람이 작가만큼 그의 이야기에 대해 잘 알게 되면 객관성을 잃고 더 이상 배우지 못하게 될 수 있기 때문이다. 비평 모임의 수명이 얼마나 되는지는 정해지지 않았지만 어떤 모임이든 영원히 건강하고 도움이 될 수는 없다.

모임의 구조가 어떻든 자신의 목적에 맞는 모임을 찾는 것이 중요하다. 비평 모임에서 무엇을 바라는가? 모임이 자신의 생활 및 글쓰기 방식과 어떻게 어울리는가? 모임의 사람들이 자신과 같은 장르나 카테고리의 글을 쓰는가? 그렇지 않다면 다양한 독서 경험을 갖고 있는가? 자신은 역사 로맨스를 쓰는데 모임의 사람들은 현대 로맨스물만 읽고 쓴다면 역사물에 요구되는 사항에 익숙한 사람들의 모임에 있는 경우만큼 도움이 되지는 않을 것이다.

비평 모임에 책을 출판한 사람이 있으면 작가 지망생만 있는 경우보다 실질적인 도움을 받을 수 있다. 하지만 책을 내봤다고 해서 그 사람의 조언이 유용할 것이라는 보장은 없다. 더 중요한 것은 모임이 작가의 강점을 살려주느냐다. 비평 모임이 작품을 망친다고 알려진 이유는 상반되는 조언을 너무 많이 하거나 다른 누군가가 원하는 대로 이야기를 바꾸려고 하기 때문이다. 혼란을 가중시키는 의견들 사이에서 유용한 조언을 가려내기란 쉽지 않다.

직업 작가 모임

미국로맨스작가협회www.rwa.org는 로맨스 소설을 쓰는 작가뿐 아니라 편집자, 에이전트, 책 판매상을 비롯해 이 분야에 관심을 가진 사람들에게 열려 있는 전문가 조직이다. 책을 출간하지 않은 작가와 전 세계의 작가도 들어갈 수 있는 몇 안 되는 직업 작가 모임 가운데 하나다.

협회는 회원에게 매달 잡지를 보내주고, 매년 출간 작가와 미출간 작가를 대상으로 한 공모전을 연다. 또한 매년 개최하는 학회에서 작가들은 편집자와 에이전트를 만나고 다른 작가와 교류하며 워크숍과 세미나에 참석할 수 있다.

미국로맨스작가협회에는 지역별로 지부가 있다. 미국의 주요 도시 대부분에 있고, 지부의 모임에 참석할 수 없는 사람들이나 특별한 관심사를 지닌 사람들을 위한 온라인 지부도 있다. 지부는 협회의 요구 조건을 따르기만 한다면 상당히 자율적으로 조직을 만들고 그곳 회원들의 사정에 맞게 모임을 운영할 수 있다. 지부에서는 대체로 매달 모임을 갖고 강연이나 작품 발표, 글쓰기 연습 등을 한다. 많은 곳이 전체 모임과는 별도로 모이는 비평 모임을 후원한다. 일부는 공모전이나 지역 규모의 학회를 개최하기도 한다.

영국로맨스소설가협회www.rna-uk.org는 카테고리 로맨스부터 여성 소설에 이르는 전체 로맨스 소설의 발전을 위해 700명 이상의 회원이 모여 있는 조직이다. 역시 출간 작가와 미출간 작가, 에이전트, 편집자, 출판업자, 책 판매상 등에게 열려 있고 공모전과 학회도 개최

한다.

호주로맨스작가협회www.romanceaustralia.com도 전 세계의 출간 작가
와 미출간 작가뿐 아니라 로맨스 소설에 관심 있는 모든 사람에게 열
려 있고, 공모전과 학회를 개최한다. 또한 이곳에서는 외딴 곳에 있
어 모임에 참석할 수 없는 작가에게 멘토를 연결해주는 프로그램을
운영한다.

도서관에 가보면 직업 작가를 위한 지역 모임이나 전국적 조직의
명단이 있을 것이다. 모임마다 회원 자격과 얻을 수 있는 혜택이 다
르다.

공모전

소설 공모전에 참가하면 자극이 되고 마감일을 맞추는 계기가 생기
며 피드백과 실패를 받아들이는 연습을 할 수 있다. 최종 후보나 당
선자가 되면 큰 혜택도 있으며 출판사에 자신을 소개하거나 편집자
의 관심을 받는 데 유리한 명성을 얻을 수 있다.

하지만 공모전에 참가하려면 돈이 든다. 참가비, 원고 출력 비용, 우
편 요금 등을 합하면 참가하는 공모전마다 수만 원은 훌쩍 깨지기 십
상이다.

공모전에는 위험 요소도 있다. 많은 경우에 첫 번째 장만 제출하라
고 하기 때문에 일부 작가는 그 이상 글을 쓰지 않는다. 그들은 25
쪽만 열심히 쓰고 다듬은 다음 글을 완성하지 않고 다음 공모전에
낼 다른 글을 시작한다. 공모전에 중독된 작가는 책 한 권을 완성하

지 못한다.

신인 작가에 가장 도움이 되는 공모전은 심사위원이 원고에 직접 의견을 달아주는 공모전이다. 이러한 공모전은 대부분 그 점을 광고한다. 의견 없이 점수만 공개하는 공모전은 최종 후보에 올라가지 않는 이상 크게 도움이 되지 않는다.

공모전을 신중하게 선택하고 참가하는 횟수를 제한하자. 공모전에 참가할 때는 아주 다른 점수를 받을 각오를 해야 한다. 다섯 명의 심사위원이 원고를 보면 두 사람은 좋아하고 한 사람은 싫어하고 나머지 두 사람은 그저 그렇다고 생각할 수 있다. 심사위원의 의견은 개인적이고 주관적이다. 하지만 그들 중 몇몇이 같은 점에 대해 (긍정적이든 부정적이든) 언급한다면 최종 점수에 상관없이 자신의 원고가 어떤 점에서 강하고 약한지 알 수 있다.

때로는 상업 출판사에서도 기존의 카테고리를 개편하거나 새로운 카테고리를 만들 때 관심을 끌고 작품을 유치하기 위해 공모전을 개최한다. 일반적으로 이런 공모전은 참가비를 받지 않는다.

가끔은 작가가 자신의 책과 웹 사이트를 홍보하려고 공모전을 주최하기도 한다. 주로 이메일로 참가 신청을 받고 참가비는 없지만 편집자나 에이전트, 독자의 관심을 받을 수 있는 기회가 될 뿐 아니라 좋은 상품이 걸려 있을 때도 있다. 이런 공모전에 관한 정보는 이메일 소식지, 채팅방, 토론 모임 등에서 얻을 수 있다.

모든 참가자에게 상을 주고 출품작을 실은 선집을 구입하도록 하는 공모전은 사기다. 이런 사기는 로맨스 분야보다는 시나 단편 소설 분야에서 흔히 일어나긴 하지만, 그래도 공모전을 주최하는 곳이 이름 있는 곳인지 확인하는 편이 현명하다.

첨삭 및 수정 서비스

첨삭 및 수정 서비스는 작업 중인 원고를 봐주면서 강점과 약점에 대해 조언해주고 때로는 아이디어를 주며 글을 시장에 맞게 고칠 수 있도록 도와준다. 비용은 편집자의 경력에 따라 다르다.

작가가 보는 잡지에 광고를 내는 프리랜서 편집자들은 대개 경험이 많고 통찰력이 있으며 팔리는 책을 만드는 데 큰 도움을 준다. 작품을 제출하려는 출판사에서 작가나 편집자로 일한 적이 있어서 귀중한 조언을 하는 경우도 많다.

하지만 당신이 쓴 글보다 돈에 더 관심이 있을 때도 있다.

편집자의 경력을 물어보고 확인하자. 누가 실제로 글을 첨삭해주는지 물어보고 그 사람의 자격을 확인한다. 그가 이 분야에서 얼마나 일했는지, 어떤 출판사와 일했는지, 수정해준 원고가 그 뒤로 팔렸는지, 어느 출판사에 팔렸는지 물어본다. 그리고 현행 가격을 확인한 다음에 수수료를 합의한다.

모든 계약 조건이 서면으로 명시되었는지 확인하자. 손해를 감당할 수 없는 돈은 절대 지불해서는 안 된다.

글쓰기 강좌

일반적으로 글쓰기 강좌는 자신도 글을 적극적으로 쓰고 있는 작가가 가르치는 수업이 가장 좋다. 강사의 능력과 경험, 수업을 통해 얻고 싶은 것에 대해 생각해본 뒤 강좌를 선택한다.

어떤 강좌가 적합할지는 어떤 종류의 조언이 필요한지에 따라 다르다. 대학에서 열리는 창작 글쓰기 강좌는 성격 묘사 능력을 향상시키는 데엔 도움이 되지만 강사가 로맨스 장르에 익숙하지 않다면 로맨스 소설에 대해서는 미묘한 지점까지 도와줄 수 없을 것이다.

온라인 강좌는 전 세계의 사람들이 일정이나 의무 사항에 구애받지 않고 참여할 수 있다.

실전연습

읽어본 로맨스 소설 중 하나를 택해 체크리스트의 질문에 대답해보자. 다른 사람이 쓴 책을 분석해보면 작가가 책을 어떻게 구성했고 왜 그렇게 했는지 이해하는 데 도움이 된다. 또한 자신이 쓴 이야기에 체크리스트의 질문을 어떻게 적용할지도 알 수 있다.

4장 출판계약을 위한 노하우

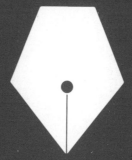

출판사와 편집자 이해하기

원고의 완성은 단지 시작일 뿐이다. 출판사 관계자가 집 앞에 나타나 원고를 보자고 하는 일은 없을 테니 직접 시장을 공략해 작품을 팔아야 한다.

마거릿 미첼이 《바람과 함께 사라지다》의 원고를 가지고 출판업자를 만난 일화는 전설적이다. 그녀는 자신의 키만 한 원고 두 무더기를 출판사 관계자가 있는 호텔 방으로 가져가 "여기 있다."고 말했다. 원고의 일부는 타이핑했고 일부는 손으로 썼으며, 커피를 쏟은 자국이 있는 쪽도 있었고 어떤 장은 여러 종류가 있었다.

오늘날이었다면 그녀는 원고를 다시 집으로 가져가 두 쪽으로 요약해 보내라는 정중한 요청을 받았을 것이다.

요즘에는 출판사 관계자 대부분이 책 전체를 미리 읽어보지 않고 요약본을 요구한다. 요약본이 흥미로우면 이야기 일부를 보여 달라고 하고 그것이 마음이 들면 전체 원고를 읽어본다. 원고가 마음에 들면 교정본을 보여달라고 하고 그때가 되어서야 실제 구입에 관한 논의가 이루어진다. (출판 관계자가 전체 원고를 보기 전에 책을 구입하는 경우는 거의 없다. 작가의 첫 소설이라면 완성해 출판할 준비가 되어야 확실한 제의를 받을 수 있다.)

+ 출판사별 분석은 필수

자신의 책이 로맨스의 여러 장르 가운데 어디에 속하는지, 수많은 출판사 중 어느 곳과 맞을지 찾기란 쉽지 않다. 출판사의 편집 방침을 읽어 보면 도움이 되기도 하지만 반드시 명확한 답을 얻을 수 있는 것은 아니다. 예를 들어 할리퀸 슈퍼 로맨스와 실루엣 스페셜 에디션 사이에는 뚜렷한 차이점이 있지만 둘 다 분량도 비슷하고 편집 방침의 일부 설명도 비슷하다.

사실 편집 방침은 의도적으로 아주 일반적인 용어로 표현하는 경우가 많다. 할리퀸과 실루엣의 편집 방침 몇 가지를 소개한다.

- "현대적이고 신뢰할 수 있으며 매력적인 인물이 등장하고 잘 짜인 플롯과 힘 있는 글솜씨를 보여주는 작품을 찾습니다."
- "인물 묘사, 플롯, 표현 수위의 한계를 넘어서도 됩니다."
- "배경은 작은 마을과 대도시, 목장, 황무지 등 텍사스에서 알래스카까지 사람이 살고 사랑하는 곳이라면 어디든 좋습니다."

- "세상만큼 폭넓은 이야기."
- "매우 현대적인 느낌이 있어야 합니다."
- "신선하고 새로운 목소리를 찾습니다. 감정을 자극하는 인기 있는 주제를 혁신적이고 극적이며 강렬한 이야기로 풀어낼 수 있는 능력이 출판에 중요한 요소입니다."

편집자는 투고 원고를 불필요하게 제한하는 원칙은 제시하지 않으면서 카테고리를 차별화하려고 편집 방침을 이런 식으로 작성한다. 그 결과 불행히도 편집 방침은 일반적인 진술로 채워지고 작가가 활용하기에는 한계가 있다.

편집 방침을 볼 때는 구체적인 부분까지 살피고 많은 경우 부정적으로 해석해야 한다. "텍사스에서 알래스카까지"라는 말은 폴리네시아가 배경인 이야기는 관심을 받지 못할 것이라는 뜻이다. "매우 감성적인" 이야기를 원한다고 하면 로맨틱 코미디는 살 의향이 없다는 뜻이다. "옆집 소녀" 같은 여주인공이 등장하는 이야기를 찾는다면 공주가 등장하는 이야기를 투고할 필요가 없다는 뜻이고, "화려한" 주인공이 등장하는 이야기를 찾는다면 초등학교 교사가 주인공인 이야기는 출간되지 않을 가능성이 높다.

모든 출판사가 편집 방침을 제공하지는 않는다. 출판사가 편집 방침을 제공하는 경우에는 출판사 웹 사이트에서 내려받거나 출간된 책에 나와 있는 주소로 요청하면 된다.

작가협회 같은 전문가 조직에 가입하면 최신 뉴스를 알 수 있다.

새로운 장르가 출범하거나 특정 장르가 찾는 이야기에 변화가 생기거나 편집부의 직원이 바뀌었다는 소식을 알려준다.

출판사의 성향은 출간도서를 보면 알 수 있다

특정 종류의 로맨스 소설을 출판하는 곳을 찾으려면 현재 출간되고 있는 책을 읽어보는 것이 가장 좋다. 서점가에서 출판사를 확인한 뒤 출판사의 웹 사이트에 들어가 편집 방침, 요구하는 분량, 투고할 때 제출해야 하는 것, 편집자가 원하는 방향의 최근 변화 등을 살펴본다.

출판사가 최근에 펴낸 책을 읽어볼 때는 이야기의 길이, 어조, 배경, 성적 수위, 서브플롯의 개수, 등장인물이 직면한 문제의 유형 등을 봐야 한다. 또 신인 작가의 책도 찾아보는 것이 좋다. 독자층이 있는 기성 작가의 경우에는 좀 더 자유롭게 글을 쓰기도 하므로 출판사가 다른 신인 작가에게 원하는 바를 가장 잘 알 수 있는 단서는 신인 작가의 첫 번째 책에 있다.

자신이 쓴 책과 아주 다른 책을 펴내는 출판사에 원고를 보내는 일은 시간과 우편 요금 낭비다. 게다가 더욱 심각하게는 자신이 로맨스 장르에 대해 무지하며 조사도 하지 않았음을 드러내는 일이다.

원고를 여기저기 뿌리는 것은 소용없는 일이다. 각각의 장르는 고유의 색이 있다. 어떤 아이디어나 원고를 한 군데 이상의 장르에 맞도록 수정할 수는 있겠지만 그렇다고 대여섯 개 이상의 장르에 적합해질 수는 없다.

중복 투고할 때 주의할 점

한 번에 여러 카테고리나 출판사에 원고를 보내는 경우를 중복 투고라 한다. 대체로 로맨스 출판사는 다른 출판사도 고려하는 원고는 거절한다. 하지만 원고를 여러 곳에 보냈다는 사실을 미리 알리고, 작가가 한 출판사에서 제안을 받았을 때 다른 출판사들에도 알리고 기회를 주기로 한다면 중복 투고를 받아주는 출판사도 있다.

한 번에 한 출판사에만 원고를 보내고 답을 기다렸다가 거절당하면 다시 다른 곳에 투고하는 과정은 길고 지루하다. 많은 작가가 출판사가 규정상 중복 투고를 받지 않음을 알면서도 그러고 싶은 유혹을 느낀다.

하지만 오늘날처럼 좁아진 출판계에서 중복 투고를 하다가는 같은 건물을 쓰는 같은 출판사의 서로 다른 카테고리에 원고를 보내는 일이 벌어질 수 있다. 중복 투고 사실이 걸린다고 해서 불이익을 당하지는 않겠지만 자신이 비전문가이고 규칙을 준수하지 않는다는 인상을 심어줄 수 있다.

중복 투고 금지 규정은 작가에게는 공정하지 않지만 출판계의 현실이다. 일반적으로 한 책이 팔릴 수 있는 시장은 최대 세 곳이므로 원고를 최대한 카테고리에 맞게 고쳐서 한 번에 한곳씩 보내는 것이 불합리한 일은 아니다. 출판사의 답을 기다릴 때는 또 다른 글을 쓰며 시간을 보내자.

문의 편지나 제안서를 검토하는 기간은 출판사의 편집 방침이나 웹사이트를 보면 알 수 있다. 대부분의 출판사는 원고를 검토하는 데 두세 달이 걸리고 더 오래 걸리는 경우도 있다. 자신이 보낸 원고가 어떻게 됐는지 문의할 때는 출판사에서 정한 기간이 지나고 2주 정도 더 여유를 둔 뒤 연락한다. 많은 출판사에는 검토해야 할 원고가 쌓여 있다.

원고에 대해 문의할 때는 원고의 제목과 수신인, 작가의 주소와 연락처, 원고 발송 일자를 밝혀야 한다. 그리고 기다리는 동안 새로운 글을 열심히 쓰자.

+ 편집자가 선호하는 원고의 특징

편집자는 투고된 원고의 어떤 점에 (긍정적이든 부정적이든) 깊은 인상을 받는가? 편집자가 바라는 것은 무엇인가? 편집자는 어떤 종류의 이야기에 끌리는가? 어떤 이야기에 끌리지 않는가? 출간까지 연결되는 좋은 원고의 공통점은 무엇인가? 희망을 품은 작가가 피해야 할 점은 무엇인가?

원고 형태는 출판사에서 요청한 대로가 좋다. 편집자를 이미 만난 경우에는 견본 원고와 시놉시스를 요청할 가능성이 높다. 무엇을 제출하든 완성된 원고를 바탕으로 해야 하고, 편집자가 전체 원고를 요청하면 즉시 보낼 수 있어야 한다.

플롯이 획기적으로 달라야 성공하는 것은 아니다. 평범한 이야기라도 글솜씨가 좋고 색다른 반전이 있고 유형이 신선하면 채택된다. 사실 신인 작가가 처음 원고를 투고할 때는 논란이 되는 소재를 다루지 않는 편이 좋다.

편집자를 열광시키는 원고의 특징은 대부분 다음과 같다.

- 글솜씨가 좋고 탄탄하다.
- 갈등이 두 주인공 모두에게 중요하며 그럴듯하고 논리적이다.
- 갈등이 다른 사람의 개입 없이 주인공의 행동에 의해 해결될 수 있다.
- 첫 번째 문장, 문단, 장이 시선을 사로잡는다.
- 남녀 주인공이 서로 믿지 못하거나 좋아하고 존중하는 데 논리적이고 받아들일 만한 이유가 있다. 서로 외모만 보고 끌리는 것이 아니다.

반환될 가능성이 높은 원고의 특징은 다음과 같다.

- 글솜씨가 부족하다.
- 갈등이 정당하거나 논리적이거나 그럴듯하지 않다.
- 갈등이 남녀 주인공에게 중요하지 않다.
- 갈등이 대화로 해결될 수 있는 오해를 바탕으로 한다.
- 첫 만남이 (교통사고 등) 전혀 새롭거나 다르지 않고 진부하다.
- 주인공들의 첫 이끌림이 그럴듯하지 않거나 비논리적이다.
- 플롯이 색다르긴 하지만 갈등과 인물의 필요 때문이 아니라 그저 다르게 보일 목적으로 다르다.

- 쉬운 말을 놔두고 괜히 어려운 말을 쓴다.
- 시놉시스가 전체 플롯을 요약하지 않고 중요한 요소를 빠뜨리거나 갈등이 어떻게 해결되는지 보여주지 않는다.

편집자가 거절할 때 자주 쓰는 문구

거절 편지에는 양식화된 답장과 개인적인 답장의 두 종류가 있다. 통념상 개인적인 답장이 좀 더 희망적이지만 반드시 그렇지는 않다. 일부 출판사는 모든 원고에 개인적인 답장을 보내고 이런 편지에는 양식화된 거절 편지처럼 정형화된 문구가 포함되어 있다. 투고된 로맨스 소설을 거절할 때 자주 등장하는 문구는 다음과 같다.

- **인물이 비일관적이다.**
  인물이 부적절하게 행동하거나 미리 암시한 대로 행동하지 않는다. 평범하고 양식 있는 남주인공이 왜 특정 여인과 관련해서는 자기 파괴적인 행동을 하는가? 여주인공은 밝은 가게 앞으로 가서 도움을 청할 수도 있는데 왜 어두운 골목으로 가는가?

- **인물의 동기가 부족하다.**
  이런 일은 작가가 인물이 왜 그렇게 행동하는지 자문해보지 않았기 때문에 발생한다. 남주인공은 왜 그렇게 많은 시간과 에너지를 들여 여주인공의 목표 달성을 방해하는가? 여주인공은 왜 자신의 생각대로 하지 않고 남들의 의견에 동조하는가?

- **갈등이 약하다.**

  인물들 사이의 문제가 그다지 중요하지 않다. 인물들의 의견 차이,
  목표 충돌, 곤란한 상황이 독자의 관심을 유지할 만하지 않다.

- **갈등이 발전되지 않는다.**

  사건들이 논리적으로 이어지지 않는다. 인과관계 때문이 아니라
  플롯의 그 순간에 필요하기 때문에 사건이 일어난다.

- **플롯이 부자연스럽다.**

  플롯이 진짜 문제가 아니라 진부한 장치(여주인공이 사다리에서 남
  주인공의 품으로 떨어진다), 임의적인 사건에 의존한다.

- **글솜씨가 부족하다.**

  대화가 자연스럽지 않다. 인물이 상투적이거나 낡은 이미지다.
  단어를 잘못 사용한다. 문법과 구두점 실수 때문에 뜻을 파악하
  기 힘들다. 문장이 너무 길다. 이야기를 따라가기 어렵다.

- **우리 출판사와 맞지 않다.**

  이 표현은 위에 나열된 거절의 말들을 요약한 것일 수도 있고, 이
  야기는 괜찮지만 지금 이 카테고리에 적합하지 않다는 뜻일 수도
  있다.

- **우리 출판사의 책을 읽어보길 바란다.**

  작품이 로맨스가 아니거나 편집자가 찾는 기준에서 한참 벗어난다. 이 카테고리나 로맨스 소설 전체에 익숙하지 않다는 인상을 준다.

- **개인적으로 재미있지 않다.**

  이야기 자체에는 잘못이 없지만 평범한 책과 차별되고 편집자가 적극적으로 회의에서 고려할 만큼의 재미와 흥미가 없다.

편집자의 수정 요청을 받았을 때

편집자가 원고를 수정해달라고 하거나 특정 부분을 변경하자고 한다면 진심으로 그러길 바라고 책을 정말 다시 보고 싶기 때문이다. 편집자는 거짓말로 사람을 유혹하기에는 너무 바쁘다. 이야기를 (작은 반전이든 큰 구성이든) 수정하면 출판할 만한 책이 될 가능성이 있다고 생각하니까 수정을 요청하는 것이다.

대부분의 경우 편집자의 판단이 옳고, 정확한 부분을 지적하므로 결과적으로 이야기가 훨씬 나아진다. 하지만 편집자가 깊이 생각하지 않고 반사적으로 이렇게 말할 때도 있다. "이야기를 오늘날의 회사를 배경으로 한 오피스 로맨스로 바꿀 수 있나요? 배경을 서부 시대로 바꿀 수 있나요? 시간 여행이 가능할까요?" (물론 그럴 수 있다. 하지만 그러면 이야기는 완전히 달라지고, 수정하느니 차라리 처음부터 새로 쓰는 편이 더 현실적일 것이다.)

편집자가 수정을 요구할 때 바로 안 된다고 말하지 말자. 생각해보겠다고 말하고 정말로 생각해봐야 한다. 편집자가 얘기한 대로 수정하면 이야기가 더 나아지고 강력해지고 팔릴 만해질 것인가? 그렇게 수정할 수 없을 것 같다면 타협할 만한 지점은 있는가? 수정해서 정말로 이야기의 완성도가 떨어지리라는 생각이 들면 그때 안 된다고 말한다.

그 사람과 나중에 함께 일할 수도 있으니 솔직하지만 예의 바르게 말하도록 한다.

수정 요청을 받으면 먼저 부정적으로 반응하는 경우가 많다. '이런 보석 같은 이야기를 몰라보다니 편집자한테 무슨 문제가 있는 거 아냐?' 하지만 시간이 조금 지나 거리를 두고 자신의 이야기를 바라보면 편집자의 말이 옳고 실제로 표현된 글이 아직 생각만큼 다듬어지지 않은 다이아몬드였다는 사실을 깨달을 수도 있다.

편집자가 수정을 요청하면 원고를 언제까지 수정할 수 있는지 가능한 작업 일정을 알려준다. 그리고 마감일을 지키고 늦지 말자. 편집자가 이직하거나 원고에 대해 잊기 전에 합리적인 선에서 최대한 빨리 원고를 다시 보내야 한다.

원고 투고하기

원고를 투고하는 경우에는 출판사의 웹 사이트, 편집 방침, 출간 목록을 확인해 편집자가 무엇을 보고 싶어 하는지 파악해야 한다. 대부분의 경우 편집자는 문의 편지만 받아본 뒤 관심이 생기면 더 많은 자료를 요청한다.

+ 기본적인 준비 자료

원고 투고 시에 기본적으로 준비해야 하고 대부분의 편집자가 요청하는 자료는 다음과 같다.

문의 편지

이야기를 요약하고 자신이 이 이야기를 쓰는 데 적격인 이유를 설명하는 한두 쪽 분량의 글이다. 짧은 시놉시스와 커버레터를 하나의 글로 합친 것과 비슷하다. 좋은 문의 편지는 다음과 같다.

- 사람들을 끌어들일 소재를 이야기한다.
- 이야기의 요지를 한두 문장으로 요약한다.
- 전체 원고의 분량을 명시한다.
- 완성된 원고를 바탕으로 쓴다.
- 이야기가 어떤 장르에 적합한지, 왜 그렇게 생각하는지 쓴다.
- 책의 분위기를 알려준다. (재미있나? 어두운가? 잔잔한가?)
- 인물의 중요한 특징을 알려준다.
- 이야기와 관련 있는 자격이 있으면 나열한다.
- 적절한 출간 경력이 있으면 간략히 소개한다. (로맨스물이나 소설이 아니더라도 돈을 받고 출간한 책이라면 자신의 전문성을 보여줄 수 있다.)
- 자신의 개성을 반영한다.

반면, 좋지 않은 문의 편지는 다음과 같다.

- 자비나 보조금으로 출간한 책을 출간 경력으로 소개한다
- 자신의 출간되지 않은 다른 작품 제목을 나열한다.

- "내 어머니가 최고의 책이라고 하셨다."
- 필명을 쓴다.
- 책의 주제와 관계없는 학력이나 경험에 대해 자세히 말한다.

자신의 이름, 주소, 전화번호, 이메일 주소도 잊지 말고 적어야 한다.

커버레터(자기소개서)

커버레터는 시놉시스나 견본, 원고를 보낼 때 첨부하는 한 쪽 분량의 편지다. (문의 편지에는 커버레터를 함께 보내지 않아도 된다.) 커버레터는 작품을 보자고 한 편집자에게 원고를 보내는 경우에 특히 중요하다. 하지만 그렇지 않은 경우에도 커버레터를 잘 쓰면 제안서가 적절한 사람에게 가는 데 도움이 된다. 커버레터에 들어가야 하는 내용은 문의 편지의 기본적인 정보와 비슷하다.

- 편집자를 만났거나 문의 편지를 보낸 적이 있다면 언제였는지 상기시킨다.
- 전체 원고의 분량을 명시한다.
- 완성된 원고를 바탕으로 쓴다.
- 이야기가 어떤 장르에 적합한지, 왜 그렇게 생각하는지 쓴다.
- 책의 분위기를 알려준다. (재미있나? 어두운가? 잔잔한가?)
- 작품을 짧게 (두 줄이 넘지 않게) 설명한다.
- 관련 자격이나 출간 경력이 있다면 간략하게 소개한다.

좋지 않은 커버레터는 다음과 같다.

- 줄거리나 플롯, 등장인물에 대해 상세히 설명한다. (이것은 시놉시스에 들어갈 내용이다.)
- 어떻게 이 책을 쓰게 되었는지 자세히 이야기한다.
- 원고의 저자가 아닌 다른 사람이 써준다(아니면 써준 것처럼 보인다).

시놉시스

시놉시스는 전체 이야기를 요약한 개요로, 플롯의 주요 사건, 인물의 동기, 갈등, 사랑에 빠지는 관계로의 발전, 결말을 포함한다. 시놉시스의 길이는 출판사와 이야기 유형에 따라 다르다. 대개 단편의 경우에는 두 쪽, 역사나 파라노말, 싱글 타이틀의 경우에는 25쪽까지 다양하다.

할리퀸의 한 편집자에 따르면 시놉시스 쓰기는 "글쓰기 중에 가장 힘들다. 좋아하는 사람도 없고 특별히 잘하는 사람도 없다. 하지만 시놉시스를 써야 책을 팔 수 있다." 편집자는 혼자서 원고 구입에 관한 결정을 내리지 않는다. 대부분은 제안받은 시놉시스를 주간 회의에 들고 가서 돌려 보고 논의한 다음 구입 결정을 내린다.

팔리는 시놉시스의 특징은 다음과 같다.

- **명확하다.**

  정보를 쉽고 논리적으로 전달한다. 읽는 사람이 무슨 말인지 알
  아내기 위해 멈칫해서는 안 된다.

- **간결하다.**

  주요 플롯이나 대화, 인물의 생각을 이해하는 데 불필요한 정보
  를 상세히 나열하지 않는다.

- **완전하다.**

  인물과 갈등을 이해하는 데 필요한 모든 정보를 알려주고 갈등의
  해결책과 결말이 무엇인지 보여준다.

효과적인 시놉시스에는 다음의 여섯 가지 사항이 포함되어야 한다.

- **특징적 요소**

  책의 뒤표지에 들어갈 만한 선전 문구는 무엇인가? 독자의 시선
  을 사로잡고 "이 이야기는 정말 다르고 특별하고 흥미로우니까
  반드시 읽어야겠다."고 말하게 하는 요소는 무엇인가?

- **여주인공**

  여주인공의 어떤 점이 흥미로운가? 인물의 외모나 과거에 대한
  묘사는 대부분 지면 낭비일 뿐이다. 편집자는 인물이 현재 어떤

사람인지에 더 관심이 있다. 인물이 어떻게 그렇게 되었는지는
이야기 전개상 매우 중요할 때에만 관심을 가진다.

- **남주인공**

  남주인공이 여주인공에게 반대하는 이유는 무엇인가? 그가 원하
  는 것은 무엇인가, 여주인공의 성공을 원하지 않는 이유는 무엇
  인가?

- **갈등**

  이야기를 시작할 때 또는 그즈음에 주인공이 지니고 있는 어려움
  은 무엇인가? 주인공들을 갈라놓고, 함께 일하도록 하고, 그들의
  미래를 완전히 바꿔놓는 문제는 무엇인가?

- **줄거리**

  독자에게 갈등을 어떻게 보여주는가? 갈등은 어떻게 심화되는
  가? 각각의 사건은 주인공에게 어떤 영향을 미치는가? 플롯의 어
  떤 우여곡절이 독자를 매료시키고 책을 내려놓지 못하게 하는가?
  이야기의 시작, 중간, 끝을 가능한 구체적이면서도 간략하게 묘
  사한다.

- **결말**

  갈등은 어떻게 해결되는가? 결말은 어떻게 맞이하는가? 결말의

어떤 점이 독자를 만족시키는가?

이와 같은 여섯 가지 사항을 다루어야 효과적인 시놉시스를 작성할 수 있다. 그 밖의 공식이나 반드시 요구되는 플롯은 없다. 중요한 점을 포함하기만 한다면 이야기를 요약하는 데 창의력을 발휘해도 좋다.

좋은 시놉시스는 다음과 같다.

- 직접적인 느낌을 주기 위해 현재 시제로 작성한다.
- 독후감이 아니라 서평처럼 쓴다.
- 책의 어조가 드러나게 표현한다. (웃기는 이야기의 시놉시스는 가벼운 분위기로 써야 한다.)
- 완성된 원고를 바탕으로 쓴다.
- 각 부분의 분량이 책과 비례해야 한다. (책의 첫 한두 장을 설명하는 데 시놉시스의 절반을 할애하면 안 된다.)
- 이야기를 논리적으로 들려준다. 책과 동일한 순서로 정보를 제시할 필요는 없다.
- 남녀 주인공의 중요한 특징을 간략하게 묘사한다.
- 일련의 주요 사건들을 보여준다. 이야기가 논리적이고 그럴듯한지, 플롯이 현실적이고 잘 짜여 있는지 편집자가 판단할 수 있도록 한다.

- 갈등이 어떻게 해결되는지 보여준다.
- 결말이 무엇이고 어떻게 도달하는지 이야기한다.

좋지 않은 시놉시스는 다음과 같다.

- 쓸데없는 말을 한다. ("이야기는 이렇게 시작한다.")
- 부사, 클리셰, 내적 독백, 대화, 풍경 묘사를 포함한다.
- 이야기가 얼마나 재치 있고 미스터리하고 긴장감 있는지 설명한다. (편집자가 직접 판단하도록 하자.)
- 결말을 수수께끼로 남겨둔다. ("그리고 어떻게 됐는지 알고 싶다면 책을 읽어보라!")

표지

원고의 표지는 책의 속표지와 비슷하게 이야기와 작가에 대한 기본 정보를 한눈에 볼 수 있게 알려준다. 전체 원고나 견본 원고를 제출할 때 표지를 첨부하면 편집자가 응답할 때 연락처를 쉽게 참고할 수 있다.

표지에 들어가야 할 내용은 다음과 같다.

- 원고의 가제 | (견본으로 제출하는 부분이 아니라) 전체 원고의 분량 | 작가의 실명 | 작가의 주소 | 업무 시간 동안 직접 연결하거나 문자 메시지를 남길 수 있는 연락처 | 이메일 주소 (되

이전에 필명으로 출간한 적이 없다면 표지에 필명은 쓰지 않는다.

견본 원고

편집자가 특별한 말 없이 견본 원고를 보자고 했을 경우에는 대체로 첫 세 장이나 첫 50쪽 정도를 보고 싶다는 뜻이다. 하지만 일부 출판사는 구체적으로, 예컨대 첫 번째 장만 보자는 식으로 요청하기도 한다. 드물게, 러브신이 포함된 열 쪽을 보여달라는 식으로 더 구체적으로 요구할 때도 있다. 그러나 대부분의 경우 견본은 이야기의 첫 부분이 된다.

편집자는 견본 원고를 보며 작가의 유형과 능력을 가늠하고 시놉시스의 내용을 얼마나 잘 풀어냈는지 판단한다. 좋은 견본 원고는 다음과 같다.

- 첫 번째 문장, 문단, 쪽, 장이 좋다.
- 주인공을 소개한다.
- 주인공들이 그럴듯한 방법으로 만난다.
- 주인공들이 서로의 차이에도 불구하고 좋아하고 신뢰하는 이유를 설정한다.
- 갈등을 설정한다.

- 남녀 주인공 모두에게 중요하며 논리적이고 그럴듯하고 해결할 수 있는 갈등을 보여준다.
- 편집자와 독자를 이야기에 끌어들인다.
- 언어 구사력이 좋다. 문법적인 오류, 단어 반복, 장황한 단락, 불완전한 문장 등이 없다.
- 명백한 수정 사항, 오타, 맞춤법 오류, 구두점 실수 없이 깔끔하게 타이핑한다.

좋은 견본은 요청받은 분량 이상으로 길지 않으며, 이야기를 설명하는 대신 보여준다.

제안서

제안서는 견본 원고와 나머지 이야기가 어떻게 펼쳐지는지 알려주는 시놉시스를 합쳐놓은 형태다. 정확한 양식은 출판사와 작가마다 다르고 시간이 지나 작가의 경력이 쌓이면 또 달라진다. 대부분의 경우 첫 번째 책을 출간한 다음에는 출판사가 작가에게 다음 책을 미리 다 완성하라고 하지 않고 대개 첫 세 장과 그 나머지 이야기를 요약한 시놉시스로 이루어진 제안서만 보고 계약을 하기도 한다. 경력이 더 쌓이면 짧은 제안서나 시놉시스만으로 계약을 할 수도 있다.

+ 투고 전 체크리스트

편집자에게 견본이나 전체 원고를 보낼 때는 원고 양식 때문에 이야기에서 시선이 분산되지 않도록 신경 써야 한다. 제출할 원고는 대개 상식선에서 명확하고 깔끔하며 읽기 쉽게 만들면 된다. 몇 가지 지침은 다음과 같다.

- 새 검정 잉크나 토너를 사용한다. 잉크 카트리지가 오래되면 인쇄 품질이 떨어질 수 있다.
- A4 용지에 단면 인쇄한다. 복사용지도 괜찮다. (복사본이 깔끔하고 읽기 편하다면 원본 말고 복사본을 제출해도 된다.)
- 각 쪽에 작가 이름과 작품 제목(또는 제목의 핵심 단어), 쪽 번호를 넣는다.
- 쪽 번호는 원고 전체에 일괄적으로 붙이고, 장마다 새로 시작하지 않는다.
- 각 장은 새로운 쪽에서 시작한다. 몇 줄 띄운 다음 장 번호를 쓰고 가운데 정렬한다.
- 전체 원고를 보내든 견본을 보내든, 표지에 실명과 주소, 전화번호, 이메일 주소, 전체 원고의 예상 분량을 함께 적어 보낸다.
- 원고는 철하지 않는다. 자료가 흩어지지 않게 고무 밴드로 묶어 봉투에 넣는다.
- 원고나 표지에 저작권 표시를 하지 않는다. 이야기는 쓰는 순간부터 자동적으로 저작권에 의해 보호된다.

문의 편지나 시놉시스, 견본 원고, 전체 원고 등을 발송하기 전에는 마지막으로 한 번 더 하나씩 자세히 검토해야 한다.

시놉시스를 보내기 전에 확인할 사항은 다음과 같다.

- 전체 시놉시스인가? (견본 원고를 보낼 때 함께 보내는 시놉시스도 전체 이야기를 포함해야 한다. 견본이 끝난 지점부터 시작하면 안 된다.)
- 인물의 동기가 명확하고 줄거리가 결말까지 담겨 있는가?

견본 원고를 보내기 전에 확인할 사항은 다음과 같다.

- 원고 분량은 요청받은 길이인가?
- 첫 번째 장부터 차례로 이어지는 장인가?
- 러브신은 특별히 요청받았을 때만 포함되는가?
- 대화의 주체를 부적절하게 지칭하지는 않았는가? (예를 들어 말을 미소지었다고 하지는 않았는가?)
- 세부 사항은 일관적인가? 시놉시스와 견본 원고에서 인물의 이름, 머리카락 색, 눈 색깔 등이 동일한가? 시간의 앞뒤는 맞는가? 인물의 행동은 논리적인가?
- 장면은 매끄럽고 명확하게 전환되는가?

편집자에게 무엇을 보내든 공통적으로 확인할 사항은 다음과 같다.

- 맞춤법과 문법을 틀리거나 부적절한 단어를 사용하지는 않았는가?
- 선택한 장르에 적합한 이야기인가?
- 자료를 정확한 사람에게 보내는가, 그 사람의 이름과 직함을 정확히 썼는가?
- 자신의 실명, 주소, 전화번호, 이메일 주소를 썼는가?

전업 작가로 살아가기

◇

전업 작가라고 해서 반드시 다른 일을 하지 않고 종일 글을 쓸 필요는 없다. 남는 시간에 취미로 글을 쓰는 사람과 시장에 뛰어든 작가의 차이는 직업에 대한 태도다.

편집자와 출판사를 대할 때는 대부분 상식과 예의를 지키면 된다. 편지를 보내기 전에는 자신이 그런 편지를 받는다면 어떻게 반응할지 생각해본다. 자신이 대접받고 싶은 대로 편집자를 대한다.

문의 편지를 처음 보낼 때부터 전문가다운 모습을 보여야 한다. 로맨스 소설에 대해 잘 알고 있으며 진지하게 글을 쓰고 편집자의 시간을 존중하며 합리적으로 사람을 대하고 지적이라는 인상을 주도록 한다.

한 편집자와 여러 작품을 함께하게 된다면 작가와 편집자 사이에 우정이 쌓일 수 있다. 하지만 일과 우정은 별개라는 점을 반드시 기억해야 한다. 편집자가 상사에게 작가의 처지를 변호해주는 것처럼 보일 때도 있지만 편집자는 어쨌든 출판사를 위해 일하는 사람이고 출판사는 책을 펴내지만 동시에 돈이 되는 상품을 만드는 곳이다.

편집자는 동료지 적이 아니다. 현명한 작가는 편집자와 자신의 의견이 일치하지 않더라도, 독자가 즐겁게 읽을 수 있는 최상의 책을 만들자는 목표는 항상 같다는 점을 알고 있다. 열린 자세를 가지면 더 멀리 나아갈 수 있다. 편집자의 생각에 귀 기울이고 가능한 한 요청을 들어준다. 협력이 불가능하거나 편집자의 제안에 동의하지 않는 경우에는 논리적인 이유를 말하고 거절한다.

의견에 동의하지 않더라도 불쾌하지 않게 거절할 수 있다. 성공하는 작가는 변경이나 수정 요청을 단호하게 거부하지 않는다. 편집자의 요청에 동의하지 않는 경우에는 정중하게 자신의 의견을 말하며 이유를 설명하고 대안을 제시한다.

편집자와의 협업에는 시간 안에 일을 끝내는 것도 포함된다. 계약한 마감일을 지키는 것은 작가의 일이다. 일할 기분이 나지 않았다고 해서 마감을 못 맞춘다면 전문적이지 않을뿐더러 경력에 치명적일 수 있다.

마감일은 작가와 편집자가 협의해서 정하고 계약서에 명기한다. 마감일을 협의할 때는 무조건 편집자의 제안에 동의해서는 안 된다. 자신이 언제까지 해낼 수 있을지 현실적으로 생각하고 예기치 못한 상황에 대비해 그보다 여유 있게 잡아야 한다. 운이 좋아서 마감일 전에 일을 끝내고 일찍 원고를 넘기면 편집자와 직업적인 신뢰를 쌓을 수 있다.

몸이 아프거나 해서 마감일을 맞추지 못할 경우에는 출간 일정을 조정할 수 있도록 편집자에게 가능한 빨리 알려준다. 마감일이 되어 변명을 하거나, 기준에 못 미치거나 완성되지 않은 원고를 넘기면 신뢰할 수 없는 작가라는 평판을 얻게 된다. 그런 작가가 되면 중요한 프로젝트에 참여해달라는 요청을 받지 못할 것이다.

아직 책을 내지 않은 예비 작가라도 마감을 지키는 전문가다운 태도를 기를 수 있다. 자신만의 마감일을 정해놓거나 동료 작가나 비평 동료와 함께 마감일을 정해둔다. 그리고 편집자와의 만남에서 편집자가 이야기를 읽어보고 싶다고 했을 때 2주 안에 원고를 보내겠다고 하고 기간을 지키면 점수를 훨씬 더 많이 얻을 수 있다.

작가로서 일정 수준을 유지하기는 쉽지 않다. 성장하고 발전하지 않으면 퇴보할 수밖에 없다. 새로운 원고를 쓸 때마다 배우는 것이 없다면 출간에 계속 성공하리란 보장이 없다. 작가는 가장 최근 작품으로 기억됨을 명심하라.

로맨스 소설을 쓰는 일은 재미있고 도전적이고 짜증 나기도 하고 만족스럽기도 하며 때로는 동시에 이 모든 감정을 느끼기도 한다. 등장인물 때문에 놀라거나 겁먹거나 감탄하거나 머리를 쥐어뜯기도 한다. 이야기가 재미있을 때도 있고 실망스러울 때도 있으며 어떤 날은 등을 돌리고 다시는 들여다보고 싶지 않을 때도 있다.

하지만 작가 지망생이 글쓰기에 대해 이야기하고 생각하고 꿈꿀 때, 마침내 글을 쓰는 사람이 작가란 사실을 기억하자.

| 부록 | 로맨스의 다양한 하위 장르

◇

로맨스의 수많은 하위 장르에 대해 말하자면 입문서나 참고 서적 한 권쯤은 족히 쓸 수 있을 것이다. 이 책에서 살펴볼 로맨스 하위 장르 목록은 그렇게 깊이 있는 연구를 대신하지는 못한다. 다만 오늘날 출판계에서 사용되는 다양한 로맨스 장르를 소개하고, 특정한 하위 장르의 로맨스를 쓸 때 유리하거나 불리한 점, 어려운 점 등에 대해 기본적으로 알려줄 것이다.

로맨스 산업의 성장과 발달에 따라 다양한 하위 장르들이 인기를 얻었다가 사라진다. 지금은 존재하지 않지만 기억할 만한 하위 장르에는 가벼운 호러에 가까운 초자연적인 줄거리가 특징인 실루엣 섀도Silhouette's Shadows, 주인공이 갑자기 부자가 되는 할리퀸 러키 인 러브Harlequin's Lucky in Love, 나이가 많고 사별하거나 이혼한 주인공이 등장하는 버클리 세컨드 챈스 앳 러브Berkley's Second Chance at Love, 에로틱한 로맨스로 가기 전 단계를 다룬 밴텀 러브스 웹트Bantam's Loveswept 등이 있다.

다음은 가장 일반적인 로맨스 하위 장르와 그 본질적 특징이다.

메인스트림Mainstream

카테고리에 속하지 않고 출간되는 단행본 소설이다. 러브스토리가 있긴 있지만 가장 중요한 요소는 아니다. 주로 여주인공의 이야기며 러브스토리를 빼더라도 이야기 자체는 완결된다.

싱글 타이틀Single Title

카테고리나 주제에 따라 묶지 않고 개별적으로 출간해 마케팅하는 단행본이다. 카테고리 로맨스보다 오랫동안 시중에서 유통되고 금방 절판되지 않는다.

싱글 타이틀을 쓰는 작가는 거의 모든 방면에서 카테고리 로맨스 작가보다 더 자유롭다. 남녀 주인공은 실제 사람들처럼 나쁜 습관과 어두운 과거를 지닐 수 있다. 악당은 의도와 행동이 정말 악할 수 있고, 사건도 어둡고 폭력적이며 강렬할 수 있다. 로맨스나 애정 문제의 비중이 적어도 된다. 이야기는 카테고리 로맨스보다 더 환상에 가까울 수도, 반대로 더 현실적일 수도 있다. 결말은 해피엔드를 맞이하는 로맨스에 비해 차분하고 사실적일 수도, 더욱 과장될 수도 있다.

싱글 타이틀과 메인스트림은 유사하기 때문에 종종 같은 의미로 사

용하지만, 일반적으로는 싱글 타이틀이 메인스트림보다 로맨스 요소
가 더 강하다.

미니시리즈Miniseries

한 가지 주제로 출간되는 카테고리 로맨스다. 대개 미리 정해진 기간
동안 한 달에 한 권씩 발표한다. 예를 들면 호주의 오지나 북미의 오
대호 등 특정 지역을 배경으로 하는 시리즈, 라틴계 연인이나 아이를
혼자 키우는 아빠 등 특정 유형의 주인공이 등장하는 시리즈, 예기치
않은 임신이나 서두른 결혼 등 특정한 구성 장치가 등장하는 시리즈
가 있다. 미니시리즈에 속한 책들은 공통된 주제를 제외하면 아무런
연관이 없다. 각각의 이야기는 등장인물이 다르며 독립적이다. 일부
미니시리즈는 한 명의 작가가 혼자 쓰기도 하지만 대부분은 여러 명
의 작가가 나눠 쓴다.

대개 편집자가 기획해 유명 작가들에게 주제에 맞는 책을 써달라고
의뢰하지만 갖고 있는 원고 중에서 적당한 책을 선택하기도 한다. 주
제에 맞으면 신인 작가의 작품도 포함될 수 있다. 하지만 미니시리
즈는 오랫동안 진행되는 프로젝트가 아니기 때문에 신인이 처음부
터 특정 미니시리즈를 겨냥해 글을 쓰는 것은 현명하지 않다. 미니시
리즈의 첫 번째 책이 출간되었을 때는 보통 나머지 책도 이미 정해져
있는 경우가 많다.

선집 Anthology

공통적인 맥락이나 주제를 가지고 서로 다른 작가들이 쓴 중편소설 세 편 이상을 모은 책이다. 크리스마스, 새해, 어버이날, 밸런타인데이 등 명절이나 기념일을 배경으로 하기도 한다. 가문에 전해 내려오는 드레스나 목걸이, 퀼트, 결혼식 들러리나 마녀같이 특정한 주제에 얽힌 이야기도 있다. 역사물이 많고, 특히 영국 섭정 시대를 배경으로 한 경우가 흔하다.

대부분 출판사에서 기획해 유명한 작가들에게 원고를 의뢰하며 여러 작가에게 제안하기도 한다. 보통 신인 작가는 포함되지 않는다.

연작 Continuity

단행본들이 모여 더 크고 복잡한 이야기를 이어가는 시리즈다. 서로 다른 작가들이 쓰고 다른 조합의 인물들이 등장하지만 큰 이야기를 구성하는 '지침'을 따른다.

책을 쓰는 모든 작가는 전체적인 이야기에 모순이나 불일치가 생기지 않도록 협조해야 한다. 예를 들어 작은 마을에서 일어난 살인 사건을 다루는 연작 미스터리 로맨스라면 각각의 책이 서로 다른 남녀 주인공의 로맨스를 다루면서 사건에 대한 단서를 주고, 시리즈의 마지막 권에 가서 사건이 해결되어야 한다. 보통 다섯 권에서 열두 권의 책으로 구성되며 1년여에 걸쳐 출간된다.

대부분 출판사가 기획하며, 편집자가 지침을 작성하고 작가들에게 각각의 이야기를 써달라고 의뢰한다. 기획한 출판사에서 두세 권의 책을 낸 작가가 경력을 쌓으려고 참여하는 경우가 많다.

역사 로맨스 Historical Romance

과거를 배경으로 한 로맨스물이다. 예전에는 출판사가 대부분 (정복왕 윌리엄 1세가 잉글랜드를 점령한) 1066~1900년의 유럽이나 북미를 배경으로 한 이야기를 선호했다. 하지만 이제 멀게는 고대 그리스 로마 시대부터 가깝게는 제1차 세계대전과 광란의 1920년대까지 시대적 배경의 폭이 넓어지고 있다. 제2차 세계대전 시대가 배경인 경우도 간혹 있지만 현재에 가까운 시대를 배경으로 한 이야기는 독자에게 그리 인기가 없다. 배경이 현재와 가까울수록 독자는 그 시대가 낭만적이라고 생각하기 힘든 듯하다.

로맨스 소설 중에서도 가장 오래된 축에 속하므로 이야기가 더 깊고 여러 갈래로 뻗어갈 수 있다. 사회적인 비판도 교과서처럼 읽히지 않고 러브스토리의 배경이 된다면 포함할 수 있다.

사실적인 묘사도 중요하지만 현대 독자의 편의를 위해 어느 정도 융통성이 있어야 한다. 그 시대에 실제로 살았던 사람들과 비교하면 역사물의 여주인공은 독립적이고 남주인공은 진보적이다. 중세 시대의 여성은 흔히 열세 살이면 결혼했지만 일반적으로 역사 로맨스의 여주인공은 그보다 나이가 많거나 나이 문제는 얼버무리고 넘어간다. 처참한 전쟁이나 고문, 폭력 등은 이야기 밖에서 벌어지며 잔혹한 장면은 거의 묘사하지 않는다.

리젠시 Regency

역사 로맨스의 한 갈래로, 영국 섭정 시대의 상류 사회를 배경으로 한다. 주로 주인공이 사회적으로 용인되는 결혼을 하거나 거기서 탈출하려는 이야기다.

리젠시, 즉 영국의 섭정 시대는 엄밀히 말해 조지 3세를 대신해 황태자가 섭정을 시작한 1811년부터, 조지 3세가 죽고 황태자가 조지 4세가 된 1820년까지를 말한다. 하지만 문학적으로는 그보다 긴 기간, 즉 트래펄가 전투가 일어난 1805년부터 조지 왕조 시대가 끝나고 빅토리아 시대가 실질적으로 시작된 1834년까지를 가리킨다.

보통 단편인 경우가 많고 관능적이기보다는 달콤하다. 주로 남녀 주인공이 사회의 사소한 문제와 부딪치며 일어나는 익살스러운 일화들을 다룬다. 가난, 매춘, 범죄, 그 밖의 사회적 병폐와 같은 인생의 이면을 보여주는 문제들은 거의 나오지 않는다. 이보다 더 어둡고 관능적인 이야기는 대개 분량이 많고 역사 로맨스로 분류한다.

단편 현대 로맨스 Short Contemporary Romance

에로틱 로맨스만큼 야하지는 않지만 카테고리 로맨스 장르 중에서는 가장 관능적이다. 남녀 주인공의 성관계가 등장하지만 섹스보다는 사랑이 여전히 강조된다. 길이가 짧고 남녀 주인공에게만 집중하기 때문에 다른 인물이나 극적이고 복잡한 플롯이 들어갈 여지가 없다. 그렇다고 해도 반드시 그럴듯한 갈등은 있어야 한다. 주인공들이 육체적인 관계를 가지더라도 여전히 장기적인 연애로 발전할 수 있을

지에 대한 긴장감을 유지해야 하기 때문이다.

장편 현대 로맨스Long Contemporary Romance

현대를 배경으로 하며 관능적인 요소가 강한 카테고리 로맨스다. 분량이 많기 때문에 서브플롯이 여러 개 있고 갈등이 심각하며 미스터리나 서스펜스적인 요소가 강하고 인물이 많이 등장하기도 한다. 또한 독자가 인물에게 감정이입할 시간이 충분하므로 주인공과 문제를 설정할 때 제약이 적다. 예컨대 주인공에게 정신 질환이 있는 경우도 가능하다.

각 출판사의 카테고리마다 고유한 정체성과 조건이 있으며 출판사마다 요구하는 성적인 수위, 서브플롯의 개수, 우선적인 시점, 전체적인 이야기 유형이 매우 다르다.

장편 현대 로맨스와 싱글 타이틀 로맨스를 구분하는 주요 요소는 길이와 표지다. 장편 현대물은 대체로 싱글 타이틀보다는 분량이 적고, 같은 카테고리에 속하는 책들과 비슷한 표지 디자인으로 함께 마케팅한다.

로맨틱 코미디Romantic Comedy

웃긴 사건을 배경으로 로맨스가 펼쳐지는 이야기다. 가장 효과적인 유머는 인물의 개성에서 비롯된다. 주인공들의 인생관, 상황을 보는 시각, 두 사람의 차이가 웃음을 유발한다.

바보 같은 짓은 유머가 아니다. 이야기에 농담을 더한다고 로맨틱 코미디가 되지는 않는다. 말장난은 청각적인 측면이 있어서 글로 보면 쉽게 간과되기 때문에 책에서는 잘 먹히지 않는다. 정말 웃긴 농담이라도 등장인물의 대사로 써놓으면 실패하는 경우가 많다. 몸 개그는 영화에서는 웃기지만 인쇄된 글만 보고는 독자가 머릿속에 떠올리기 힘들다.

좋은 로맨틱 코미디의 유머는 인물을 깎아내리거나 모욕하지 않는다. 독자가 주인공을 비웃는 것이 아니라 주인공에게 공감하게 되는 유머가 가장 좋다. 효과적인 유머는 주인공의 밝은 인생관에서 비롯된다. 주인공의 인생관이 밝아야 아주 심각한 문제도 비극이 되지 않기 때문이다.

유머는 짧은 글에서 제일 효과적이므로 로맨틱 코미디는 대개 분량이 적고 책의 크기가 작다. 그러나 싱글 타이틀인 경우에는 더 길 수도 있다.

로맨틱 서스펜스 Romantic Suspense

남녀 주인공이 모두 직접적으로 연관된 위협적인 상황이나 미스터리, 서스펜스 요소가 등장하는 이야기다. 여주인공은 남주인공이 그녀를 보호하거나 미스터리를 조사하는 동안 옆으로 물러나 있지 않고 자신의 몫을 다한다. 로맨스와 관련된 서브플롯을 포함한 미스터리나 서스펜스 소설과 다른 점은 주된 초점이 로맨스에 맞춘다는 점이다. 이때 로맨스는 주인공들이 위험에 빠지기 때문에 생겨난다. 남녀 주인공은 함께 행동하면서 문제를 해결하고 악당을 물리친다. (공권력이 도와줄 수도 있지만 남녀 주인공이 커피를 마시고 손을 잡는 동안 경찰 특공대가 불시에 습격해 악당들을 처리하는 것은 바람직하지 않다.)

로맨틱 서스펜스를 쓸 때 가장 힘든 점은 이야기의 균형을 유지하는 일이다. 만약 서스펜스가 남녀 주인공의 관계를 가린다면 이야기는 선을 넘어 메인스트림 장르로 가게 된다.

스위트 트래디셔널 로맨스Sweet Traditional Romance

기존의 로맨스 소설로, 노골적인 러브신은 없지만 성적 긴장감을 유지하며 감정에 호소하는 짧은 이야기다. 남녀 주인공의 혼전 관계에 대한 묘사는 출판사에 따라 허용하는 곳도 있고 꺼리는 곳도 있다. 어느 경우든 성적 묘사는 행위 자체가 아니라 감정을 강조해야 한다. 보통 사랑하는 연인들의 모습을 침실 문 앞까지만 묘사하고 방 안까지 따라 들어가지 않는다.

여주인공은 로맨스의 환상적인 측면보다는 가족끼리 아는 사이거나 옆집 소녀 같은 면모를 강조한다. '스위트'라고 해서 마냥 달콤해서는 안 된다. 인물은 현실적이어야 하고, 갈등은 그럴듯하면서 등장인물과 독자에게 중요해야 하며, 정서적인 긴장이 높은 수준으로 유지되어야 한다.

에로틱 로맨스Erotic Romance

로맨스 장르 중에서 에로틱한 측면이 강한 이야기다. 자세하고 노골적인 성관계가 자주 등장하지만 주인공들 외에 다른 인물은 보통 연관되지 않는다. 남주인공이 다른 여성과 성적인 관계를 갖는다면 이야기 초반에 잠깐 감정적으로 무의미한 관계를 가질 뿐이고, 여주인공은 남주인공과만 성적인 관계를 가지는 편이다. 로맨티카 Romantica라고도 부르며 남녀 주인공의 관계 발전에 초점을 맞춘 아주 섹시한 로맨스다.

에로티카 Erotica

남녀 주인공이나 주인공 중 한 명과 다른 인물 사이의 성적인 관계를 자세히 그려내는 이야기다. 사실상 로맨스다울 때도 있지만 로맨스와 완전히 동일하지는 않다. 로맨스는 연인의 감정적인 유대를 강조하지만 에로티카는 사랑보다는 육체적인 관계를 강조하고 주인공 이외의 인물이 끼어들기도 한다. 출판사가 에로티카를 찾는다고 하면 대부분 남녀 주인공의 육체적인 관계가 노골적으로 많이 나오는 로맨스를 원한다는 의미다.

의학 로맨스 Medical Romance

의학이 갈등의 주요 부분이거나 남녀 주인공이 가까워지는 계기로 등장하는 로맨스다. 적어도 주인공 중 한 명이 전문 의료인이어야 한다. 러브스토리일 뿐만 아니라 의학에 관한 이야기이므로 단순히 병원에서 일어나는 로맨스나 주인공이 병에 걸리는 이야기와는 다르다.

잘 쓴 의학 로맨스는 한 가지 사례에만 집중하지 않고 로맨스의 배경

으로 여러 환자의 이야기를 다룬다. 특히 결말이 중요한데, 독자는
이야기에서 중요하게 등장한 환자가 마지막에 어떻게 되는지 알고
싶어 하기 때문이다. 모든 환자가 지나치게 낙천적인 해피엔드를 맞
이하는 것은 현실적이지 않지만 대체로 그럴듯하게 긍정적인 여운을
남겨둘 수는 있다.

의학은 빠르게 변화하므로 특정한 처치나 치료법, 질병에 관해 지나
치게 자세히 다루면 위험하다. 하지만 편집자는 병원이나 진료소, 응
급실이 사실적으로 느껴지도록 구체적인 내용이 많이 나오길 바란
다. 현명한 작가는 다른 로맨스에서도 볼 수 있는 시대를 초월한 요
소에 의학적인 지식과 배경을 결합한다.

예전에는 남자 의사와 여자 간호사가 주인공으로 나오는 경우가 많
아 의사-간호사 로맨스Doctor-nurse Romance로 알려지기도 했다.

위험에 빠진 여인 Woman in Jeopardy
여주인공이 위험에 빠지는 이야기다. 여주인공을 위협하는 사람은
대개 그녀와 가깝거나 신뢰할 만한 위치에 있는 인물이다. 위험에 빠
진 여인의 좋은 예는 고딕 로맨스지만 영국 작가인 빅토리아 홀트
Victoria Holt 이후로 그런 공식은 상당히 흐려졌다. 여주인공이 직면
하는 위험은 다른 로맨스 장르의 위험보다 크고 무섭고 위협적이며
가까이에서 일어난다. (예를 들어 여주인공은 낯선 사람이 아닌 남편이 자신
을 죽이려 한다고 의심한다.) 가끔 초자연적인 요소가 등장할 때도 있다.

지금은 그 자체로 하나의 카테고리나 하위 장르라기보다는 몇몇 장

편 카테고리 로맨스나 싱글 타이틀, 메인스트림에 적합한 이야기의
한 유형으로 볼 수 있다.

고딕 로맨스 Gothic Romance
'위험에 빠진 여인' 참조.

인스퍼레이셔널 로맨스 Inspirational Romance
주인공이 신과의 관계를 회복하는 길을 찾아가는 종교적인 여정을
중심으로 한 로맨스다. 대부분 기독교(보통은 개신교)를 다루므로 때
로는 크리스천 로맨스Christian Romance라고 잘못 불리기도 한다.
반드시 독실한 인물이 등장할 필요는 없다. 주인공이 목사나 주일학
교 교사일 때도 있지만 일반인인 경우도 그만큼 많다. 보통 주인공
중 한쪽이 신앙인이고 한쪽은 신앙을 갖거나 되찾으려 애를 쓰는 인
물이다.
실패한 인스퍼레이셔널 로맨스의 특징은 주인공의 문제를 천사나 신
같은 초자연적인 존재가 직접 개입해 해결한다는 점이다. 설득력을
가지려면 주인공이 자기 자신과 신앙 안에서 힘과 용기, 능력을 발견
함으로써 문제를 해결해야 한다.

파라노말 로맨스 Paranormal Romance
마녀, 천사, 늑대 인간, 뱀파이어, 요정, 외계인, 유령, 시간 여행, 초
능력 등 초자연적인 요소가 등장하는 이야기다. 일반적으로 배경과

주인공(한 명이나 둘 다)이 정상적인 현실의 범위에서 벗어나 있다. 초자연적인 등장인물이 평범한 사람과 지나치게 다르면 독자가 공감하기 힘들다. 특별한 능력을 지닌 존재를 창조할 때는 인간적인 특징을 부여해야 독자가 공감할 수 있다. 초자연적인 능력에 한계가 있으면 약점이 생겨 더욱 공감 가는 인물이 될 수 있다. (예컨대 여덟 시간 동안 수면을 취해야 초능력을 쓸 수 있다거나 달빛이 있을 때만 주문을 걸 수 있다는 설정을 추가할 수 있다.)

시간 여행 로맨스Time Travel Romance

파라노말의 한 형태로, 시간 여행을 하는 주인공이 미래나 과거로 가는 이야기다. 다른 파라노말 로맨스와 마찬가지로 일관성이 중요하다. 작가는 이야기 속의 세계가 돌아가는 규칙을 설정해 그대로 따라야 하고 그러지 않을 때는 규칙이 바뀐 이유를 반드시 설명해야 한다.

퓨처리스틱Futuristic

SF를 가미한 파라노말 로맨스의 한 갈래다. 로맨스의 일부나 전체가 미래를 배경으로 일어나며 시간 여행을 포함하는 경우도 있다.

SFScience Fiction

'퓨처리스틱', '파라노말', '시간 여행' 참조.

칙릿Chick-Lit

이상적인 남자를 찾기보다 자신의 경력을 쌓는 일에 더욱 관심이 많은 20대 여성이 등장하는 이야기다. 텔레비전 드라마, 영화, 일반 소설에서의 성공을 기반으로 로맨스 소설에서도 이런 유형의 이야기가 유행했다. 사실 많은 젊은 여성이 이상형을 찾기보다는 지금 적당히 만날 수 있는 남자, 즉 실제로 데이트를 하고 동거를 하거나 언젠가는 결혼도 할 수 있는 남자에게 관심을 보인다.

여주인공은 보통 20대 중반으로, 기존의 로맨스 여주인공보다 어리고 덜 성공했다. 대체로 룸메이트와 살고 시시한 직장에 다니거나 사회 초년생이다. 칙릿에서는 로맨스물의 일반적인 규칙이 깨지곤 한다. 칙릿의 여주인공은 담배를 피우거나 술을 많이 마시고 여러 남자와 잠자리를 하거나 뱃사람처럼 욕을 하기도 하는데, 이는 다른 로맨스물의 여주인공에게서는 흔히 볼 수 없는 특징이다.

보통 남녀 주인공이 서로를 이해하거나, 여주인공이 연애는 하지 않지만 한 단계 성장하며 끝을 맺는다. 이야기를 전달하는 방법도 다르다.

1인칭 시점으로 서술하는 경우가 많고 현재 시제를 사용하기도 한다. 대부분 솔직하고 경쾌하며, 다른 로맨스물에 비해 보통 인물의 생각이 적게 나온다.

시티 걸City Girl

칙릿의 변형이다. 시티 걸의 여주인공은 기존 로맨스물의 여주인공

에 조금 더 가까워서 흡연이나 폭음을 하지 않고 거의 한 남자하고만
잠자리를 한다. 평생의 사랑을 찾아 헤매지는 않지만 칙릿의 여주인
공보다는 완벽한 짝을 찾으려고 노력하는 편이다. 시티 걸 로맨스는
미니시리즈로 출간되기도 한다.

헨릿Hen-Lit

칙릿의 한 갈래다. 여주인공이 칙릿의 여주인공에 비해 나이가 많고
어느 정도 성공했으며 기혼자인 경우도 있다. 하지만 칙릿의 여주인
공처럼 일상적인 문제에 대담한 태도로 접근하고 자기 파괴적인 행
동을 보이기도 한다. 헨릿의 여주인공은 대개 불행한 결혼 생활을 개
선하거나 끝내려고 하고, 남편이 아닌 남자가 남주인공으로 등장하
는 경우가 많다. 여주인공에게는 보통 아이가 없다.

맘릿Mom-Lit

헨릿처럼 칙릿의 한 갈래지만 여주인공이 엄마라는 점이 다르다. 여
주인공의 자녀는 10대 이상이고 갈등의 일부일 때도 있다. 여주인공
은 칙릿의 여주인공과 같은 대담한 태도와 관점을 갖고 있지만 자기
파괴적인 행동을 하는 경우는 적다.

영 어덜트Young Adult

10대 독자를 대상으로 한 이야기다. 주로 순수한 첫사랑의 성장에
초점을 맞추고 관능적인 요소는 거의 없다(성관계는 아예 나오지 않는

다).

10대 후반이 독자 대상인 경우에는 상황을 현실적으로 묘사하고 음주나 마약, 혼전 관계 등에 대한 가치관을 담기도 한다. 이야기를 통해 메시지를 전달하되 설교하거나 가르치지 않아야 성공적인 이야기가 된다.

시대적 배경은 현대나 과거 모두 될 수 있다. 초자연적인 인물이 등장하기도 한다.

사거 Saga

여주인공의 생애를 어린 시절부터 노년까지 따라가는 장편 메인스트림 소설이다. 여주인공의 두 세대 아래 후손까지 등장할 때도 있지만 그렇더라도 이야기 전반을 지배하는 인물은 여전히 여주인공이다. 로맨스가 있지만 중요하지는 않다. 대개 여주인공은 평생 한 번 이상 연애를 하고, 남편이나 사랑하는 남자가 죽거나 떠나는 사건에 크게 영향을 받는다. 사거에서 중요한 요소는 여주인공이 자신의 일을 시작하고 성장시킬 수 있었던 원동력이다.

여성 소설 Women's Fiction

주로 여성 작가가 여성 독자를 대상으로 쓴 소설이다. 싱글 타이틀과 메인스트림 소설이 포함되고 보통 카테고리 로맨스는 해당되지 않는다. 여성 소설에는 대개 여러 명의 여성이 자매나 친구, 동료, 적 등으로 등장한다.

게이 로맨스Gay Romance

동성 간의 로맨스를 다루는 이야기다. 동성 간 로맨스와 이성 간 로맨스의 차이점은 연인의 성별 외에는 비교적 없다. 게이 로맨스의 연인은 동성 연인만 겪는 몇 가지 예외적인 문제를 제외하면 이성 연인과 똑같은 문제를 경험하고 똑같은 적응 과정을 거친다. 같은 카테고리에 있더라도 게이 로맨스는 이성 간 로맨스에 비해 성적인 관계를 자세히 강조하지 않는다. 게이 로맨스가 사랑보다 육체적 관계를 강조하거나 상대를 여러 명 등장시킨다면 로맨스보다는 에로티카에 가까워진다.

에스닉 로맨스Ethnic Romance

다양한 인종이 주인공으로 등장하는 로맨스다. 민족성이나 문화적 갈등이 플롯의 일부인 경우도 있지만 대부분은 여느 로맨스와 다르지 않은 문제와 갈등으로 이루어진다. 출판사도 민족성이 주된 갈등이기보다는 배경으로만 등장하는 편을 선호한다.

라이선스 테마Licensed Theme

출판사가 라이선스 계약을 맺고 그에 따른 주제에 맞춰 출간하는 로맨스물이다.

보통은 일정 기간 동안 정해진 부수의 책을 펴내기로 계약하고 대부분의 책은 출판사가 유명한 작가를 선택해 맡긴다. 한 시리즈의 모든 책은 독립적이지만 계약한 주제를 따라야 한다. 예를 들어 할리퀸이 미국 개조자동차 경주 협회 나스카NASCAR와 라이선스 계약을 맺고 출간하는 책에는 자동차 경주, 드라이버, 자동차, 팬이 등장해야 한다. 작가는 특정한 스포츠 경기나 회사의 이름 등 상표로 등록되어 보호받는 명칭을 사용할 수 있지만, 그런 명칭이 이야기 안에서 반드시 긍정적인 모습으로 그려지도록 아주 세부적인 사항까지 간섭을 받는다.

로맨스로 스타 작가

웹툰·웹소설·영화·드라마, 모든 장르에 먹히는 로맨스 스토리텔링

초판 1쇄   2021년 2월 14일

지은이 리 마이클스
옮긴이 김보은

펴낸이 김한청
기획편집 원경은 박윤아 이건진 차언조 양희우
마케팅 최지애 설채린 권희
디자인 이성아
경영전략 최원준

펴낸곳 도서출판 다른
출판등록 2004년 9월 2일 제2013-000194호
주소 서울시 마포구 동교로27길 3-12 N빌딩 2층
전화 02-3143-6478 **팩스** 02-3143-6479 **이메일** khc15968@hanmail.net
블로그 blog.naver.com/darun_pub **페이스북** /darunpublishers

ISBN 979-11-5633-311-1 03800

* 이 책은 《NOW WRITE 장르 글쓰기 2: 로맨스》 개정판입니다.
* 잘못 만들어진 책은 구입하신 곳에서 바꿔 드립니다.
* 이 책은 저작권법에 의해 보호를 받는 저작물이므로, 서면을 통한 출판권자의 허락 없이
  내용의 전부 또는 일부를 사용할 수 없습니다.